KB066393

치명적 이유

MORTAL CAUSES

치명적 이유

MORTAL CAUSES
존 리버스 컬렉션

이언 랜킨 지음
최필원 옮김

오픈하우스

작가의 말

나는 소란스러운 북아일랜드에서 멀리 떨어진 스코틀랜드 중앙동부의 작은 탄광촌에서 자랐다. 그럼에도 불구하고 토요일 밤마다 막다른 골목에서 〈새시(The Sash, 장식띠)〉를 형편없는 목청으로 요란하게 불러대는 술꾼 때문에 쉽게 잠을 이루지 못했었다. 신기하게도 누구 하나 뛰쳐나가 항의하지 않았다. 아직까지도 풀리지 않는 미스터리들. 매번 같은 사람이었을까? 그는 대체 누구였을까? 취하지 않았을 때는 직장에서 가톨릭교도들과 잘 어울려 지냈을까? 과연 그들은 그의 증오에 대해 알고 있었을까? 정신이 멀쩡할 때도 그 증오에 사로잡혀 있었을까? 아니면 술을 마실 때만 증오가 솟구쳐 올랐던 걸까? 우리 동네에서 달랑 두 집만이 가톨릭을 믿었다. 그 중 하나는 내 가장 친한 친구의 가족이었다. 각기 다른 학교에 진학하는 바람에 자연스레 멀어졌지만.

나는 대학에서 미래의 아내를 처음 만났다. 그녀는 소요 사태가 끊이지 않던 벨파스트에서 자랐다. 시간이 흐르면서 나도 그곳을 조금씩 알아가게 되었다. 매년 두어 번씩 처가가 있는 그곳을 찾기도 했었다. 하지만 아직까지도 갈등의 뿌리를 제대로 이해하지 못하고 있다. 스코틀랜드에서도 중립의 입장을 지키며 노동자 계급으로 살아가는 게 쉽지 않다. 모두에게는 같은 운명이 지워져 있다. 다섯 편의 리버스 소설을 발표한 나는 스코틀랜드의 파벌주의와 교파 분열이라는 주제를 파헤쳐보고 싶어졌다. 그러면서도 이야기를 최대한 흥미롭게 만들어야 했기에 에든버러 페스티벌을 배경으로 삼아보았다. 그래야 신나게 노는 스코틀랜드인들을 소개할 수 있을 테니까. 이번만큼은 내 고향의 종족본능에 대한 추악한 진실을 소재로 삼고 싶지 않았다.

작가로서 누릴 수 있는 가장 큰 즐거움 중 하나는 제목을 짓는 것이다. 지난 작품들과 달리 『치명적 이유 Mortal Causes』는 쉽게 지어진 제목이 아니었다. 나는 제목이 지어지지 않으면 집필에 들어가지 못한다. 우리 부부는 오랫동안 머리를 쥐어짜내야 했다. 『치명적 이유』라는 제목을 지어준 건 내 아내 미란다였다. 나는 제목에 내재된 말장난이 마음에 들었다. 스코틀랜드 방언은 다채로운 완곡어법으로 넘쳐난다. '만취'라는 표현만 봐도 그렇다. stocious, stotting, guttered, steaming, steamboats, wellied, 그리고 hoolit. 또 하나는 'mortal'이다. 이런 표현이 있다. '어젯밤 나는 꽤 치명적(fair mortal)이었어.' (풀어쓰면 '어젯밤 심각하게 취했어.' 정도가 될 것이다.) 『치명적 이유』는 '악마의 음료', 즉, 술을 떠올리게 하는 제목이다. 어둡고 폭력적인 이미지가 연상되기도 한다.

이 책에서 리버스와 에든버러 최악의 갱스터 '빅 제르' 캐퍼티의 관계는 한층 더 복잡해진다. 그렇게 된 데에는 뉴욕 작가 로런스 블록의 매튜 스커더 소설들이 적지 않은 영향을 끼쳤다. 나는 1992년 하반기 6개월을 미국에서 보냈다. 그때 블록의 유명한 시리즈를 처음 접하게 되었다. 나는 엄격한 도덕정신으로 무장한 전직 형사 스커더와 믹 벌루라는 터프가이 깡패의 관계에 큰 매력을 느꼈다. 그들은 누구보다도 서로를 잘 이해했고 존중했다. 하지만 상대가 앞길을 막을 때는 사정이 달라진다. 『치명적 이유』를 읽었다면 알겠지만 결말에 이르러서는 리버스와 캐퍼티의 관계에 큰 변화가 찾아든다. 그리고 그 때문에 시리즈가 진행되는 내내 두 사람 사이에는 팽팽한 긴장감이 유지된다.

나는 1990년에 프랑스로 떠났고 『치명적 이유』를 집필했을 때도 그곳에 살았다. 조사를 핑계로 1년에 몇 차례씩 에든버러로 돌아왔는데 사실은 다 허물어져가는 농가 근처에 괜찮은 펍이 없었기 때문이었다. 폴린과 데이비드라는 친구들 덕분에 나는 1993년 페스티벌이 한창이던 도시에 머무를 수 있었다. 언젠가 에든버러를 찾았을 때 나는 메리 킹스 클로즈라는 거리를 꼭 한번 둘러보겠노라고 다짐했다. 오래 전부터 지역 주민들의 입을 통해 많이 들어온 곳이었다. 하지만 그곳에 입장하려면 하이 가의 의회 본부에 가서 승낙을 받아야 했다. 그리고 언제 진행될지도 모르는 투어를 대책 없이 기다려야만 했다. 메리 킹스 클로즈는 지하에 자리하고 있다. 그위 지상에는 시청사가 우뚝 서 있다. 지금은 관광지로 각광받고 있지만 당시 메리 킹스 클로즈는 의회의 허락 없이는 절대 구경할 수 없는 곳이었다.

마침내 그날이 왔다. 우리 열 명은 의회 관계자의 안내를 받으며 그곳을 둘러볼 수 있었다. 불 꺼진 골목과 통로들은 으스스한 미로 같았다. 찬찬히 살펴보던 중 등골을 오싹하게 만드는 방 하나가 눈에 들어왔다. 하얗게 칠해진 아치형 천장에는 녹슨 강철 갈고리가 여러 개 걸려 있었다. 내마음이 뒤틀린 것일까? 그것들을 보는 순간 머릿속에 시체가 매달려 있는 모습이 떠올랐다. 메리 킹스 클로즈에서 새 작품의 시작 부분이 만들어진 것이었다. (나는 대열에서 소리 없이 이탈해 혼자서 구석구석을 둘러보았다. 어쩌면 그들은 내가 아직도 그곳에 갇혀 있다고 믿고 있는지도 모른다.)

『치명적 이유』가 출간되자 개신교의 어두운 면을 파헤쳤다며 분노에 찬 익명의 편지 한 통이 날아들었다. 발송자는 진짜 악당은 교회가 아닌, IRA(아일랜드공화국군, 북아일랜드와 아일랜드공화국의 통일을 위해 싸우는 비합법적 조직)라는 사실을 강조했다. 또한 내가 IRA가 잉글랜드에서 벌이는 테러에 희생되기를 간절히 바란다는 비난으로 편지를 끝맺었다. 아마도 발송자가 요점을 제대로 파악하지 못했던 모양이다. 어쩌면 그것은 작가인 내 책임인지도 몰랐다. 아니면 그, 또는 그녀가 고집불통에 눈뜬장님인지도 모르고.

내가 받은 편지들 대부분은 파벌주의 같은 민감한 소재에 대한 질문을 담고 있지 않았다. 그래서 그 익명의 편지가 더 도드라져 보였던 것이다. 대부분 독자들은 오히려 농담의 '펀치라인'을 궁금해 했다. 아직 이 책을 읽지 못했다면 걱정할 것 없다. 결말에 이르러서 그것을 파악할 수 있을 테니까. 만약 1970년대 방영된 페어리 리퀴드(주방용 세제) 광고를 본 적이 없다면 내가 지금 알려주려는 펀치라인에 당황할 것이다. 하지만 이것은 내 대학 시절 친구 조지가 들려준 진짜 조크다.

설거지하는 한스는 저버스만큼 부드러워질 수 있다. 털북숭이 입술을 가진 순한 초록색 오징어만 있다면. (For Hans that does dishes can feel soft as Gervase, with mild green hairy-lipped squid. 이 조크는 '페어리 리퀴드'의 광고 카피를 패러디한 것이다. Now hands that do dishes can feel soft as your face, with mild green Fairy Liquid. 이제 설거지하는 손도 당신의 얼굴만큼 부드러워질 수 있습니다. 순한 초록색 페어리 리퀴드만 있다면.)

미안해요.

일러두기

1. 본문의 괄호는 모두 옮긴이주이다.
2. 외국 인명, 지명은 외래어 표기법을 따르되 일부는 관용적인 표기를 따랐다.
3. 책, 신문, 잡지는 『 』, 영화, TV 프로그램은 「 」, 노래 제목은 〈 〉, 음반 제목은 《 》로 묶어
   표기했다.

공개적으로 목소리를 내지 못하는 에든버러의 무능력함,
목소리를 내야 할 문제들에 대한 에든버러의 침묵은
천둥이 오기 전, 임박한 해방적 폭발을 기다리는 고요인가?
-휴 맥다이어미드

우리 모두는 결국 흙으로 되돌아가게 된다.
-톰 웨이츠

프롤로그

그는 실컷 비명을 질러댈 수 있었다.

그들은 지하에 내려와 있었다. 그가 모르는 곳에. 아주 오래된 곳이었지만 서늘한 공간에는 전등이 설치되어 있었다. 그는 벌을 받는 중이었다. 흙바닥 위로 피가 뚝뚝 떨어졌다. 가까운 곳에 서있는 남자의 숨소리 너머로 누군가의 목소리가 들리는 것 같았다. 유령들인가? 그는 생각했다. 비명과 웃음. 밖에서 신나게 밤을 즐기는 소리. 그가 잘못 들은 게 분명했다. 그는 안에서 최악의 밤을 보내는 중이었으니까.

그의 맨발가락이 땅에 닿을락말락했다. 신발은 그들에게 질질 끌려 내려올 때 벗겨졌다. 양말은 그 후에 사라졌고, 그는 극심한 통증에 시달렸다. 하지만 통증은 치유가 가능했다. 통증은 영원히 지속되는 게 아니었다. 두려운 건 그는 두 번 다시 걷지 못하게 될지도 모른다는 것이었다. 그는 무릎 뒤쪽에서 불을 뿜은 총구의 느낌을 생생히 기억하고 있었다. 다리를 위아래로 훑어나가던 맹렬한 에너지파를.

그의 눈은 감겨져 있었다. 눈을 뜨면 자신을 향해 구부러진 듯한 하얀 벽에 뿌려진 피를 보게 된다는 것을 알고 있었다. 피가 흥건한 바닥에 닿은 발가락은 여전히 꼼지락거렸다. 그가 입을 열 때마다 얼굴이 쩍쩍 갈라지는 듯한 기분이 느껴졌다. 소금기 가득한 눈물과 땀이 말라붙어 있었기 때문이다.

사람의 인생이 이토록 굴곡질 수 있다니, 놀라울 따름이었다. 어릴 적 사랑을 받았어도 악인이 될 수 있다. 괴물 같은 부모를 두었어도 선하게 클 수 있고. 그의 경우는 둘 다 아니었다. 아니, 어찌 보면 둘 다인지도 몰랐다. 끔찍이 사랑받은 것도 사실이고, 처절히 버려진 것도 사실이었으니까. 여섯 살. 그는 아버지와 악수를 나누었다. 하지만 그들 사이에는 애정이 별로 없었다. 열 살. 피곤해 보이는 그의 어머니가 구부정한 자세로 싱크대에서 설거지를 했다. 그리고 아들이 문간에 서 있다는 사실을 모르는지 싱크대를 붙잡은 채 잠시 숨을 골랐다. 열세 살. 그는 생애 처음으로 범죄조직에 몸을 담게 되었다. 그들은 카드 한 벌을 가져와 그의 손가락 마디에서 가죽을 벗겨내는 의식을 거행했다. 11명이 차례로 돌아가면서. 그가 조직에 정식으로 받아들여질 때까지 고통은 계속 이어졌다.

질질 끌리는 발소리가 들려왔다. 총구가 그의 목덜미에 닿았다. 순간 또 한 차례 전율이 일었다. 어쩌면 이리도 차가울 수 있지? 어깨에서 통증이 느껴지자 그는 깊은 숨을 한 번 들이쉬었다. 과연 이보다 더 고통스러운 게 세상에 또 있을까? 그의 귀에 거친 숨소리와 함께 목소리가 전해져왔다.

"네모 메 임푸네 라세시트('나를 괴롭히는 자 무사하지 못하리라'라는 의미의 라틴어로 된 스코틀랜드의 표어)."

그가 눈을 뜨고 유령들을 쳐다보았다. 그들은 연기 자욱한 펍(술을 비롯한 여러 음료와 흔히 음식도 파는 대중적인 술집)의 직사각형 테이블에 둘러앉아 와인과 에일(주로 병이나 캔으로 파는 맥주의 일종)이 담긴 잔들을 높이 들고 있었다. 외다리 남자의 무릎에는 젊은 여자가 몸을 웅크린 채 앉아 있었다. 고블릿(유리나 금속으로 된 포도주잔)에는 가늘고 긴 손잡이 부분이 있었지만 넓고 납작한 베이스는 없었다. 잔을 완전히 비우기 전까지는 테이블에 내려놓을 수 없었다. 그들은 건배를 이어가고 있었다. 번드르르한 옷차림의 사람들과 거지들의 맞닿은 어깨가 서로를 비벼댔다. 펍의 어둠 속에서는 계층의 경계가 존재하지 않았다. 그들의 시선이 그에게 돌아왔다. 그는 미소를 지어보려 애썼다.

그는 마지막 폭발을 듣지 못했다. 그저 몸으로만 똑똑히 느꼈을 뿐이다.

1

어쩌면 올 들어 최악의 토요일 밤인지도 몰랐다. 존 리버스 경위에게 떠넘겨진 교대 근무 시간만 봐도 그걸 알 수 있었다. 하늘에 계신 주님의 세심한 배려 덕분이었다. 그날 오후, 이스터 로드 경기장에서 더비매치(라이벌 간의 스포츠 경기)가 벌어졌다. 하이버니언 대 하츠. 웨스트 엔드로 돌아가던 많은 팬들이 도심부에 들러 술을 마시고 페스티벌도 구경했다.

리버스의 인생에서 에든버러 페스티벌은 골칫거리일 뿐이었다. 그는 질리도록 페스티벌에 맞서왔다. 맹렬히 저주하며 피해 다녔지만 결국에는 페스티벌에 휩쓸려버렸다. 1년 내내 조용하고 나른하고 답답하기만 한 에든버러에서는 이례적인 행사라고 말하는 이들도 있었다. 하지만 그것은 터무니없는 말이었다. 에든버러의 역사는 방종과 소란으로 가득 차 있었다. 하지만 페스티벌, 특히 프린지 페스티벌은 분명 달랐다. 관광업은 생명선이었다. 하지만 관광객들이 모이는 곳에는 늘 골치 아픈 일이 벌어졌다. 마치 범죄 컨벤션이라도 열린 듯 온갖 곳에서 수많은 소매치기와 강도들이 모여들었다. 대부분 축구 서포터들은 알아서 도심부를 피해 다녔다. 하지만 스스로를 열정적인 수비수로 여기는 몇몇은 단기임대로 차려놓은 하이 가의 카페에서 '외국 침략군'을 상대로 불미스러운 일을 벌이기도 했다.

오늘 밤, 양측이 크게 충돌할 수도 있었다.

"완전 지옥입니다." 구내식당으로 들어온 한 순경은 말했다. 리버스는 현장 분위기를 대충 알 것 같았다. 유치장과 CID(경찰청 범죄 수사과) 미결 서류함은 빠르게 채워지고 있었다. 술 취한 남편의 손가락을 고기 분쇄기에 쑤셔 넣은 여자. 현금인출기에 초강력 접착제를 발라놓은 후 나중에 돌아가 덮개를 뜯어낸 남자. 프린스 가에서 가방을 도난당한 관광객들. 그리고 다시 활개치고 다니는 캔 갱(Can Gang).

캔 갱의 수법은 단순했다. 그들은 버스 정류장 주변을 서성이다가 표적이 나타나면 슬그머니 다가가 음료수 캔을 권했다. 그들의 덩치에 주눅이 든 피해자는 내밀어진 음료를 순순히 받아 마실 수밖에 없었다. 캔에 담긴 맥주나 콜라에 모가돈(정신 안정제로, 불면증 치료에 쓰임) 같은 속효성 진정제가 섞여 있다는 사실을 모르는 채. 피해자가 의식을 잃으면 갱은 돈과 귀중품을 챙겨 달아났다. 피해자는 머리가 깨지거나 심한 경우에는 위세척을 받아야 하는 지경에 놓이기도 했다. 졸지에 거지가 되어버린 건 말할 것도 없었다.

그러는 동안 또 다른 곳에서는 폭탄 테러 협박이 있었다. 이번에는 로랜드 라디오가 아니라 신문사로 전화가 걸려왔다. 리버스는 협박 전화를 받은 기자를 만나보기 위해 신문사를 직접 찾아갔다. 어수선한 사무실에서는 평론가들이 머리를 싸맨 채 페스티벌 관련 논평을 쓰고 있었다. 문제의 기자가 쪽지에 적어놓은 내용을 읽어주었다.

"당장 페스티벌을 중지시키지 않으면 후회하게 될 거라고 했습니다."

"진지한 톤이었습니까?"

"네, 아주 진지했습니다."

"아일랜드 악센트였고요?"

"그렇게 들렸습니다."

"그냥 흉내만 냈을 수도 있지 않습니까."

기자는 어깨를 으쓱였다. 그가 기사 마감이 임박했다고 불평하자, 리버스는 그를 놓아줄 수밖에 없었다. 지난 일주일간 이런 협박 전화가 세 통이나 걸려왔다. 협박범들은 하나같이 페스티벌을 중지시키지 않으면 폭탄을 터뜨리겠다고 으름장을 놓았다. 경찰은 이 사건을 무척 진지하게 받아들이고 있었다. 어떻게 그러지 않을 수 있었겠는가? 다행히 아직까지는 겁을 집어먹은 관광객들이 달아나는 불상사는 벌어지지 않았다. 경찰은 관계자들에게 공연 전후로 보안 검사를 꼼꼼히 할 것을 신신당부했다.

세인트 레너즈로 돌아온 리버스는 총경에게 보고한 후 서류 작업을 시작했다. 마조히스트답게 그는 토요일의 늦은 교대 근무를 좋아했다. 밤에는 도시의 또 다른 모습을 감상할 수 있었다. 에든버러의 회색 영혼도 엿볼 수 있었다. 죄와 악은 검지 않았다. 그것들은 애매한 잿빛을 띠고 있었다. 언젠가 그는 그 사실을 놓고 한 사제와 언쟁을 벌인 적도 있었다. 도시는 밤새도록 범법자와 불평가들, 아내를 때리는 남자와 칼부림을 일삼는 어린 깡패들에게 시달렸다. 이기적인 무법자들의 게슴츠레한 눈빛도 이제는 지겨웠다. 존 리버스는 그저 별 탈 없이 밤을 흘려버릴 수 있기만을 간절히 바랄 뿐이었다.

밤 근무의 하이라이트는 구내식당에 내려가 동료들과 농담을 나누는 것이었다. 언제부터인가 리버스는 상대의 말에 집중하지 않고도 자연스럽게 미소를 머금을 수 있게 되었다.

"경위님, 콧수염 난 오징어 조크, 들어보셨습니까? 그놈이 레스토랑에 갔는데……"

리버스가 경장에게서 눈을 떼고 요란하게 울려대는 전화기를 향해 손을 뻗었다.

"리버스 경위입니다."

부하의 보고가 그의 얼굴에서 미소를 싹 가시게 만들었다. 그는 수화기를 내려놓고 의자 등받이에 걸쳐놓은 재킷을 낚아채 들었다.

"나쁜 소식인가요?" 경장이 물었다.

"장난전화는 분명 아니야."

하이 가는 몰려든 구경꾼들로 북적거렸다. 젊은 사람들은 자신들이 지지하는 프린지 공연에 활기를 불어넣기 위해 열심히 뛰어다니고 있었다. 지지? 어쩌면 그들은 연기자들인지도 몰랐다. 이미 유사한 종이들로 가득 채워진 손들에 필사적으로 자신들의 광고 전단지를 쑤셔 넣는 것을 보면.

"겨우 2파운드입니다. 프린지에서 가장 싼 가격에 즐길 수 있는 공연이에요!"

"세상에 이런 쇼는 또 없습니다!"

저글링하는 사람들, 얼굴을 우스꽝스럽게 칠해놓은 사람들, 그리고 온갖 악기로 거슬리는 불협화음을 만들어내는 사람들. 백파이프, 밴조, 그리고 커주 피리. 꼭 지옥에서 펼쳐지는 버스킹 전쟁을 보는 듯했다.

지역 주민들은 이번 페스티벌이 지난번보다 차분하다고 했다. 매번 예외 없이 튀어나오는 의견이었다. 리버스는 페스티벌이 단 한 번이라도 전성기를 누려본 적이 있었는지 궁금했다. 그가 보기에는 매년 별 차이가 없었다.

온화한 밤이었지만 그는 차창을 내리지 않았다. 사람들이 앞 유리 와이퍼에 끼워둔 전단지들 때문에 운전하는 데 어려움이 많았다. 그는 미소 짓는 연극 전공 학생들을 매섭게 쏘아보았다. 리버스에게는 난공불락의 적이었다. 10시가 다 되었지만 스코틀랜드의 여름답게 어둠은 완전하지 않았다. 그는 인적 끊긴 해변이나 산 정상에 홀로 앉아 사색에 잠긴 자신의 모습을 상상해보았다. 꼭 그렇게까지 할 필요가 있을까? 여기서도 항상 사색에 잠겨 살면서. 술 생각이 간절했다. 이제 한두 시간 후면 술집들은 속속 문을 닫게 될 것이다. 페스티벌 기간 동안 영업시간 연장 허가를 받지 않았다면.

그는 세인트 자일스 대성당 맞은편에 자리한 시청으로 향했다. 하이 가를 빠져나와 아치형 구조물을 통과하면 시청 앞에 마련된 주차장으로 들어설 수 있었다. 제복 경관 하나가 리버스를 알아보고 고개를 끄덕이며 길을 내주었다. 리버스는 순찰차 옆에 자신의 차를 세워놓고 시동을 끈 후 밖으로 나왔다.

"어서 오십시오, 경위님."

"어디지?"

경관이 턱으로 시청 측벽에 나있는 문을 가리켰다. 그들은 나란히 그쪽으로 걸어갔다. 문 옆에는 젊은 여자가 서 있었다.

"경위님." 그녀가 말했다.

"안녕, 메리."

"나가라고 했는데 말을 안 듣네요, 경위님." 경관이 사과했다.

메리 헨더슨은 못 들은 척했다. 시선은 리버스에게서 떨어지지 않았다. "무슨 일이죠?"

리버스가 그녀에게 윙크를 했다. "집회소예요, 메리. 우린 늘 이렇게 비밀 장소에서 모이거든요." 그녀가 그에게 눈을 흘겼다. "일단 들어가 봐야 알 것 같네요. 공연 구경 온 건가요?"

"네. 그런데 와보니 이쪽이 시끄럽더라고요."

"토요일은 쉬는 날 아닌가요?"

"기자들에겐 쉬는 날이란 없어요, 경위님. 이 문 뒤엔 대체 뭐가 기다리고 있는 거죠?"

"문에 유리 패널이 붙어 있잖아요, 메리. 직접 확인해보지 그래요?"

하지만 안에 보이는 것이라고는 문 몇 개가 나있는 폭 좁은 층계참뿐이었다. 열린 문 안으로는 지하로 통하는 계단이 보였다. 리버스가 경관을 돌아보았다.

"경찰 저지선을 쳐놓도록 해. 공연이 시작되면 관광객들이 이쪽으로 몰려들 거야. 필요하면 무전으로 지원을 요청하고. 자, 이만 실례할게요, 메리."

"공연은 예정대로 진행되는 건가요, 그럼?"

리버스가 안으로 잽싸게 들어가 문을 닫았다. 그는 백열전구가 켜진 계단을 따라 내려갔다. 아래서 누군가의 목소리가 들려왔다. 한 층을 내려가 모퉁이를 돌자 한 무리의 사람들이 눈에 들어왔다. 십 대 소녀 두 명과 소년. 그들 모두는 웅크린 자세로 앉아 있었다. 소녀들은 몸을 바르르 떨며 울고 있었다. 그들 너머로 제복 경관 한 명과 리버스의 눈에 익은 지역 검시관이 서 있는 게 보였다. 그들 모두가 일제히 리버스 쪽으로 고개를 돌렸다.

"경위님이 오셨어." 경관이 아이들에게 말했다. "우리가 다시 내려가 볼 테니까, 너희들은 여기서 기다려."

리버스는 십 대 아이들을 지나쳐 걸어갔다. 검시관이 근심 어린 눈빛으로 아이들을 바라보고 있었다. 그는 검시관에게 윙크를 하며 아이들은 걱정할 필요가 없다고 말해주었다. 하지만 검시관은 마음이 놓이지 않는 모양이었다.

세 남자는 아래층으로 내려갔다. 경관의 손에는 손전등이 들려 있었다.

"전기가 들어오긴 합니다." 그가 말했다. "하지만 전구가 몇 개 깨져 있습니다." 그들은 좁은 통로를 따라 걸었다. 천장에는 통풍구 공기통과 파이프 여러 개가 붙어 있었고, 바닥에는 조립을 기다리는 비계 재료가 가지런히 놓여 있었다. 그들은 앞에 나타난 또 다른 계단을 내려갔다.

"여기가 어딘지 아십니까?" 경관이 물었다.

"메리 킹스 클로즈." 리버스가 말했다.

그는 이곳에 와본 적이 없었다. 이와 유사한 하이 가의 오래된 지하도는 몇 번 가보았었지만, 그저 메리 킹스 클로즈라는 곳이 있다는 사실 정도만 알고 있을 뿐이었다.

"소문에 의하면 말입니다……" 경관이 말했다. "1600년대에 역병이 돌아서 많은 사람이 죽거나 이곳을 떠났다고 합니다. 떠난 사람들은 다시 돌아오지 않았고요. 그뿐 아니라 대화재도 발생했습니다. 그때 거리의 양 끝을 막아버렸는데요, 나중에 이 클로즈(한 쪽 끝이 막혀 있는 거리) 위로 도시가 재건됐답니다." 그가 손전등으로 3, 4층 높이의 천장을 비추었다. "저기 대리석 판이 보이시죠? 저게 바로 시청의 바닥입니다." 그가 미소를 지었다. "작년에 투어를 따라 들어와봤어요."

"대단하군요." 검시관이 말했다. 그가 리버스를 돌아보았다. "저는 갤러웨이 박사입니다."

"리버스 경위입니다. 감사하게도 빨리 와주셨군요."

검시관은 못 들은 척했다. "에이트킨 박사의 친구이시죠?"

아, 페이션스 에이트킨. 그녀는 집에 있었다. 지금쯤이면 두 발을 가지런히 모으고 앉아 자기계발서를 훑고 있을 것이다. 무릎에는 고양이가 늘어져 있을 것이고, 스피커에서는 따분한 클래식이 흘러나오고 있을 게 분명했다. 리버스가 고개를 끄덕였다.

"그녀와 같은 진료소에서 일했었죠." 갤러웨이 박사가 설명했다.

그들은 석조 건물들 사이의 좁고 가파른 도로로 들어섰다. 도로 한쪽에는 거친 배수로가 나 있었다. 통로 양옆으로는 오목 들어간 공간이 여럿보였다. 경관은 그 중 하나를 가리키며 한때 제과점이 있었던 자리라고 알려주었다. 아직도 오븐이 그대로 남아 있다면서. 경관은 슬슬 리버스의 신경을 건드리기 시작했다.

수많은 도관과 파이프와 전선들이 속속 그들 눈에 들어왔다. 클로즈의 끝은 엘리베이터 수직 통로로 막혀 있었다. 보수 공사 표지판, 시멘트 부대, 비계, 들통, 그리고 삽들. 리버스가 아크등을 가리켰다.

"저 등 말이야. 켤 수 있겠나?"

경관은 가능할 것 같다고 했다. 리버스는 주위를 찬찬히 둘러보았다. 축축하거나 서늘한 느낌은 없었다. 거미줄로 덮인 곳도 없었다. 지상으로부터 서너 층 깊이에 내려와 있었지만 공기는 의외로 신선했다. 리버스는 손전등으로 출입구를 비춰보았다. 복도 끝에는 나무로 된 변기가 설치되어 있었다. 시트를 올린 상태였다. 그 옆의 긴 방은 둥근 천장과 하얀 벽, 그리고 흙바닥으로 구성되어 있었다.

"저긴 와인 가게였습니다." 경관이 말했다. "옆방은 푸줏간이었고요."

그렇군. 그곳 역시 둥근 천장에 하얀 벽과 딱딱한 흙바닥으로 되어 있었다. 차이가 있다면 천장에 짧고 검은 쇠갈고리가 여럿 걸려 있다는 것뿐이었다. 한때 그곳에 고기를 걸어두었던 모양이었다.

그 중 하나에는 아직도 고기가 걸려 있었다.

젊은 남자의 시체였다. 번드르르한 검은 머리는 이마와 목에 달라붙어 있었다. 청년의 두 손을 묶어놓은 밧줄은 갈고리에 걸쳐져 있었다. 그의 두 손은 천장에, 발가락은 땅에 닿을락말락했다. 그의 발목 역시 꽁꽁 묶여 있는 상태였다. 아크등이 켜지자 사방에 뿌려진 피가 선명히 눈에 들어왔다. 빛과 그림자들이 벽과 천장을 훑어나갔다. 퀴퀴한 냄새가 풍겼지만 다행히 파리는 없었다. 갤러웨이 박사가 마른 침을 삼키자 목에서 후골이 꿈틀거렸다. 그는 당장이라도 구토를 쏟아낼 것만 같았다. 리버스는 뛰는 가슴을 진정시키려 애썼다. 그가 적당한 거리를 유지한 채 시체를 살펴보았다.

"설명해봐." 그가 말했다.

"네, 경위님." 경관이 입을 열었다. "아까 위층에서 보신 그 어린 친구들이 여기 내려왔던 모양입니다. 공사 때문에 투어도 중단됐거든요. 그들은 으스스한 밤에 꼭 한 번 내려오고 싶었답니다. 이곳에 얽힌 괴담이 좀 많은데, 머리 없는 개들과……"

"그 친구들이 열쇠는 어떻게 구했지?"

"한 녀석의 종조부가 이곳 투어 가이드랍니다. 은퇴한 도시 계획 설계자라나요."

"그러니까 유령을 찾으러 내려왔다가 이 시체를 발견했다는 얘기지?"

"그렇습니다, 경위님. 그들은 기겁을 하며 하이 가로 올라갔고, 마침 앤드류스 순경과 순찰을 돌던 저랑 맞닥뜨리게 된 거죠. 처음에는 걔들이 장난을 치는 줄 알았습니다."

하지만 리버스는 더 이상 듣고 있지 않았다. 그가 혼잣말하듯 중얼거렸다. "딱하게 됐군. 이런 험악한 꼴을 당하다니."

그는 조례를 무시하고 청년의 머리를 살며시 만져보았다. 머리는 아직 축축했다. 피해자는 금요일 밤에 숨졌을 것이고 주말 내내 이렇게 매달려 있었을 것이다. 범인의 자취와 단서를 찾는 건 쉽지 않아 보였다.

"어떻게 된 걸까요, 경위님?"

"총에 맞았어." 리버스가 벽에 튄 혈흔을 살펴보았다. "고속 라이플 같은 무기가 쓰인 것 같아. 머리, 팔꿈치, 무릎, 그리고 발목에 한 발씩 맞았군." 그가 깊은 숨을 한 번 들이쉬었다. "식스 팩."

클로즈 한쪽에서 누군가가 발을 질질 끌고 다가오는 소리가 들려왔다. 잠시 후, 손전등을 앞세운 두 형체가 문간에 모습을 드러냈다.

"왜 그리 울상인가, 갤러웨이 박사?" 남자의 목소리가 클로즈 구석에 웅크려 앉아있는 형체에게 물었다. 목소리의 주인을 알아본 리버스가 미소를 지었다.

"어서 오십시오, 커트 박사님." 그가 말했다.

검시관이 방 안으로 들어와 리버스와 악수를 나누었다. "숨은 도시. 굉장한 발견이네요." 그가 대동한 여자도 바짝 다가왔다. "서로 안면이 있나요?" 커트 박사가 오찬회를 연 집주인처럼 물었다. "리버스 경위, 이쪽은 검찰청에서 나온 래트레이 씨입니다."

"캐롤라인 래트레이예요." 그녀가 리버스와 악수를 나누었다. 그녀는 키가 컸고, 검은색 긴 머리를 뒤로 단정히 묶고 있었다.

"캐롤라인과 나는……" 커트가 말했다. "발레 공연을 보고 나서 저녁을 먹던 중 연락을 받았습니다. 그냥 데려왔어요. 이런 게…… 일석이조겠죠?"

커트의 입김에서 고급 요리와 와인 냄새가 풍겼다. 둘 모두 말쑥하게 차려입은 상태였다. 캐롤라인 래트레이의 검은 재킷에는 하얀 석고가루가 묻어 있었다. 리버스가 가루를 털어주기 위해 몸을 움직이자 시체를 처음 본 그녀가 황급히 시선을 돌려버렸다. 지극히 자연스러운 반응이었다. 커트는 폴리에틸렌 덧신을 구두에 씌우고 나서 마치 오찬회에 참석한 손님을 대하듯 시체 앞으로 성큼 다가갔다.

"몇 켤레를 항상 차에 보관해놓습니다." 그가 설명했다. "이런 경우에 대비해서 말이죠."

그가 시체의 머리를 잠시 살펴본 후 리버스를 돌아보았다.

"갤러웨이 박사는 이미 살펴봤겠죠?"

리버스가 천천히 고개를 저었다. 그는 검시관의 입에서 무슨 말이 튀어나올지 짐작할 수 있었다. 커트는 목이 잘리거나 흉측하게 으스러지거나 몸통만 남았거나 라드(돼지비계를 정제하여 하얗게 굳힌 것)처럼 녹아버린 시체들을 지겹도록 보아온 베테랑이었다. 이런 상황에서 그가 입버릇처럼 중얼대는 말이 있었다.

"이 딱한 친구는 죽었습니다."

"알려주셔서 감사합니다."

"크루가 오는 중이겠죠?"

리버스가 고개를 끄덕였다. 현장감식반은 작업에 필요한 모든 것을 밴에 싣고서 부리나케 달려오고 있었다. 대원들을 비롯해서 조명과 카메라, 테이프, 증거물용 봉지, 그리고 바디백까지. 사인이 명확하지 않거나 현장 상태가 심각하면 그에 따른 전문가들이 따라오기도 했다.

"제 생각엔……" 커트가 말했다. "검찰도 살인이라는 데 동의할 것 같군요.”

래트레이가 고개를 끄덕였다. 그녀는 여전히 시체를 보지 못하고 있었다.

“누가 봐도 자살은 아니죠.” 리버스가 말했다. 캐롤라인 래트레이는 피가 뿌려진 벽을 향한 채 서 있었다. 문간에서는 갤러웨이 박사가 손수건으로 입을 훔쳤다.

“사람을 보내 도구를 가져오게 해야 할 것 같습니다.” 커트가 천장을 올려다보며 말했다. “여긴 뭐하는 곳이었을까요?”

“푸줏간이었습니다, 박사님.” 경관이 의욕적인 톤으로 대답했다. “주변에는 와인 가게와 가정집도 있습니다. 원하시면 직접 들어가 보실 수도 있고요.” 그가 리버스를 돌아보았다. “경위님, 대체 식스 팩이 뭡니까?”

“식스 팩?” 커트가 말했다.

리버스는 천장에 매달린 시체를 물끄러미 올려다봤다. “형벌.” 그가 나지막이 말했다. “원래 이렇게 죽으면 안 되는 거였어. 바닥에 저것, 뭐지?” 그가 시체의 발을 가리켰다. 발밑 바닥에는 검은 얼룩이 남아 있었다.

“쥐들이 발가락을 뜯어먹은 모양입니다.” 커트가 말했다.

“아뇨. 그것 말고.” 땅에는 얕은 홈이 패어져 있었다. 엄지발가락으로 써놓은 모양이었다. 투박한 대문자 네 개가 똑똑히 보였다.

“네노(Neno)인가요, 네모(Nemo)인가요?”

“메모(Memo)일 수도 있겠군요.” 커트 박사가 말했다.

“네모 선장.” 경관이 말했다. “『해저 2만 리』에 나오는 캐릭터 아닌가요?”

“쥘 베른.” 커트가 고개를 끄덕이며 말했다.

경관은 고개를 저었다. “아뇨, 박사님. 월트 디즈니 만화에서 나오죠.” 그가 말했다.

2

일요일 아침, 리버스와 페이션스 에이트킨 박사는 함께 결심한대로 늦잠을 잤다. 먼저 일어난 리버스는 모퉁이 가게에서 크루아상(보통 아침 식사로 먹는 작은 초승달 모양의 빵)과 신문을 사왔다. 두 사람은 침대 커버에 쟁반을 놓아두고 신문의 같은 섹션을 훑으며 아침을 먹었다. 집중해 읽는 기사보다 그냥 흘려버리는 기사가 훨씬 많았다.

전날 밤 메리 킹스 클로즈에서 발견된 소름끼치는 사건 현장에 대한 내용은 어디서도 찾아볼 수 없었다. 뉴스가 너무 늦게 전해진 탓이었다. 하지만 지역 라디오 뉴스는 분명 이 사건을 언급할 것이다. 페이션스가 침대 옆에 놓인 라디오를 켰다. 다행히도 라디오 주파수는 클래식 전문 방송국에 맞춰져 있었다.

그의 교대 근무 시간은 자정에 끝났어야 했다. 하지만 살인 사건은 형사들의 교대 근무 스케줄을 망쳐놓기 일쑤였다. 살인 사건을 수사할 때는 하던 일을 끊고 나오기가 쉽지 않았다. 리버스는 새벽 2시까지 현장에 남아 야간 근무에 나선 형사들과 메리 킹스 클로즈의 시체에 대해 의논했다. 경감과 총경, 그리고 과학수사대가 있는 페츠 본부에 차례로 연락하는 것도 잊지 않았다. 플라워 경위는 계속해서 집에 들어가 보라고 했고, 고집을 부리던 리버스는 마침내 그의 조언을 받아들였다.

야간 근무의 가장 큰 문제는 귀가 후 잠을 쉽게 이룰 수 없다는 것이었다. 그는 집에 돌아와 겨우 네 시간 눈을 붙였을 뿐이었다. 하지만 그 정도면 충분했다. 그는 따뜻한 침대에 기어올라 곤히 잠들어있는 페이션트 옆에 몸을 눕힐 때가 좋았다. 그 과정에서 거슬리는 고양이를 슬그머니 밀어내 떨어뜨리는 기분도 나쁘지 않았고.

그는 잠자리에 들기 전 위스키를 조금 따라 마셨다. 약술로 마신 것이었지만 그는 페이션스에게 들키지 않으려 최대한 조용히 글라스를 씻어놓았다. 무수히 많은 불만 사항 중에도 그녀는 그의 음주 습관을 특히 곱게 보지 않았다.

"우리 나가서 먹어요." 그녀가 말했다.

"언제 말인가요?"

"오늘 점심."

"어디서?"

"카를롭스에 있는 그 레스토랑 알죠?"

리버스가 고개를 끄덕였다. "마녀의 도약." 그가 말했다.

"네?"

"그게 카를롭스의 의미예요. 거기 커다란 바위가 있거든요. 한때 마녀로 의심되는 여자들을 떠밀어버렸던 곳이에요. 떨어진 후 날아오르지 않으면 결백하다는 뜻이었죠."

"결백하면 죽는 거군요."

"당시 사법 체계는 완벽하지 않았어요. 물고문 의자(옛날에 죄인을 긴 나무 끝에 매달아 물속에 처박던 형구) 하나면 끝이었죠."

"그런 걸 어떻게 다 알아요?"

"언젠가 들었어요. 요즘 젊은 경관들은 꽤 똑똑하더라고요." 그가 잠시 머뭇거렸다. "나가서 점심 먹는 것 말인데…… 난 일 때문에 곤란할 것 같아요."

"오, 허튼수작 부리지 말아요."

"페이션스. 어젯밤 살인 사건이……"

"존. 자꾸 그렇게 밖으로만 돌면 여기서 살인이 벌어질지도 몰라요. 몸이 아파서 못 나간다고 전화해요."

"그럴 수 없어요."

"당신이 못하겠다면 내가 할게요. 난 의사니까 내 말을 믿어줄 거예요."

과연 그녀가 장담한 대로였다.

점심식사를 마친 그들은 카를롭스 록을 슬슬 거닐다가 바람이 거센 펜틀런드로 올라갔다. 옥스퍼드 테라스로 돌아오자 페이션스는 볼일이 있다며 집을 나섰다. 정리할 서류나 계산할 세금이나 훑어볼 의학 학술지가 있는 모양이었다. 그래서 리버스는 차를 몰고 퀸스페리 가에 자리한 영원한 지옥의 성모(Our Lady of Perpetual Hell) 성당으로 향했다. 게시판의 짓궂은 낙서는 수정되지 않은 상태였다. '지옥(Hell)'이 아니라 '도움(Help)'인데.

서늘한 성당 안은 텅 비어 있었다. 스테인드글라스로 스며든 은은한 빛이 정적에 묻힌 실내를 밝혀주고 있었다. 그는 혹시나 하는 마음에 고해실로 들어가보았다. 칸막이 너머에는 누군가가 앉아 있었다.

"용서하십시오, 신부님." 리버스가 말했다. "저는 가톨릭 신자도 아닙니다."

"아, 이런, 또 당신이군요. 이교도. 그렇지 않아도 보고 싶었습니다. 당신의 도움이 필요해요."

"그건 오히려 제가 쳐야 할 대사가 아닙니까?"

"까불지 말아요. 자, 같이 한잔 하면서 얘기합시다."

코너 리어리 신부의 나이는 쉰다섯 살에서 일흔 살 사이였다. 그 중 어느 쪽에 더 가까운지는 자신도 모른다고 했다. 그는 건장한 체구에 숱 많은 은백색 머리를 가지고 있었다. 귀와 코에서는 하얀 털이 흉측하게 삐져 나왔다. 사복 차림이었다면 은퇴한 항만 근로자나 숙련공으로 오해받았을 게 분명했다. 리어리 신부는 소싯적에 권투선수로 활약했었다면서 색 바랜 사진을 그 증거로 내밀었다. 그는 강조하고 싶은 말이 있을 때마다 허공에 가볍게 잽을 날리곤 했다. 말대꾸를 원치 않을 때는 강한 어퍼컷을 휘둘렀고. 그와 대화를 나눌 때마다 리버스는 심판의 부재가 늘 아쉬웠다.

하지만 오늘, 리어리 신부는 무척 편안하고 차분한 모습으로 정원의 덱 체어(목재나 철재로 된 뼈대에 천 등을 씌워 쉽게 접을 수 있게 만든 의자)에 앉아 있었다. 온화하고 맑은 저녁, 바다에서는 서늘한 바람이 불어왔다.

"열기구를 타고 둥둥 떠다니기 좋은 날이군요." 리어리 신부가 기네스를 한 모금 넘기고 나서 말했다. "번지점프를 하기에도 좋을 것 같고. 메도우즈에서는 한창 그런 것들이 준비되고 있겠네요. 아무래도 페스티벌 기간이라 그렇겠죠. 그건 나도 꼭 한번 시도해보고 싶었습니다."

리버스는 말없이 고개만 끄덕였다. 그의 기네스는 치과용 마취약으로 써도 될 만큼 차가웠다. 그는 덱 체어에 앉은 채로 몸을 꼼지락거렸다. 의자의 캔버스 천은 낡아서 올이 다 드러난 상태였다. 리버스는 언제 무너져 내릴지 모르는 낡은 의자가 영 불안했다.

"내 정원 어떻습니까?"

리버스가 화려한 꽃들과 잘 관리된 잔디를 찬찬히 둘러보았다. "사실 정원에 대해선 아는 게 별로 없습니다." 그가 솔직하게 말했다.

"나도 마찬가지예요. 하지만 모르는 게 죄는 아니지 않습니까. 여긴 잘 아는 친구가 돈 몇 푼 받고 대신 관리해주고 있어요." 그가 글라스를 입으로 가져갔다. "그간 어떻게 지냈습니까?"

"뭐 그럭저럭."

"에이트킨 박사는?"

"잘 있습니다."

"둘 다 아직도……?"

"네, 아직도 그렇습니다."

리어리 신부가 고개를 끄덕였다. 리버스의 딱딱한 톤은 더 이상 파고들지 말라는 경고였다. "또 폭파 협박이 있었다죠? 라디오로 들었습니다."

"장난일 수도 있고요."

"하지만 확실하진 않죠?"

"IRA는 주로 코드워드(음어)를 씁니다. 자신들이 진지하다는 걸 증명하기 위해서 말이죠."

리어리 신부가 고개를 끄덕였다. "그럼 살인 사건은?"

리버스는 남은 술을 마저 들이켰다. "현장에 가봤습니다."

"사건은 페스티벌 기간에도 예외 없이 터지는군요. 관광객들이 이 도시를 어떻게 생각하겠습니까?" 리어리 신부의 눈이 반짝거렸다.

"이젠 관광객들도 진실을 알아야죠." 리버스가 말했다. 그의 입에서 긴 한숨이 터져 나왔다. "아주 끔찍했습니다."

"저런. 그것도 모르고, 내가 너무 산망스럽게 굴었군요."

"괜찮습니다. 방어 본능이었을 뿐인데요 뭐."

"맞아요. 방어 본능."

리버스는 그것에 대해 잘 알고 있었다. 그가 현장에서 커트 박사와 질리도록 농담을 나누는 것도 어찌 보면 그런 본능 때문이라 할 수 있었다. 부인할 수 없는 명백한 사실을 회피하려는 그들만의 방법. 하지만 어젯밤 이후로 리버스는 천장에 매달려 있던 신원미상의 청년을 뇌리에서 지워내지 못했다. 어쩌면 그 이미지는 그의 머릿속에 영원히 남게 될지도 몰랐다. 공포는 누구에게나 사진처럼 정확한 기억을 안겨주었다. 그가 음울한 메리 킹스 클로즈를 둘러보고 하이 가로 올라왔을 때 마치 기다렸다는 듯 불꽃놀이가 시작되었다. 거리로 쏟아져 나온 사람들은 밤하늘을 화려하게 수놓은 파란색과 초록색 불꽃을 넋 놓고 감상했다. 폭죽은 문신 전시회가 막을 내린 직후 성에서 쏘아올린 것이었다. 그날, 그는 메리 헨더슨을 상대하고 싶지 않았고, 그래서 일부러 외면했었다.

"제게 이러시면 안 되죠." 그녀는 툴툴거렸다.

"아주 좋군요." 리어리 신부가 의자 등받이에 몸을 갖다 붙인 채 말했다.

위스키도 리버스의 머릿속 이미지를 지워내지 못했다. 오히려 모서리와 가장자리가 번지면서 중앙의 피사체가 더 도드라져 보였다. 술을 마실수록 이미지는 점점 더 선명해질 뿐이었다.

"우리가 여기 온지는 오래되지 않았습니다. 그렇죠?" 그가 말했다.

리어리 신부가 미간을 찌푸렸다. "이 세상에 말입니까?"

"그렇습니다. 자그마한 어떤 변화라도 이끌어내기에는 우리가 너무 미약해요."

"지금 주머니에 폭탄을 숨기고 있는 사람은 그렇게 생각하지 않을걸요.

우리 모두는 이곳에 살아 숨 쉬는 것만으로 세상을 변화시키고 있어요."

"폭탄 테러범을 얘기하는 게 아닙니다. 그를 막을 방법을 얘기하는 거예요."

"경찰로 살아가는 것 말이죠?"

"솔직히 저도 제가 무슨 얘길 하고 있는지 모르겠습니다."

리어리 신부가 살짝 미소를 지었다. 그의 시선은 리버스에게 단단히 고정되어 있었다. "일요일인데 너무 무거운 얘기만 하고 있군요."

"원래 일요일은 이런 얘길 나누라고 있는 거 아니었습니까?"

"당신 같은 칼뱅파 사람들에겐 그렇겠죠. 불행해 미치겠다면서도 일주일 내내 그걸 우스개 취급하고. 우리 같은 사람들은 그저 하루하루를 감사한 마음으로 살아갈 뿐인데 말입니다."

리버스는 앉은 채로 몸을 꿈틀거렸다. 그는 요즘 들어 리어리 신부와의 대화가 즐겁지 않았다. 사제가 자신을 개종시키려한다는 느낌이 은근히 들었기 때문이었다. "이제 본론으로 들어가시죠." 그가 말했다.

리어리 신부가 미소를 지었다. "역시 신교도답군요."

"설마 저를 개종시키려고 이곳으로 끌고 오신 건 아니겠죠?"

"우린 당신 같은 우울한 타입에 관심 없습니다. 당신을 개종시키는 것보다 옆바람 부는 머레이필드에서 50야드짜리 페널티킥을 성공시키는 게 훨씬 쉬울 겁니다." 그가 한 손을 들고 살랑였다. "뭐 그렇다고 당신에게 문제가 있다는 건 아닙니다." 그가 손가락으로 바짓가랑이에 잡힌 주름을 살살 문질렀다.

"원하신다면 한번 시도해보셔도 됩니다."

"어느새 역할 전환이 일어났군요. 하긴 뭐, 어느 정도 예상했던 일입니다."그가 덱 체어에 앉은 채 몸을 앞으로 기울였다. 의자가 잠시 삐걱거렸다. "자, 본론으로 들어가죠. 혹시 필뮤어를 알고 있습니까?"

"그걸 질문이라고 하십니까?"

"알아요. 어리석은 질문이라는 거. 필뮤어의 가리발디 주택 단지도 물론 잘 알 테고."

"가르-비(Gar-B)는 이 도시, 아니, 이 나라에서 가장 거칠고 위험한 동네죠."

"당신 말대로 아주 험악한 곳이에요. 물론 좋은 사람들도 있지만요. 우리 성당은 그곳에 봉사 활동가 한 명을 보냈습니다."

"그에게 문제가 생긴 건가요?"

"어쩌면요." 리어리 신부는 남은 술을 마저 들이켰다. "사실 그건 내 아이디어였습니다. 그 동네에 폐쇄된 채 방치돼온 마을 회관이 하나 있는데 난 그걸 다시 열어 청소년 클럽으로 활용하고 싶었어요."

"가톨릭 신자들 전용으로?"

"두 종교 다죠." 그가 다시 등받이에 몸을 붙였다. "무신론자라도 다 받아들일 생각이었어요. 가리발디는 가톨릭 신자보다 신교도가 특히 많은 구역입니다. 우린 당국의 동의를 얻었고, 약간의 기금까지 조성해둔 상태였어요. 그러고 나서는 그곳 운영을 맡아줄 정력적인 인물을 찾아 나섰죠." 그가 허공에 가볍게 주먹을 날렸다. "양측 간의 융화를 무난히 도모해줄 인물."

그건 미션 임파서블일 텐데. 리버스는 생각했다. 이 계획은 10초 후 폭파됩니다.

가르-비는 종파의 분리 말고도 문제가 많은 곳이었다. 신교도와 가톨릭 신자들은 같은 거리, 같은 아파트에 살고 있었다. 서로 조화를 이루면서. 가난을 함께 공유하면서. 하지만 무료함에 지친 그곳의 청소년들은 대립적인 갱을 만들어 전쟁을 벌이느라 바빴다. 매년 몇 차례씩 경찰이 출동해 뜯어말려야 하는 대격전이 벌어지기도 했다. 신교도들의 축제일인 7월 12일에는 예외 없이 충돌이 발생했다.

"그래서 SAS(공군 특수부대) 대원을 투입하셨나요?" 리버스가 물었다. 리어리 신부가 그 농담을 이해하기까지는 시간이 조금 걸렸다.

"그건 아니고." 그가 말했다. "남다른 정신력을 가진 평범한 청년을 그리 보냈습니다." 그의 주먹이 다시 허공을 갈랐다. "신앙심도 깊은 청년이죠. 하지만 한동안은 대참사 수준이었어요. 아무도 우리 클럽을 찾지 않는 겁니다. 매일 창문이 박살나기 일쑤였어요. 유리를 새로 끼워놓기가 무섭게 돌이 날아들었죠. 보기 민망한 낙서는 애교 수준이었고요. 하지만 그는 묵묵히 제 할 일을 했고, 조금씩 변화를 이끌어냈습니다. 기적이 일어난 것이죠. 클럽을 찾는 사람들이 점점 늘어났고, 상극이던 양측은 별 탈 없이 잘 어울렸습니다."

"그런데 뭐가 문제죠?"

리어리 신부가 어깨를 축 늘어뜨렸다. "분위기가 좀 이상하게 흘러갔어요. 난 그저 건전한 스포츠 프로그램 정도를 기대했을 뿐인데. 동네 축구팀을 만들거나 뭐 그런 활동 말이죠. 우린 유니폼을 맞추고 지역 리그에 등록까지 해둔 상태였어요. 하지만 애들이 관심을 보이지 않더군요. 그들이 원하는 건 회관에 죽치고 앉아 허송세월하는 것뿐이었죠. 문제는 그뿐만이 아니었어요. 언제부터인가 가톨릭 쪽 애들이 모이지 않았어요. 이미 가입한 애들도 나타나지 않았고요." 그가 리버스를 쳐다보았다. "걔들이 단순히 오기로 그런 건 아닙니다."

리버스가 고개를 끄덕였다. "그럼 신교도 갱들 때문에?"

"뭐 꼭 그렇다는 얘긴 아닙니다."

"제 귀엔 그렇게 들리는군요. 그럼 그…… 봉사 활동가는 어떻게 됐습니까?"

"그의 이름은 피터 케이브입니다. 아직도 그곳을 지키고 있죠. 이젠 안 그래도 되는데."

"그게 왜 문제인지 모르겠군요." 사실 그는 그 이유를 알고 있었다. 그 저 사제의 입을 통해 듣고 싶었을 뿐이었다.

"존, 난 그 동네 사람들을 만나봤어요. 악명 높은 필뮤어의 갱들이 이젠 하나가 됐다더군요. 그들이 그곳을 사이좋게 나눠가졌답니다. 점점 조직 화되어가는 중이죠. 회관에서 미팅을 갖고 거기서 합의된 내용에 따라 주 변 구역을 분할해나가고 있어요."

"그들이 밖으로 나오지 않게 된 건 잘된 일 아닙니까?" 리어리 신부는 웃지 않았다. "클럽을 폐쇄해버리면 되지 않습니까."

"그게 말처럼 쉬운 일이 아닙니다. 일단 외부에서 보기에 좋지 않고요, 설령 폐쇄한다고 해도 뭐가 달라지겠습니까?"

"케이브 씨와 의논은 해보셨습니까?"

"내 말을 통 들으려 하지 않아요. 그동안 많이 변했더군요. 그 점이 가 장 신경 쓰입니다."

"언제든 쫓아낼 수 있지 않습니까."

리어리 신부가 고개를 저었다. "그는 평신도예요. 내 명령을 따를 의무 가 없단 말입니다. 우린 클럽에 재정 지원을 끊었습니다. 하지만 신기하게도 어딘가에서 계속 돈이 들어오고 있어요."

"어디서요?"

"나도 몰라요."

"얼마나 들어왔습니까?"

"운영하는 데는 큰돈이 들지 않습니다."

"제가 어떻게 도와드리면 되겠습니까?" 리버스는 기어이 원치 않는 질문을 던지고 말았다.

리어리 신부의 지친 얼굴에 다시 미소가 머금어졌다. "솔직히 나도 그걸 모르겠어요. 그냥 누구에게라도 이 얘길 들려주고 싶었습니다."

"말씀 빙빙 돌리지 마세요. 그러니까 제가 거기 한번 가보라는 거 아니십니까."

"원치 않는다면 거절해도 괜찮아요."

이번에는 리버스가 미소를 지었다. "아주 험한 곳이에요."

"그보다 더한 곳도 많이 다녀보지 않았습니까."

"말씀드린 적도 없는데 잘 아시는군요, 신부님." 리버스가 남은 술을 마저 마셨다.

"한 잔 더?"

그는 고개를 저었다. "여기 아주 좋네요. 조용하고."

리어리 신부가 고개를 끄덕였다. "그게 바로 에든버러가 좋은 이유죠. 이런 평화로움을 마음껏 누릴 수 있다는 것."

"하지만 조금만 벗어나면 지옥이 펼쳐지죠. 술 잘 마셨습니다, 신부님." 리버스가 자리에서 일어났다.

"어제 당신 팀이 이겼더군요."

"왜 제가 하츠를 응원할 거라 생각하시죠?"

"그들은 신교도들이니까요. 안 그렇습니까? 당신도 신교도이고."

"저는 이만 지옥으로 돌아가 보겠습니다, 신부님." 리버스가 웃으며 말했다.

리어리 신부도 천천히 몸을 일으켰다. 허리를 펴는 그의 얼굴이 살짝 일그러졌다. 일부러 나이 든 척을 하는 것이었다. "가르-비 문제 말입니다, 존." 그가 두 팔을 활짝 벌렸다. "당신만 믿겠습니다."

부담 한번 후하게 주는군. 리버스는 생각했다.

3

월요일 아침, 리버스는 총경 사무실에 불려왔다. '농부' 왓슨은 자신과 프랭크 로더데일 경감의 컵에 차례로 커피를 따랐다. 리버스는 정중히 사양했다. 요즘 그는 디캐프(카페인을 제거한 커피)만 마셨다. 농부가 그 의미를 알 리가 없었다.

"아주 정신없는 토요일이었어." 농부가 로더데일에게 더러운 머그잔을 건네며 말했다. 로더데일은 머그잔 가장자리에 묻은 얼룩을 엄지손가락으로 몰래 문질러 닦았다. "그건 그렇고, 기분은 좀 나아졌나, 존?"

"많이 나아졌습니다, 총경님. 감사합니다." 리버스가 얼굴도 붉히지 않은 채 대답했다.

"시청 지하 현장이 아주 끔찍했다고 들었는데."

"그렇습니다, 총경님."

"어떻게 된 일인지 들려주게."

이번에는 로더데일이 입을 열 차례였다. "피해자는 9밀리미터 리볼버(회전식 연발 권총)로 일곱 발을 맞았습니다. 탄도 분석 결과는 오늘 오후에나 받아볼 수 있을 겁니다. 커트 박사는 머리 총상이 사인인 것 같다더군요. 마지막 총알 말입니다. 범인들은 피해자에게 최대한 고통을 주려 했던 것 같습니다."

로더데일이 깨끗해진 머그잔 가장자리를 입으로 가져갔다. 홀에는 그가 지휘하는 상황실이 차려진 상태였다. 기자회견과 TV 인터뷰 가능성을 염두에 두었는지 그는 옷차림에 꽤 신경을 쓴 듯했다. 로더데일은 한껏 들떠 있었다. 리버스가 머그잔을 들고 있었다면 분명 실수인 척하며 연보라색 셔츠와 페이즐리(특히 직물 도안에 쓰이는, 깃털이 휘어진 모양의 무늬) 넥타이에 슬쩍 커피를 쏟았을 것이다.

"자네는 어떻게 봤나, 존?" 농부 왓슨이 말했다. "누군가가 '식스 팩'을 언급했다던데."

"네, 총경님. 북아일랜드 처형 방식입니다. 주로 IRA가 쓰는 수법이죠."

"총으로 무릎을 쏜다는 얘긴 나도 들었네."

리버스가 고개를 끄덕였다. "경범죄는 팔꿈치나 발목을 못 쓰게 만듭니다. 중범죄는 무릎이고요. 식스 팩은 양쪽 팔꿈치, 양쪽 무릎, 그리고 양쪽 발목에 모두 총알이 박히는 걸 의미합니다."

"자넨 많은 걸 알고 있구만."

"군대에 다녀왔거든요. 아직도 그런 것들에 관심이 있고요."

"얼스터에도 가봤었나?"

리버스가 고개를 천천히 끄덕였다. "신참 때 가봤습니다."

로더데일 경감이 머그잔을 책상에 조심스레 내려놓았다. "하지만 실제로 죽이는 경우는 드물지 않은가."

"그렇습니다."

세 남자는 잠시 침묵에 빠졌다. 농부가 먼저 입을 열었다. "IRA 갱? 여기서?"

리버스가 어깨를 으쓱였다. "모방범죄일 수도 있고요. 신문이나 TV에서 본 깃을 흉내 내 본 갱들."

"그들이 진짜 총을 썼다고?"

"충분히 가능한 일이죠." 로더데일이 말했다. "어쩌면 폭파 협박 사건과도 관련이 있는지 모릅니다."

농부가 고개를 끄덕였다. "언론은 이미 그렇게 넘겨짚고 있어. 우리가 쫓는 폭파범이 조직을 배신한 대가로 처형된 건 아닐까?"

"이상한 건 또 있습니다, 총경님." 리버스가 말했다. 그는 날이 밝기가 무섭게 커트 박사에게 전화를 걸어 몇 가지 사실을 확인한 바 있다. "그들은 피해자 뒤에서 무릎을 박살냈습니다. 최대한의 손상을 주기 위해서 말입니다. 무릎을 쏘기 전엔 동맥부터 끊어놓고 말이죠."

"그래, 무슨 얘기가 하고 싶은 건가?"

"두 가지만 말씀드리겠습니다. 첫째, 그들은 풋내기 아마추어가 아닙니다. 둘째, 그냥 죽이면 될 것을 왜 군이 그렇게까지 했을까요? 어쩌면 범인들은 마지막 순간에 생각을 바꾸었는지도 모릅니다. 피해자는 살아야 할 운명이었을 수도 있고요. 범행에 쓰인 무기는 리볼버였습니다. 여섯 발을 쏠 수 있죠. 범인들은 피해자의 머리에 마지막 한 발을 박아 넣기 전에 총을 재장전했을 겁니다."

세 남자는 서로의 시선을 애써 피하며 잠시 머리를 굴렸다. 각자 피해자의 입장이 되어 당시 상황을 그려보는 중이었다. 식스 팩을 당했다. 이제 다 끝났다. 하지만 곧바로 권총이 재장전되는 소리가 들려온다……

"맙소사." 농부가 말했다.

"총이 도처에 널려있는 게 문제입니다." 로더데일이 덤덤하게 말했다. 사실이었다. 지난 몇 년간 총기 사건은 꾸준히 증가해왔다.

"왜 하필 메리 킹스 클로즈지?" 농부가 물었다.

"사람이 없는 곳이니까요." 리버스가 말했다. "완벽하게 방음이 되는 공간이기도 하고요."

"어디 그런 곳이 한둘인가? 페스티벌이 한창일 때 하이 가 한복판에서 일을 벌이는 건 누가 봐도 어리석은 짓이야. 보통 배짱이 아니면 불가능한 일이라고. 난 그 이유가 궁금해."

리버스도 그것을 궁금해 하던 차였다. 하지만 그로부턴 답이 없었다.

"네모, 아니면 메모?"

이번에는 로더데일의 차례였다. 커피로부터의 일시적 해방. "그 부분도 살펴보고 있습니다, 총경님. 도서관과 전화번호부를 샅샅이 뒤져 그 의미를 밝혀낼 생각입니다."

"그 십 대 애들은 인터뷰해봤나?"

"네, 총경님. 거짓말하는 것 같진 않았습니다."

"걔들에게 열쇠를 줬다는 사람은?"

"그가 준 게 아니었습니다. 그 애들이 몰래 훔친 거였죠. 그는 칠십 대 노인입니다. 다림줄만큼이나 올곧은 타입."

"내가 아는 건축업자들은 말이야……" 농부가 말했다. "다림줄 정도는 쉽게 구부릴 줄 알더라고."

리버스가 미소를 지었다. 그도 그런 건축업자들을 여럿 알고 있었다.

"메리 킹스 클로즈에서 작업했던 모든 사람을 차례로 만나보고 있습니다." 로더데일이 불쑥 말했다. 그는 농부의 농담을 이해하지 못한 듯했다.

"존." 농부가 말했다. "자네 군대에 다녀왔다고 했지? 문신은 어떻게 생각하나?"

그래, 문신. 리버스가 미처 떠올리지 못한 부분이었다. 현장감식반이 일요일 내내 작업에 매달렸던 모양이었다. 농부는 책상에 놓인 부검 사진을 들여다보고 있었다. 감식반이 토요일에 촬영한 사진들은 이번 것만큼 선명하지 않았다.

사진 속 피해자의 오른쪽 팔뚝에는 문신이 새겨져 있었다. 그가 직접 새겨 넣었는지 문신은 무척 조잡해 보였다. 십 대 아이들이 유행처럼 바늘과 파란 잉크로 손등에 새겨 넣는 것과 비슷했다. 피해자는 자신의 피부에 'SaS'라고 새겨놓았다.

"이건 공군 특수부대가 아닙니다." 리버스가 말했다.

"아니라고?"

리버스가 고개를 저었다. "아닌 이유가 여럿 있습니다. 우선 가운데 'a'는 대문자가 되어야 합니다. 그리고 제대로 된 SAS 문신을 갖고 싶다면 심벌을 빠뜨려선 안 되겠죠. 칼과 날개, 그리고 '용기 있는 자가 승리한다'라는 구호."

"군대에 다녀오지 않았던 모양이군." 로더데일이 말했다.

"왜 굳이 이런 문신을 새겨 넣었을까요?"

"뭐 알아낸 거 없나?" 농부가 물었다.

"계속 알아보고 있습니다, 총경님." 로더데일이 말했다.

"이 친구 신원도 확인되지 않았고?"

"네, 아직 모릅니다."

농부 왓슨이 한숨을 내쉬었다. "오늘 회의는 여기까지 하지. 다들 너무 정신이 없어. 페스티벌 협박 사건도 있고. 하지만 이 사건을 최우선적으로 수사하도록 해. 동원 가능한 인력을 다 데리고 나가라고. 최대한 신속히 해결해야 하네. 벌써부터 특수부와 수사반이 흥미를 보이기 시작했어."

아. 리버스는 생각했다. 그래서 농부가 이렇게 법석을 떨어댄 거로군. 평소 같았으면 로더데일에게 알아서 처리하라며 모든 걸 맡겨버렸을 텐데. 로더데일은 상황실 운영에 재능이 있었다. 문제는 현장에서 늘 무능함을 드러낸다는 것이었다. 왓슨은 책상에 널린 보고서를 훑고 있었다.

"캔 갱이 또 일을 벌인 모양이군."

잽싸게 사무실을 빠져나와야 할 타이밍이었다.

리버스는 필뮤어에 발을 들인 적이 있었다. 그는 그곳에서 좋은 경찰이 잘못된 길로 들어서는 걸 보았고, 어둠도 맛보았다. 드문드문 풀이 난 길과 부러진 묘목들이 눈에 들어오자 속이 쓰려왔다. 관광객들이 찾을만한 곳은 아니었지만 환영 표지판은 제자리를 굳건히 지키고 있었다. 누군가의 박공벽에 하얀 페인트로 큼지막하게 적어놓은 카피. 가르-비에 오신 걸 환영합니다.

가르-비는 아이들이 가리발디 주택 단지에 붙여준 별명이었다. 60년대 초반에는 테라스식(비슷하게 생긴 주택들이 연이어 늘어서 있는 형태의 집이나 거리) 집들이 대세였고, 60년대 후반에는 고층 아파트가 인기를 끌었다. 그곳의 모든 건물에는 회색으로 애벌칠이 되어 있었다. 간선 도로와 주택 단지 사이에는 기다란 띠 모양의 잔디밭이 펼쳐졌다. 곳곳에 주황색 플라스틱 트래픽 콘(도로의 공사 구간 등에 설치하는 원뿔형의 위험 경고 표지)들이 나뒹굴었다. 축구 골대나 자전거용 시케인(속도를 줄이게 하기 위한 이중 급커브길)으로 쓰이는 모양이었다. 지난해, 몇몇 진취력 있는 영혼들이 그것들을 도로에 세워놓고 차량의 흐름을 가르-비 쪽으로 유도한 적이 있었다. 아이들은 진출입로에 줄지어 서서 차가 들어올 때마다 돌과 빈병을 던져 위협했다. 운전자가 차를 버리고 달아나면 그들은 돈이 되는 모든 것을 유유히 챙겨가 버렸다. 타이어는 물론이고 좌석 커버와 엔진 부품까지.

그 후로 그곳을 지나는 운전자들은 실제 도로 공사를 위해 세워놓은 트래픽 콘을 무시하게 되었고, 결국 새로 파놓은 도랑에 차가 처박히는 불상사를 겪어야만 했다. 가르-비의 아이들은 그들이 버리고 간 차들에도 자비를 베풀지 않았다.

그들의 재간은 감탄을 자아냈다. 돈과 기회만 주어진다면 그 아이들은 자본주의 국가의 구원자가 될 수도 있을 것이다. 하지만 당국은 그들에게 실업 수당과 주간 TV 방송만을 안겨주었을 뿐이었다. 십 대 초반 아이들의 시선이 주차를 마치고 나온 리버스에게 집중되었다. 그들 중 하나가 소리쳤다.

"다른 차는 어디 있죠?"

"그가 아니야." 또 다른 녀석이 친구의 발목을 툭 차며 말했다. 자전거에 올라있는 두 아이가 그룹의 리더들인 것 같았다. 리버스가 손짓해 그들을 불렀다.

"왜요?" 그들이 쪼르르 다가왔다.

"내 차를 좀 잘 지켜줘." 그가 말했다. "누가 건드리려고 하면 너희들이 혼쭐을 내줘. 알았지? 돌아와서 2파운드를 줄 테니까."

"지금 절반을 줘요." 첫 번째 아이가 말했다. 두 번째 아이는 고개를 끄덕였다. 리버스가 돈을 건네자 그들이 잽싸게 주머니에 쑤셔 넣었다.

"어차피 저 차는 아무도 건드리지 않을 거예요." 두 번째 아이의 말에 친구들이 일제히 웃음을 터뜨렸다.

리버스는 천천히 고개를 저었다. 이곳에서 듣는 속사포 같은 재잘거림은 프린지의 스탠드업 코미디 공연보다 훨씬 재미있었다. 두 소년은 형제인 듯했다. 1930년대 길거리에서나 볼 법한 형제. 그들은 모던 스타일의 싸구려 옷을 걸치고 있었다. 머리는 짧았고, 얼굴은 누렇게 떴으며, 눈에는 다크서클이 가득했다. 빛바랜 옛날 사진에 단골로 등장하는 아이들의 모습. 커다란 부츠, 일그러진 얼굴들. 그들은 무리의 최고 연장자들일 뿐만 아니라 리버스보다도 성숙해 보였다.

리버스는 돌아서며 그들의 모습이 담긴 적갈색 사진을 떠올렸다.

그는 마을 회관 쪽으로 걸음을 옮겼다. 임대 차고와 12층 아파트를 차례로 지나자 마침내 마을 회관이 나타났다. 칙칙해 보이는 마을 회관은 작은 홀에 지나지 않았다. 모든 창문에는 판자가 쳐져 있었고, 외벽 곳곳에는 의미를 알 수 없는 낙서들이 남겨졌다. 콘크리트로 에워싸인 건물은 낮고 평평한 지붕으로 덮여 있었다. 새까만 아스팔트 옥상에 누워 담배를 피우고 있는 십 대 소년 네 명이 리버스의 눈에 들어왔다. 웃통을 벗어젖힌 그들은 허리에 티셔츠를 두르고 있었다. 사방에 널린 유리 파편들이 마술 쇼 무대를 연상시켰다. 그들 중 하나는 옆에 종이를 수북이 쌓아놓고 비행기를 접어 차례로 날려버리는 중이었다. 잔디에 널린 비행기들을 보니 관제탑은 오전 내내 바빴던 모양이었다.

건물 정문에는 페인트가 길게 벗겨진 자국이 여럿 남아 있었다. 그 밑으로 드러난 합판에는 커다란 구멍이 뚫렸다. 누군가가 발이나 주먹으로 뚫어놓은 것이었다. 하지만 문은 자물쇠 두 개로 굳게 잠긴 상태였다. 소년 두 명이 한쪽 외벽에 등을 기댄 채 앉아 있었다. 두 다리를 쭉 뻗고 앉아 있는 모습이 꼭 휴식 중인 경비원을 보는 듯했다. 그들의 운동화는 심하게 닳아 너덜거렸고, 기워 입은 청바지의 상태도 말이 아니었다. 어쩌면 요즘 유행하는 스타일인지도 몰랐다. 한 명은 검은 티셔츠 차림이었고, 또 한 명은 데님 재킷을 걸치고 있었다. 풀어헤친 셔츠 안으로는 맨살이 드러나 있었다.

"잠겼어요." 데님 재킷이 말했다.

"언제 열리는데?"

"밤에요. 하지만 경찰은 출입금지예요."

리버스가 미소를 지었다. "넌 처음 보는 것 같은데. 이름이 뭐지?"

소년은 말없이 미소만 지어 보였다. 그 옆에서 검은 티셔츠가 어색하게 웃었다. 두 소년의 머리에는 하얀 얼룩이 남아 있었다. 두 아이 모두 고집 스럽게 침묵을 지켰다. 지붕 위 소년들은 심상치 않은 기운을 감지했는지 차례로 자리를 털고 일어났다.

"터프가이들이군." 리버스가 말했다. 그가 돌아서서 걸음을 옮겨 나가 기 시작했다. 그때 데님 재킷이 일어나 그에게 다가왔다.

"무슨 일로 왔어요, 경찰 아저씨?"

리버스는 아이를 돌아보지도 않고 걸음을 멈추었다. "왜 무슨 일이 있을 거라 생각하지?" 그때 종이비행기 하나가 날아와 그의 다리에 충돌했다. 그걸 노렸는지는 알 수 없었지만. 리버스는 비행기를 집어 들었다. 지붕 위에서 아이들의 나지막한 웃음소리가 들려왔다. "왜 무슨 일이 있을 거라 생각했느냐니까?" 그가 다시 물었다.

"조심해요. 아저씨는 아직 우리랑 친하지 않잖아요."

"쉬는 것(a rest)도 좋지만 좀 변해봐."

"체포(arrest)라고요? 우리가 뭘 잘못했는데요?"

리버스가 다시 미소를 지었다. 그가 소년을 돌아보았다. 여드름 자국이 갓 사라진 얼굴은 몇 년 후 꽤 봐줄 만할 것이다. 물론 그 전에 영양실조에 걸리지 않는다면. 술과 마약과 싸움이 망쳐놓지만 않는다면. 곱슬한 금발 머리는 아이다웠지만 숱은 많지 않았다. 가늘게 뜬 눈은 기지로 번뜩였다. 그 기지가 나쁜 쪽으로 발달했다는 건 문제였지만. 그들의 눈에서는 분노도 살짝 엿보였다. 리버스는 그 이면을 굳이 들춰보고 싶지 않았다.

"넉살이 아주 좋구나." 그가 말했다. "프린지에 가서 공연이라도 해보지 그래?"

"난 페스티벌이 싫어요."

"그건 나랑 같구나. 넌 이름이 뭐니?"

"아저씨는 왜 그리 이름을 좋아해요?"

"안 가르쳐도 돼. 나중에 알아보면 되니까."

소년이 청바지 주머니에 두 손을 찔러 넣었다. "그러지 말아요."

"왜?"

소년이 천천히 고개를 저었다. "안 그러는 게 좋을 거예요." 아이가 고개를 돌려 친구들을 바라보았다. "괜히 그랬다가는……" 소년이 말했다. "아저씨 차가 무사하지 못할 거예요."

그것은 말뿐인 협박이 아니었다. 리버스는 땅속으로 꺼져버리다 만 자신의 차를 바라보고 있었다. 그의 차는 마치 몸을 숨기고 있는 것 같았다. 타이어. 그들은 관대했다. 달랑 두 개만 찢어놓은 것을 보면. 그는 주위를 찬찬히 둘러보았다. 어린 갱은 보이지 않았다. 놈들은 아파트 창문으로 그를 내려다보고 있을 게 분명했다.

그는 차에 몸을 기댄 채 서서 종이비행기를 펼쳐 보았다. 프린지 쇼를 홍보하는 전단지였다. 뒷면에는 한 극단이 가리발디 마을 회관 공연을 위해 오랜 보금자리였던 도심부를 떠나기로 했다는 내용이 소개되어 있었다.

"네가 무슨 짓을 했는지 알아?" 리버스가 나지막이 중얼거렸다.

젊은 엄마들이 축구장을 가로질러 나가고 있었다. 흔들리는 유모차 안에서는 아기가 울어댔다. 한 꼬마는 엄마에게 질질 끌려가는 중이었다. 꼬마와 아기 모두 가르-비로 돌아가는 게 죽기보다 싫다는 듯 고래고래 비명을 질러댔다.

리버스는 그들의 심정을 십분 헤아릴 수 있었다.

4

브라이언 홈스 경사가 낄낄거리며 쇼반 클락 경장에게 차가 담긴 폴리스티렌 컵을 건넸다.

"뭐가 그리 웃기지?" 리버스가 물었다.

"욕정에 사로잡힌 오징어 조크예요." 홈스가 대답했다.

"그 콧수염 기른 오징어 말이지?"

홈스가 차라도 튀었는지 눈을 비벼대며 고개를 끄덕였다. "그리고 웨이터 저버스. 정말 기가 막히지 않습니까, 경위님?"

"나도 같은 생각이야." 리버스가 주변을 둘러보았다. 상황실은 분주히 돌아가고 있었다. 한쪽 벽은 피해자와 사건 현장 사진들로 도배가 된 상태였다. 그 옆 플라스틱 화이트보드에 붙은 근무 당번표. 한 여성 경관이 명단을 확인하며 두꺼운 파란색 매직펜으로 화이트보드를 채워나갔다. 리버스는 그녀에게 다가갔다. "플라워 경위와 난 최대한 멀리 떼어 놔줘. 문제가 생기면 그냥 실수로 그랬다고 둘러대면 되잖아. 안 그래?"

"나중에 발각되면 큰일 나요, 경위님." 그녀는 미소를 지었고, 리버스는 윙크를 해보였다. 상극인 리버스와 플라워를 가까이 붙여놓는 것은 생산적인 아이디어가 아니었다. 문제는 이 케이스의 총책임자가 다름 아닌 로더데일이라는 사실이었다. 문제의 명단은 두 형사의 파워게임을 은근히 즐기는 로더데일이 직접 작성한 것이었다.

홈스와 클락은 리버스가 여성 경관에게 어떤 주문을 해놓았는지 짐작하고 있었다. 하지만 그들은 애써 침묵을 지켰다.

"난 메리 킹스 클로즈에 가볼 거야." 리버스가 나지막이 말했다. "같이 따라갈 사람?"

두 사람 모두 따라가겠다고 나섰다.

리버스는 브라이언 홈스를 주의 깊게 지켜보는 중이었다. 홈스는 아직도 사직서를 내지 않고 있었다. 하지만 그 결심이 언제 굳어질지는 아무도 장담할 수 없었다. 물론 그도 정년을 채울 각오로 경찰에 들어왔을 것이다. 문제는 그의 아내가 남편의 직업에 큰 불만을 가지고 있다는 사실이었다. 모두가 두 사람의 줄다리기를 숨죽여 지켜보고 있었다.

반면 리버스는 쇼반 클락에 대한 걱정을 마침내 접을 수 있게 되었다. 그는 수습 기간을 무난히 마친 그녀가 좋은 형사로 쑥쑥 성장할 거라 믿어 의심치 않았다. 그녀는 민첩하고 똑똑했으며 의욕적이기까지 했다. 그 세 가지 조건을 완벽히 갖춘 경찰은 실제로 많지 않았다. 물론 리버스도 그 특별한 그룹에 끼지 못했다.

"저게 다 뭔가요? 진딧물인가요?"

"깔따구(파리목 깔따구과의 곤충) 같은데."

"뭔지는 몰라도 징그럽네요."

그들이 시청에 도착했을 때 차의 앞 유리는 무수히 많은 벌레들로 뒤덮였다. 차에는 유리 세척액이 없었기에 그대로 방치해둘 수밖에 없었다. 리버스는 페스티벌 때문에 하이 가만 분주해졌다는 사실이 신기했다. 시내의 다른 곳들은 평소처럼 차분한 모습이었다. 하이 가는 도시의 중심지였다. 시청의 작은 주차장은 이미 꽉 찬 상태였다. 그는 하는 수 없이 하이

가에 차를 세워놓았다. 차에서 내린 그는 주방용 종이 타월에 침을 뱉어 앞 유리를 박박 문질러 닦았다.

"차라리 비가 내리기를 기다리는 게 낫겠어요."

"그런 말 마."

메리 킹스 클로즈 입구 밖에는 대형 밴과 대형 트레일러 트럭이 세워져 있었다. 공사가 재개되었다는 뜻이었다. 푸줏간은 여전히 봉쇄된 상태였지만 그렇다고 언제까지나 개조 공사를 미뤄둘 수는 없는 일이었다.

"리버스 경위?"

한 노인이 그들을 기다리고 있었다. 큰 키에 탄탄해 보이는 체구의 소유자였다. 무더운 날씨였음에도 크림색 레인코트 차림이었다. 머리는 회색이나 은색이 아닌, 노란 커스터드 색을 띠고 있었고, 코끝에는 반달형 안경이 위태롭게 걸쳐져 있었다.

"블레어-피시 씨?" 리버스가 그의 손을 잡으며 말했다.

"거듭 사과하리다. 내 종손 놈이 원래 좀······"

"사과하실 거 없습니다. 선생님의 종손이 오히려 저희를 도와준 셈인걸요. 그가 두 친구와 저 아래로 내려가 준 덕분에 시체를 발견할 수 있었으니까요. 살인 사건 수사에서는 신속한 현장 보존이 무엇보다 중요하거든요."

블레어-피시가 자신의 너덜너덜한 신발을 내려다보며 천천히 고개를 저었다. "그래도 부끄러운 일이죠."

"저희에게는 고마운 일이었습니다."

"그렇다면 다행이고요."

"자, 앞장서주시겠습니까?"

블레어-피시 씨가 그들을 안내했다.

그들은 문을 통과해 제단을 내려갔다. 어스레한 공간을 지나자 인부들의 할로겐 조명 불빛이 나타났다. 마치 공연장 무대를 보는 것 같았다. 인부들은 오랜 연습을 거친 노련한 배우들처럼 움직였다. 프린지 퍼스트 상을 노려볼 만큼은 아니지만 관객을 모아 관람료로 2파운드씩 청구할 정도는 되는 것 같았다. 현장 감독이 경찰을 알아보고 고개를 끄덕여 인사했다. 그를 제외한 나머지 인부들은 그들에게 눈길 한번 주지 않았다. 물론 쇼반 클락은 예외였다. 지상에서든 지하에서든 남자들은 남자들일 뿐이었다.

블레어-피시는 쉴 새 없이 설명을 이어나갔다. 어쩌면 그는 경관이 언급한 투어에서 가이드를 맡았었는지도 몰랐다. 흑사병이 에든버러를 휩쓸고 지나가기 전까지 클로즈는 생기가 넘쳐나던 곳이었다. 하지만 무사히 고향으로 돌아온 사람들은 클로즈에 흑사병으로 목숨을 잃은 이들의 유령이 출몰한다고 주장했다. 겁에 질린 사람들은 다시 도시를 떠나갔고, 클로즈에도 인적이 끊어졌다. 그 후 발생한 화재는 밑의 몇 층을 제외한 나머지 건물을 완전히 재로 만들어버렸다(당시 에든버러의 대부분 건물들은 12층 이상으로 지어졌다). 사람들은 폐허 위에 평판을 깔고 새 건물을 지어 올렸다. 메리 킹스 클로즈는 그때 땅속에 묻혀버린 것이다.

"올드타운은 폭이 좁았습니다. 산등성이를 따라 지어졌는데 사람들은 매장된 뱀 위에 지어진 것 같다는 표현을 즐겨 썼어요. 그만큼 길고 좁았죠. 모두가 다닥다닥 붙어살아야 했습니다. 부자들도, 가난뱅이들도. 이런 건물의 상층부에는 극빈자들이 주로 살았습니다. 그 밑에는 상류층, 맨 밑에는 장인과 상인들이 각각 살았고요."

"그런데 어떻게 된 겁니까?" 홈스가 진심으로 궁금하다는 듯 물었다.

"상류층들이 더 참지 못하고 폭발해버린 것이죠." 블레어-피시가 말했다. "노르 로크 너머에 뉴타운이 지어지자 사람들은 그쪽으로 구름처럼 몰려갔습니다. 상류층들이 사라지자 올드타운은 눈에 띄게 황폐해졌죠. 오랫동안 그런 상태가 유지됐고요." 그가 벽 안으로 옴폭 들어간 부분을 가리켰다. "저긴 제과점이었습니다. 납작한 돌들이 보이죠? 바로 오븐이 있던 자리입니다. 만져보면 주변의 다른 돌들보다 따뜻하다는 걸 확인할 수 있죠."

쇼반 클락이 그쪽으로 쪼르르 달려갔다. 잠시 후, 그녀가 어깨를 으쓱이며 돌아왔다. 리버스는 홈스와 클락을 데려오기를 잘했다고 생각했다. 그들이 블레어-피시의 시선을 붙잡아놓으면 리버스는 그 틈을 타 은밀한 시선으로 인부들을 살폈다. 미리 계획했던 대로였다. 그는 메리 킹스 클로즈를 둘러보는 척하면서 인부들을 유심히 지켜보았다. 전혀 긴장한 모습이 아니었다. 오히려 무척 자연스러워 보였다. 그들은 푸줏간 쪽으로 눈길을 주지 않았다. 그저 나지막이 휘파람을 불어대며 각자의 작업에만 집중하고 있을 뿐이었다. 살인 사건에 대한 수다는 어디서도 들을 수 없었다. 누군가가 사다리에 올라가 파이프를 해체하고 있었다. 또 다른 인부 하나는 비계에 올라가 부서진 벽돌을 손질하는 중이었다.

인부들로부터 충분히 떨어져 나왔을 때 블레어-피시가 쇼반 클락을 한쪽으로 데려가 한 아이가 불운하게 갇혀버렸다는 굴뚝을 보여주었다. 18세기 굴뚝 청소부들 사이에서 돌던 소문이었다면서.

"농부가 좋은 질문을 했어." 리버스가 홈스에게 말했다. "굳이 여기까지 내려와 일을 벌일 이유가 뭐냐고 말이야. 생각해봐. 이 지역 사람이 아니면 메리 킹스 클로즈에 대해 알 수가 없잖아. 동네 주민들 중에서도 이곳 지하 세계에 대해 모르는 사람이 적지 않을걸." 그것은 사실이었다. 일반 대중을 위한 클로즈 투어는 널리 알려져 있지 않았다. 투어 기회도 자주 주어지지 않았고. "그들은 이곳에 내려와 본 적이 있었을 거야. 여기 와 본 누군가를 알고 있거나. 그렇지 않다면 푸줏간을 찾기도 전에 자기들이 먼저 길을 잃고 말았을 걸."

홈스가 고개를 끄덕였다. "투어 참가자들의 기록이 남아 있지 않다는 게 아쉽네요." 그 부분은 이미 확인이 된 상태였다. 열 명 이상의 참가자로 구성된 투어는 특별한 형식에 따라 진행되는 것이 아니었다. 투어와 관련된 문서 기록이 남아 있지 않은 이유였다. "그들이 공사 진행 상황을 알고 있진 않았을까요? 몇 주 동안은 시체가 발견되지 않을 테니 마음 놓고 범행을 저질렀는지도 모르지 않습니까."

"어쩌면……" 리버스가 말했다. "범인은 이 공사와 밀접하게 관련된 인물들인지도 몰라. 그래서 모두를 꼼꼼히 체크해봐야 하는 거라고."

"그래서 저희를 이곳으로 데려오신 겁니까? 인부들을 살펴보시려고요?" 리버스가 고개를 끄덕이자 홈스도 같은 제스처를 취했다. "이게 메시지일 수도 있지 않겠습니까?"

"나도 그럴 가능성을 떠올려봤어. 하지만 무슨 놈의 메시지가 이렇지? 대체 누구에게 보내려고?"

"IRA 소행일 거라고는 생각 안 하십니까?"

"그런 것도 같고, 아닌 것도 같고, 잘 모르겠어." 리버스가 말했다. "불법 무장단체가 뜬금없이 이런 곳에 출몰할 이유가 없잖아. 안 그래?"

"여긴 에든버러 성도 있고, 홀리루드 궁전도 있고, 페스티벌도 있고……"

"그 말도 일리가 있습니다."

그들이 목소리가 들려온 쪽을 돌아보았다. 두 남자가 손전등 불빛을 등진 채 서 있었다. 리버스에게는 생소한 얼굴들이었다. 말을 걸어온 남자는 영국 악센트를 구사했고 런던 경찰 분위기를 풍겼다. 바지 주머니에 두 손을 찔러 넣은 모습이 그 짐작을 뒷받침해주었다. 살짝 거만해 보이는 제스처도 그렇고. 그는 낡은 청바지에 검은 가죽 항공 재킷을 걸치고 있었다. 짧게 깎은 갈색 머리는 젤을 발라 뾰족하게 세웠고, 얼굴에는 흉측한 얽은 자국이 남아 있었다. 삼십 대 후반이었지만 관상 동맥 질환이 있는 사십 대로 보였다. 눈은 강렬한 파란색이었다. 똑바로 쳐다보기가 부담스러울 정도였다. 그는 눈을 거의 깜빡이지 않았다. 눈앞에서 펼쳐지는 무엇 하나도 놓치고 싶지 않다는 듯.

그 옆의 남자는 사십 대 후반으로, 건장하고 탄탄한 체구의 소유자였다. 볼은 발그레했고 숱 많은 검은 머리는 희끗희끗해져가는 중이었다. 수염은 하루에 서너 번씩 면도를 해야 할 정도로 무성했다. 짙은 파란색 양복을 걸친 모습이 꼭 양복점 마네킹을 보는 듯했다. 얼굴에는 미소가 머금어져 있었다.

"리버스 경위?"

"그렇습니다만."

"나 킬패트릭 경감이야."

물론 리버스도 많이 들어본 이름이었다. 이제야 실물로 얼굴을 보게 되다니. 킬패트릭은 아직도 SCS(스코틀랜드 수사반) 소속으로 활동 중이었다.

"스튜어트 가에 계신 줄 알았습니다, 경감님." 리버스가 그와 악수를 나누며 말했다.

"몇 달 전에 글래스고로 돌아왔어. 그 소식이 『스코츠맨』 제1면에 실리지 않았던 모양이군. 아무튼 난 지금 수사반을 이끌고 있네."

리버스가 고개를 끄덕였다. SCS는 협조 수사가 필요한 심각한 케이스만을 전문으로 맡아 처리하는 조직이었다. 특히 마약 사건 수사는 그들의 특기였다. 리버스는 SCS를 겪어본 형사를 여럿 알고 있었다. 누구든 그곳에 3, 4년만 몸담아도 아주 특별한 경찰로 거듭날 수 있다는 것이 정설이었다. 킬패트릭이 함께 온 남자를 소개했다.

"애버네시 경위야. 특수부 소속이지. 우릴 보러 런던에서 날아왔어."

"대단하군요." 리버스가 말했다.

"할아버지가 스코틀랜드인이셨죠." 애버네시가 리버스의 손을 잡으며 말했다. 리버스는 홈스와 쇼반 클락을 차례로 소개했다. 클락의 볼이 상기된 걸 보니 누군가가 그녀에게 수작을 걸었던 모양이었다. 그는 블레어-피시 씨를 의심하지 않기로 했다. 그가 아니어도 이곳에 용의자는 차고 넘쳐났으니까.

"그 도살장은 어디 있습니까?" 애버네시가 두 손을 비비며 물었다.

"도살장이 아니라 푸줏간입니다." 블레어-피시 씨가 말했다.

"제 말이 바로 그 뜻이었습니다." 애버네시가 말했다.

블레어-피시 씨가 앞장섰다. 킬패트릭이 리버스를 살짝 잡아끌었다.

"나도 알아." 그가 속삭였다. "나라고 뭐 저 친구가 마음에 들겠나? 괴롭겠지만 최대한 비위를 맞춰주자고. 그래야 하루라도 빨리 꺼져줄 테니까. 내 말 이해하지?"

"물론입니다." 킬패트릭은 글래스고 악센트를 사용했다. 속삭일 때 나오는 콧소리는 특히 인상적이었다. 그는 글래스고가 우주의 중심이라고 믿었다. 글래스고 사람들 대부분은 매우 호전적이었지만 왠지 킬패트릭은 그런 타입이 아닌 듯했다.

"그러니까 자극적인 농담일랑 삼가라고."

"명심하겠습니다."

킬패트릭이 잠시 머뭇거렸다. "불법 무장 단체 요소를 짚어낸 게 자네였다지?" 리버스가 고개를 끄덕였다. "예리하군."

"감사합니다." 글래스고 출신들은 이렇게 거들먹거리기를 좋아했다.

그들이 그룹에 합류하자 홈스가 의아해하는 표정을 지어 보였다. 리버스는 솔직한 심정을 담아 어깨를 으쓱였다.

"그들이 피해자를 여기 매달아뒀다는 거죠?" 애버네시가 말했다. 그가 현장을 찬찬히 둘러보기 시작했다. "놈들이 오버했군요. 이건 IRA 스타일이 아닙니다. 그들은 주로 임대 차고나 창고를 범행 장소로 이용합니다. 이렇게 극적으로 일을 벌이진 않아요."

리버스는 그의 말을 귀담아 들었다. 범인들이 극적 효과를 노리고 일부러 이곳을 범행 장소로 선택했을 가능성.

"탕-탕." 애버네시가 계속 이어나갔다. "그런 다음, 지상으로 올라가 인파 속에 녹아들었을 겁니다. 귀갓길에 야간 공연을 관람했을 수도 있고요."

그때 클락이 불쑥 끼어들었다. "이 사건이 페스티벌과 관련 있다고 생각하세요?"

애버네시의 눈이 그녀를 위아래로 훑었다. 그걸 지켜보는 브라이언 홈스의 반응이 심상치 않았다. 리버스는 예전부터 클락과 홈스와 관계를 의심해왔었다.

"가능한 시나리오죠." 애버네시가 말했다. "그 어떤 시나리오보다도 그럴 듯하지 않았습니까?"

"하지만 식스 팩이었지 않습니까." 마침내 리버스가 입을 열었다.

"아뇨." 애버네시가 말했다. "세븐 팩이었죠. 그건 불법 무장 단체 스타일이 아닙니다. 그렇게 총알을 허비할 놈들이 아니에요." 그가 킬패트릭을 돌아보았다. "마약 관련 사건일 수도 있습니다. 갱들은 극적 효과를 중시하는 경향이 있거든요. 영화를 너무 많이 본 탓이죠. 라이벌 갱들끼리 주고받는 메시지일 수도 있고요."

킬패트릭이 고개를 끄덕였다. "그 쪽으로도 알아보고 있어."

"저는 테러리스트들의 소행으로 보고 있습니다." 리버스가 말했다. "범행에 쓰인 총기만 봐도……"

"마약 딜러들도 총을 쓴다고, 경위. 그들처럼 총을 좋아하는 놈들은 또 없을걸. 큰소리를 내려면 총도 커야겠지. 하지만 이렇게 밀폐된 공간에서는 9밀리미터 권총 한 발만 쏴도 고막이 찢어질 수도 있어."

"소음 장치를 썼는지도 모르죠." 쇼반 클락이 말했다. 반응은 썰렁했다. 애버네시는 말없이 그녀를 흘겨보았다. 리버스가 대신 설명해주었다.

"리볼버에는 소음 장치를 쓸 수 없어."

애버네시가 리버스를 가리켰다. 하지만 그의 시선은 클락에게 고정되어 있었다. "경위님에게 더 배워야겠군."

리버스는 주위를 슥 둘러보았다. 현장에 들어온 여섯 사람 모두 신경이 바짝 곤두선 상태였다.

블레어-피시 씨는 설전에 끼어들 것 같지 않았다.

애버네시가 무릎을 꿇고 앉아 손가락으로 바닥을 훑기 시작했다.

"현장 감식반이 샘플로 흙을 챙겨갔습니다." 리버스가 말했다. 하지만 애버네시는 그 말이 들리지 않는 모양이었다. 현장에서 채취한 모든 것은 분석을 위해 페츠 본부 6층으로 보내진 상태였다.

리버스는 애버네시의 큼지막한 엉덩이와 새하얀 리복 운동화를 빤히 쳐다보았다. 잠시 후, 애버네시가 그들을 돌아보며 미소를 지었다. 천천히 몸을 일으킨 그가 손에 묻은 흙을 툭툭 털어냈다.

"혹시 피해자가 마약 중독자 아니었습니까?"

"그런 것 같진 않았습니다."

"SaS는 스맥과 스피드(Smack and Speed, 헤로인과 각성제)라는 의미로도 볼 수 있지 않겠습니까?"

이번에도 리버스는 귀담아들을 수밖에 없었다. 젤을 바른 애버네시의 머리에는 어느새 먼지가 수북이 쌓여 있었다.

"스콧과 시나(Scott and Sheena)일 수도 있겠죠." 리버스가 말했다. 한마디로, 무엇이든 될 수 있다는 뜻이었다. 애버네시는 말없이 어깨를 으쓱였다. 그렇게 쇼는 끝이 나버렸다.

"볼만큼 본 것 같습니다." 그가 말했다. 킬패트릭은 안도하는 표정으로 고개를 끄덕였다. 쉬운 일이 아닐 거야. 리버스는 생각했다. 나름 한 분야의 최고 권위자인데 여기서 건방진 영국인 부하 형사의 안내원 노릇이나 하고 있다니.

건방지다는 것보다는 굉장히 짜증나는 타입이라는 게 더 적절한 표현이었다.

애버네시가 다시 입을 열었다. "여기 온 김에 상황실이나 한번 구경해야겠습니다."

"좋으실 대로." 리버스가 싸늘한 톤으로 말했다.

"네, 그러는 게 좋겠어요." 애버네시가 얄밉게 말했다.

5

상황실은 B 부서의 본부인 세인트 레너즈 경찰서에 마련되었다. 사건이 발생한지는 얼마 되지 않았지만 상황실은 이미 오래 전부터 가동되어온 듯한 느낌이었다. 애버네시는 무척 흡족해하는 모습이었다. 그는 컴퓨터 모니터와 전화기, 벽에 붙은 온갖 차트와 사진들을 유심히 살펴보느라 바빴다. 킬패트릭이 리버스의 팔뚝에 손을 얹었다.

"저 친구 좀 잠깐 봐주게. 난 총경님께 인사하고 올 테니까."

"그러시죠."

그제야 로더데일 경감이 기다렸다는 듯 다가왔다. "저 친구가 바로 SCS의 킬패트릭이라 이거지? 생각보다 대단해 보이진 않는군."

킬패트릭이 명성에 비해 평범해 보이는 건 사실이었다. 그는 글래스고 최고의 경찰이었다. 하지만 승승장구해온 커리어의 이면에는 뚜렷한 그림자도 분명 존재했다. 그는 마약의 대량 유통을 막아내는 등 큰 공도 많이 세웠지만 다 잡은 테러리스트 몇 명을 어이없게 놓쳐버리는 등 큰 실패도 여럿 겪었다.

"저 런던내기도 영락없는 인간 같아 보이고." 로더데일이 계속 이어나갔다. "이 정도도 저 친구에겐 엄청난 찬사일 거야."

멀리 떨어진 애버네시는 그 말을 듣지 못했다. 하지만 그가 갑자기 고개를 쳐들고 그들을 돌아보며 씩 웃었다. 로더데일은 마침 걸려온 전화를 받으러 상황실을 빠져나갔다. 애버네시가 재킷 주머니에 두 손을 찔러 넣은 채 리버스 쪽으로 다가왔다.

"상황실이 아주 인상적입니다. 하지만 수사는 별 진전이 없는 것 같군요."

"현재로서는요."

"수집된 단서들도 대부분 이치에 닿지 않는 것 같고요."

"아직까지는요."

"런던 경찰국과 함께 일했던 적이 있죠?"

"그래요."

"조지 플라이트와?"

"맞아요."

"아는지 모르겠지만 그는 지금 재교육을 받고 있어요. 그 나이에 말입니다. 무슨 바람이 불었는지 갑자기 컴퓨터 쪽에 관심을 보이더군요. 하긴, 컴퓨터를 모르면 기본적인 수사도 할 수 없는 시대가 도래하지 않았습니까. 머지않아 세상의 모든 악당이 거실에 틀어박혀 범행을 저지르는 시대가 올 겁니다."

"이미 그러고들 있죠."

그 말에 애버네시가 미소를 지었다. 아니, 그것은 비웃음에 가까웠다. "내 경호원은 화장실에 간 모양이죠?"

"누구에게 인사를 하러 간다고 아까……"

"그에게 나 대신 작별인사를 전해줘요." 애버네시가 주위를 살피며 목소리를 낮추었다. "내가 사라졌다고 킬패트릭 경감이 서운해 하진 않을 겁니다."

"어째서죠?"

애버네시가 킬킬 웃었다. "맙소사. 왜 그리 목소리가 싸늘한 겁니까? 그 안에 시체라도 보관하려고 그래요? 아직도 에든버러에 테러리스트가 침투해 있다고 생각합니까?" 리버스는 대답하지 않았다. "그게 사실이든 아니든 이젠 당신들이 알아서 할 일이죠. 난 여기서 손을 떼겠습니다. 킬패트릭에게 전해줘요. 남쪽으로 돌아가기 전에 연락하겠다고."

"그가 돌아올 때까지 자리를 지키고 있는 게 낫지 않을까요?"

"그냥 나중에 연락하겠다고만 전해줘요."

완력을 쓰지 않고서는 애버네시를 막을 수 없을 것 같았다. 그래서 리버스는 그냥 내버려두기로 했다. 킬패트릭은 무척 언짢아하겠지만. 리버스는 수화기를 집어 들었다. 그런데, 애버네시가 방금 했던 말. 이제는 우리가 알아서 할 일이라는 게 무슨 뜻이지? 이 사건에 테러리스트가 연루되었다면 CID가 감당할 수 없을 텐데. 그건 특수부 소관이잖아. MI5(영국 정보부 보안국) 소관이고. 그런데 우리더러 알아서 하라니? 그게 무슨 뜻이냐고.

그는 킬패트릭에게 메시지를 전했다. 하지만 킬패트릭은 듣는 둥 마는 둥 했다. 그의 목소리는 위스키를 여러 잔 들이켜고 온 듯 긴장이 풀려 있었다. 한동안 음주를 참아온 농부가 모처럼 한잔 걸친 모양이었다. 사실 술이 가장 절실한 사람은 바로 리버스였다.

통화를 마친 로더데일은 자신이 메모해놓은 내용을 훑었다.

"무슨 일입니까?" 리버스가 물었다.

"피해자의 신원이 확인됐다는군. 자네가 가서 보고 오겠나?" 로더데일이 수첩에서 메모된 부분을 뜯어냈다.

"울지 않는 하이버니언 팬도 있습니까?" 리버스가 쪽지를 받아 챙기며 말했다.

사실 눈물 없는 하이버니언 팬도 있기는 했다. 쇼반 클락은 세인트 레너즈에서 보기 드문 하이버니언 서포터였다. 잉글랜드 본토에서 교육 받은 그녀는 스코틀랜드의 편협성을 이해하지 못했다. 동료 형사 몇몇이 달라붙어 설명을 해주었지만 그녀는 끝내 알아듣지 못했다. 그들은 그녀에게 가톨릭 신자가 아니니 미들로디언 하츠를 응원해야 한다고 조언했다. 하이버니언은 가톨릭 팀이라면서. 팀 이름과 로고의 초록색 줄무늬를 보라면서. 그들은 하이버니언이 에든버러 버전의 글래스고 셀틱이라고 설명해주었다. 하츠는 글래스고 레인저스라고 했고.

"잉글랜드에도 있잖아." 그들은 말했다. "가톨릭 신자와 신교도를 한곳에 모아 놓은 곳들 말야." 맨체스터에는 유나이티드(가톨릭)와 시티(개신교)가 있고, 리버풀에는 리버풀(가톨릭)과 에버턴(개신교)이 있었다. 게다가 런던은 더 복잡했다. 유대교 팀들까지 있었으니.

쇼반 클락은 그저 미소를 흘리며 고개를 저어댈 뿐이었다. 축구 응원 문제로 동료들과 갈등을 빚는 것은 어리석은 일이었다. 하지만 그녀는 끝내 고집을 꺾지 않았다. 그들 역시 그녀를 전향시키려는 노력을 게을리 하지 않았다. 대개 가벼운 농담으로 화기애애하게 끝이 났지만 가끔 짓궂은 장난이 도를 넘을 때가 있었다. 스코틀랜드인들은 무표정한 얼굴로 익살을 떨어대고, 심각할수록 미소가 커지는 요상한 사람들이었다. 언젠가 세인트 레너즈 형사들은 그녀의 생일이 다가오는 것을 확인하고 하츠의 응원용 스카프 대여섯 장을 선물로 건넨 적도 있었다. 그 스카프들은 전부 중고품 가게로 직행했다.

그녀는 축구를 향한 충성심의 어두운 면도 목격했다. 특정 경기에 등장하는 모금함들이었다. 기부 목적은 그때그때 달랐다. 모금은 대개 '가족들'이나 '피해자들'이나 '재소자들'에 대한 지원을 명목으로 진행되었다. 하지만 선뜻 돈을 내놓는 이들은 자신들이 북아일랜드 내 폭력을 영구화시키는 데 일조했다는 사실을 알고 있었다. 섬뜩하게도 팬들은 대부분 흔쾌히 지갑을 열었고, 그들이 기부한 돈은 결국 총기를 구입하는 데 고스란히 사용되었다.

지난 토요일, 그녀는 친구들과 하츠 경기를 보러 갔다. 그날도 모금함이 관중석을 돌았지만, 그녀는 그냥 무시해버렸다. 그날 이후로 그녀의 친구들은 더 이상 축구 얘기를 입에 담지 않았다.

"아무래도 무슨 조치가 있어야 할 것 같아요." 리버스의 차에 오른 그녀가 투덜거렸다.

"무슨 조치?"

"언더커버팀(비밀수사팀)을 투입해서라도 배후 인물을 체포해야죠."

"그냥 내버려둬."

"왜 그래야 하죠?"

"그런다고 해결될 문제가 아니니까. 게다가 체포할 명분도 없다고. 기껏해야 무면허 운영 정도일 텐데. 그렇게 모인 돈은 보나마나 수금인의 주머니로 고스란히 들어갈걸. 그게 북아일랜드에 닿는 일은 없을 거야."

"하지만 그 원칙 자체가 불법이잖아요."

"맙소사. 또 그 얘긴가?" 원칙. 그런 무의미한 것에 목숨 거는 경찰이 간혹 있기는 했다. "자, 다 왔어."

그는 메이필드 가든의 공동 주택 건물 앞 주차장에 차를 세웠다. 주소지는 맨 위층 아파트였다.

"왜 늘 맨 위층인 거죠?" 쇼반이 투덜대며 말했다.

"가난한 사람들이 사는 곳이니까."

맨 위 층계참에는 문이 두 개 나 있었다. 한쪽 초인종에는 '머독'이라는 이름이 붙었다. 문 앞 바닥에는 짧고 뻣뻣한 털로 덮인 갈색 매트가 깔려 있었다. 매트에 수놓아진 메시지.

꺼져!

"왠지 환영받는 느낌이군." 리버스가 초인종을 누르며 말했다. 턱수염을 기르고 두꺼운 안경을 낀 남자가 문을 열고 나왔다. 턱수염을 덥수룩하게 길렀어도 이십 대 중반의 앳된 분위기를 감추기에는 역부족이었다. 그가 어깨까지 내려오는 긴 검은 머리를 손으로 살살 쓸어내렸다.

"리버스 경위입니다. 이쪽은……"

"들어오세요. 오토바이 조심하시고요."

"당신이 타고 다니는 겁니까, 머독 씨?"

"아뇨. 빌리가 주인이에요. 그가 여기 들어왔을 때부터 고장이 난 상태였죠."

오토바이의 프레임은 멀쩡해 보였다. 하지만 복도 카펫에는 뜯겨져 나온 엔진이 나뒹굴고 있었다. 그 밑에 깔아 놓은 신문지는 기름으로 까맣게 변한 상태였다. 자그마한 부품들이 담긴 비닐봉지들엔 식별 번호가 표시되어 있었다.

"좋은 아이디어네요." 리버스가 말했다.

"그렇죠?" 머독이 말했다. "아주 꼼꼼한 성격입니다. 빌리 그 친구." 그가 어수선한 거실로 그들을 안내했다. "이쪽은 밀리라고 합니다. 여기서 같이 살아요."

"안녕하세요."

무더운 날씨임에도 밀리는 침낭 속에 파묻힌 채 소파에 앉아 있었다. 그녀는 담배를 뻐끔대며 텔레비전을 보는 중이었다.

"경찰에 신고를 했죠, 머독 씨?"

"네, 빌리 문제로요." 머독이 거실 안을 빙빙 맴돌기 시작했다. "신문과 텔레비전이 하도 떠들어대서…… 사실 그때는 별 생각이 없었어요. 하지만 밀리 얘기처럼 빌리는 오랫동안 밖으로 쏘다니는 타입이 아니에요. 워낙 쳇바퀴 도는 일상에 집착하는 친구라서. 피치 못할 사정이 생겼으면 분명 저희에게 연락을 했을 겁니다."

"그를 마지막으로 본 게 언제였습니까?"

머독이 밀리를 돌아보았다. "그게 언제였지? 목요일 밤이었나?"

"난 금요일 아침에도 봤어."

"그래?"

리버스가 밀리를 내려다보았다. 그녀는 짧은 금발머리였고, 그 뿌리 부분은 그녀의 눈썹처럼 짙은 색을 띠고 있었다. 평범해 보이는 얼굴은 길쭉했고 턱에는 점 하나가 툭 튀어나와 있었다. 리버스가 보기에는 머독보다 몇 살 많은 것 같았다. "그가 어디 간다고 알려주진 않았습니까?"

"아무 말 없었어요. 대화가 거의 없는 시간대라서요."

"그게 정확히 몇 시쯤이었습니까?"

그녀가 침낭 위 재떨이에 담뱃재를 털었다. 잔뜩 긴장한 모습이 역력했다. 있지도 않은 재를 털어내는 것을 보면 그랬다. "7시 30분, 7시 45분."
그녀가 말했다.

"그가 일하는 곳이 어딥니까?"

"그 친구는 일을 안 해요." 머독이 벽난로 선반에 한 손을 얹으며 말했
다. "우체국에서 일했는데 몇 달 전에 정리 해고됐어요. 지금은 실업수당
으로 살고 있죠. 스코틀랜드 인구 절반과 마찬가지로 말이죠."

"당신은요, 머독 씨?"

"저는 컴퓨터 컨설턴트예요."

어쩐지. 다시 둘러보니 거실 곳곳에 널려있는 키보드와 디스크 드라이
브들이 눈에 들어왔다. 두꺼운 잡지와 책과 사용 설명서들도 한쪽에 수북
이 쌓여 있었다.

"빌리가 들어오기 전에도 그를 알았나요?"

"저는 전부터 알고 있었어요." 밀리가 말했다. "친구의 친구예요. 자연
스레 알게 된 사이죠. 그가 방을 구하고 있길래, 마침 여기 빈 방이 있어서
머독에게 소개해줬어요." 그녀가 TV 채널을 바꾸었다. 그녀의 시선이 자
욱한 담배연기 너머의 소리 없는 TV 화면에 고정되었다.

"빌리의 방을 좀 둘러봐도 되겠습니까?"

"그러세요." 머독이 말했다. 그는 초조한 눈빛으로 밀리를 쳐다보았다.
형사들이 움직이자 그가 안도하는 표정을 지었다. 그는 좁은 복도로 그들
을 이끌었다. 복도 끝 넓은 직사각형 모양의 공간에는 문이 세 개 나 있었
다. 하나는 창고였고, 또 하나는 주방이었다. 그들은 홀을 지나 계속 이동
했다. 화장실과 머독의 침실을 지나자 마지막 문이 나타났다.

문을 열자 작지만 잘 정리된 침실이 보였다. 좁은 공간에는 싱글베드,

옷장, 서랍장, 책상, 그리고 의자가 갖춰져 있었다. 서랍장 위에는 하이파이 오디오 시스템과 스피커가 놓였다. 침대는 잘 정돈된 상태였고, 그 어디서도 흐트러짐을 찾아볼 수 없었다.

"당신이 치워놓은 건 아니겠죠?"

머독이 고개를 저었다. "빌리는 강박적으로 정리를 하는 친구예요. 주방을 보시면 깜짝 놀라실 걸요."

"혹시 빌리의 사진, 가진 거 있습니까?" 리버스가 물었다.

"아마 파티에서 찍은 게 있을 겁니다. 보시게요?"

"가장 잘 나온 것으로 한 장 부탁합니다."

"한번 찾아볼게요."

"고마워요." 머독이 사라지자 쇼반이 침실로 들어왔다. 머독이 자리를 내줄 때까지 그녀는 밖에서 기다려야 했다.

"어떤 것 같아?" 리버스가 물었다.

"너무 깔끔해서 신경증에 걸려버릴 것 같아요." 그녀가 말했다. 프랜차이즈 피자 가게와 빈병 회수 지점을 합쳐놓은 것 같은 그녀의 아파트와는 말 그대로 천지차이였다.

리버스는 침실 벽을 둘러보았다. 침대 위에는 하츠 페넌트(좁고 기다란 삼각기)가 걸려 있었고, 중앙에 '얼스터의 붉은 손'이 그려진 영국 국기 위에는 '항복은 없다'라는 문구가 적혀 있었다. 그 밑으로는 'FTP'라는 이니셜이 보였다. 쇼반조차도 그 이니셜이 무엇을 의미하는지 알고 있었다.

"교황을 조져라(Fuck the Pope)." 그녀가 중얼거렸다.

머독이 다시 돌아왔다. 그는 무리해서 침대와 옷장 사이의 좁은 공간으로 비집고 들어오지 않았다. 대신 문간에 서서 쇼반 클락에게 가져온 사진을 건넸다. 그녀는 사진을 리버스에게 넘겨주었다. 사진 속 남자는 카메라를 쳐다보며 미친 듯이 웃고 있었다. 그의 뒤로 번쩍 들린 맥주 캔이 보였다. 마치 누군가가 그의 머리에 몰래 맥주를 부으려 하고 있는 것 같았다.

"이게 그나마 가장 잘 나온 거예요." 머독이 사과에 가까운 톤으로 말했다.

"고마워요, 머독 씨." 리버스가 말했다. 사진 속 남자는 피해자가 맞는 것 같았다. "혹시 빌리에게 문신이 있었습니까?"

"팔뚝에 하나 있었어요. 그 왜 있지 않습니까. 철없을 때 유행처럼 직접 새겨 넣는 문신."

리버스가 고개를 끄덕였다. 경찰은 신속한 제보를 기대하며 문신에 대한 디테일을 언론에 공개한 상태였다.

"일부러 유심히 살펴본 적은 없습니다." 머독이 계속 말을 이어나갔다. "빌리도 문신에 대해 특별히 언급한 적 없었고요."

밀리는 어느새 문간에 다가와 있었다. 침낭을 벗어난 그녀는 긴 티셔츠만 입고 있었다. 그녀가 머독의 허리를 감싸 안았다. "기억나요." 그녀가 말했다. "SaS. 대문자 S, 소문자 a."

"그게 어떤 의미인지 설명해준 적 없습니까?"

그녀가 고개를 저었다. 눈에서 눈물이 글썽이고 있었다. "그가 맞죠? 아닌가요? 경찰이 발견한 피해자 말이에요."

리버스는 어정쩡한 태도를 취하려 애썼다. 하지만 표정을 관리하는 건 쉬운 일이 아니었다. 밀리가 격하게 흐느끼기 시작하자 머독이 그녀를 와락 끌어안았다. 쇼반 클락이 서랍장 위에서 카세트테이프 몇 개를 집어 들었다. 그리고 잠시 그것들을 살펴보다가 리버스에게 슬쩍 건넸다. 전부 얼스터의 골치 아픈 상황을 노래한 '오렌지 송'들이었다. 제목만 봐도 어떤 음악인지 대충 알 수 있었다.《새시와 다른 영광들》,《킹 빌리의 행진곡들》,《항복은 없다》. 그는 그 중 하나를 골라 주머니에 슬쩍 집어넣었다.

그들은 계속해서 빌리 커닝햄의 방을 샅샅이 뒤졌다. 최근 받은 것으로 보이는 어머니의 편지를 제외하고는 특별히 시선을 잡아끄는 건 없었다. 봉투에는 주소가 적혀 있지 않았다. 그저 글래스고 소인만 찍혀 있을 뿐이었다. 밀리는 빌리가 힐헤드 출신이라는 사실을 언급한 적이 있었다고 했다. 아직 아무것도 모르고 있을 피해자 가족에게 청천벽력 같은 소식을 전하는 임무는 글래스고에 떠넘기면 될 것이었다.

쇼반 클락이 한 서랍에서 프린지 프로그램을 찾아냈다. 예상대로 「애비게일의 파티」와 「크랩의 마지막 테이프」, 그리고 「틴에이지 알세이션 오르지」 따위의 공연들이 소개되어 있었고, 런던에서 온 코미디 팀도 보였다.

"쇼를 보려고 했던 모양이네요." 클락이 말했다.

정말 그런 것 같았다. 크레이지 호스 살룬의 컨트리 웨스턴 쇼. 페스티벌 초반에 사흘간 공연한 것으로 나와 있었다.

"정작 그는 컨트리 음악 테이프를 갖고 있지 않았네요." 클락이 말했다.

"적어도 그의 취향을 확인했으니 다행이지." 리버스가 말했다.

경찰서로 돌아오는 길에 그는 오렌지 테이프를 자신의 고물차에서 들어보았다.

테이프는 느리게 재생되었다. 그래서인지 노래는 더 음울하게 들렸다. 리버스는 아주 오래 전에 그런 노래를 들어본 적 있었다. 킹 빌리와 어프렌티스 보이즈, 보인 전투와 1690년의 영광, 그리고 가톨릭 신자들의 여정에 대한 노래들. 얼스터 남자들이 끝까지 포기하지 않는 이유를 노래한 곡들도 있었다. 아코디언과 스네어 드럼과 플루트 연주에 맞춰 노래를 부르는 가수는 비브라토 창법을 구사했다. 오직 오렌지 악단만이 플루트를 군가 스타일로 연주할 수 있었다. 오렌지 악단과 제스로 툴(영국의 록 밴드)의 이언 앤더슨. 리버스는 자신이 아주 오랫동안 제스로 툴을 듣지 못했다는 사실을 깨달았다. 세상의 그 어떤 음악도 '증오'를 노래하는 이런 곡들보다는 확실히 나을 것이다. 가사에는 독설이 담겨있지 않았다. 그저 타협과 후퇴를 거부한다는 단호한 메시지만을 담고 있을 뿐이었다. 1690년대가 지나고 1990년대가 되었으니 세상이 확 달라질 거라는 희망적인 메시지. 이 얼마나 고리타분하고 구시대적인 생각인가?

"젠장." 쇼반 클락이 말했다. "나중에는 무의식적으로 이 멜로디를 흥얼거리게 될 것 같은데요."

"그래." 리버스가 말했다. "압도적인 편협성 때문에라도 쉽게 잊히지 않을 것 같아."

그는 세인트 레너즈에 도착할 때까지 제스로 툴을 흥얼거렸다.

기자회견 준비를 마친 로더데일은 리버스에게 지금껏 알아낸 내용을 물었다.

"확실하진 않습니다." 리버스가 말했다. "아직 100퍼센트는 아닙니다."

"그럼 어느 정도?"

"90퍼센트? 95퍼센트 정도?"

로더데일은 잠시 생각에 잠겼다. "그럼 가서 뭐라고 하지?"

"그건 경감님 마음대로 하십시오. 지문 팀이 아파트로 향하고 있을 겁니다. 곧 무슨 결과가 나오겠죠."

또 한 가지 문제는 마지막 총알이 피해자 얼굴의 절반을 날려버렸다는 사실이었다. 목 뒤편을 파고든 총알은 턱의 형체를 완전히 망가뜨려놓았다. 커트 박사는 얼굴 하단을 가려놓은 상태로도 신원 확인이 가능하다고 했다. 친구와 친척들에게는 상단만 보여줘도 된다면서. 하지만 과연 그것으로 충분할까? 오늘의 성과가 없었다면 그들은 치과 기록에 사활을 걸어야 했을 것이다. 피해자의 형편없는 치아 상태는 군것질거리로 가득 찬 스코틀랜드에서의 유년기 때문일 가능성이 높았다. 변변치 않은 치의학 기술 역시 하나의 원인이 되었을 것이다. 하지만 검시관은 피해자의 입 자체가 심하게 손상되어 치아 상태는 별 의미가 없다고 설명해주었다. 어느 치과 의사도 자신이 그 안에 남겨 놓은 흔적을 알아보지 못할 거라고.

리버스는 파티 사진의 사본을 만들어 글래스고로 보냈다. 그런 다음, 로더데일의 기자회견장으로 향했다.

로더데일 경감은 언론과의 줄다리기를 즐기는 타입이었다. 하지만 오늘 그답지 않게 많이 긴장한 모습이었다. 평소보다 많은 인원이 모였기 때문일까? 왓슨 총경과 킬패트릭 경감도 한쪽 구석에 서서 지켜보고 있었다. 오는 길에 위스키를 한 잔씩 걸쳤는지 두 사람의 얼굴은 벌겋게 달아오른 상태였다. 기자들은 전면에 포진해 있었고, 형사들은 뒤편에 삼삼오오 모여 있었다. 킬패트릭이 리버스를 발견하고 슬그머니 다가왔다.

"신원 확인이 가능할 것 같나?" 그가 속삭였다.

"가능할 것 같습니다."

"마약인가, IRA인가?" 그의 지친 얼굴에 희미한 미소가 머금어졌다. 답을 기대하는 것 같지 않았다. 술김에 그냥 던져본 질문인 듯했다. 하지만 리버스는 답을 준비해 두고 있었다.

"제가 보기에는……" 그가 말했다. "IRA는 아닌 것 같습니다." 문제는 그 외에도 의심이 가는 그룹이 많다는 사실이었다. 열거하기가 부담스러울 정도로. UDA(얼스터 방위 연합), UVF(얼스터 의용군), UFF(얼스터 방위협회), UR(얼스터 저항군)…… 여기서 대문자 'U'는 얼스터(Ulster)를 의미했다. 그들은 금지된 단체들이었고, 전부 신교도들이었다. 킬패트릭이 발뒤꿈치로 서서 몸을 앞뒤로 흔들었다. 그의 얼굴은 질문으로 가득 차 있었다. 코와 볼에는 붉은 혈관이 복잡하게 얽혀 있었다. 전형적인 술꾼의 얼굴. 리버스가 한밤중에 화장실 거울 속에서 가끔 보는 얼굴이기도 했다.

킬패트릭은 제대로 된 질문을 던질 수 있는 상태가 아니었다. 자신도 그걸 알고 있었다. 그래서 그는 농부에게로 돌아갔다. 그와 몇 마디 나눈 농부 왓슨이 리버스를 흘끔 바라보았다가 다시 킬패트릭을 돌아보며 고개를 끄덕였다. 두 사람은 다시 기자회견으로 관심을 돌렸다.

리버스는 회견장에 모인 기자들을 잘 알았다. 그들은 베테랑답게 로더데일의 입을 통해 어떤 내용을 듣게 될지 이미 짐작하고 있었다. 무언가 대단한 사실을 듣게 될 거라 기대했다면 큰 오산이었다. 그래서 그들은 무기력하게 앉아 그의 대단찮은 발표에 귀를 기울이는 척했다.

메리 헨더슨만 빼고. 그녀는 맨 앞줄에 앉아 아무도 물으려 하지 않는 질문들을 속속 던져댔다. 마치 그렇게 질문 공세를 퍼부으면 로더데일 경감으로부터 특별한 답변을 들을 수 있을 거라 믿는 듯했다.

"노 코멘트." 그가 다시 메리에게 말했다. 그녀는 실망한 얼굴로 의자에 풀썩 주저앉았다. 다른 기자가 질문을 던지는 동안 그녀의 시선이 방 안을 찬찬히 훑어나갔다. 그녀와 눈이 마주치자 리버스가 고개를 끄덕이며 아는 척했다. 메리는 그에게 눈을 흘기며 혀를 쭉 내밀었다. 몇몇 기자가 리버스 쪽을 돌아보았다. 그는 그들을 쳐다보며 미소를 흘렸다.

브리핑이 끝나자 메리가 복도로 나왔다. 그녀는 언제나처럼 수첩과 파란 펜과 소형 녹음기를 쥐고 있었다.

"저번엔 고마웠어요." 그녀가 말했다.

"노 코멘트."

그녀는 리버스에게 화를 내는 게 얼마나 무의미한 일인지 잘 알고 있었다. 그녀의 입에서 긴 한숨이 터져 나왔다. "현장에 가장 먼저 도착한 게 저였어요. 충분히 특종을 건질 수 있었다고요."

"펍에 갑시다. 내가 특종을 선물해줄 테니까."

"왠지 믿음이 가지 않네요." 그녀가 돌아서서 걸음을 옮겨나갔다. 리버스는 그녀의 뒷모습을 빤히 지켜보았다. 그녀의 각선미를 감상할 수 있는 절호의 기회를 허무하게 흘려버릴 그가 아니었다.

6

에든버러 시립 영안실은 하이 스쿨 윈드 하부, 카우게이트에 자리하고 있었다. 빨간 벽돌과 자갈 섞인 시멘트로 지어진 나지막한 건물은 세인트 앤스 주민 회관과 블랙프라이어스 가를 향해 서 있었고, 특색이 없어 눈에 잘 띄지 않았다. 급경사 내리막길은 하이 가까지 이어졌다. 카우게이트는 아주 오랫동안 주요 간선도로로 제 기능을 해왔다. 주로 차량들만 오고갔을 뿐 보행자는 찾아보기 힘들었다. 도로는 계곡처럼 좁고 깊었다. 택시와 차들은 인도를 덮칠 듯이 위협적으로 그 코스를 통과했다. 보통 강심장이 아니고서는 걸어 다닐 수 없을 정도였다. 그런 조건에 개의치 않는 건 발을 질질 끌며 호스텔로 돌아가는 하류층 사람들뿐이었다.

거리에서는 재개발 공사가 한창이었다. 법원 별관을 신축하는 것 역시 그 일환으로 진행되고 있었다. 그라스마켓을 정화하는 데 성공한 시 행정 담당자들이 카우게이트를 다음 목표로 삼았기 때문이었다.

리버스가 영안실 밖에서 기다리고 있을 때 한 여자가 문틈으로 고개를 불쑥 내밀었다.

"리버스 경위님?"

"그렇습니다."

"박사님이 배너먼스에서 기다리고 계세요."

"고마워요." 리버스가 펍을 향해 걸어가기 시작했다.

배너먼스는 지하에 자리한 술집이었다. 그곳의 아치형 천장을 가진 방들은 묘하게도 메리 킹스 클로즈와 비슷한 분위기를 풍겼다. 이런 지하 공간들은 올드타운 밑으로 복잡하게 얽혀 있었다. 론마켓에서부터 캐논게이트 넘어서까지. 아직은 술집이 바쁠 때가 아니었다. 커트 박사는 창가 자리에 홀로 앉아 있었다. 테이블 대용으로 갖다놓은 대형 맥주통에는 글라스 하나가 놓였다. 팔걸이와 높은 등받이를 가진 의자는 술집에서 가장 편안해 보이는 것이었는데, 거기에 앉은 박사의 모습은 흡사 귀족을 연상시켰다. 리버스는 위스키 더블을 사들고 그의 맞은편에 앉았다.

"건강을 기원합니다, 존."

"저도요."

"오늘은 무슨 일로 오셨습니까?"

펍에 들어와 있었지만 리버스는 커트의 손에서 풍기는 비누와 소독용 알코올 냄새를 똑똑히 맡을 수 있었다. 그가 위스키를 한 모금 넘겼다. 커트의 미간이 찌푸려졌다.

"머지않아 당신의 간을 살펴보게 될지도 모르겠습니다."

리버스가 턱으로 테이블에 놓인 커트의 필터 없는 담배를 가리켰다. "박사님이 먼저 가실 수도 있겠는데요."

커트 박사가 미소를 지었다. 그가 흡연을 시작한지는 얼마 되지 않았다. 그는 죽음에 대한 동경이 아니라 생자필멸의 이치를 확인하기 위해 흡연을 시작했다고 했었다.

"래트레이 양과 사귄지 오래되셨습니까?"

커트가 웃음을 터뜨렸다. "맙소사. 그래서 절 보자고 하신 겁니까? 캐롤라인에 대해 물어보시려고요?"

"그냥 궁금해서요. 좋은 사람 같아 보여서."

"오, 제대로 보셨습니다." 커트가 담배에 불을 붙이고 깊게 한 모금 빨아들였다. "아주 좋은 사람이에요." 그가 담배연기를 내뿜으며 말했다.

"메리 킹스 클로즈 피해자의 신원이 확인된 것 같습니다. 이제 지문만 일치하면 끝납니다."

"그것 때문에 보자고 하셨군요. 캐롤라인 때문이 아니라."

"총에 대해 얘기 나누고 싶었습니다."

"총은 제 전문이 아닙니다."

"다행입니다. 지금 제게 필요한 건 총기 전문가가 아니거든요. 그저 대화 상대가 필요했을 뿐입니다. 혹시 탄도학 보고서를 보셨습니까?" 커트가 고개를 저었다. "스미스 앤 웨슨 모델 547. 총알 자국을 보니 대충 짐작이 되더군요. 홈 다섯 개, 오른꼬임. 9밀리미터 패러벨럼탄 여섯 발을 쏠 수 있는 리볼버입니다."

"벌써부터 복잡해지는군요."

"보나마나 3인치 버전일 겁니다. 4인치 버전이 아니라. 그렇다면 무게는 32온스겠죠." 리버스가 술을 한 모금 넘겼다. 코 안을 진동하는 진한 위스키 향 덕분에 그는 다른 어떠한 냄새도 맡을 수 없었다. "리볼버엔 소음장치를 끼울 수 없습니다."

"아." 커트가 고개를 끄덕였다. "이제야 조금씩 귀가 열리는군요."

"그런 밀폐된 공간에서는……" 리버스가 바 쪽을 흘끔 돌아보았다. "딱 이 정도 면적입니다. 형태도 이곳과 비슷하고요."

"총성이 굉장히 컸겠군요."

"장난 아니었겠죠. 귀청이 터질 듯한 소리였을 겁니다."

"그래서 결론은요?"

리버스가 어깨를 으쓱였다. "이 모든 것에서 프로의 향기가 강하게 풍깁니다. 겉으로만 봐도 명백히 알 수 있죠. 처형 스타일의 범행 수법도 그렇고요. 누가 봐도 프로들의 소행입니다. 하지만 왠지 좀 찝찝해요."

커트가 잠시 생각에 잠겼다. "최근에 보청기를 구입한 사람들을 일일이 찾아 조사해볼 겁니까?"

리버스가 미소를 지었다. "그것도 좋은 생각이네요."

"중요한 건 피해자가 그 총알들에 목숨을 잃었다는 사실입니다. 놈들이 의도했든 그렇지 않든 수법이 아주 지저분했습니다. 우린 과거에 지저분한 킬러들을 여럿 접해본 적이 있었죠. 범인이 지저분할수록 수사가 더 수월하지 않았습니까. 하지만 이번엔 확실히 다릅니다. 총알을 빼면 단서도 없고요."

"그렇습니다."

커트가 술통을 톡톡 두드렸다. "이렇게 해보면 어떻겠습니까?"

"어떻게 말씀이죠?"

그가 비밀을 털어놓으려는 듯 몸을 앞으로 기울였다. "제가 캐롤라인 래트레이의 연락처를 가르쳐드리겠습니다."

"됐습니다." 리버스가 말했다.

그날 저녁, 순찰차가 페이션스의 옥스퍼드 테라스 아파트로 그를 태우러 왔다. 운전석에는 로버트 번스라는 경장이 타고 있었다. 리버스의 부탁을 받고 온 것이었다.

"고마워." 리버스가 말했다.

웨스트 엔드의 C 부서 소속인 번스는 필뮤어 출신이었고, 아직도 그곳에 많은 친구와 적을 두고 있었다. 그는 가르-비에서는 나름 유명인이었고, 그런 이유로 리버스에게 발탁되는 영광을 누리게 되었다.

"저는 그곳 조립식 건물에서 태어났습니다." 번스가 설명했다. "시 정부가 고층 건물을 짓는다고 그런 집들을 다 부숴버리기 전에 말이죠. 문명화를 위해서 불가피한 결정이었다나요. 믿어지십니까? 빌어먹을 건축가와 도시 계획 설계자들이 그 동네를 망쳐놨습니다. 그런데도 자기들이 실수했다는 걸 인정하려들지 않아요." 그가 미소를 지었다. "우리처럼 말입니다."

"'우리'라면 경찰을 얘기하는 건가, 아니면 소수 자유 교회파(1900년에 스코틀랜드 자유 교회로부터 떨어져 나옴)를 얘기하는 건가?" 번스는 단순한 스코틀랜드 자유 교회 신자가 아니었다. 그는 매주 일요일 오후 마운드에 나가 지옥의 업화(業火)가 어쩌고 하면서 행인들을 들들 볶아댔다. 리버스도 몇 번 그에게 붙잡혀 설교를 들은 적이 있었다. 하지만 페스티벌 기간 중에는 번스도 휴식을 취했다. 아무리 목소리가 우렁차도 스틸 밴드(드럼통을 잘라 드럼 모양으로 만든 타악기를 연주하는 밴드)와 조율 안 된 기타 소리를 넘어서기에는 역부족이었다.

그들은 방향을 틀어 가르-비로 들어섰다. 박공벽에서는 불길한 기운이 발산되고 있었다.

"끝까지 들어가서 내려줘."

"알겠습니다." 번스가 말했다. 주차장 옆 막다른 길이 나타나자 그가 속도를 줄였다. 차는 인도를 넘어 잔디밭으로 파고들었다. "뭐 제 차도 아닌데 어떻습니까?" 그가 말했다.

그들은 차고와 고층 건물 사이로 난 좁은 길을 따라 달렸다. 잠시 후, 길 끝에 자리한 마을 회관이 눈에 들어왔다. 번스는 건물에서 몇 미터 떨어지지 않은 지점에 차를 세웠다.

"여기서 내려줘." 리버스가 말했다.

몇몇 아이들이 회관 지붕에 서서 그들을 지켜보고 있었다. 지난번 지붕 바닥에 누워 뒹굴뒹굴했던 녀석들이었다. 각각 입에 담배를 하나씩 물었다. 아파트 창문마다 그들을 내려다보는 얼굴들이 진을 치고 있었다. 번스가 리버스를 돌아보았다.

"저놈들을 어떻게 구워삶으시려고요?"

"그건 걱정 마." 그가 차문을 열었다. "무슨 일이 있어도 차 밖으로 나오면 안 돼. 그랬다간 타이어를 잃게 될지도 모른다고."

리버스는 활짝 열린 마을 회관의 정문으로 다가갔다. 지붕 위의 십 대 소년들은 적의에 찬 눈빛으로 그를 내려다보고 있었다. 땅에는 그들이 날린 종이비행기들이 어수선하게 널려 있었다. 그 중 몇몇은 갑자기 불어온 돌풍을 타고 다시 날아올랐다. 리버스는 돼지 흉내를 내며 후두음을 내는 아이들을 무시하고 안으로 들어갔다.

실내는 하나의 큰 홀이었다. 한쪽 끝에는 농구 골대가 우뚝 서 있었다. 십 대 소년 몇 명이 떨어진 공을 놓고 싸우는 중이었다. 걷어차이는 발목, 움켜잡힌 팔뚝과 머리채. 비접촉 스포츠와는 거리가 멀었다. 임시변통으로 만든 무대에는 대형 휴대용 카세트 플레이어가 놓였다. 스피커에서는 헤비메탈이 요란하게 터져 나오고 있었다. 음악이라면 리버스도 일가견이 있었다. 하지만 요즘 아이들이 〈난장판 영국(Anarchy in the UK), 섹스 피스톨스의 곡〉이나 〈소통 단절(Communication Breakdown), 레드 제플린의

곡〉 같은 곡을 들어봤을 리 만무했다.

다양한 연령대의 무리에서 피터 케이브를 정확히 짚어내는 것은 불가능했다. 어쩌면 그는 산만한 전기 기타 연주에 맞춰 고개를 까딱이거나 벽에 기댄 채 서서 담배를 피워대고 있을지도 몰랐다. 아니면 아이들과 어울려 농구를 하고 있는지도. 하지만 아니었다. 그는 전혀 예기치 못한 엉뚱한 방향에서 리버스를 향해 다가오고 있었다. 리버스가 이곳을 처음 찾았을 때 보았던 검은 티셔츠의 소년과 노닥거리고 있었던 모양이었다.

"무슨 일로 오셨습니까?"

리어리 신부는 그가 이십 대 중반이라고 했다. 하지만 십 대 후반이라고 해도 믿을 수 있을 만큼 앳되어 보였다. 어쩌면 편하고 자연스럽게 차려 입은 옷차림 때문인지도 몰랐다. 리버스는 과거에도 데님 차림의 신앙인을 여럿 본 적 있었다. 신기하게도 그들은 덜 편한 옷차림을 더 편하게 느끼는 경향이 있었다. 하지만 색 바랜 청바지와 데님 셔츠 차림에 가느다란 가죽과 금속 팔찌를 손목에 대여섯 개씩 주렁주렁 차고 있는 케이브의 모습은 꽤 봐줄 만했다.

"여자애들은 많지 않군요." 리버스가 말했다.

피터 케이브가 주위를 슥 둘러보았다. "지금은 별로 없습니다. 평소엔 좀 있는데요, 날씨가 괜찮은 밤에는……"

날씨가 괜찮은 밤. 바로 지금처럼. 그는 정원에서 차가운 로제 와인을 홀짝이는 페이션스를 홀로 남겨두고 이곳에 와 있었다. 케이브에게서는 특별히 나쁜 기운이 감지되지 않았다. 청년은 건강해 보이는 얼굴과 초롱초롱한 맑은 눈의 소유자였다. 머리는 길었지만 단정했고, 각진 턱에는 홈이 깊게 파여 있었다.

"죄송합니다." 케이브가 말했다. "저는 피터 케이브입니다. 청년 클럽을 운영하고 있어요." 그가 손을 뻗어 악수를 청했다. 팔찌들이 손목을 타고 미끄러져 내려갔다. 리버스는 그의 손을 잡고 미소를 지어 보였다. 케이브는 너무나도 당연하게 리버스의 신원을 물었다.

"리버스 경위입니다."

케이브가 고개를 끄덕였다. "데이비에게 들었어요. 저번에 경찰이 찾아왔었다고 하더군요. 당연히 제복 경관일줄 알았는데. 어떻게 오셨습니까, 경위님?"

"무슨 문제가 있어서 온 건 아닙니다, 케이브 씨."

아이들이 두 사람 주위로 하나둘씩 모여들었다. 리버스는 걱정하지 않았다. 적어도 아직은 그럴 때가 아니었다.

"그냥 피터라고 불러주십시오."

"케이브 씨." 리버스가 혀로 입술을 핥았다. "이곳 프로그램, 잘 굴러가고 있습니까?"

"그게 무슨 말씀이시죠?"

"그냥 궁금해서요. 이곳이 문을 열고 난 후에도 필뮤어의 범죄율은 조금도 줄어들지 않았거든요."

그 말에 케이브가 발끈했다. "갱들이 패싸움을 벌인다거나 하지는 않았습니다."

그것은 사실이었다. "하지만 무단침입, 폭행…… 애들 놀이터에는 주사기가 널려 있고, 스프레이 페인트는……"

"또 왔군요."

리버스가 뒤를 돌아보았다. 맨몸에 데님 재킷만 걸치고 있는 소년이었다.

"안녕, 데이비." 리버스가 말했다. 아이들이 데님 재킷에게 비집고 들어올 틈을 내주었다.

소년이 손가락으로 리버스를 가리켰다. "내 이름은 어떻게 알아냈죠?"

"누가 와서 가르쳐줬어, 데이비."

"데이비 수터." 번스가 덧붙였다. 그는 팔짱을 낀 채 문간에 서 있었다. 이 상황을 즐기는 듯해 보였지만 사실은 그렇지 않았다. 그저 필요한 태도를 취하고 있을 뿐.

"데이비 수터." 리버스가 말했다.

수터가 두 주먹을 불끈 쥐었다. 심상치 않은 분위기를 감지한 피터 케이브가 잽싸게 끼어들었다. "무슨 일로 오셨는지 말씀해주시겠습니까, 경위님?"

"그건 당신이 더 잘 알고 있을 텐데요, 케이브 씨." 그가 주위를 둘러보았다. "우린 이 갱단 아지트에 관심이 많습니다."

순간 케이브의 볼이 벌겋게 달아올랐다. "여긴 청년 클럽입니다."

리버스의 시선이 천장을 훑어나갔다. 농구 경기는 이미 중단된 상태였다. 요란했던 음악 소리도 확 줄어 있었다. "정말 그렇습니까?"

"너무 무례하시군요. 이렇게 불쑥 나타나셔서……"

"불쑥 나타나긴요, 케이브 씨. 느긋하게 걸어 들어왔는데요. 내가 지금화를 자초하고 있는 겁니까? 데이비 저 친구만 흥분을 가라앉혀준다면 우리끼리 나가서 차분히 대화를 나눌 수 있겠죠." 그가 어느새 몰려든 아이들을 돌아보았다. "무슨 공연을 하러 여기 온 게 아닙니다."

케이브가 리버스를 응시하다가 수터를 돌아보았다. 소년이 분을 삭이고 고개를 천천히 끄덕였다. 꼭 쥐어졌던 그의 주먹도 그제야 풀어졌다.

리버스는 번스가 굳이 달려와 얼굴을 내민 이유를 알 것 같았다.

"자." 리버스가 말했다. "케이브 씨, 나가서 나랑 얘기 좀 합시다."

그들은 운동장을 나란히 가로질렀다. 번스는 순찰차에서, 십 대 아이들은 마을 회관 뒤편과 지붕 위에서 각각 두 남자를 지켜보았다.

"경위님이 왜 여기까지 찾아오셨는지 도무지 이해가……"

"본인이 여기서 나름 성과를 내고 있다고 생각합니까?"

케이브는 잠시 뜸을 들였다. "네, 물론입니다."

"정말로 당신의 실험이 성공적이었다고 생각해요?"

"제한적인 성공이긴 합니다만 이 정도면 만족합니다." 그가 뒷짐을 쥐고 고개를 살짝 숙였다. 이 세상에 걱정거리라고는 하나 없는 사람 같아 보였다.

"후회도 없고요?"

"없습니다."

"재밌군요."

"뭐가 말씀입니까?"

"성당에선 평가가 다른 것 같아서 말입니다."

그 말에 케이브의 걸음이 멈추었다. "그것 때문에 오신 겁니까? 경위님도 코너 신부님의 신자이신 거예요? 그러니까 신부님이…… 이걸 뭐라고 표현해야 하죠? 저를 단단히 손봐주라고 경위님을 이곳으로 보내신 거란 말씀입니까?"

"그런 게 아닙니다."

"신부님은 편집증을 앓고 계세요. 저를 이곳으로 보낸 게 바로 당신이셨으면서. 특별한 이유도 없이 절더러 여길 뜨라고 하시니 당혹스럽습니다. 뭐든 자기 마음대로만 하시는 분이에요. 하지만 전 여길 떠날 마음이 추호도 없습니다. 보시다시피 여긴 잘 굴러가고 있어요. 어쩌면 그게 이유일 수도 있겠군요. 제가 너무 잘하고 있다는 사실 말입니다. 결국 모든 건 제 결정에 달려 있는 거니까요, 굳이 신경 쓰지 않겠습니다. 이 클럽의 누군가가 크게 문제를 일으키지 않는 한 경위님도 별 수 없지 않겠습니까."

케이브의 얼굴은 시뻘겋게 물들어 있었다. 그가 손을 뻗어 아이들을 가리켰다.

"저 녀석들은 법을 어기는 게 일상인데요."

"그건 사실이……"

"내 말 아직 안 끝났어요. 여기엔 별의별 놈들이 다 모여 있습니다. 저 놈들이 왜 저토록 잘 융화되는지 한번 생각해봐요. 분열됐던 저들은 뭔가 목적을 가지고 연합한 겁니다. 전혀 변한 게 없다고요. 오히려 더 강해졌죠. 설마 그 사실을 부정하진 않겠죠?"

"그건 사실이 아닙니다. 사람은 누구나 변할 수 있습니다, 경위님."

리버스가 경찰이 된 후로 귀가 따갑도록 들어온 진부한 멘트였다. 그가 한숨을 내쉬며 발끝으로 땅을 톡톡 찍어댔다.

"경위님은 그걸 믿지 않으십니까?"

"범죄 통계만 훑어봐도 그게 헛소리라는 걸 알 수 있을 텐데요. 저놈들은 휴전 상태에 접어들었을 뿐입니다. 한동안은 구역 분할 작업으로 바쁘겠죠. 외부에서 위협이 가해지면 함께 반격에 나설 거고요. 하지만 저런 평화가 얼마나 오래갈까요? 결국엔 각자의 자리로 되돌아가 피의 전쟁을 이어갈 겁니다. 각자 지켜야 할 게 더 늘어났을 테니까요. 말해봐요, 오늘 밤 당신 클럽에 가톨릭 신자가 몇 명이나 모였습니까?"

케이브는 고개를 젓느라 바빴다. "저는 경위님이 안쓰러울 뿐입니다. 계속 비꼬기만 하시잖아요. 경위님이 지금껏 하신 말씀 중 이치에 닿는 게 하나도 없습니다."

"내가 비꼬는 게 아니라 당신이 순진해 빠진 겁니다. 저놈들은 당신을 신나게 이용해 먹고 있어요. 당신도 분명 그걸 알고 있을 겁니다. 하지만 그냥 체념하고 받아들일 뿐이잖아요."

케이브의 볼이 다시 붉어졌다. "지금 그걸 말이라고 하십니까!" 그가 리버스의 복부에 힘껏 주먹을 꽂아 넣었다. 노련한 리버스도 불시의 공격에는 속수무책이었다. 그가 몸을 웅크리고 잠시 헐떡거렸다. 뱃속이 타들어가는 기분이 느껴졌다. 물론 그것은 위스키 때문이 아니었다. 멀리서 아이들의 환호성이 아득하게 들려왔다. 마을 회관 지붕 위에서 자그마한 형체들이 폴짝폴짝 뛰어댔다. 리버스는 지붕이 와르르 무너져 내리기를 간절히 바랐다. 그가 힘겹게 허리를 폈다.

"이게 모범을 보이는 겁니까, 케이브 씨?"

그는 대답할 틈도 주지 않고 케이브의 턱에 펀치를 날렸다. 젊은 남자가 휘청거리며 뒤로 물러났다.

마을 회관 쪽에서 더 큰 환호성이 들려왔다. 지붕에서 내려온 가르-비의 아이들이 두 남자를 향해 달려오고 있었다. 번스가 차에 시동을 걸고 축구 경기장을 가로질러 돌진해왔다. 다행히 순찰차가 간발의 차이로 먼저 도착했다. 아이들이 일제히 차의 뒷유리에 빈 캔을 집어던졌다. 번스가 브레이크를 잡자 리버스가 황급히 문을 열고 차 안으로 몸을 날렸다. 그 과정에서 무릎과 팔꿈치가 긁혔지만 그는 개의치 않았다. 순찰차는 차도를 향해 맹렬히 달리기 시작했다.

"맙소사." 번스가 백미러를 살피며 말했다. "결국 이렇게 돼 버렸군요."

리버스는 숨을 돌리며 쓰라린 팔꿈치를 만지작거렸다.

"데이비 수터의 이름은 어떻게 알고 있지?"

"유명한 미치광이입니다." 번스가 덤덤하게 말했다. "요주의 인물이라 유심히 지켜봐왔죠."

리버스가 요란하게 한숨을 내쉬며 소매를 걷어 올렸다. "사제의 부탁을 들어주는 것만큼 어리석은 일도 없을 거야." 그가 중얼거렸다.

"저도 명심하겠습니다, 경위님." 번스가 말했다.

7

다음날 아침, 리버스는 델리카트슨(조리된 육류나 치즈, 흔하지 않은 수입 식품 등을 파는 가게)에서 사온 디캐프와 참치 샌드위치를 손에 들고 상황실로 들어섰다. 그는 책상에 앉아 스티로폼 컵에서 뚜껑을 벗겼다. 책상 한 구석에는 서류뭉치가 수북이 쌓여 있었다. 어제부터 차곡차곡 쌓아올려진 것들이었다. 그는 한동안 그것들을 못 본 척했다.

피해자의 지문이 빌리 커닝햄의 방에서 채취해온 것과 일치했다는 보고가 있었다. 시체의 신원이 확인되었지만 수사의 진전은 딱 거기까지였다. 경찰은 머독과 밀리를 인터뷰했고, 우체국의 인사 서류도 훑어보았다. 그들은 오늘 또 다시 빌리의 방을 수색해보기로 했다. 그에 대해 밝혀진 것은 거의 없었다. 어디 출신인지, 또 부모는 어떤 사람들인지. 앞으로 파헤쳐야 할 것들이 태산처럼 쌓여 있었다.

물론 살인 사건 수사에서 모든 것을 다 알아야 할 필요는 없었지만.

로더데일 경감이 뒤에서 소리 없이 다가왔다. 리버스는 돌아보지 않고도 그의 존재를 알아차렸다. 리버스만이 감지할 수 있는 특유의 냄새 때문이었다. 화장실에서 불쾌한 악취를 지우기 위해 탤컴파우더(주로 땀띠약으로 몸에 바르는 분)를 뿌렸을 때 나는 것과 같은 냄새. 로더데일의 분신과도 같은 전기면도기의 딸깍거림과 윙윙거림 또한 명확한 힌트를 주었다. 리버스가 구부정했던 허리를 폈다.

"총경께서 자넬 불러오라고 하셨네." 로더데일이 말했다. "아침은 다녀와서 먹으라고."

리버스는 샌드위치를 내려다보았다.

"이따 먹으라니까."

리버스가 고개를 끄덕였다. "경감님을 위해 총경님의 커피를 한 잔 얻어오겠습니다."

그는 자신의 커피를 챙겨 들고 농부 왓슨의 사무실로 향했다. 사무실 안에서 누군가의 코맹맹이 소리가 흘러나왔다. 리버스는 노크를 하고 안으로 들어갔다. 킬패트릭 경감이 농부의 맞은편에 앉아 있었다.

"어서 오게, 존." 총경이 말했다. "커피 한잔 하겠나?"

리버스가 자신의 컵을 번쩍 들어 보였다. "제 것을 가져왔습니다, 총경님."

"앉게."

그는 킬패트릭의 옆자리에 앉았다. "안녕하십니까, 경감님."

"또 보게 되는군, 존." 킬패트릭의 손에는 아직 입도 대지 않은 듯한 머그잔이 들려 있었다. 농부는 자신의 빈 잔을 커피메이커로 가져가 다시 채우는 중이었다.

"존." 그가 자리로 돌아와 앉으며 말했다. "자넬 킬패트릭 경감의 팀에 투입하기로 했네." 왓슨이 커피를 입에 담고 잠시 우물거렸다. 리버스는 킬패트릭을 돌아보았고, 경감은 고개를 살짝 끄덕였다.

"당분간 페츠 소속으로 일하겠지만 대부분의 시간은 이곳 세인트 레너즈에서 보내게 될 거야. 연락 담당자 자격으로."

"이유가 뭡니까?"

"수사반이 깊이 관여해야 하는 케이스라서 말이야."

"그건 이해합니다만 왜 하필 저를 찍으신 겁니까?"

"자넨 군 출신이지 않은가. 60년대 후반에 얼스터에서 복무했다지?"

"그건 사반세기 전이었습니다." 다 잊은 과거가 들추어지려하자 리버스는 심기가 불편해졌다.

"이번 케이스에 불법 무장 단체가 연루돼 있다는 건 자네도 알지? 범행에 쓰인 총도 흔히 볼 수 있는 게 아니고. 그 리볼버는 테러리스트들이 쓰는 무기야. 최근에 많은 총기가 영국으로 들어왔네. 이 사건을 수사하다 보면 그 부분이 확인될 수도 있지 않겠나."

"잠깐만요. 그러니까 경감님은 살인 사건이 아니라 그 무기들에 관심이 있으신 거군요. 안 그렇습니까?"

"페츠에 가서 브리핑을 받으면 모든 게 납득이 될 거야. 20분쯤 후에……" 그가 손목시계를 들여다보았다. "여길 뜰 테니까 사랑하는 동료들과 작별인사를 나누도록 해." 그가 미소를 지었다.

리버스는 고개를 끄덕였다. 식어가는 커피에는 거품이 둥둥 떠 있었다. "알겠습니다, 경감님." 그가 자리에서 일어서며 말했다.

상황실로 돌아와서도 그는 알딸딸한 기분을 떨쳐내지 못했다. 두 형사가 동료의 농담을 귀담아 듣고 있었다. 돈 없는 오징어와 레스토랑 계산서, 그리고 주방에서 설거지를 하는 남자에 대한 농담이었다. 남자의 이름은 한스라고 했다.

리버스는 당분간 SCS에 몸담게 되었다. 하필이면 그 악명 높은 바스터드 브리게이드(Bastard Brigade)에. 그는 책상에 털썩 주저앉았다. 그리고 1분도 채 되지 않아 무언가가 사라졌다는 사실을 깨달았다.

"어떤 놈이 내 샌드위치를 먹어치웠지?"

그가 매서운 눈으로 주위를 둘러보았다. 신나게 흐르던 형사들의 농담이 중간에 뚝 멎어버렸다. 하지만 아무도 그에게 눈길을 주지 않았다. 그새 경찰서 내에 소문이 퍼진 모양이었다. 로더데일이 리버스의 책상으로 다가왔다. 팩스로 받은 종이를 손에 쥐고 있었다.

"그게 뭡니까?" 리버스가 물었다.

"글래스고가 빌리 커닝햄의 어머니를 찾아냈어."

"잘됐군요. 이곳으로 오는 겁니까?"

로더데일이 심란해하는 표정으로 고개를 끄덕였다. "형식적인 신원 확인을 하러 오는 거야."

"아버지는요?"

"오래 전에 이혼을 했더군. 빌리가 젖먹이였을 때. 그녀가 이름을 가르쳐줬어." 그가 팩스 종이를 건넸다. "모리스 캐퍼티."

"네?" 순간 리버스에게서 배고픔이 싹 가셨다.

"모리스 제럴드 캐퍼티."

리버스는 팩스 종이를 빠르게 훑어보았다. "설마요. 제발 아니라고 해주십시오. 글래스고가 우릴 갖고 노는 거라고." 하지만 로더데일은 고개를 저었다.

"농담이 아니네." 그가 말했다.

빅 제르 캐퍼티는 교도소에 수감되어 있었다. 벌써 몇 달 되었고, 앞으로 몇 년은 그곳에서 썩게 될 것이다. 그는 무척 위험한 인물이었다. 갈취자, 착취자, 그리고 살인자. 하지만 그는 달랑 두 건의 살인 사건에 대해서만 유죄 판결을 받았을 뿐이었다.

"누군가가 그에게 메시지를 보낸 걸까요?" 그가 물었다.

로더데일이 어깨를 으쓱였다. "케이스의 본질이 살짝 바뀐 거야. 커닝햄 부인은 캐퍼티가 빌리를 아주 끔찍이 챙겼다고 했어. 아들이 커가는 걸 지켜보면서 원하는 걸 다 해줬다더군. 그녀한테 이따금 돈을 보낸대."

"빌리도 아버지가 누군지 알고 있었나요?"

"커닝햄 부인은 빌리가 아버지의 정체를 몰랐다고 했어."

"그걸 안 사람이 아무도 없었을까요?"

로더데일이 다시 어깨를 으쓱였다. "누가 이 소식을 캐퍼티에게 들려주게 될지 궁금해."

"전화로 알리는 게 좋을 겁니다. 저라면 직접 가서 들려주지 않겠어요. 무슨 봉변을 당하려고."

"다행히 로커에 정장이 준비돼있어." 로더데일이 말했다. "이걸로 기자회견을 한 번 더 해야겠지?"

"그 전에 총경님께 보고부터 드려야 하는 거 아닙니까?"

로더데일의 눈이 번뜩였다. "물론이지." 그가 리버스의 수화기를 집어들고 번호를 눌렀다. "그건 그렇고, 아까 총경께서 왜 부르셨대?"

"뭐 별일 아니었습니다." 리버스가 말했다. 거짓이 아니었다.

"이렇게 코스가 확 바뀌어버리는군요." 차에 오른 그가 킬패트릭에게 말했다. 그들은 뒷좌석에 나란히 앉아 있었다. 차는 페츠를 향해 천천히 나아가는 중이었다. 운전자는 신호등 없는 지름길을 놔두고 미련하게 큰길로만 차를 몰았다.

"그야 뭐……" 킬패트릭이 말했다. "좀 더 두고 보면 알겠지."

리버스는 킬패트릭에게 빅 제르 캐퍼티에 대한 소식을 고스란히 전해주었었다. "그러니까 제 말씀은……" 그가 말을 계속했다. "만약 이게 범죄 조직의 소행이라면 불법 무장 단체와는 아무 상관이 없다는 뜻 아니겠습니까. 제가 경감님께 도움을 드릴 수 없다는 뜻이기도 하고요."

킬패트릭이 미소를 지었다. "자넨 좀 이상하군, 존. 대부분 형사들은 SCS와 함께 일하고 싶어서 안달을 하던데."

"저도 압니다, 경감님."

"그런데 왜 자넨 아니지?"

"그게 싫다는 게 아닙니다. 그저 제 의욕이 남들에 미치지 못할 뿐이죠." 리버스가 차창 밖을 내다보았다. "솔직히 말씀드리면, 저는 파견 근무를 별로 좋아하지 않습니다. 과거에 한 번 해봤는데 영 아니더라고요."

"그때 런던에 다녀왔던 일 말인가? 그 얘긴 총경님께 다 들었네."

"아마 다 듣진 못하셨을 겁니다." 리버스가 나지막이 말했다. 어느새 차는 퀸스페리 가로 들어섰다. 페이션스의 아파트까지 걸어서 몇 분이면 갈 수 있는 곳이었다.

"그러지 말고 좀 도와주게." 킬패트릭이 물러서지 않고 말했다. "자넨 그 캐퍼티라는 작자에 대해서도 잘 알지 않나. 우린 자네 도움이 절실해."

"알겠습니다, 경감님."

그들은 더 이상 대화를 이어가지 않았다. 차가 에든버러 경찰본부인 페츠에 도착할 때까지 그들은 침묵을 지켰다. 긴 도로 끝에서 특권층을 위한 페츠 스쿨의 고딕풍 첨탑들이 보였다. 리버스는 무엇이 더 흉측한지 궁금했다. 화려하게 장식된 학교? 아니면, 경찰본부가 자리한 낮고 특징 없는 건물? 분위기로만 보면 종합 중등학교라 해도 이상하지 않을 것 같았다. 리버스는 지금껏 그토록 따분한 느낌의 건물을 본 적이 없었다. 어쩌면 설립 목적에 충실하려고 그렇게 지어놓았는지도 몰랐다.

스코틀랜드 수사반의 에든버러 팀은 5층의 비좁은 사무실에 상황실을 마련해놓은 상태였다. 현장 감식반도 그들과 같은 사무실을 나누어 쓰고 있었다. 바로 위층은 법의학자와 경찰 사진사들을 위한 공간이었다. 두 층 간의 소통은 꽤 원활하게 이루어졌다.

수사반의 진짜 본부는 글래스고의 스튜어트 가에 있었다. 에든버러 외에도 스톤헤이븐과 기술 지원 팀이 속한 던펌린에도 지사가 만들어졌다. 기술 지원 팀 소속 인력은 무려 82명에 달했다. 열 명 남짓의 민간인 직원이 그들과 함께 일했다.

"우린 자체적으로 감시팀과 마약팀도 갖추고 있어." 킬패트릭이 덧붙였다. "스코틀랜드의 여덟 개 경찰대에서 인재들을 모집해 신나게 굴리고 있지." 그는 리버스에게 SCS 사무실 구석구석을 보여주며 장광설을 이어 나갔다. 형사 서너 명이 돌아보았을 뿐 나머지는 그들에게 눈길 한번 주지 않았다. 고개를 든 한 형사는 대머리였고, 그 옆에 앉은 동료는 얼굴에 주근깨가 껴 있었다. 곱지 않은 그들의 시선에는 호기심이 가득 담겼다.

리버스와 킬패트릭은 지도가 걸린 벽 앞에 우뚝 서 있는 거구의 남자에게 다가갔다. 지도엔 영국 제도와 북유럽 본토, 그리고 러시아 서부가 그려져 있었다. 누군가가 가느다란 빨간 선으로 해로를 표시해놓은 게 보였다. 양장점에서나 볼 법한 이미지였지만 육중한 남자는 주름 내는 가위와 오려낸 박엽지 조각들에 어울리는 타입은 절대 아니었다. 지도 속 항구들은 검은 펜으로 둥글게 표시되어 있었다. 해로 중 하나는 스코틀랜드 동해안까지 이어졌다. 그들이 바짝 다가갔지만 남자는 벽에서 돌아서지 않았다.

"리버스 경위야." 킬패트릭이 말했다. "이쪽은 켄 스마일리 경위. 이름과 달리 이 친구는 절대 미소를 짓는 법이 없지. 그러니까 이름 갖고 장난 칠 생각일랑 마. 말수는 적지만 그만큼 생각이 깊은 친구야. 파이프 출신 이니까 조심하는 게 좋을걸. 파이프 출신들이 좀 유별나잖아. 안 그래?"

"저도 파이프 출신입니다." 리버스가 말했다. 그제야 스마일리가 돌아서서 리버스의 손을 잡았다. 그는 190센티미터가 넘는 큰 키에 지방보다 근육의 양이 압도적으로 많은 탄탄한 덩치를 소유하고 있었다. 리버스는 그가 매일 체육관에서 살다시피 할 거라 생각했다. 리버스보다 몇 살 어린 그는 짧은 금발에 까만 콧수염을 기르고 있었다. 형사라기보다는 농부나 농장 노동자에 가까운 외모였다. 보나마나 소싯적 보더스에서 럭비 선수 로 활약했을 게 분명했다.

"켄." 킬패트릭이 스마일리에게 말했다. "존에게 구석구석 안내 좀 해주게. 당분간 우리랑 같이 일하게 됐거든. 군대도 다녀온 친구야. 얼스터에서 복무했다더군." 킬패트릭이 살짝 윙크했다. "아무튼 괜찮은 친구야." 켄 스마일리가 리버스를 빤히 쳐다보았다. 리버스는 가슴을 부풀리고 허리를 폈다. 그는 자신이 왜 스마일리에게 깊은 인상을 남기고 싶어 하는지 궁금했다. 한 가지 분명한 것은 그를 적으로 두고 싶지 않다는 사실이었다. 스마일리가 천천히 고개를 끄덕이며 킬패트릭과 시선을 교환했다. 리버스는 두 남자의 표정이 무엇을 의미하는지 알지 못했다.

킬패트릭이 스마일리의 팔뚝에 손을 얹었다. "자네가 잘 챙겨주게." 그가 돌아서서 또 다른 형사를 불렀다. "짐, 나 없는 동안 연락 온 데 없었나?" 그가 나머지 형사들이 모여 있는 쪽으로 다가갔다.

리버스가 벽에 걸린 지도를 들여다보았다. "페리 항로인가요?"

"동해안으로 들어오는 페리는 없습니다."

"스칸디나비아?"

"이건 그쪽으로 가는 게 아닙니다." 그가 말했다. 리버스는 다시 찔러보기로 했다.

"그럼 보트입니까?"

"보트, 맞아요. 우린 그렇게 보고 있습니다." 리버스는 굵은 저음을 예상했었지만 스마일리는 덩치에 어울리지 않는 고음을 갖고 있었다. 그래서 말수가 적은 것인지도 몰랐다.

"보트들을 살펴보고 있는 모양이군요."

"보트로 밀수품을 들여오니까요."

리버스가 고개를 끄덕였다. "총."

"그게 총일 수도 있고." 그가 동유럽 항구 몇 곳을 가리켰다. "봐요. 요즘엔 러시아를 들락거리는 총기가 부쩍 늘었습니다. 군대를 축소시킨 탓이죠. 그곳 경제 상황도 크게 한 몫 했을 거고요."

"그들이 총을 훔쳐 밖으로 빼돌린다는 얘긴가요?"

"훔쳐야 할 필요가 있다면야 그렇겠죠. 하지만 많은 군인들이 군대에서 쓰던 무기를 고스란히 집으로 가져갑니다. 여기저기서 기념품으로 챙겨온 것들도 있고요. 아프가니스탄이나 뭐 그런 곳들에서 말입니다. 자, 앉아요."

그들은 스마일리의 책상을 사이에 두고 앉았다. 스마일리의 자리는 불편해 보이는 자그마한 플라스틱 의자였다. 그가 서랍에서 사진 몇 장을 꺼냈다. 기관총, 로켓탄 발사기, 수류탄, 미사일, 철갑 포탄, 그리고 먼지로 뒤덮인 무기고.

"우리가 유럽 본토에서 추적해낸 것들입니다. 네덜란드, 독일, 프랑스. 물론 북아일랜드와 잉글랜드와 스코틀랜드에서 찾아낸 것들도 있어요."

그가 돌격용 자동 소총 사진을 손으로 톡톡 두드렸다. "이건 힐헤드 은행 강도 사건에 쓰인 AK 47입니다. 요즘 칼라슈니코프 교수가 외판원으로 뛰고 있다는 거 알죠? 심각한 불경기라서 말입니다. 그는 국제 무기 박람회를 돌며 이런 것들을 팔아치우고 있습니다." 스마일리가 또 다른 사진을 골라 들었다. "신형입니다. AK 74. 탄창이 플라스틱으로 만들어졌죠. 이 모델은 74S입니다. 아직 시장엔 많이 풀리지 않았어요. 오토바이 폭주족들이 유럽 구석구석으로 실어 나르고 있습니다."

"지옥의 천사들(Hell's Angels)?"

스마일리가 고개를 끄덕였다. "그걸로 짭짤하게 재미를 보는 놈들이 적지 않습니다. 하지만 다른 문제도 많아요. 지금 이 순간에도 많은 총기가 영국으로 유입되고 있어요. 군인들은 포클랜드 제도나 쿠웨이트 같은 곳에서 기념품으로 칼라슈니코프 따위를 챙겨오기도 하죠. 당국이 제대로 감시하지 않아 가능해진 일입니다. 그렇게 들어온 무기들은 비싸게 거래되거나 도난당하기 일쑤죠. 주인들도 굳이 경찰에 신고하지 않습니다. 그 이유야 당신도 잘 알 테고."

스마일리가 입을 닫고 마른 침을 한 번 삼켰다. 자기 혼자 얼마나 떠들어댔는지 깨달은 것이었다.

"과묵한 타입인 줄 알았는데요." 리버스가 말했다.

"내가 좀 흥분했습니다."

스마일리가 책상에 널린 사진들을 주섬주섬 챙겨 들었다.

"뭐 아무튼 그렇습니다." 그가 말했다. "이미 유입된 것들은 어쩔 도리가 없습니다. 인터폴과 공조해 거래를 최대한 막아보는 수밖에는."

"스코틀랜드가 그 표적이라는 말입니까?"

"우린 그저 중간에서 전달자 역할만 하고 있을 뿐입니다. 결국에는 북아일랜드로 흘러들어가게 돼 있죠."

"IRA?"

"돈만 내놓으면 상대가 누구든 신경 쓰지 않습니다. 하지만 우리는 신교도들이 아닐까 짐작하고 있어요."

"근거는요?"

"충분치 않습니다."

리버스는 잠시 머리를 굴려보았다. 킬패트릭은 말을 아꼈지만 그는 이번 케이스에 불법 무장 단체가 어떻게든 연루되어 있을 거라고 생각했다.

"식스 팩을 알아낸 게 당신이었습니까?" 스마일리가 물었다. 리버스는 고개를 끄덕였다. "당신이 제대로 짚었는지도 몰라요. 그게 사실이라면 피해자도 그쪽으로 관련돼 있었을 겁니다."

"아니면 재수 없게 그들과 엮이게 됐거나."

"그랬을 가능성은 희박합니다."

"아무튼 중요한 건 피해자의 아버지가 악명 높은 이 지역 깡패 두목이라는 사실입니다. 빅 제르 캐퍼티."

"저번에 당신이 체포했었죠?"

"여기까지 소문이 퍼진 모양이군요."

"캐퍼티가 끼어들면서 케이스에 균형이 잡힌 것 같습니다." 스마일리가 자리에서 벌떡 일어났다. "자, 투어를 계속 진행할까요?"

특별히 볼만한 건 없었다. 그는 동료들에게 리버스를 소개시켜주었다. 형사들은 슈퍼맨과 거리가 멀었다. 하지만 적으로 두고 싶지 않을 만큼 억세 보이기는 했다. 제대로 걸렸다가는 뼈도 못 추릴 것 같았다.

그 중 클레버하우스라는 경사는 예외였다. 눈에 다크서클이 둘러진 그는 굼뜨고 흐느적거렸다.

"외모만 보고 속단하지 말아요." 스마일리가 말했다. "블러디 클레버하우스라고 불리는 데는 다 그럴 만한 이유가 있습니다."

클레버하우스의 얼굴에 천천히 미소가 머금어졌다. 그는 굼뜬 게 아니라 생각이 많은 것이었다. 그는 책상에 앉아 있었고, 리버스와 스마일리는 그 앞에 서 있었다. 그가 잠시 손가락으로 빨간 판지 파일을 토닥였다. 파일은 덮인 채 놓여 있었는데, 앞면에는 '쉴드(SHIELD)'라는 단어가 적혀 있었다. 스마일리의 책상에서 뒹굴고 있는 파일에도 같은 제목이 쓰여 있었다.

"쉴드?" 그가 물었다.

"쉴드." 클레버하우스가 말했다. "요즘 언급되는 빈도가 부쩍 늘었습니다. 어쩌면 범죄 조직인지도 몰라요. 북아일랜드 문제와 관련돼 있는지도 모르고요."

"하지만 현재까지는……" 스마일리가 말했다. "그냥 이름뿐인 조직에 지나지 않습니다."

쉴드. 그 단어는 리버스에게 특별한 의미가 있었다. 아니, 특별한 이유가 있어야만 했다. 그는 클레버하우스의 책상을 등지고 서서 나지막한 목소리로 은밀한 대화를 나누는 두 형사를 지켜보았다. 클레버하우스의 투덜거림이 쫑긋 세운 그의 귀에 들어왔다.

"외부 도움 따윈 필요 없습니다."

리버스는 애써 못 들은 척했다. 외부자 영입을 반기는 내부자는 세상 어디에도 없었다. 머리가 벗겨진 블랙우드 경사와 주근깨 난 오미스턴 경장도 반감 가득한 얼굴을 하고 있었다. 그들은 개들이 벼룩을 대하는 것만큼이나 리버스의 합류를 반기지 않았다. 리버스는 개의치 않고 사무실 구석에 자리한 작은 책상을 향해 걸어갔다. 빈 책상 뒤에는 부랴부랴 벽장에서 꺼내 왔는지 당장이라도 주저앉아버릴 것 같은 의자가 놓여 있었다. 수사반 사람들은 리버스에게 온전한 작업 환경을 제공해줄 마음이 없는 듯했다. 그는 책상과 의자를 흘끔 내려다본 후 사무실을 빠져나왔다. 복도에서 심호흡을 몇 번 하고 나서는 걸어서 몇 층 내려가보았다. 그에게는 페츠에서 일하는 친구가 하나 있었다. 그는 거침없이 그녀의 사무실로 향했다.

하지만 질 템플러 경위의 사무실에는 또 다른 여형사가 앉아 있었다. 문패에 의하면, 그녀는 연락 담당자 머치 경위였다. 리버스가 노크를 했다.

"들어와요!"

리버스는 교장실로 들어가는 듯한 기분을 느꼈다. 하지만 머치 경위는 생각보다 젊었다. 적어도 얼굴만 봐서는 그랬다. 그녀는 그 사실을 핸디캡으로 여기는지 애써 근엄한 표정을 지어 보였다.

"네?" 그녀가 말했다.

"템플러 경위를 만나러 왔습니다."

머치가 펜을 내려놓고 반달형 안경을 벗었다. 안경다리는 목에 걸린 줄에 매달려 있었다. "다른 데로 옮겼어요." 그녀가 말했다. "아마 던펌린으로 갔을 거예요."

"던펌린? 거긴 뭐하러요?"

"강간과 성폭행 사건을 전담하게 됐다고 들었어요. 템플러 경위에게 무슨 볼일이라도 있나요?"

"아뇨, 난 그저…… 근처를 지나다가…… 아무것도 아닙니다." 그는 뒷

걸음질쳐 밖으로 나왔다.

머치 경위는 입을 실룩거리며 다시 안경을 걸쳤다. 리버스는 허무하게 위층으로 돌아갔다.

그는 무슨 일이라도 터지기만을 기다리며 오전을 흘려보냈다. 하지만 아무 일도 벌어지지 않았다. 스마일리를 포함한 형사들은 그와 적당한 거리를 유지하려 애썼다. 시간이 얼마나 흘렀을까, 스마일리의 책상에 놓인 전화기가 요란하게 울려댔다. 리버스에게 걸려온 전화였다.

"로더데일 경감이시라는데요." 스마일리가 수화기를 건네며 말했다.

"여보세요?"

"그쪽에 납치당했다던데."

"뭐 그렇게 됐습니다, 경감님."

"가서 얘기해. 다시 돌아가야 한다고."

내가 빌어먹을 연어라도 되는 줄 알아? 리버스는 생각했다. "이곳 일이 아직 안 끝났는데요." 그가 말했다.

"그건 나도 알아. 총경께서 다 알려주셨다고." 그가 잠시 머뭇거렸다. "자네가 캐퍼티를 심문해줘야겠어."

"그는 입을 열지 않을 겁니다."

"열지도 몰라."

"그가 빌리에 대해 알고 있습니까?"

"알고 있어."

"그러니까 절더러 그의 샌드백이 돼주라는 말씀인 거군요." 로더데일은 대꾸가 없었다. "굳이 그를 만나봐야 할 이유가 있습니까?"

"그건 나도 모르겠어."

"이유가 없잖아요."

"그가 먼저 요청해온 거야. CID랑 할 얘기가 있대. 무조건 자네가 와야 한다고 고집을 부리고 있어." 잠시 무거운 침묵이 흘렀다. "존? 어떻게 하겠나?"

"아주 요상한 하루네요." 그가 손목시계를 들여다보았다. "아직 1시도 안 됐는데 말입니다."

8

빅 제르 캐퍼티는 살만한 듯했다.

군살 없는 탄탄한 체구는 여전했고, 걸음걸이에서도 생기가 느껴졌다. 가슴은 하얀 티셔츠가 팽팽히 당겨질 만큼 부풀어 있었고, 복부는 쏙 들어가 있었다. 그는 색 바랜 작업용 청바지에 새 것으로 보이는 테니스화를 신고 있었다. 오히려 그가 면회자 같았고, 리버스는 재소자 같았다. 그의 옆에 선 교도관은 고용된 하인 같아 보였다. 말 한마디면 언제든지 쫓아낼 수 있는 하인. 캐퍼티가 리버스의 손을 힘껏 움켜잡았다. 하지만 위협적인 제스처는 아니었다.

"스트로먼."

"안녕, 캐퍼티." 그들은 플라스틱 테이블을 사이에 두고 마주 앉았다. 테이블 다리는 바닥에 단단히 고정되어 있었다. 발리니는 한때 악명 높은 교도소였다. 하지만 면회실 분위기는 나쁘지 않았다. 사방이 하얗게 칠해진 면회실은 깨끗했고, 벽에는 공공 안전 포스터 몇 개가 붙어 있었다. 테이블에는 조잡한 알루미늄 재떨이가 놓여 있었지만 한쪽에는 금연 표지가 보란 듯이 걸려 있었다. 테이블 표면에는 담뱃불로 지져진 자국들이 남아 있었다.

"결국 당신을 데려왔군, 스트로먼." 캐퍼티는 미소를 흘리며 리버스를 위아래로 훑어보았다. 그는 자신이 붙여준 그 별명이 리버스의 신경을 얼마나 거슬리게 만드는지 잘 알고 있었다.

"당신 아들 일은 유감이야."

순간 캐퍼티의 얼굴에서 미소가 사라졌다. "놈들이 그 앨 고문했다는 게 사실이야?"

"그랬던 것 같아."

"그랬던 것 같다고?" 캐퍼티의 언성이 높아졌다. "고문은 고문이야. 세상에 어중간한 고문은 없다고!"

"뭐 그건 당신 전문이니."

캐퍼티의 눈에서 불꽃이 튀었다. 그의 숨소리는 짧고 거칠었다. 그가 자리에서 벌떡 일어났다.

"이곳 생활이 생각보다 나쁘지 않더군. 과거에 비해 훨씬 자유로워졌고. 세상의 모든 게 그렇듯 자유도 얼마든지 살 수 있지." 그가 교도관 옆에 멈춰 섰다. "안 그렇소, 페트리 씨?"

페트리는 대답하지 않았다. 현명하게도.

"밖에서 기다려." 캐퍼티가 지시했다. 리버스는 페트리가 면회실을 나가는 걸 지켜보았다. 캐퍼티가 그를 돌아보며 무성의한 미소를 지었다.

"이제야 아늑해졌군." 그가 말했다. "우리 둘만 남게 되니 말이야." 그가 한 손으로 자신의 배를 살살 문지르기 시작했다.

"원하는 게 뭐야, 캐퍼티?"

"슬슬 아파오는군. 내가 원하는 게 뭐냐고, 스트로먼? 바로 이거야." 그가 앞으로 몸을 기울이고 리버스의 어깨에 두 손을 얹었다. "난 어떤 놈이 그랬는지 알아야겠어." 리버스는 캐퍼티의 드러난 치아를 물끄러미 올려다보았다. "감히 내 가족을 건드리다니. 내 평판에 큰 흠을 남기게 됐어. 누가 됐든 대가를 치르게 해야지. 내 사업을 위해서도 확실히 처리해야 돼."

"부성애가 눈물겹군. 보기 좋은데."

캐퍼티는 못 들은 척했다. "내 부하들이 그 놈을 찾고 있어. 당신도 계속 지켜볼 거고. 어떻게든 성과를 내도록 해, 스트로먼."

리버스가 어깨에서 캐퍼티의 손을 떨쳐내고 일어났다. "피해자가 당신 아들이라서 우리가 태업이라도 할 줄 알았어?"

"그럴까봐 걱정이 돼서 하는 얘기라고. 어떤 방법으로든 난 기필코 복수하고 말 거야, 스트로먼. 반드시 피를 보고 말 거라고."

"나랑은 상관없는 일이야." 리버스가 나지막이 말했다. 그는 한동안 캐퍼티의 눈을 빤히 쳐다보았다. 캐퍼티가 두 팔을 넓게 펼치고 어깨를 으쓱였다. 그는 다시 자리로 돌아가 앉았다. 리버스는 일어선 채 미동도 하지 않았다.

"몇 가지 물어볼 게 있어." 그가 말했다.

"물어봐."

"아들과 꾸준히 연락하고 지내왔나?"

캐퍼티가 고개를 저었다. "그 애 엄마와만 연락을 해왔어. 좋은 여자야. 나한텐 과분하지. 빌리가 어렸을 땐 애 키우는 데 쓰라고 꾸준히 돈을 보내줬어. 요즘은 가끔 보내고."

"돈은 어떻게 전달하지?"

"믿을 만한 사람을 통해서."

"빌리도 친부의 정체를 알고 있었나?"

"아니. 아이 엄마가 날 부끄러워했거든." 그가 다시 자신의 배를 문질러 댔다.

"약이라도 먹어보지 그래?" 리버스가 말했다. "뭐 아무튼, 당신에게 앙심을 품은 누군가가 그를 죽였을 가능성은 없나?"

캐퍼티가 고개를 끄덕였다. "나도 그 생각을 해봤어, 스트로먼." 그가 고개를 저었다. "설마 그랬을라고? 그 아이에 대해선 아무도 몰랐어. 그걸 아는 건 그 애 엄마와 나, 달랑 둘 뿐이었다고."

"중개인은?"

"그는 아니야. 이미 다 조사해봤다고."

캐퍼티의 꼼꼼함에 리버스는 새삼 놀랐다.

"두 가지만 더 묻지." 그가 말했다. "네모. 혹시 이 단어 듣고 뭐 짚이는 거 없나?"

캐퍼티가 고개를 저었다. 하지만 리버스는 알고 있었다. 오늘 밤, 스코틀랜드 동부의 모든 악당들이 그 이름 때문에 호들갑을 떨어낼 거라는 것을. 어쩌면 캐퍼티의 부하들이 경찰보다 먼저 킬러를 찾아낼 수도 있을 것이다. 시체의 상태를 두 눈으로 확인한 리버스는 누가 되었든 속히 범인을 잡아주기를 바랄 뿐이었다. 보나마나 캐퍼티도 같은 생각일 것이다.

"그리고……" 그가 말했다. "SaS라고 적힌 문신."

캐퍼티는 다시 고개를 저었다. 하지만 그의 표정은 심상치 않았다. 마치 무언가를 숨기고 있는 듯했다.

"뭔가 알고 있지, 캐퍼티?"

하지만 캐퍼티는 말이 없었다.

"그가 갱단에 몸담거나 하진 않았고?"

"갠 그럴 아이가 아니었어."

"그의 침실 벽에는 얼스터의 붉은 손이 걸려 있었어."

"내 방에는 피렐리(타이어 전문 업체) 달력이 걸려 있어. 그렇다고 내가 그 브랜드를 쓸 것 같나?"

리버스가 문 쪽으로 천천히 다가갔다. "피해자 입장에 서 보니 어때? 쉽지 않지?"

캐퍼티가 자리에서 일어났다. "명심해." 그가 말했다. "내가 지켜보고 있다는 걸 말이야."

"캐퍼티, 당신 부하들이 내 심기를 조금이라도 건드리는 날엔 전부 감방에 처넣을 테니까 알아서 해."

"당신이 날 여기 처박아놓았어, 스트로먼. 그랬더니 어떻게 됐지? 위에서 진급을 시켜주던가?"

캐퍼티의 미소가 리버스를 불편하게 만들었다. 돼지 배설물에 산 사람을 묻고 총으로 냉혹하게 쏴 죽인 사람의 미소. 기만적인 조종자, 부도덕하고 냉혈한 사람의 미소. 리버스는 더 참지 못하고 면회실을 나와버렸다.

교도관 페트리는 복도에 서서 몸을 꼼지락거렸다. 그는 리버스의 시선을 애써 피했다.

"부끄러운 줄 알아요." 리버스는 홱 돌아서서 걸음을 옮겼다.

글래스고에 있는 동안 리버스는 소년의 어머니를 만나볼 수도 있었다. 문제는 그녀가 피해자 신원 확인을 위해 에든버러에 와 있다는 사실이었다. 커트 박사는 그녀가 죽은 아들의 얼굴 하단을 보지 못하도록 잘 조치해놓았을 것이다. 그는 리버스에게 빌리가 복화술사의 인형이었다면 절대 재기하지 못했을 거라고 했었다.

"어떻게 그런 심한 농담을 하실 수 있죠, 박사님?" 존 리버스는 말했었다.

그는 피로에 덜덜 떨리는 몸을 이끌고 에든버러로 돌아왔다. 모든 게 캐퍼티 탓이었다. 두 번 다시 볼 일이 없을 거라 믿었는데. 적어도 두 사람 모두 연금 수령 연령이 될 때까지는. 캐퍼티는 발리니에 수감된 첫날, 리버스에게 엽서를 보냈다. 그것을 중간에서 가로챈 쇼반 클락은 상관에게 내용이 궁금한지 물었다.

"그냥 찢어버려." 그때 리버스는 그렇게 대답했다. 그는 아직도 엽서의 내용을 알지 못했다.

그가 도착했을 때까지도 쇼반 클락은 상황실을 지키고 있었다.

"열심히 하네." 그가 말했다.

"초과 근무 수당을 받잖아요. 일손이 부족한 상황이기도 하고."

"자네도 그 소식을 들은 모양이군."

"네. 축하드려요."

"뭘?"

"SCS. 이런 걸 수평적 진급이라고 하나요?"

"잠깐 동안만 가서 도와주는 거야. 하이버니언이 아주 잠깐 동안만 잘하는 것처럼. 브라이언은 어디 있지?"

"커닝햄의 셋방에 갔습니다. 머독과 밀리를 만나려요."

"커닝햄 부인은 인터뷰에 응할 만한 상태였고?"

"아주 간신히요."

"누가 했는데?"

"제가요. 그건 경감님 아이디어였어요."

"로더데일이 그런 기특한 아이디어를 내놓을 때도 있군. 그녀에게 종교에 대해선 물어봤나?"

"빌리의 방에서 본 것들 때문에요? 네, 여쭤봤어요. 대수롭지 않다는 듯 어깨를 으쓱이시던데요."

"하긴. 방에 그런 깃발을 걸어놓고 그런 음악만 듣는 놈들이 어디 한둘이겠어? 내가 직접 본 놈들만 해도 여럿이라고."

사실이었다. 아주 가까이서 본 적도 있었고, 술에 취해 고래고래 〈새시〉를 불러대며 집으로 향하는 놈들을 멀리서 지켜본 적도 있었다. 한 달 전쯤, 그는 동생을 만나러 파이프를 찾았다. 7월 12일 바로 전 주말. 카우든 비스에서는 오렌지 마치가 있었다. 그곳 펍 위층에 마련된 댄스홀은 가두행진 참가자들을 위해 개방되었다. 람베그라는 큰 북과 플루트와 주석 피리(구멍이 여섯 개인 단순한 형태) 소리가 한없이 이어졌다. 귀에 거슬리는 합창곡이 흘러나온 것은 말할 것도 없었고, 소음이 잦아들자 그들은 구경을 하러 올라갔다. 싸구려 플루트 여러 개가 〈신이여, 여왕을 구하소서〉(영국 국가)를 형편없이 연주하고 있었다.

젊은 놈 몇몇은 그걸 또 따라 불렀다. 그들의 눈썹에는 땀이 맺혀 있었고, 셔츠 단추는 전부 풀어헤쳐진 상태였다. 나치 경례 스타일로 팔을 쭉 뻗은 놈들도 보였다.

"뭐 알아낸 건 없고?" 그가 물었다. 클락은 고개를 저었다. "문신에 대해선 알고 있었대?"

"작년에 새긴 것 같다고 하셨어요."

"흥미롭군. 오래된 갱단이나 옛 애인과는 아무 상관이 없다는 뜻이잖아. SaS는 전혀 다른 의미일 거야. 그럼 네모는?"

"그건 모르시겠대요."

"아까 캐퍼티를 만나봤어. 그 친구, SaS가 뭔지 알고 있는 것 같더군. 그의 기록을 다시 살펴보자고. 뭐가 걸리는지."

"지금 말씀이세요?"

"착수는 할 수 있잖아. 그건 그렇고, 그가 보내온 엽서 있지?" 클락이 고개를 끄덕였다. "거기 뭐라고 적혀 있었는지 기억해?"

"우리에 갇힌 돼지 그림이었어요."

"메시지는?"

"메시지는 없었고요." 그녀가 말했다.

그는 페이션스의 집으로 향하던 길에 비디오 가게에 들러 영화를 두어 편 빌렸다. 불법 포르노와 해적판 테이프를 취급하는 곳이었지만 그는 굳이 단속반이나 공정거래 위원회에 제보하지 않았다. 그곳 주인은 인자한 중년 남자로, '여성 파트너'에게 잘 먹히는 영화를 곧잘 추천해주곤 했다. 어떤 코미디 영화가 재미있는지, 어떤 모험 영화가 필요 이상으로 잔인한지. 그러면서 리버스가 골라 든 영화들에 대해서는 어떠한 의견도 내놓지 않았다. 「터미네이터 2」, 그리고 「이브의 모든 것」. 하지만 이에 대해 페이션스는 자신의 의견을 분명히 표명했다.

"좋네요." 그녀가 말했다. 물론 속내는 정반대였다.

"왜요?"

"당신은 고전영화를 싫어하고, 난 폭력적인 영화를 싫어하잖아요."

리버스는 슈워제네거를 물끄러미 내려다보았다. "18세 이상 관람가도 아닌데요. 그리고 내가 고전영화를 싫어하는지 어떻게 알아요?"

"당신이 가장 좋아하는 흑백영화가 뭐죠?"

"수백 편은 될걸요."

"그 중 다섯 편만 말해봐요. 아니, 세 편만. 그 정도는 할 수 있겠죠?"

그가 그녀를 빤히 쳐다보았다. 그들은 거실에 서서 서로를 마주보고 있었다. 리버스는 아직도 비디오를 손에 쥐고 있었고, 페이션스는 팔짱을 낀채 허리를 꼿꼿이 세우고 있었다. 그는 그녀가 위스키 냄새를 맡고 있으리라 확신했다. 아무리 입을 닫은 채 코로만 숨을 쉬어도 술 냄새를 완전히 감출 수는 없었다. 무거운 정적이 흘렀다. 들리는 것이라고는 소파 뒤에 숨은 고양이의 뒤척이는 소리뿐이었다.

"우리가 지금 왜 싸우고 있는 거죠?" 그가 물었다.

그녀가 예상한 질문을 받기라도 한 듯 말했다. "당신은 배려심이 너무 없어요."

"「벤허」."

"컬러예요."

"그럼 그 법정 영화 있죠? 제임스 스튜어트 나오는?" 그녀가 고개를 끄덕였다. "그리고 그것도 있잖아요. 오손 웰즈와 만돌린이 나오는 영화."

"치터(평평한 공명 상자에 30~45개의 현이 달려 있는 현악기)예요."

"젠장." 존 리버스가 비디오를 한쪽으로 집어던지며 말했다. 그리고 현관문을 향해 성큼성큼 걷기 시작했다.

밀리 도허티는 머독이 잠들 때까지 한 시간 정도 기다렸다. 그녀는 경찰이 던진 질문들을 차근차근 곱씹어보았다. 자신의 인생에서 화창했던 날과 궂었던 날들도 떠올려보았다. 그러다 머독의 이름을 나지막이 불러보았다. 되뇌었다. 그의 호흡은 규칙적으로 이어지고 있었다. 그녀는 슬그머니 침대를 내려와 빌리의 침실로 향했다. 그리고 문에 손끝을 살며시 얹었다. 그가 여기 없다니. 앞으로 영영 그를 볼 수 없다니. 그녀는 격해지려는 감정을 애써 누그러뜨렸다. 호흡이 가빠지면 공황 발작이 일어날 수도 있었다. 그녀는 그것이 얼마나 흔한 증상인지 모른 채 오랫동안 앓아왔다. 세상에는 그녀 같은 사람이 널려 있는데. 빌리도 그랬고.

그녀는 손잡이를 돌려 방으로 들어갔다. 오늘 그의 어머니가 실성한 모습으로 찾아왔다. 그녀를 데려온 형사는 저번에도 왔었던 바로 그 여형사였다. 빌리의 어머니는 이 방을 둘러보며 연신 고개를 저어댔다.

"지금은 도저히 못 하겠어요. 나중에 할게요."

"괜찮으시다면……" 밀리가 말했다. "제가 다 챙겨놓을게요. 그냥 큰 것들만 치워 가시면 돼요." 여형사는 고개를 끄덕이며 고마움을 표시했다. 그 정도야 기꺼이 내가…… 눈물이 차오르자 그녀가 그의 작은 침대에 주저앉았다. 둘이 부둥켜안고 있기에 딱 좋은 크기의 침대였다. 그녀는 다시 심호흡을 했다. 빠르게 들이쉬고, 천천히 내쉬고. 하지만 그 두 가지 주문은 그녀에게 또 다른 것들을 떠올리게 만들었다. 빠르게 들이쉬고, 천천히 내쉬고.

"자기계발서가 하나 있어." 빌리는 말했었다. "내 방에." 그가 책을 찾으러 방으로 들어갔고 그녀는 그 뒤를 따랐다. 심각하게 작은 공간이었다. "자, 여기." 그가 바짝 붙어 서 있는 그녀를 홱 돌아보며 말했다.

"저 붉은 손 어쩌고 하는 게 다 뭐야?" 그녀가 벽을 가리키며 물었다. 그는 그녀의 시선이 자신에게로 돌아올 때까지 기다렸다가 기습적으로 키스를 퍼부었다. 그의 혀가 이에 닿자 그녀는 입을 열어주었다.

"빌리." 그녀가 그의 침대 커버를 움켜쥐며 속삭였다. 잠시 후, 그녀가 머독과 함께 쓰는 방에서 뒤척이는 소리가 들려왔다. 그녀는 하츠 페넌트가 붙은 벽 쪽으로 다가갔다. 그리고 손가락으로 페넌트를 옆으로 밀어냈다.

드러난 벽에는 컴퓨터 디스크가 테이프로 붙어 있었다. 그녀가 붙여놓은 것이었다. 경찰이라면 수색 과정에서 어렵지 않게 찾아낼 줄 알았다. 하지만 그들은 허술하기 그지없었다. 경관들을 지켜보던 그녀는 갑자기 두려워졌다. 처음과 달리 그들이 디스크를 끝내 찾지 못하기를 바라게 되었다. 그녀가 손톱으로 테이프를 떼어냈다. 이제 디스크는 내 차지야. 그렇지? 그들이 알면 그녀를 죽이려 들 게 뻔했다. 하지만 그녀는 그것을 포기할 수 없었다. 디스크는 그에 대한 기억의 일부였으니까. 그녀는 엄지로 라벨을 살살 문질렀다. 지저분한 창문으로 스며든 가로등 불빛만으로는 라벨에 적힌 내용을 읽을 수 없었다. 하지만 그녀는 그것이 무엇인지 알고 있었다.

딱 세 글자. SaS.

어둠, 어둠, 어둠.

리버스는 딱 그 구절만을 기억하고 있었다. 만약 페이션스가 영화 제목 대신 시 구절을 물어봤었더라면 그렇게 얼굴 붉히는 일은 없었을 것이다. 그는 세인트 레너즈 상황실에서 잠시 휴식을 취하는 중이었다. 그의 책상에는 모리스 제럴드 캐퍼티 관련 서류가 산더미처럼 쌓여 있었다.

어둠, 어둠, 어둠.

그녀는 그를 교화시키려 하고 있었다. 물론 그녀는 그렇지 않다고 딱 잡아뗐다. 그저 둘이 함께 즐길 수 있는 걸 찾고 싶을 뿐이라면서. 공통 관심사가 있어야 두 사람 사이에 대화가 늘지 않겠냐면서. 그래서 그녀는 리버스에게 시집을 선물해주고, 클래식도 틀어주었다. 그뿐 아니라, 틈날 때마다 발레와 현대무용 공연 티켓을 구매해 안겨주기까지 했다. 하지만 그런 것들은 리버스가 과거에 다 해보았던 것들이었다. 다른 여자들을 위해 말이다. 헌신의 차원을 넘어서는 헌신.

리버스는 그런 타입이 아니었다. 그는 기본적이고 음산한 것들을 좋아했다. 언젠가 캐퍼티는 잔인함을 즐기고, 또 그런 것들에 쉽게 빠지는 그를 나무란 적이 있었다. 그런 건 다 켈트족의 자연권(自然權)일 뿐인데 말이지. 하긴, 리버스도 같은 이유를 들어 피터 케이브를 비난하지 않았던가. 그가 가슴 속 깊숙이 묻어두었던 아픈 기억이 스멀스멀 기어오르고 있었다.

북아일랜드에서 보낸 시간들.

그는 분쟁이 막 시작되었던 1969년, 그곳에 있었다. 폭발 직전이었다. 당시 그는 그곳에서 무슨 일이 벌어지고 있는지 몰랐다. 모두가 분위기 파악을 못하는 상황이었다. 사람들은 가톨릭교도와 신교도들이 제공하는 음식과 술을 먹고 마시느라 정신이 없었다. 하지만 언제부터인가 제초제를 탄 술이 돌기 시작했고, 미인계에 넘어가 낭패를 보는 남자들이 속출했다. 스펀지케이크를 한입 베어 물었을 때 바삭바삭 씹히는 것은 산딸기 잼에서 나온 딱딱한 씨일 수도 있었고, 누군가가 섞어놓은 유리 가루일 수도 있었다.

어둠 속에서 불붙은 유리병들이 날아다녔다. 넝마조각으로 만든 심지에서는 휘발유가 튀었다. 화염병이 땅에 떨어지는 순간 증오는 웅덩이가 되어 번져나갔다. 사적 감정이 담긴 공격은 아니었다. 대의명분을 위한 행위였을 뿐.

다 자신들의 명분이 키운 소동을 지키기 위해서였다. 나름의 보호 방식, 검은 택시들, 총기 밀반입, 이상과는 많이 동떨어진 사건들, 그 모든 것이 통제력을 잃은 상태였다.

그는 그곳에서 총상은 물론이고, 유산탄 파편과 던져진 벽돌에 맞아 생긴 끔찍한 상처들을 보았다. 언젠가는 죽게 될 인간의 운명을 똑똑히 맛보았고, 자신의 성격과 몸의 결함도 깨닫게 되었다. 근무를 마친 그들은 막사에 모여 위스키를 마시며 카드판을 벌이곤 했다. 위스키는 아직까지도 그가 살아 있음을 상기시켜주는 막중한 역할을 맡고 있었다. 다른 술로는 절대 불가능했다.

물론 수치스러운 일도 적지 않았다. 술집에 가해진, 필요 이상으로 과격했던 보복 공격 같은 사건들. 허나, 그는 그 사태를 막으려는 어떠한 노력도 하지 않았다. 곤봉을 휘둘러대며 SLR(렌즈가 하나 뿐인 카메라)로 현장을 촬영하는 데만 집중했을 뿐이다. 그러다 라이플의 공이치기가 당겨지자 술집은 순식간에 침묵과 정적에 휩싸였고……

굳이 끄집어내고 싶지 않은 기억이었다. 그의 과거는 그곳에서 이미 썩어 문드러졌을 것이다. 무엇에 홀렸는지 공군 특수부대에 자원입대까지 하고…… 그는 책상으로 돌아가 위스키가 담긴 글라스를 집어 들었다.

어둠, 어둠, 어둠. 간간이 들려오는 술꾼들의 고함을 제외하면 밤은 고요하기만 했다.

누가 경찰에 전화를 걸어왔는지 아무도 모를 것이다.

제보자와 경찰만이 알고 있을 뿐. 그는 이름과 주소를 불러준 후 소음에 대해 신고했다.

"저희가 조사를 마친 후에 선생님을 뵙고 가기를 희망하십니까?"

"그럴 필요는 없어요." 전화는 끊어졌다. 신고를 접수한 경관은 얼굴에 미소를 머금었다. 굳이 경찰을 만나려는 제보자는 흔치 않았다. 경찰의 방문을 받는다는 것은 자신도 사건에 연루되었다는 의미였으니까. 그는 메모지에 신고 내용을 적어 통신실로 보냈다. 새벽 1시를 10분 가량 남겨 둔 시간이었다.

순찰차가 마을 회관에 도착했을 때 소동은 대충 수습이 된 상태였다. 그냥 돌아가야 할지 고민하던 경관들은 기왕 왔으니 잠시 둘러보기로 했다. 두 제복 경관은 열린 문으로 들어가보았다. 건물 안에는 열 명 남짓한 낙오자들이 남아 있었다. 바닥에는 술병과 담배꽁초들이 널려 있었다. 유심히 살펴보면 바퀴벌레도 몇 마리 발견할 수 있을 것 같았다.

"여기 책임자가 누구지?"

"책임자는 없어요." 누군가가 신경질적으로 대답했다.

화장실에서 변기 물 내리는 소리가 들려왔다. 누군가가 증거를 인멸하는 소리인지도 몰랐다.

"소음 때문에 신고가 들어왔어."

"소음이라뇨? 이렇게 조용한데."

한 경관이 고개를 끄덕였다. 임시변통으로 만든 무대에는 기타 앰프와 연결된 카세트 플레이어가 놓여 있었다. 마셜 플레이어는 앰프와 스피커가 분리된 100와트짜리 모델이었다. 전원 켜진 앰프에서는 웅웅거리는 소리가 나지막이 흘러나오고 있었다. "이런 건 공연장에 있어야 하는데."

"심플 마인즈(스코틀랜드 록 밴드)가 빌려줬어요."

"솔직히 말해봐. 주인이 누구야?"

"수색 영장은 가져왔어요?"

경관이 다시 미소를 지었다. 그의 파트너는 몸이 근질거리는 모양이었다. 무게 잡고 큰소리를 내고 싶었지만 그들에게는 노련함이 부족했다. 그렇다고 바보들도 아니었지만. 그들은 자신들이 어디 와 있는지 잘 알고 있었다. 섣불리 행동했다가는 어떤 일이 벌어지게 될지도 알고 있었고, 그래서 그는 다리를 넓게 벌리고 서서 실실 웃기만 할 뿐이었다. 불필요한 오해를 받지 않도록 두 팔도 양옆으로 늘어뜨려 놓았다.

소년은 데님 재킷 차림이었고, 셔츠는 걸치지 않았다. 코가 네모진 검은 바이커 부츠에는 긴 끈과 은색의 둥근 버클이 달려 있었다. 경관이 좋아하는 스타일이었다. 그렇지 않아도 주말용으로 한 켤레 장만해둘까 생각해오던 차였다.

문제는 부츠가 마련되면 그것과 매치되는 오토바이도 장만해야 한다는 사실이었다.

"수색 영장을 가져왔냐고?" 그가 말했다. "우린 소음 신고가 들어와서 온 거야. 문도 활짝 열려 있었고, 우릴 막는 사람도 없었어. 게다가 여긴 마을 회관이잖아. 규율을 지켜야지. 사전에 허가도 받지 않고 이렇게 수와레(프랑스어로 파티를 의미함)를 벌이면 쓰나? 그것도 이토록 소란스럽게 말이야?"

"수와-레?" 소년이 친구들을 돌아보며 말했다. "다들 들었지? 수와-레!" 그가 두 제복 경관 앞으로 유유히 다가갔다. 뽐내며 걷는 모습이 꼭 춤을 추는 듯했다. 소년은 그들 뒤에서 몸을 휙 돌렸다. "그거 나쁜 말인가요? 내가 이해하면 큰일 나는 단어? 여긴 당신들 구역이 아니에요. 여긴 가르-비라고요. 우리가 여기서 놀겠다는데 누구에게 허락을 받으란 말이죠? 여긴 당신들의 법이 통하는 곳이 아니에요. 그러니까 조심하라고요."

실내에서는 알코올 냄새가 풍겼다. 과학 실험실이나 병원에 어울리는 수상한 냄새. 진, 보드카, 화이트 럼.

"이봐." 첫 번째 경관이 말했다. "아무리 그래도 여기 책임자가 있을 거 아니야. 넌 분명 아닐 거고."

"왜 그렇게 생각하는 거죠?"

"넌 땅딸막한 꼬마 녀석이니까."

순간 홀 안이 쥐 죽은 듯 조용해졌다. 그의 파트너는 마른 침을 꿀꺽 삼키고 소년의 데님 재킷에 시선을 고정시켰다. 어떻게든 소년과 눈을 마주치지 않으려 애쓰고 있는 것 같았다. 데님 재킷은 손가락 하나를 자신의 입술에 갖다 붙이고 잠시 생각에 잠겼다.

"음." 그가 고개를 끄덕이며 입을 열었다. "재밌군요." 그는 엉덩이를 실룩거리며 친구들에게로 돌아갔다. 걸음을 멈춘 그가 앞으로 몸을 숙이고 구두끈을 고쳐 묶는 척하다가 요란하게 방귀를 뀌었다. 순간 아이들이 폭소를 터뜨렸다. 그 숨넘어갈 듯한 웃음은 데님 재킷의 입이 다시 열릴 때까지 이어졌다.

"이봐요, 경찰 아저씨들." 그가 말했다. "우린 한창 뒷정리를 하고 있었던 중이라고요." 그가 어색하게 하품을 하는 척했다. "잘 시간이 지나니 피곤하네요. 이만 돌아가 봐야겠어요. 그래도 되겠죠?" 그가 두 팔을 넓게 벌리고 살짝 절을 했다.

"가기 전에……"

"그래, 그만 돌아가 봐." 첫 번째 경관이 파트너의 팔뚝을 붙잡고 문 쪽으로 이끌었다. 그는 눈치 없는 파트너를 밖으로 끌고 나가 몇 마디 쏘아붙일 참이었다.

"자, 친구들." 데님 재킷이 말했다. "빨리 치우자고, 우선 이것부터 가져가."

경관들이 문을 빠져나가려는 순간 예고도 없이 날아든 카세트 플레이어가 그들의 뒤통수에 정통으로 떨어졌다.

9

리버스는 아침 뉴스를 통해 그 소식을 접했다. 정각 6시 25분에 켜지는 라디오를 통해서. 그는 용수철 튀듯 침대를 내려와 황급히 옷을 챙겨 입었다. 그는 차가 담긴 머그잔을 침대 옆 탁자에 내려놓고 페이션스의 뜨거운 볼에 입을 맞추었다.

"비장의 술수, 그리고 카사블랑카." 그가 말했다. 그리고 밖으로 나가 차에 올랐다.

드라일로 경찰서는 아직 주간 근무가 시작되기 전이었다. 그에게 소식을 전한 이는 확실한 소식통이었다. 소규모 경찰서에 속하는 드라일로는 두 경관이 소년들에게 폭행을 당한 것으로도 모자라 작은 폭동까지 일어나자 허둥대며 사방에 지원을 요청했다. 수많은 차들이 파손되었고, 유리창이 깨진 가정집도 한둘이 아니었다. 한 지역 상점은 갑자기 돌진해온 차량에 들이받혀 박살나기도 했다. 주인은 놈들이 고가의 상품들을 약탈해갔다고 주장했지만 그 부분은 확인이 더 필요했다. 하이파이 머신에 뒤통수를 가격당한 경관 두 명을 포함해 총 다섯 명이 부상을 입었다. 그 두 경관이 죽지 않고 가르-비를 탈출한 것은 기적이었다.

"꼭 북아일랜드에 와 있는 것 같았어요." 한 베테랑 경관이 말했다. 아니면 브릭스턴이나. 리버스는 생각했다. 아니면 뉴캐슬. 아니면 톡스테스......

TV 뉴스는 경찰의 고압적인 태도가 여론의 도마에 올랐다고 보도했다. 청소년 클럽 밖에서 인터뷰에 응한 피터 케이브는 자신이 파티의 주최자가 맞다고 시인했다.

"하지만 전 일찍 자리를 떴습니다. 감기 기운이 있어서요." 그는 그 주장을 증명이라도 하듯 코를 풀었다.

"다들 아침 먹고 있을 시간인데 더럽게시리." 리버스 옆의 누군가가 말했다.

"물론……" 케이브가 계속 이어나갔다. "저에게도 어느 정도 책임이 있다는 거 압니다."

"용자 나셨군."

리버스는 미소를 지었다. 아이러니를 발명한 건 우리 경찰이야. 그래서 그 원칙에 따라 사는 거라고.

"하지만……" 케이브가 말했다. "제대로 짚어봐야 할 것들이 좀 있습니다. 경찰은 법을 집행해야 하지 않습니까? 이런 협박은 부당하죠. 어젯밤 클럽에 있었던 사람들과 얘길 나눠봤습니다. 다들 같은 주장을 하더군요."

"예상에서 조금도 빗나가지 않는군."

"그 두 경관이 먼저 아이들에게 위협을 가했습니다."

케이브의 주장이 더 이어지지 않자 리포터가 말했다. "케이브 씨, 청소년 클럽이 아이들의 저급한 오락장과 동네 갱단의 아지트로 전락해버렸다는 지역 주민들의 비판에 대해선 어떻게 생각하십니까?"

옳지. 잘한다. 리버스는 생각했다.

케이브는 고개를 저었다. 카메라가 그의 얼굴 앞으로 바짝 들이밀어졌다. "허튼소립니다." 그가 다시 요란하게 코를 풀었다. 프로듀서는 그 틈을 타 스튜디오로 카메라를 돌렸다. 현명한 조치였다.

경찰은 현장에서 총 다섯 명을 체포했다. 그들이 드라일로로 끌려온 지 한 시간도 채 지나지 않아 가르-비 아이들이 경찰서로 우르르 몰려왔다. 소년들은 친구들을 석방하라고 요구했다. 그들은 벽돌을 던져 경찰서 창문을 박살냈고, 참다못한 경찰은 밖으로 뛰쳐나가 그들을 강제 해산시켰다. 그날 밤, 경찰은 동원 가능한 모든 순찰차와 인력을 드라일로와 가르-비에 투입했다. 경찰서 밖 잔디에는 아직도 벽돌과 유리 파편이 널려 있었다. 경관 몇 명은 간밤의 소동으로 넋이 나간 모습이었다.

리버스는 잡혀온 다섯 명의 소년을 살펴보았다. 그들의 얼굴은 멍자국으로 뒤덮였고, 손에는 붕대가 감겨 있었다. 온몸에 들러붙은 피딱지는 워페인트(출전하는 인디언이 얼굴·몸 등에 바르는 칠) 같았지만 그들은 자랑스러운 훈장으로 여기고 있을 게 분명했다.

"봐." 그들 중 하나가 친구들에게 말했다. "저번에 찾아와서 피트를 조롱했던 아저씨야."

"더 얘기해봐." 리버스가 받아쳤다. "다음엔 널 조롱해줄 테니까."

"무서워서 덜덜 떨리네요."

경찰은 비디오카메라로 건물 밖 폭도들을 촬영해두었다. 화질은 좋지 않았지만 반복해서 몇 번 돌려보니 눈에 익은 얼굴 하나를 짚어낼 수 있었다. 응원용 축구 스카프에 가려져 얼굴은 볼 수 없었지만 맨몸에 데님 재킷을 걸친 소년은 분명 그날 본 놈이었다.

한참 후, 경찰서를 나온 그는 차를 몰고 가르-비로 향했다. 그곳은 지난번과 같은 모습이었다. 도로에 깔린 유리 파편이 타이어에 짓이겨지면서 거슬리는 소리를 냈다. 주변 상점들은 요새 같았다. 철망, 스크린 도어, 맹꿍이자물쇠, 경보 시스템. 약탈자들은 훔친 포드 코르티나를 몰고 주변을 슬슬 맴돌다가 가장 허술해 보이는 상점을 골라 돌진해 들어갔다. 졸린 눈의 셰퍼드 한 마리가 구둣방과 열쇠점을 겸하는 가게를 지키고 있었지만 약탈을 막기에는 역부족이었다. 놈들에게 쫓겨난 개는 지금쯤 동네 어딘가를 정처 없이 떠돌아다니고 있을 게 분명했다.

낮은 층 아파트에 사는 주민들은 부서진 창문에 판자를 대놓았다. 어쩌면 최초 신고자는 그곳 주민들 중 하나였는지도 몰랐다. 리버스는 신고자 대신 두 경관을 탓했다. 하지만 그들 입장에서는 무척 억울할 것 같았다. 내가 그 자리에 있었다면 어땠을까? 그래. 만약 그랬다면 이보다 훨씬 더 난장판이었을 거야. 보나마나……

그는 멈추지 않고 계속 달렸다. 이곳 주민과 언론의 눈에 띄고 싶은 마음은 조금도 없었다. IRA의 연루 가능성이 낮다고 판단한 기자들은 현명하게도 이곳으로 몰려와 진을 치고 있었다. 게다가 가르-비 입장에서 그는 최악의 불청객이었다. 얻어맞은 경관들은 누가 카세트 플레이어를 던졌는지는 모르겠지만 가장 의심 가는 용의자가 있다고 했다. 리버스는 드라일로에서 용의자의 인상착의를 확인해두었다. 예상대로 데이비 수터였다. 셔츠를 사 입을 형편이 안 되는 불쌍한 소년. CID 소속 형사 하나는 소년에게 관심을 보이는 이유가 무엇인지 리버스에게 물었다.

"개인적인 문제로 좀 살펴보고 있습니다." 그는 말했다. 몇 년 전 같았으면 이토록 조용히 넘어가지 못했을 것이다. 소규모 폭동에도 마을 회관이 영구적으로 폐쇄되던 시절. 하지만 요즘은 지방 자치 단체의 의회가 결의하지 못하면 어림도 없는 일이었다. 마을 회관을 폐쇄시켜버린다고 해결될 문제도 아니었지만 말이다. 이곳 단지에는 빈 집이 많았다. 모두

판자로 막혀 있었고, 문에는 맹꽁이자물쇠가 하나씩 달려 있었다. 문만 열 수 있다면 순식간에 불법 거주자와 마약쟁이들의 소굴이 되어버릴 게 뻔했다. 갱들은 말할 것도 없고. 이곳에서 3킬로미터쯤 떨어진 곳에는 중산층 밀집 지역인 반턴과 인버리스가 자리했다. 거리는 얼마 되지 않았지만 아득히 멀게만 느껴졌다. 그들은 이런 큰 사건이 터졌을 때만 필뮤어에 관심을 보였다.

페즈도 아침의 심각한 병목 현상에 별 지장을 받지 않을 만큼 가까웠다. 이 시간에 출근한 사람이 과연 있을까? 설마 그런 열성적인 경찰이 있을라고. 가서 직접 확인해볼까? 아무도 없으면 구내식당에 앉아 기다리면 되고. 하지만 사무실에는 그보다 먼저 도착한 형사가 한 명 있었다. 스마일리.

"좋은 아침입니다." 리버스가 말했다. 스마일리가 고개를 끄덕여 화답했다. 간밤에 무슨 일이 있었는지 그는 무척 피곤해 보였다. 리버스는 책상에 몸을 기댄 채 서서 팔짱을 꼈다. "혹시 애버네시 경위를 알고 있습니까?"

"특수부." 스마일리가 말했다.

"맞아요. 그 친구. 아직 여기 남아있습니까?"

스마일리가 고개를 들었다. "어제 돌아갔어요. 저녁 비행기로. 그에게 볼일이 있었습니까?"

"그런 건 아니고."

"그가 더 남아 있을 이유가 없었어요."

"그래요?"

스마일리가 고개를 저었다. "이 수사는 우리만으로 충분하거든요. 단서를 먼저 찾아낸 것도 우리였고요. QED."

"증명 끝(Quod erat demonstrandum)."

스마일리가 그를 쳐다보았다. "네모 생각을 하고 있죠? 그 라틴어?"

"맞아요." 리버스가 어깨를 으쓱였다. "다들 빌리 커닝햄이 라틴어를 구사했다고 생각하지 않더군요." 스마일리는 아무 대꾸가 없었다. "여전히 환영받지 못하는 분위기네요."

"그가 무슨 뜻입니까?"

"여기서 날 필요로 하지 않는다는 얘깁니다. 대체 킬패트릭은 왜 날 여기로 데려온 겁니까? 도움은커녕 오히려 갈등만 생기게 될 걸 알면서."

"그건 그에게 직접 물어보면 알겠죠."

"아무래도 그래야 할 것 같네요. 난 일단 세인트 레너즈로 돌아가 있을게요."

"우린 당신 없으면 아무것도 못하는데요."

"나도 알아요, 스마일리."

"그 여자, 직업이 뭐지?"

"이름은 밀리 도허티예요." 쇼반 클락이 말했다. "컴퓨터 가게에서 일하고 있더군요."

"남자 친구는 컴퓨터 컨설턴트, 룸메이트는 실직한 집배원. 그렇게도 섞일 수 있나?"

"그러게요, 경위님."

"자네가 봐도 이상하지?" 그들은 구내식당 작은 테이블에 마주 앉아 있었다. 리버스는 축축한 토스트를 우물거렸다. 쇼반은 이미 식사를 마친 후였다.

"페츠는 분위기가 어떤가요?" 그녀가 물었다.

"뭐 자네가 짐작하는 대로야. 화려하고, 위험하고, 흥미롭고."

"여기랑 비슷한가보군요."

"그래. 어젯밤 캐퍼티의 파일을 좀 읽어봤어. 눈여겨볼 부분을 표시해 뒀으니까 자네가 이어서 살펴보도록 해."

"셋이 같이 하면 더 재밌겠네요." 브라이언 홈스가 의자를 끌어오며 말했다. 그가 쟁반을 테이블에 내려놓자 리버스가 기름으로 지진 음식들을 갈망하는 눈빛으로 내려다보았다. 소시지, 베이컨, 달걀, 토마토, 그리고 튀긴 빵. 그에게는 전부 그림의 떡이었다.

"정부의 건강 유해성 경고를 무시하세요?" 채식주의자인 클락이 말했다.

"폭동 소속 들으셨죠?" 홈스가 물었다.

"아침에 다녀왔어." 리버스가 말했다. "현장은 저번과 다르지 않던데."

"놈들이 순경들에게 앰프를 집어던졌다고 들었습니다만."

그새 소문에 과장이 더해진 모양이었다.

"자, 이젠 빌리 커닝햄 얘길 좀 해보자고." 리버스가 자연스럽게 화제를 돌렸다.

홈스가 포크로 토마토를 쿡쿡 찔러댔다. "그가 왜요?"

"그간 뭐 알아낸 거 없어?"

"많진 않습니다." 홈스가 솔직하게 대답했다. "영국 우정 공사 소속으로 일하다가 해고됐습니다. 어머니가 틈틈이 보내주는 돈으로 간신히 먹고살았다더군요. 북아일랜드 합병을 지지하는 극단주의자였지만 오렌지 당(1795년 아일랜드 신교도가 조직한 비밀 결사)에 가입한 기록은 없습니다. 자신이 악명 높은 갱스터의 아들이라는 사실도 몰랐고요." 홈스는 잠시

128

생각에 잠겼다가 더 보고할 내용이 없음을 깨닫고 소시지를 자르기 시작했다.

"그럼……" 클락이 말했다. "우리가 찾은 무정부주의자 어쩌고 하는 것들은요?"

"아, 그건 아무것도 아니야." 홈스가 말했다.

"무정부주의자 어쩌고 하는 것들이라니?" 리버스가 물었다.

"그 친구 옷장에서 잡지가 발견됐습니다." 클락이 설명했다. "소프트 포르노, 축구 프로그램, 「터미네이터」 영화에 심취한 십 대 아이들이 보는 생존주의자 잡지들." 리버스는 무슨 말을 하려다 말고 입을 닫았다. "그리고 조잡한 팸플릿이 하나 있었는데요……" 그녀가 제목을 기억해냈다.

『플로팅 아나키 팩트파일(The Floating Anarchy Factfile)』.

"좀 오래돼 보였습니다." 홈스가 말했다. "이번 사건과는 무관할 겁니다."

"그것들, 서로 가져왔나?"

"네, 경위님." 쇼반 클락이 말했다.

"오크니에서 가져온 모양입니다." 홈스가 말했다. "가격이 옛 화폐로 매겨져 있어요. 그런 건 경찰서가 아니라 박물관에 더 잘 어울릴 텐데 말이죠."

"브라이언." 리버스가 말했다. "그렇게 먹어치우는 지방이 다 자네 머리에 쌓이는 건가? 살인 사건 수사할 땐 그 무엇 하나 무시해선 안 된다는 거 잊었나?" 그가 접시에서 얇게 저민 베이컨 한 조각을 집어 입으로 가져갔다. 환상적인 맛이었다.

『플로팅 아나키 팩트파일』은 A4 용지 여섯 장을 반으로 접어 만든 팸플릿이었다. 중앙을 스테이플러로 한 번 찍어 종이들이 떨어져나가지 않게 해놓았다. 빈약한 기사 내용은 구식 타자기로 작성되었고, 제목은 손으로 적어 넣은 것 같았다. 사진이나 삽화는 보이지 않았다. 가격은 옛 화폐가 아니라 신(新)페니로 매겨져 있었다. 정확히 5펜스. 15년에서 20년 정도 된 것 같았다. 날짜는 적혀 있지 않았고, '3호'라고만 표시되어 있었다. 브라이언 홈스의 말대로 박물관에나 어울릴 것 같은 팸플릿이었다. 기사는 '켈트족 히피' 스타일이었고, 무수히 많은 철자 오류를 담고 있었다. 왠지 한 사람이 구형 로네오 복사기로 대충 찍어냈을 것 같았다.

민족주의와 개인주의, 그리고 철학과 도덕적 무기력 상태가 동시에 언급된 단락이 여럿 눈에 띄었다. 무정부주의적 노동조합 사상뿐만 아니라 바쿠닌(러시아의 혁명가이자 무정부주의자), 랭보(프랑스의 시인), 그리고 톨스토이(러시아의 소설가이자 사회 비평가) 같은 이름들도 언급되어 있었다. 광고 수입을 노리고 제작한 것 같지는 않았다. 예를 들면, 대충 이런 식이었다.

"달리아다 왕국에 필요한 것은 현존하는, 그리고 빠르게 번져가는 청년 문화를 고려한 새로운 책무와 관습이다. 우리에게 필요한 것은 녹슨 사법 기관, 교회, 정부, 그런 것들에 의지하지 않는 개개인의 행동이다.

"이 나라를 위해 현명한 결정을 내리기 위해서는 우선 우리 자신들부터 자유의 몸이 되어야 한다. 그리고 결정이 내려지면 그것을 실현하기 위해 의식적으로 행동해야 한다. 알바(스코틀랜드 게일어의 이름 중 하나)의 아들딸들은 우리의 미래다. 하지만 지금 우리는 과거의 실수에 발목이 잡혀 있다. 지금 당장 그 실수를 바로잡아야 한다. 행동하지 않겠다면 명심하라. 바로 지금이 당신 불행의 출발점이라는 것을. 그리고 기억하라. 관성은 결국 부식되어버린다는 것을."

'관습(mores)'은 'moeres'로, '현존(existent)'은 'existant'로 각각 잘못 표기되어 있었다. 리버스는 팸플릿을 내려놓았다.

"정신과 의사가 보면 좋아하겠군." 그가 중얼거렸다. 홈스와 클락은 그의 책상 반대편에 나란히 앉아 있었다. 그가 페스에 있는 동안 형사들은 그의 책상을 쓰레기장으로 이용해온 모양이었다. 책상 위에 샌드위치 포장지와 폴리스티렌 컵들이 수북이 쌓여 있는 것을 보면. 그는 그것들을 애써 무시하고 팸플릿의 뒷면을 살펴보았다. 하단에 주소가 적혀 있었다. 자브리스키 하우스, 브린얀, 로우지, 오크니 아일랜드.

"여기가 아지트였군." 리버스가 말했다. "봐, 「자브리스키 포인트」를 따서 집 이름을 지어놨어."

"그것도 오크니에 있나요?" 홈스가 물었다.

"영화 제목이야." 리버스가 말했다. 그는 오래 전 그 영화를 본 적이 있었다. 60년대 사운드트랙이 마음에 쏙 들었다는 것을 빼면 기억나는 게 거의 없었다. 결말에 폭발 장면이 있던 것도 같았다. 리버스 손가락으로 팸플릿을 톡톡 두드렸다. "이걸 좀 더 살펴봐야겠어."

"농담하시는 거겠죠, 경위님?" 홈스가 말했다.

"맞아, 농담이야." 리버스가 심술궂게 말했다. "내가 원래 좀 그렇잖아. 실실 쪼개면서 유치한 농담이나 톡톡 던지고."

클락이 홈스를 돌아보았다. "꽤 진지하신 것 같은데요."

"눈 먼 자들의 나라에서는 말이야……" 리버스가 말했다. "외눈박이가 왕이야. 나조차도 보이는 게 다가 아니라는 걸 알겠는데 뭐."

홈스의 얼굴이 살짝 일그러졌다. "예를 들면요, 경위님?"

"예를 들면, 언제, 어디서 처음 생겨났는지. 자네들 생각은 어떤가? 1973년? 74년? 빌리 커닝햄은 1974년에 태어나지도 않았을 텐데. 대체 이게 왜 그 안에 들어있었던 거지? 그것도 최신호 포르노 잡지와 축구 프로그램들 틈에?" 그는 잠시 기다렸다. "자네들도 궁금하지?"

홈스는 뚱한 표정을 짓고 있었다. 리버스가 심기를 건드릴 때마다 지어 보이는 표정이었다. 하지만 클락은 준비가 된 모습이었다. "오크니 경찰에 연락해 체크해보겠습니다, 경위님. 오크니 같은 곳에 경찰이 있는지는 모르겠지만."

"그렇게 해." 리버스가 말했다.

10

고무공 신세군. 차를 몰아나가며 그는 생각했다. 사방으로 통통 튀다가 다시 그곳으로 돌아가야 하는 신세. 킬패트릭 경감은 그를 다시 페츠로 불러들였다. 그의 주머니에는 캐롤라인 래트레이의 메시지가 보관되어 있었다. 그녀는 국회 의사당에서 만나자고 했다. 그는 상황실의 한 경장이 받아 적어 건넨 메시지의 의미가 궁금했다. 캐롤라인 래트레이는 그날 밤, 커트 박사를 따라 메리 킹스 클로즈로 내려왔었다. 강인해 보이는 얼굴에 살짝 휘어진 코와 툭 튀어나온 광대뼈. 그는 커트가 그녀에게 자기 얘기를 들려주지 않았을까 궁금해졌다. 그는 기꺼이 그녀를 만나줄 참이었다.

킬패트릭의 사무실은 SCS가 사용 중인 오픈 플랜식(건물 내부가 벽으로 나뉘지 않은 스타일) 공간의 한쪽 구석에 자리하고 있었다. 사무실 밖에는 비서와 사무 보조원이 앉아 있었지만 리버스는 누가 누구인지 알 길이 없었다. 두 사람 모두 민간인이었고, 각자의 컴퓨터 콘솔을 가지고 있었다. 그들은 킬패트릭과 나머지 형사들 사이에서 칸막이 역할을 해주고 있는 것처럼 보였다. 그의 세상으로 들어서기 위한 관문. 리버스가 다가갔을 때 그들은 남아프리카 공화국이 직면한 문제들에 대해 수다를 떨어대고 있었다.

"유이스트처럼 되고 말 거예요." 그들 중 하나가 말했다. 리버스가 멈칫하며 귀를 쫑긋 세웠다. "노스 유이스트는 신교도들이고 사우스 유이스트는 가톨릭이잖아요. 절대 섞일 수가 없는 사람들이라고요."

킬패트릭의 사무실은 엉성하게 꾸며져 있었다. 플라스틱 칸막이도 허리 높이 밖에 되지 않았다. 단 몇 분 만에 해체가 가능할 정도였다. 발로 몇 번 걷어차거나 어깨로 밀어붙이면 그대로 무너져 내릴 것 같았다. 하지만 엄연한 사무실이었다. 리버스가 들어서자 킬패트릭이 문을 닫으라고 했다. 어느 정도 방음이 되는 공간인 듯했다. 사무실에는 서류 캐비닛 두 개가 놓여 있었고, 벽에는 지도와 출력한 정보들이 덕지덕지 붙어 있었다. 달력들은 아직도 7월에 멈춰 있었다. 책상에는 앞니 빠진 세 아이가 환히 웃고 있는 사진이 놓여 있었다.

"자제분들인가요?"

"우리 형 아이들이야. 난 아직 미혼이네." 킬패트릭은 리버스가 자세히 볼 수 있도록 액자를 뒤로 돌려놓았다. "애들에게 좋은 삼촌이 되려고 애 쓰고 있지."

"그러시군요." 리버스가 의자에 앉았다. 옆자리에는 켄 스마일리가 깍지 낀 손을 무릎에 얹어놓은 채 앉아 있었다. 그의 손목은 블러드하운드(사람을 찾거나 추적할 때 이용하는, 후각이 발달한 큰 개)의 얼굴처럼 주름져 있었다.

"곧장 본론으로 들어가겠네, 존." 킬패트릭이 말했다. "언더커버로 일하는 친구가 하나 있어. 장거리 트럭 운전사 행세를 하면서 불법 무기 수송 관련 정보를 수집하고 있지. 누가 파는지, 그리고 누가 사는지."

"그 '쉴드'인지 뭔지와 관련이 있는 겁니까?"

킬패트릭이 고개를 끄덕였다. "그가 그 이름이 언급되는 걸 들었다더군."

"그 친구가 누구죠?"

"내 동생입니다." 스마일리가 말했다. "이름은 캘럼이고요."

리버스가 잠시 생각에 잠겼다. "그도 당신처럼 생겼나요, 켄?"

"조금 닮았습니다."

"그렇다면 다들 진짜 트럭 운전사라고 믿겠군요."

스마일리의 입가에 미소가 살짝 머금어졌다.

"경감님." 리버스가 킬패트릭에게 말했다. "메리 킹스 클로즈 살인 사건이 불법 무장 단체들과 연관이 있다고 생각하십니까?"

킬패트릭이 미소를 지었다. "자네가 여기 왜 끌려와 있다고 생각하나, 존? 자네는 대번에 그걸 알아차렸어. 형사 셋이 빌리 커닝햄의 친구들을 추적 중이네. 어떤 이유에서인지 몰라도 놈들은 그를 죽여야만 했어. 난 그 이유가 궁금해."

"저도 마찬가지입니다, 경감님. 커닝햄에 대해 알고 싶으시면 그의 룸 메이트들부터 만나보시죠."

"머독? 그래, 그 친구와도 얘기를 해봤어."

"아뇨, 머독 말고요. 머독의 여자 친구 말입니다. 실종 신고가 들어왔을 때 그곳에 다녀왔습니다. 그녀에게 좀 수상한 구석이 있더군요. 뭔가를 감추기 위해 태연히 연기를 하고 있다는 느낌을 받았습니다."

스마일리가 말했다. "그 부분은 내가 한번 살펴볼게요."

"그녀와 그녀 남자 친구, 둘 다 컴퓨터 관련 일을 하고 있습니다. 뭔가 있는 것 같지 않습니까?"

"알아볼게요." 스마일리가 다시 말했다. 리버스가 보기에 그는 자신의 말에 책임을 질 줄 아는 타입인 것 같았다.

"켄은 자네가 캘럼을 한번 만나보는 게 좋을 것 같다고 했어." 킬패트릭이 말했다.

리버스가 어깨를 으쓱였다. "저는 뭐 어려울 거 없습니다."

"다행이군." 킬패트릭이 말했다. "그럼 같이 만나러 가보자고."

사무실을 나오자 모두의 시선이 그에게로 쏠렸다. 그들은 킬패트릭의 사무실에서 무슨 얘기가 오고갔는지 짐작이 되는 모양이었다. 하긴, 모를 수가 없겠지. 리버스는 그들의 표정을 통해 자신에 대한 이곳 형사들의 반감이 여전하다는 걸 확인할 수 있었다. 언제나 태평스러운 클레버하우스조차도 리버스를 향해 기분 나쁜 미소를 흘리고 있었다.

블랙우드 경사가 매끄러운 손으로 민숭민숭한 정수리를 문질러대다가 잔머리 한 올을 귀 뒤로 쓸어 넘겼다. 그는 자신의 삭발한 머리가 수도사를 연상시킨다는 사실이 못마땅한 모양이었다. 다른 손에는 수화기를 들고 있었다. 누군가와 심각한 통화를 하고 있는 그는 지나쳐가는 리버스에게 눈길조차 주지 않았다.

오미스턴 경장은 그 뒤에 앉아 이마를 주물럭댔다.

"자네들 둘은 오늘 꽤 봐줄 만하군." 리버스가 말했다. 오미스턴은 그게 무슨 뜻인지 이해하지 못했다. 물론 그러거나 말거나 리버스가 신경 쓸 문제는 아니었다. 그는 그저 킬패트릭이 갑자기 자신에게 속을 터놓은 이유가 궁금할 뿐이었다.

사이트힐에는 창고가 많았다. 대부분은 특색이 없었고, SCS가 빌려 쓰고 있는 곳 역시 튀지 않기는 마찬가지였다. 낡은 조립식 건물에는 높은 철조망이 둘러져 있었다. 정문에는 빗장이 질러진 상태였고, 울타리 위에는 가시철사가 깔려 있었다. 정문 관리실에서 경비가 걸어 나와 문을 열어주었다.

"헐값으로 빌려 쓰고 있어." 킬패트릭이 설명했다. "심각한 불경기라서 말이야." 그가 미소를 지었다. "그들이 경비까지 제공하겠다고 했는데 그건 정중히 사양했어."

운전은 스마일리가 했고, 킬패트릭와 리버스는 뒷좌석에 앉아 있었다. 그의 두툼한 손에 쥐어진 핸들은 꼭 프리스비(플라스틱 원반을 던지며 노는 운동) 같아 보였다. 하지만 그는 덩치에 어울리지 않게 무척 조심스레 차를 몰았다. 느리고 신중하게. 텅 빈 주차장으로 들어설 때도 깜빡이를 켤 정도였다. 그는 공간 넉넉한 명당자리를 두고 굳이 다섯 줄이나 떨어진 곳에 차를 세웠다. 그들이 차에서 내리자 시에라의 서스펜션이 삐걱거렸다. 그들은 명패를 떼어낸 보통 크기의 문 앞에 섰다. 그 오른쪽으로는 적재 구획으로 보이는 큰 문이 나 있었다. 버려진 부지도 아닌데 창고 주변에는 쓰레기만 나뒹굴었다. 킬패트릭이 주머니에서 열쇠 두 개를 꺼내 옆문을 열었다.

창고에는 사무실도, 칸막이도 없었다. 확 트인 넓은 공간만이 그들을 맞아주었다. 기름때로 얼룩진 바닥은 콘크리트였고, 한쪽에는 빈 포장용 상자 여러 개가 쌓여 있었다. 그들의 등장에 놀란 비둘기 한 마리가 푸드덕 날아올랐다가 파형 지붕판을 지탱하고 있는 강철봉에 사뿐히 내려앉았다. 대형 트럭 곳곳에는 녀석의 배설물이 뿌려져 있었다.

"저건 행운의 상징인데요." 리버스가 말했다. 그게 아니어도 연접식 트럭은 심각하게 더러웠지만. 트럭은 말라붙은 진흙과 먼지로 뒤덮여 허옇게 변해 있었다. 포드 트럭에는 영국 번호판이 붙어 있었다. K 등록 번호. 운전석 문이 열리고 육중한 남자가 내렸다.

그는 형보다 한두 살 어려 보였고, 형과 같은 콧수염은 기르지 않았다. 표정은 딱딱하게 굳어 있었고, 목소리는 덩치에 걸맞지 않게 가늘었다.

"당신이 리버스요?"

그들은 악수를 나누었다. 킬패트릭이 입을 열었다.

"우리가 두 달 전에 압수한 트럭이야. 엄밀히 말하면 런던 경찰국이 압수해 빌려준 것이지."

리버스는 발판을 밟고 올라서서 운전석 창문을 들여다보았다. 운전석 뒤편에는 누드 달력과 사진이 널려 있었고, 침상에는 돌돌 말린 침낭이 놓여 있었다. 운전석은 리버스가 휴가 때 몰고 다녀본 이동식 주택들보다 넓었다. 그가 다시 트럭을 내려왔다.

"이유가 뭡니까?"

트럭 뒤편에서 소음이 들려왔다. 캘럼 스마일리가 컨테이너 문을 열었다. 리버스와 킬패트릭은 그쪽으로 다가갔다. 스마일리 형제가 양쪽 문을 활짝 열고 나무 상자가 잔뜩 실린 안으로 들어갔다.

"놈들이 말이야……" 킬패트릭이 컨테이너로 들어서며 말했다. 리버스도 그를 뒤따라 들어갔다. "바닥 밑에 그걸 숨겨뒀더라고."

"가짜 연료 탱크에요." 켄 스마일리가 설명했다. "아주 기가 막히게 만들어났더군요. 용접해 붙인 후 볼트로 조여놓기까지 했습니다."

"런던 경찰국이 여길 뜯어봤어." 킬패트릭이 발로 바닥을 한 번 굴렀다. "제보 내용 그대로였지."

캘럼 스마일리가 나무 상자의 뚜껑을 열자 리버스가 다가가 안을 들여다보았다. 상자 안에는 유포에 싸인 AK 47 돌격용 자동소총 열여덟 정이 차곡차곡 쌓여 있었다. 리버스는 그 중 하나를 꺼내 접힌 금속 개머리판을 잡고 천천히 들어보았다. 그는 그런 타입의 총기를 능숙히 다룰 줄 알았다. 무기 자체는 좋아하지 않았지만. 라이플은 그가 군대에 있을 때보다 가벼웠다. 그렇다고 느낌이 나아진 건 아니었다. 분명 과거 모델보다 훨씬 치명적일 테니까. 나무 손잡이는 관 손잡이만큼이나 차가웠다.

"이것들이 다 어디서 들어왔는지 알 길은 없네." 킬패트릭이 설명했다. "어디로 보내려 했는지도 모르고. 테러 진압 담당 부서가 심문을 해봤지만 운전사는 끝내 입을 열지 않았어. 아무리 무섭게 몰아붙여도 자긴 모르는 일이라고 딱 잡아뗐다더군."

리버스는 소총을 원위치에 돌려놓았다. 캘럼 스마일리가 몸을 숙이고 헝겊 조각으로 리버스의 지문을 문질러 닦았다.

"그래서 어떻게 됐습니까?" 리버스가 물었다. 이번에는 캘럼 스마일리가 대답했다.

"운전사의 주머니에서 전화번호 몇 개가 나왔습니다. 글래스고 번호 둘, 에든버러 번호 하나. 셋 다 술집 전화번호였습니다."

"그게 무슨 특별한 의미가 있습니까?" 리버스가 말했다.

"그럴 수도 있겠죠." 켄 스마일리가 말했다.

"어쩌면……" 캘럼이 말했다. "그 술집들은 그의 접선 장소였는지도 모릅니다. 고용인들이거나 고객들일 수도 있고요."

"그래서……" 킬패트릭이 나무 상자에 몸을 기대며 말했다. "그 세 곳을 감시하고 있어."

"뭘 기대하시는 거죠?"

캘럼이 다시 끼어들었다. "특수부가 트럭을 멈춰 세웠을 때 그들은 언론이 냄새를 맡기 전에 신속하고 은밀하게 일을 처리했습니다. 운전사는 테러방지법을 적용시켜 어딘가에 구금해놓았고요."

리버스가 고개를 끄덕였다. "그러니까 그의 고용인들도 어떻게 된 일인지 모르고 있다는 얘기군요." 캘럼도 고개를 끄덕였다. "그들이 먼저 안달하며 튀어나오기를 기다리겠다는 거죠?" 이번에는 리버스가 고개를 저었다. "차라리 저격수가 돼보는 건 어떻겠습니까?"

캘럼의 미간이 찌푸려졌다. "왜요?"

"그런 롱샷(거의 승산 없는 것)에 집착할 필요가 있습니까?"

스마일리 형제가 일제히 불쾌한 표정을 지었다. "쉴드가 언급된 대화를 똑똑히 엿들었습니다." 캘럼이 말했다.

"하지만 당신은 쉴드의 정체가 뭔지 모르잖아요." 리버스가 받아쳤다. "셋 중 어느 펍 얘깁니까?"

"델(The Dell)."

이번에는 리버스의 미간이 찌푸려질 차례였다. "가리발디 주택 단지 근처에 있는 술집 말이죠?"

"맞아요."

"거기서 폭동이 있었어요."

"네, 들었습니다."

리버스가 킬패트릭을 돌아보았다. "그런데 트럭이 왜 필요한 겁니까?"

"함정 수사 때 쓰려고."

"얼마나 더 기다리려고요?"

캘럼이 어깨를 으쓱였다. 그의 눈은 긴장과 수면 부족으로 까맣게 변해 있었다. 그가 한 손을 올려 산발이 된 머리와 까칠한 얼굴을 살살 문질렀다.

"완전 휴가나 다름없군요." 리버스가 말했다. 그는 이 작전이 스마일리 형제의 머릿속에서 나왔다는 걸 알 수 있었다. 이토록 열심히 변호하는 걸 보면 그랬다. 반면 킬패트릭의 역할은 아직도 불분명했다.

"휴가보다 낫습니다." 캘럼이 말했다.

"어째서죠?"

"휴가 온 것처럼 일일이 엽서를 띄울 필요가 없으니까요."

스코틀랜드 최고 법원이 있는 국회 의사당을 아는 사람은 많지 않다. 주변에 표지판도 많지 않을 뿐더러, 건물 자체가 세인트 자일스 대성당에 가려져 있기 때문이다. 재규어와 BMW가 드문드문 세워진 작은 주차장도 행인들의 시야를 가려놓는 데 한몫하고 있다. 건물에는 문이 여럿 나 있지만 정작 문이 열리는 것은 그 중 하나뿐이다. 방문자들을 위한 출입구. 그 문으로 들어가면 시그넷 도서관과 애드버키츠 도서관까지 이어지는 홀이 나타난다.

그곳에는 총 열네 개의 법정이 있었는데, 리버스가 모두 경험해본 곳들이었다. 그는 긴 나무 벤치에 앉아 있었다. 변호사들은 모두 검은 세로줄 무늬 양복에 하얀 셔츠, 하얀 나비넥타이, 회색 가발, 그리고 긴 검은 망토 차림이었다. 그들은 의뢰인들과 케이스를 의논하거나 자기들끼리 수다를 떨던 중이었다. 귀를 쫑긋 세워보면 그들이 주고받는 농담을 똑똑히 들을 수 있었다. 하지만 의뢰인과의 대화는 조용하고 신중하게 진행되었다. 옷을 잘 차려입은 한 여자는 변호사의 나지막한 목소리에 귀를 기울이며 연신 고개를 끄덕였다. 변호사는 겨드랑이에 껴둔 파일들이 빠지지 않도록 몸을 비비 꼬아댔다.

커다란 스테인드글라스 창문 뒤로는 낡은 나무 상자들이 길게 늘어선 복도 두 개가 숨어 있었다. 첫 번째 복도는 '상자 복도'라고 불렸다. 널로 덮어둔 상자마다 변호사의 이름이 적혀 있었고, 상자들 대부분은 열린 채로 보관되고 있었다. 각 상자마다 중요한 문서가 가득 차 있었지만 놀랍게도 도난 사건은 단 한 번도 발생한 적이 없었다. 늘 가까이서 순찰을 도는 경비들 덕분일까? 그는 벤치에서 일어나 스테인드글라스 쪽으로 다가갔다. 리버스는 창문에 묘사된 왕이 제임스 5세라는 걸 알았다. 하지만 주변 인물들과 문장(紋章)들에 대해서는 아는 바 없었다. 그의 오른쪽으로는 유리창 붙은 반회전문이 있었다. 그 너머로 책을 숙독 중인 변호사들이 보였다. 유리창에는 '사실(PRIVATE ROOM)'이라고 식각(蝕刻,)되어 있었다.

그는 근처의 또 다른 '사실'을 알고 있었다. 세인트 자일스 성당 반대편으로 돌아가 계단을 내려가면 닿을 수 있는 곳이었다. 빌리 커닝햄이 살해된 곳은 고등법원에서 50미터도 채 떨어지지 않은 지점이었다.

다가오는 발소리에 그가 뒤를 돌아보았다. 캐롤라인 래트레이는 직업에 맞는 옷차림을 하고 있었다. 검은 구두와 스타킹, 회색 가발까지.

"못 알아볼 뻔했습니다." 그가 말했다.

"칭찬으로 받아들여도 되나요?" 그녀가 환히 웃으며 그의 팔뚝에 살며시 손을 얹었다. "이걸 보고 계셨군요." 그녀가 스테인드글라스를 올려다보았다. '스코틀랜드 왕실 문장.' 리버스도 그쪽으로 시선을 가져갔다. 커다란 그림 밑으로 다섯 개의 작은 창문이 나 있었고, 각 창문에는 문장이 하나씩 담겨 있었다. 캐롤라인 래트레이의 시선은 중앙 패널에 고정되었다. 일각수 두 마리가 뒷발로 일어선 빨간 사자가 그려진 방패를 떠받치고 있었다. 그 위에 펼쳐진 두루마리에는 '방어를 위해(IN DEFENCE)'라고 적혀 있었다. 그 하단에는 라틴어 문구가 새겨져 있었다. 리버스는 그것을 읽어보았다.

"네모 메 임푸네 라세시트." 그가 그녀를 돌아보았다. "제가 라틴어엔 좀 약합니다."

"이런 표현 들어보셨죠? '와 다우르 메들 위 미(Wha daur meddle wi' me)?' 스코틀랜드 국시(國是)죠. 아니, 스코틀랜드 왕들의 좌우명이라고 해야 하나요?"

"우리가 마지막으로 왕을 모신 게 언제였는지 기억도 안 나는군요."

"엉겅퀴 훈위(Order of the Thistle)의 모토이기도 해요. 우리 또한 군주의 사병들인데도 훈위는 죄다 노인네들에게만 수여되죠. 자, 앉아서 얘기할까요?" 그녀가 나무 벤치로 향했다. 그녀는 손에 쥔 파일들을 굳이 바닥에 내려놓았다. 벤치에 충분한 공간이 있었음에도 말이다. 그녀가 리버스의 얼굴을 빤히 쳐다보았다. 그가 입을 열지 않자 그녀는 고개를 한쪽으로 갸웃하며 다시 미소를 지었다. "아직도 모르시겠어요?"

"네모." 그가 말했다.

"맞아요! 라틴어로 '보잘것없는 사람'이라는 뜻이죠."

"우리도 이미 알고 있어요, 래트레이 양. 쥘 베른과 디킨스 소설에 등장하는 캐릭터. 뿐만 아니라, 그 단어를 거꾸로 읽으면 '징조(omen)'가 되죠." 그가 잠시 말을 멈추었다. "그동안 이것 때문에 머리를 엄청 싸맸습니다. 하지만 아직도 모르겠어요. 피해자는 아무도 자길 죽이지 않았다는 말을 하려고 했던 걸까요?"

그녀는 몸에 펑크가 난 것처럼 어깨를 축 늘어뜨렸다. 꼭 바람 빠진 크리스마스 풍선을 보는 것 같았다.

"분명 무슨 의미가 있을 텐데." 그가 말했다. "그게 뭔지 모르겠어요."

"그렇군요."

"진작 전화로 알려주지 그랬어요?"

"그럴 수도 있었죠." 그녀가 허리를 곧게 폈다. "하지만 경위님이 직접 눈으로 확인하시기를 바랐어요."

"엉겅퀴 훈위를 수여받은 사람들이 빌리 커닝햄을 살해했다고 생각해요?" 그녀의 눈이 다시 그의 얼굴로 돌아왔다. 그녀의 입가에는 더 이상 미소가 머금어져 있지 않았다. 그가 시선을 돌려 스테인드글라스를 바라보았다. "기소 게임은 좀 어떻습니까?"

"오늘은 좀 힘드네요." 그녀가 말했다. "피해자의 아버지가 유죄 판결 받은 살인범이라면서요? 그것과 무슨 연관이 있을까요?"

"그럴지도 모르죠."

"범행 동기도 파악 안 됐고요?"

"아직은요." 리버스의 시선은 여전히 왕실 문장에 고정되어 있었다. 중앙의 이미지는 분명 방패였다. "쉴드." 그가 중얼거렸다.

"네?"

"아무것도 아닙니다. 그냥……" 그가 다시 그녀를 돌아보았다. 그녀는 의욕과 희망에 살짝 부푼 모습이었다. "래트레이 양." 그가 말했다. "내게 수작을 걸어 보려고 이곳으로 불러낸 겁니까?"

그녀는 충격에 휩싸인 모습이었다. 그녀의 얼굴이 시뻘겋게 달아올랐다. 볼뿐만 아니라 이마와 턱과 목까지. "리버스 경위님." 그녀가 말했다.

"미안해요. 미안합니다." 그가 고개를 숙이고 두 손을 펼쳐 보였다. "말이 좀 심했어요."

"저기……" 그녀가 주위를 슥 둘러보았다. "그런 누명은 처음 써보네요. 어떻게 그런 말씀을 하실 수 있는지…… 어디 가서 술이라도 한잔 해야 마음이 풀릴 것 같네요." 그녀의 날선 목소리는 이내 정상으로 돌아왔다. "경위님이 사실 거죠? 네?"

그들은 하이 가를 건너 어둠에 묻힌 클로즈로 들어섰다. 거리는 전단을 나눠주는 사람과 무언극 공연자와 대말을 탄 광대들로 북적거렸다. 오래된 돌계단을 내려가자 캐롤라인 래트레이가 고른 술집이 나타났다.

"일 년 중 이맘때를 가장 싫어해요." 그녀가 말했다. "출퇴근길이 지옥으로 변해버려서 말이죠. 시내에 주차해야 할 일이 생기는 날엔……"

"그땐 정말 장난이 아니죠."

그녀는 테이블로 향했고, 리버스는 바에 멈춰 섰다. 그녀는 몇 분에 걸쳐 가운과 가발을 차례로 벗었다. 검은색과 흰색의 칙칙한 옷 때문인지 긴 머리를 쓸어내리는 모습조차도 영락없는 변호사였다.

펍의 천장은 리버스가 가본 어떤 곳보다도 낮았다. 그는 펍이 메리 킹스 클로즈 바로 밑에 자리하고 있음을 깨닫고 주문을 바꿨다.

"위스키로 줘요. 더블." 그는 술에 물을 충분히 섞었다.

캐롤라인 래트레이는 얼음과 레몬을 많이 넣은 레모네이드를 주문했다. 리버스가 테이블에 술을 내려놓으며 웃음을 터뜨렸다.

"왜 웃으세요?"

그가 고개를 저었다. "변호사(advocate)와 레모네이드를 합하면 스노볼(snowball, 네덜란드산 달걀술인 애드보카트와 레모네이드를 혼합한 각테일)이 되잖아요." 그녀는 그의 농담을 이해했는지 옅은 미소를 지어 보였다. "다른 데서 들어본 적 있죠?" 그가 그녀의 옆자리에 앉으며 말했다.

"그걸 들려준 모든 사람은 자기들이 그 농담을 지어냈다고 착각을 하더군요. 건배(Cheers)."

"네, 건배(Slainte)."

"게일어를 할 줄 아세요?"

"그냥 몇 단어만 알고 있을 뿐이에요."

"전 몇 년 전에 배웠어요. 지금은 다 까먹었지만."

"어차피 배워도 써먹을 데가 없잖아요. 안 그렇습니까?"

"지구상에서 게일어가 영원히 사라져도 괜찮다는 말씀인가요?"

"그건 아니고요."

"그런 뜻으로 하신 말씀 같은데요."

리버스가 술을 한 모금 넘겼다. "변호사와 언쟁을 벌이는 것만큼 어리석은 일이 없죠."

그녀가 다시 미소를 지으며 담배에 불을 붙였다. 리버스는 사양했다.

"설마……" 리버스가 말했다. "아직도 밤마다 메리 킹스 클로즈 꿈을 꾸는 건 아니겠죠?"

그녀가 천천히 고개를 끄덕였다. "낮에도 마찬가지예요. 아무리 애를 써도 머릿속에서 지워지지가 않아요."

"억지로 지우려고 하지 말아요. 그냥 한쪽 구석에 처박아두면 돼요. 이미 벌어진 일이고, 당신은 눈으로 직접 확인했어요. 그 사실을 받아들여요. 어차피 잊지도 못할 거, 헛고생하지 말고 그냥 구석에 던져버리라고요."

"경찰 심리학인가요?"

"상식입니다. 아주 어렵게 깨달은 상식. 그래서 아까 라틴 명문(銘文)을 보고 그토록 흥분했던 건가요?"

"네, 저 또한 이 사건에…… 관련이 돼 있으니까요."

"우리가 범인을 잡으면 당신은 그때부터 관련이 되는 겁니다. 그들에게 법의 심판을 내리는 게 당신이 할 일이에요."

"하긴."

"그때까진 우리에게 맡겨둬요."

"네, 그럴게요."

"당신을 굳이 거기로 데려오다니. 정말 커트답죠. 그럴 필요는 정말 없었는데. 혹시 그와 당신……"

순간 그녀의 입에서 "와" 하는 함성이 터져 나왔다. "설마 그렇게 믿으시는 건…… 우린 그냥 친분 있는 사이일 뿐이에요. 마침 그에게 남는 입장권이 하나 있었고, 제가 운 좋게 기회를 잡았을 뿐인걸요. 맙소사. 설마 제가 하고많은 남자들 중에서…… 검시관과 사귀겠어요?"

"소문과 달리 그들도 엄연한 인간입니다."

"알아요. 하지만 그는 저보다 스무 살이나 많다고요."

"나이가 뭐 중요합니까."

"그 손이 내 몸에 닿는 상상만 하면……" 그녀가 몸을 바르르 떨며 레모네이드를 넘겼다. "아까 방패에 대해 뭐라고 하셨죠?"

그가 고개를 저었다. 그의 머릿속에 또 다시 방패가 떠올랐다. 방패가 있으면 칼도 있어야 하는 법. 칼과 방패로. 그것은 오렌지 송에 나오는 가사였다. 그가 주먹으로 테이블을 탁 내리쳤다. 그 소리가 어찌나 크던지 캐롤라인 래트레이는 겁에 질린 표정을 짓고 있었다.

"제가 말실수라도 했나요?"

"캐롤라인. 정말 고마워요. 나 먼저 일어날게요." 그가 벌떡 일어나 저만큼 걸어갔다가 다시 테이블로 되돌아왔다. 그가 그녀의 손을 잡으며 말했다. "나중에 연락할게요." 그리고 덧붙였다. "그래도 괜찮다면."

그는 그녀가 고개를 끄덕일 때까지 기다렸다가 다시 돌아서서 밖으로 나가버렸다. 그녀는 남은 레모네이드를 홀짝이며 담배를 마저 피웠다. 그의 손은 뜨거웠다. 검시관의 손과는 달랐다. 바텐더가 다가와 그녀의 재떨이를 비워주었다.

"또 사냥하러 나왔군요." 테이블을 훔치며 그가 말했다.

"당신은 나를 너무 잘 알아서 탈이에요, 더기."

"아뇨, 당신뿐만 아니라 모두를 너무 잘 알아서 탈이죠." 더기는 글라스를 챙겨들고 바로 돌아갔다.

몇 달 전, 리버스는 매튜 밴더하이드라는 눈 먼 지인을 만나 얘기를 나누었다. 빅 제르 캐퍼티가 연루된 또 다른 사건에 관한 대화였다. 그때 밴더하이드는 스코틀랜드 국민당의 한 분파를 언급했다. 1950년대 후반부터 1960년대 초반까지 존재했던 소드 앤 쉴드(Sword and Shield, 칼과 방패)라는 분파.

밴더하이드는 리버스와의 통화에서 소드 앤 쉴드가 롤링 스톤스의 첫 앨범이 발표되었을 즈음에 소멸되었다고 알려주었다. 또한 그들이 한 번도 SaS라는 약칭으로 불린 적이 없다는 사실도 분명히 못 박았다.

"내가 알기로는……" 밴더하이드가 말했다. 리버스는 커튼 쳐진 어두운 거실에 홀로 앉아 무선 전화기를 귀에 갖다 붙인 그의 모습을 상상해보았다. "미국에도 소드 앤 쉴드라는 단체가 있어요. 스코티시 소드 앤 쉴드라는 단체도 있고. 하지만 그들에 대해선 아는 게 전혀 없습니다. 어쨌든 북미의 프리메이슨과 비슷한 스코티시 라이트 템플(Scottish Rites

Temple, 프리메이슨의 대표적인 위계 조직의 하나)과는 아무 관련이 없을 겁니다. 적어도 내 생각에는요."

리버스는 그 내용을 고스란히 받아 적었다. "역시 대단하시네요." 그가 말했다. "걸어다니는 백과사전이십니다." 그것은 밴더하이드의 단점이기도 했다. 그는 명확한 답 하나만을 내놓는 법이 결코 없었다. 그의 설명을 듣고 있노라면 속이 후련해지기보다는 오히려 머릿속이 더 복잡해졌다.

"참고가 될 만한 소드 앤 쉴드 관련 자료가 있을까요?" 리버스가 물었다.

"그들의 역사 말인가요? 글쎄요. 점자책이나 오디오북으로 나온 건 못 봤습니다."

"그렇군요. 그래도 조직이 문을 닫을 때 뭔가를 남기지 않았을까요? 문서라든지 뭐 그런 것들."

"사학자를 한번 만나보는 건 어떻습니까? 원한다면 나도 알아봐줄 수 있어요."

"그래주신다면야 감사하죠." 리버스가 말했다. "혹시 빅 제르 캐퍼티가 그 조직과 엮여 있진 않을까요?"

"그건 아닐 겁니다. 그런데 그건 왜 묻죠?"

"아무것도 아닙니다." 그는 나중에 들르겠다는 약속을 하고 전화를 끊었다. 그가 잠시 코를 긁으며 고민에 빠졌다. 대체 이걸 누구에게 보고해야 하지? 킬패트릭? 아니면 로더데일? 그는 SCS에 파견된 상태였다. 하지만 로더데일은 이 케이스의 총책임자였다. 그는 속으로 자문해보았다. 로더데일이 킬패트릭으로부터 나를 보호해주지 않을까? 답은 '노'였다. 그는 두 이름을 바꾸어 다시 물어보았다. 이번에는 답이 '예스'였다. 결국 그는 킬패트릭을 찾아가기로 했다.

비록 결정적인 단서는 아니었지만.

킬패트릭은 스마일리를 사무실로 불러들였다. 리버스는 가끔 누가 이곳 책임자인지 헷갈릴 때가 있었다. 캘럼 스마일리는 다시 언더커버 임무로 돌아가게 될 것이다. 델에서 신나게 술을 퍼마시는 임무로.

"자." 킬패트릭이 말했다. "이제 정리를 해볼까, 존? 네모도 뭔지 알아냈고, 라틴어로 된 구절도⋯⋯"

"독립주의자들이 자주 인용하는 구절이죠." 스마일리가 불쑥 끼어들었다. "비록 스코틀랜드 버전이긴 하지만."

"문장에 그려진 방패도 그렇고. 이 모든 게 60년대 초에 사라진 소드 앤 쉴드라는 단체와 관련이 있다 이거지? 자네는 그들이 오랜 공백을 깨고 갑자기 튀어나온 거라고 생각하나?"

리버스는 낡은 매트리스에서 속속 튀어나오는 스프링들을 떠올렸다. 그의 몸이 바르르 떨렸다. "글쎄요. 모르겠습니다, 경감님."

"자네의 정보원이 미국에 있는 소드 앤 쉴드라는 단체를 언급했다고?"

"경감님, 제가 아는 것이라고는 SaS가 무언가를 의미한다는 사실입니다. 캘럼 스마일리는 불법 무기를 취급하는 쉴드라는 그룹에 대해 들었다고 했습니다. 또한 스코틀랜드 왕실의 문장에도 방패가 그려져 있어요. 네모라는 단어가 포함된 구절도 적혀 있죠. 이 정도로는 부족하다는 거 잘 압니다만 그래도⋯⋯"

킬패트릭이 스마일리를 돌아보았다. 스마일리는 리버스의 의견에 동의한다는 제스처를 해보였다.

"이러면 어떨까요?" 그가 말했다. "미국에 있는 우리 친구들에게 한번 알아봐달라고 요청하는 겁니다. 그들을 부리는 거니 우리야 손해 볼 거 없지 않습니까. 며칠이면 답이 나올 것도 같은데. 그렇게 해보시죠."

"하긴, 우리가 손해 볼 건 없겠지. 좋아." 킬패트릭이 두 손을 모아 비벼 댔다. "존, 그렇게 한번 해보자고."

"참, 경감님." 리버스가 조심스레 말했다. "오리지널 소드 앤 쉴드도 좀 파헤쳐보는 게 어떻겠습니까? 그들이 부활한 거라면 뭔가 이유가 있지 않 겠습니까?"

"그 말도 일리가 있어, 존. 그건 블랙우드와 오미스턴에게 맡기면 되겠군."

블랙우드와 오미스턴. 그들은 나중에 고맙다고 절을 하게 될 거야. 사례 라면서 꽃과 초콜릿도 가져올 거고.

"감사합니다, 경감님." 리버스가 말했다.

11

폭동 이후 리어리 신부는 리버스에게 수차례 연락을 해왔다. 그가 세인트 레너즈에 남겨 놓은 메시지는 한둘이 아니었다. 모처럼 세인트 레너즈에 돌아온 리버스는 측은한 마음에 사제에게 전화를 걸었다.

"일이 잘 풀리지 않았습니다, 신부님." 그가 말했다.

"그것도 신의 뜻(God's will)이겠죠."

리버스는 그것을 신의 구정물(God swill)로 잘못 들었다. 그가 말했다. "그렇게 말씀하실 줄 알았습니다." 그는 쇼반 클락이 다가오는 걸 보고 있었다. 그녀가 엄지손가락을 들어 보이며 환히 웃었다.

"바빠서 이만 끊겠습니다. 절 위해 기도해주세요."

"뭐 언제는 내가 안 그랬습니까?"

리버스가 수화기를 내려놓았다. "무슨 일이야?"

"캐퍼티." 그녀가 파일을 그의 책상에 내려놓으며 말했다. "구석에 처박혀 있는 걸 찾아냈어요." 그녀가 종이 한 장을 꺼내 그에게 건넸다. 리버스는 종이에 적힌 내용을 빠르게 훑어 내려갔다.

구석에 처박혀질 만했군. 어디까지나 의혹일 뿐이었으니. 수백 건의 미제 사건들 중 하나로 말이야.

"부정한 돈에 손을 댄 적이 있었군." 그가 말했다.

"그것도 얼스터 의용군(UVF)을 위해서 말이죠."

캐퍼티는 징키 존슨이라는 글래스고 깡패와 신성치 못한 동맹을 맺은 바 있었다. 그들은 UVF의 요청에 따라 부정한 돈을 세탁해주는 봉사를 맡아 했었다. 그러던 어느 날, 존슨이 홀연히 사라져버렸다. 그가 UVF의 돈을 챙겨 달아났다는 사람도 있었고, 그들의 돈을 조금씩 빼돌리다 발각되어 살해됐다는 소문도 돌았다. 어쨌든 그 일로 그와 캐퍼티의 관계는 완전히 깨져버리고 말았다.

"어떻게 생각하세요?" 클락이 물었다.

"캐퍼티와 신교도 불법 무장 단체 사이의 연결고리가 확인된 셈이군."

"그들은 그가 존슨에 대해 알고 있었다고 믿었는지도 몰라요."

하지만 리버스는 연대적으로 들어맞지 않는 부분이 있다고 생각했다. "그들이 복수를 위해 10년이라는 긴 세월을 기다려왔을 리 없잖아. 그건 그렇고, 캐퍼티는 SaS가 무슨 뜻인지 알고 있었어. 들어본 적이 있다더군."

"새로운 테러리스트 그룹인가요?"

"그런 것 같아. 어쩌다가 에든버러까지 그런 놈들에게 시달리게 됐는지 모르겠군." 그가 고개를 들고 클락을 쳐다보았다. "자칫하다간 캐퍼티의 부하들이 그들을 먼저 찾아낼지도 몰라." 그가 씩 웃어보였다.

"은근히 그러기를 바라시는 것 같은데요."

"골치 아파 죽겠어. 가서 한잔 하자고. 내가 살게."

"좋죠." 쇼반 클락이 말했다.

차를 몰고 집으로 돌아가던 그는 자신의 옷에 담배와 술 냄새가 심하게 배어 있음을 깨달았다. 페이션스에게 또 시빗거리를 제공하게 생겼군. 반납해야 할 비디오도 있는데. 그런 건 그녀가 센스 있게 대신 처리해주면 좋을 텐데. 젠장, 보지도 않은 영화 때문에 연체료를 물게 생겼어.

그는 피할 수 없는 싸움을 조금이라도 미뤄보기 위해 펍에 들렀다. 옥스퍼드 바는 술집 치고는 작은 편이었지만 그만큼 아늑했다. 거의 매일 밤, 파티 분위기가 연출되었고, 그렇지 않을 때도 화기애애한 대화가 넘쳐났다. 무엇보다도 질(액량 단위) 단위로 술을 판다는 점이 좋았다. 그는 딱 한 잔만 걸친 후 페이션스의 아파트로 향했다. 차는 언제나처럼 스포츠 메르세데스 근처에 세워놓았다. 퀸스페리 가의 누군가가 〈노란 리본을 달아주오〉를 우렁차게 부르고 있었다. 리버스는 주황색 가로등 불빛에 물든 아파트 건물을 물끄러미 올려다보았다. 옥상에는 굴뚝 꼭대기의 통풍관들이 삐죽삐죽 튀어나와 있었다. 미지근한 공기에서는 은은한 맥주 냄새가 풍겼다.

"리버스?"

아직 완전한 어둠이 내려앉기 전이었다. 리버스는 길 건너에서 한 남자가 기다리고 있다는 걸 진작 알아차렸었다. 남자가 재킷 주머니에 두 손을 찌른 채 다가왔다. 리버스는 바짝 긴장했다. 그의 반응을 확인한 남자가 주머니에서 두 손을 꺼내 앞으로 펴보였다. 무장하지 않았다는 제스처였다.

"그냥 얘기 좀 나누러 왔을 뿐입니다." 남자가 말했다.

"무슨 얘기죠?"

"캐퍼티 씨가 수사 진행 상황을 궁금해 하고 계십니다."

리버스는 남자를 유심히 쳐다보았다. 마치 흉측한 이빨을 가진 족제비를 연상시켰다. 남자의 입은 연신 열렸다 닫히기를 반복했다. 비웃음인지 병이 있는 것인지 구분할 수는 없었다. 그는 입으로 가쁜 숨을 몰아쉬고 있었다. 남자에게서는 정체를 알 수 없는 냄새가 풍겼다.

"경찰서에 가서 할까요?"

남자가 다시 이를 드러내며 씩 웃었다. 니코틴 탓에 짙은 갈색으로 변해버린 그의 이는 꼭 나무로 만들어진 것 같았다.

"내가 무슨 범죄라도 저질렀습니까?" 족제비가 말했다.

리버스는 그를 위아래로 뜯어보았다. "우선 풍기문란죄를 적용할 수 있겠죠. 애완동물점 우리에 얌전히 있을 것이지 왜 나온 겁니까?"

"입심이 장난 아니라고 하던데, 사실이었군요."

"입심만 좋은 게 아닙니다." 리버스는 길을 건너 페이션스의 아파트로 향했다. 남자는 목줄 묶인 개처럼 그의 뒤에 바짝 붙어 움직였다.

"신사적으로 가자니까." 족제비가 말했다.

"참 스쿨(charm school, 젊은이들에게 예의범절을 가르치는 곳)에 가서 환불이나 받아와요."

"보나마나 비협조적으로 나올 거라고 하더니만 정말 그렇군."

리버스가 남자를 홱 돌아보았다. "비협조적? 내가 얼마나 더 비협조적일 수 있는지 상상도 못할걸. 두 번 다시 내 앞에 얼씬 거렸다간 가만두지 않을 거야."

남자의 눈이 가늘어졌다. "뭐 좋을 대로 하쇼. 오늘 일은 캐퍼티 씨에게 고스란히 보고할 테니까."

"그러든지 말든지." 리버스는 아파트 계단을 내려가기 시작했다. 족제비가 난간 너머로 내려다보았다.

"아파트가 좋은데." 리버스가 자물쇠에 열쇠를 꽂다 말고 남자를 올려다보았다. "허튼수작 부렸다간 내 손에 죽을 줄 알아."

리버스는 다시 계단을 올라가보았지만 족제비는 이미 사라지고 난 후였다.

12

"동생과는 연락하고 지냅니까?"

다음날 아침, 리버스는 페츠에서 켄 스마일리와 대화를 나누고 있었다.

"자주는 못해요."

리버스는 어떻게든 스마일리와 무난한 관계를 유지하려 애쓰는 중이었다. 아무리 둘러봐도 동지로 끌어들일만한 사람은 보이지 않았다. 블랙우드와 오미스턴은 약속이라도 한 듯이 고약한 눈빛으로 그를 쳐다보고 있었다. 두 가지 이유를 짐작할 수 있었다. 첫째, 오리지널 소드 앤 쉴드를 조사하는 임무를 떠안았기 때문에.

둘째, 누구 때문에 그래야 하는지 깨달았기 때문에.

리버스는 매튜 밴더하이드 또한 소드 앤 쉴드를 살펴보고 있다는 사실을 털어놓지 않았다. 나한테 잘해준 것도 없는데 내가 왜 배려를 해야 돼?

스마일리는 별로 대화할 기분이 아닌 듯했다. 하지만 그렇다고 잠자코 있을 리버스가 아니었다. "빌리 커닝햄의 룸메이트를 만나봤습니까?"

"계속 같은 말만 반복했어요. 그의 오토바이를 어떻게 처리해야 할지 모르겠다고 그러더군요."

"그 말뿐이었습니까?"

스마일리가 어깨를 으쓱였다. "내가 해체된 혼다를 사겠다고 나설 순 없는 일이지 않습니까."

"조심해요, 스마일리. 당신에게 뭔가가 걸려든 것 같아요."

"뭐가요?"

"유머감각."

리버스는 차를 몰고 세인트 레너즈로 향하며 턱을 살살 문질러댔다. 손끝에 만져지는 까칠한 수염의 느낌이 나쁘지 않았다. 그는 AK 47을 집어들었던 순간을 떠올리며 새삼 파벌주의를 생각했다. 스코틀랜드는 굳이 아일랜드와 엮이지 않아도 골치 아픈 일이 많았다. 그들은 분리 수술을 거부하는 샴쌍둥이나 다름없었다. 둘 중 하나는 잉글랜드와 강제로 결혼한 상태였고, 나머지 하나는 자해에 중독되어 있었다. 그런 문제는 정치꾼이 아니라 정신과 의사가 해결할 수밖에 없었다.

올해의 마칭 시즌(북아일랜드에서 17세기에 신교도가 구교도에 대해 승리를 거둔 것을 기념하는 행진을 벌이는 기간), 신교도들의 계절은 이미 지나간 후였다. 이제는 국제 페스티벌 시즌이었다. 축제의 시간. 우리가 살고 있는 작고 불안정한 나라에 대해 잊어야 하는 시간. 그는 또다시 가르-비에서 일을 벌이기로 작정했던 딱한 놈들을 떠올렸다.

세인트 레너즈도 그 여흥에 동참하려는 것 같았다. 그들은 실제로 팬터마임까지 준비했었다. 누군가가 빌리 커닝햄을 죽였다고 자백한 것이었다. 이름은 언스테이블(Unstable)이었고, 던스터블(Dunstable) 출신이라고 했다.

경찰이 그를 그렇게 부르는 이유는 두 가지였다. 첫째, 그가 정신적으로 불안정(unstable)했기 때문에. 둘째, 그가 본인 입으로 던스터블 출신이라고 주장했기 때문에. 그는 떠돌이 부랑자였지만 의지할 데가 아주 없지는 않았다. 코트는 술집 행주를 꿰매 붙여 만든 것이었고, 항상 몸에 걸치고 다니는 샌드위치 보드(사람이 앞뒤로 매고 다니는 광고판)는 그를 죽이고 살리는 상품을 홍보하고 있었다.

거리에는 그런 사람들이 많았다. 꿈도 야망도 없이 살아가는 딱한 사람들. 그들을 며칠 붙잡아두었다가 사회로 복귀시키는 것은 언제부터인가 경찰의 통상적 업무가 되어버렸다. 정부가 돈줄을 꽉 조인 탓이었다. '사회로의 복귀'는 완곡한 표현일 뿐, 사실은 밖에 내다버리는 것과 다름없었다. 그들 중에는 눈물을 쏟지 않고는 신발 끈을 묶지 못하는 이들도 있었다. 그놈의 수치심 때문이었다.

언스테이블의 심문은 홈스 경사가 담당했다. 용의자에겐 뜨거운 홍차와 담배가 제공됐다. 쫓아내기 전까지는 최대한 성의를 보이는 것이 도리였다. 내쫓을 때도 관행에 따라 몇 푼 쥐어줄 게 뻔했다. 비록 그가 입고 있던 그의 총천연색 코트에는 주머니가 없었지만 말이다.

쇼반 클락은 상황실에서 앨리스터 플라워 경위와 대화를 나누고 있었다. 담당자가 근무 당번표에 대한 리버스의 조언을 깜빡 잊은 것이었다.

"워." 리버스를 발견한 플라워가 큰소리로 말했다. "SCS에서 형사님이 나오셨군. 우유는 챙겨 오셨는가?"

리버스가 농담을 이해하지 못하자 플라워가 설명에 들어갔다.

"스코틀랜드 협동조합(Scottish Co-Operative Society). SCS. 스코틀랜드 수사반(Scottish Crime Squad)이랑 약자가 같잖아."

"숀 코네리가 협동조합에서 우유 배달원으로 일하지 않았었나요?" 쇼반 클락이 말했다. "배우가 되기 전에 말이에요." 리버스가 그녀를 쳐다보며 미소를 지었다. 대화의 요지를 바꿔보려는 그녀의 노력은 눈물겨웠다.

플라워는 이미 받아칠 말을 떠올린 것 같았다. 리버스는 그를 자극하지 않기로 했다. "자네를 아주 높이 평가하고 있더군."

플라워가 눈을 깜빡였다. "누가?"

리버스가 고개를 까딱였다. "SCS에서 말이야."

그를 쳐다보는 플라워의 눈이 가늘어졌다. "무슨 얘길 들었는데?"

리버스는 어깨를 으쓱였다. "이건 농담이 아니야. 진지하게 하는 얘기라고. 그곳 높은 분들이 자네에 대해 속속들이 알고 있더라고. 오랫동안 지켜봐온 모양이야. 난 그렇게 들었어."

그제야 플라워의 몸에서 긴장이 풀렸다. 부끄러웠는지 볼이 살짝 발그레해졌다.

"자네에게 전해달라더군." 리버스가 그의 앞으로 몸을 기울였다. 플라워도 리버스 쪽으로 슬그머니 다가왔다. "우유 배달원이 추가로 필요하면 연락하겠다고."

플라워가 이를 드러내며 으르렁거렸다. 그리고 리버스보다 쉬운 상대를 찾으러 상황실을 나가버렸다.

"약 올리기 좋은 상대죠?" 쇼반 클락이 말했다.

"그래서 내가 그를 '시계태엽 오렌지맨'이라고 부르는 거잖아."

"그가 오렌지당 당원이에요?"

"저 친구, 12일이면 예외 없이 행진에 참가한다고." 그가 잠시 생각에 잠겼다. "그에겐 오렌지 필러(오렌지 껍질 벗기는 칼, 라틴계 남창이라는 의미로도 쓰임)라는 이름이 더 어울리는 것 같지 않아?" 클락이 끙 앓는 소리를 냈다. "토이터(teuchter, 스코틀랜드 저지 사람들이 하이랜드 사람들을 경멸적으로 부르는 이름) 친구들에게서 뭐 들은 거 없나?"

"오크니 경찰 말씀이죠? 그 사람들, 토이터라는 이름을 달가워하지 않을 것 같은데요." 잉글랜드 출신인 그녀는 토이터라는 단어를 제대로 발음할 줄 몰랐다.

"스코틀랜드에선 터프가이라는 의미로 쓰인다고. 오히려 이렇게 불러주는 내게 고마워해야지." 그가 의자를 그녀의 책상으로 끌어왔다. "뭐 알아낸 거 없었어?"

그녀가 앞에 놓인 종이뭉치를 뒤적이다가 원하는 내용을 찾아냈다. "자브리스키 하우스는 농장이더군요. 작은 농가라는데, 침실 하나에 또 다른 방 하나는……"

"난 그 집을 사들일 생각이 없어."

"현재 소유주는 농장의 과거에 대해 아는 게 없답니다. 하지만 이웃들은 70년대에 그곳을 임차했던 한 남자를 기억하고 있더라고요. 이름이 쿠 홀린이었다네요."

"뭐?"

"켈트 신화 속 전사죠."

"정말 그런 이름으로 불렸대?"

"네."

『플로팅 아나키 팩트파일』에 딱 들어맞는 이름이었다. 켈트족 히피. 70년대 초, 많은 스코틀랜드 젊은이들이 미국과 유럽 사촌들을 따라한다며 기성 체제를 거부했다. 하지만 세월이 흐른 후 그들은 슬그머니 제자리로 돌아왔고, 이후 성공 가도를 달리게 되었다. 리버스도 한때 그런 분위기에 휩쓸렸다. 하지만, 용케도 마음을 다잡고 북아일랜드로 떠났었다.

"다른 건 없고?" 그가 물었다.

"그냥 다 자잘한 것들뿐이에요. 태어날 때부터 한쪽 눈이 멀었던 여자의 20여 년 된 기억이라 그다지 신뢰가 안 되네요."

"그녀가 자네 정보원인가?"

"그런 셈이죠. 순경 하나가 우체국 분소장과 보트 임대인 두어 명을 만나봤답니다. 식량을 가져오려면 보트를 타고 로우지까지 나가야 되더라고요. 우체부는 자신의 보트를 직접 몰고 배달을 오고요. 쿠홀린은 혼자 살았고, 자기가 먹을 식량을 직접 재배했다고 하네요. 브래지어를 하지 않은 여자들과 장발에 턱수염을 기른 남자들이 주로 자브리스키 하우스를 찾았답니다."

"이웃들이 아주 당황했겠구만."

클락이 미소를 지었다. "이야기 중에 노 브라가 여러 번 언급됐습니다."

"그런 곳에선 그게 사는 재미겠지."

"순경이 좀 더 알아보고 연락 주겠다고 했습니다."

"나라면 큰 기대 안 하겠어. 자네 혹시 오크니에 가본 적 있나?"

"경위님, 설마……" 그때 그녀 책상 위에서 전화벨이 울렸다. "클락 경장입니다. 네." 그녀가 리버스를 쳐다보며 메모장을 자기 앞으로 끌어갔다. 호이의 그 나이 든 순경인 모양이었다. 리버스는 일어나 상황실 안을 빙빙 맴돌기 시작했다. 그리고 인생이 정해준 직업에 왜 이토록 적응하기가 힘든 것인지 생각해보았다. 상황실은 생산 라인과도 같았다. 형사들은 그저 각자 주어진 과제에만 충실하면 되었다. 한 명이 단서를 찾아내면 또다른 한 명이 그것을 추적하고, 또 다른 한 명은 용의자나 잠재적 목격자를 심문한다. 각 형사는 거대한 팀의 아주 국소적인 부분일 뿐이었다. 리버스는 그런 업무 방식이 못마땅했다. 모든 단서를 직접 추적하고, 또 상호 참조하는 것이 바로 그의 방식이었다. 수사의 첫 단계부터 마지막 단계까지 완벽히 책임지는 것. 사람들은 그런 그를 테리어라고 불렀다. 한번 물면 끝까지 놓지 않는 게 꼭 테리어 같다면서.

어떤 개들은 턱이 부서지기 전까지는 물고 있는 것을 절대 놓지 않았다.

쇼반 클락이 그에게 다가왔다. "뭐래?" 그가 물었다.

"그 순경이 뭘 좀 알아냈더라고요. 쿠훌린은 소와 돼지를 한 마리씩 키웠고, 닭도 몇 마리 있었다고 합니다. 아까 그가 자급자족했다고 말씀드렸죠? 순경은 쿠훌린이 떠난 후 그 가축들이 다 어떻게 됐는지 궁금했답니다."

"예리하군."

"알아보니 쿠훌린은 키우던 가축들을 또 다른 농장주에게 팔아치웠답니다. 감사하게도 농장주가 그 내용을 기록해놓았고요. 쿠훌린은 돈을 받으려고 농장주에게 보더스의 새 주소를 알려주었다더군요." 그녀가 그의 눈앞에 종이 한 장을 흔들어 보였다.

"너무 기대하지 말라니까." 리버스가 경고했다. "20년도 지난 주소라고. 게다가 우린 아직 그의 본명도 모르잖아."

"이젠 알죠. 농장주가 꼼꼼히 기록을 해두었더라고요. 이름이 프랜시스 리랍니다."

"프랜시스 리?" 리버스가 회의적인 목소리로 말했다. "설마 70년대에 맨체스터 시티에서 뛰었던 그 친구는 아니겠지? 프랜시스 리…… 혹시 그 프랭크 리(Frank Lee)는 아닐까? '솔직히(frankly), 내 알 바 아니오(영화 「바람과 함께 사라지다」의 명대사).'"

"그게 또 다른 가명은 아닐까요?"

"글쎄. 그건 보더스 경찰서가 확인해주겠지." 그가 상황실을 찬찬히 둘러보았다. "아니, 다시 생각해 보니 우리가 직접 가서 알아보는 게 좋겠어."

13

존 리버스가 차를 몰고 스코틀랜드 국경 주변 마을을 지날 때마다 예외 없이 떠오르는 단어가 하나 있었다.

깔끔함.

소박하게 꾸며진 마을들은 비정상적으로 깨끗했다. 평범한 돌로 지어진 건물들에서는 진지하고 묵직한 분위기가 풍겼다. 은행을 다녀온 사람들은 일제히 식료품점과 약국으로 향하는 중이었다. 다들 윤기가 흐르는 발그레한 볼을 가지고 있었다. 매일 아침 식전에 부석(浮石)으로 얼굴을 박박 문질러대는 모양이었다. 남자들의 팔다리는 농기구처럼 우아하게 움직였다. 여자들은 어머니에게 데려가 당당히 소개해도 무방할 만큼 참했다. 오히려 아들에게 과분한 상대라며 어쩔 줄 몰라 할 정도로 말이다.

사실 리버스는 보더러(잉글랜드와 스코틀랜드 경계 지방의 주민)들이 무서웠다. 그들은 이해하기 힘든 부류였다. 그들 중 대다수가 조현병 증세를 보이는 이유는 그들이 스코틀랜드 광역 도시권보다 잉글랜드 국경에 더 가까이 살기 때문일 것이다.

하지만 셀커크는 확실히 스코틀랜드다웠다. 건축 양식, 그리고 언어까지. 매년 열리는 래머스 데이 축제의 흔적은 긴 겨울을 떠나보낸 지금까지도 곳곳에 남아있었다. 미처 떼지 못한 페넌트들이 산들바람에 나부꼈다. 교회 묘지에 인접한 한 가정집의 밖에도 페넌트가 몇 개 걸려 있었다. 쇼반 클락이 주소를 확인한 후 어깨를 으쓱였다.

"목사관인 것 같지?" 리버스가 말했다. 뭔가 이상했다.

"제가 적어온 주소는 여기가 맞아요."

인상적인 박공지붕이 얹어진 집은 제법 컸다. 윤기 없는 회색 돌로 지어졌지만 향긋한 풀 냄새가 풍기는 우거진 정원은 봐줄 만했다. 쇼반 클락이 대문을 조심스레 밀고 안으로 들어갔다. 현관문 밖에는 초인종이 붙어 있지 않았다. 그녀는 손바닥 모양의 강철 노커(방문자가 잡고 두드리기 위해 현관에 장치한 쇠붙이)로 문을 두드려보았다. 안에서는 응답이 없었다. 가까운 곳에서 수동식 잔디 깎는 기계 소리가 들려왔다. 기계를 밀었다 당기는 리듬이 추처럼 일정했다. 리버스는 앞창으로 안을 들여다보았다. 안에서는 어떠한 움직임도 감지되지 않았다.

"아까운 시간만 낭비하고 있는 것 같은데." 그가 말했다. 이 먼 길을 달려왔건만. "메모나 남겨 놓고 돌아가자고."

클락이 우편함으로 안을 살피다가 몸을 일으켰다. "여기까지 왔는데 좀 더 살펴보죠."

"그럴까?" 리버스가 말했다. "가서 잔디 깎는 친구를 한번 만나보자고."

그들은 집 너머의 교회 묘지로 다가갔다. 빨간 자갈길이 교회 경내에 둘러져 있었다. 한 노인이 검댕에 그을린 건물 뒤편에서 잔디를 깎는 중이었다. 그가 쓰는 기계는 에든버러의 뉴타운 골동품상이 탐을 낼만큼 구식이었다.

노인이 하던 일을 멈추고 손질 마친 잔디를 가로질러 다가오는 두 사람을 쳐다보았다. 손톱가위로도 자르지 못할 만큼 바짝 깎인 잔디에서는 카펫을 지르밟는 기분이 느껴졌다. 그가 주머니에서 커다란 손수건을 꺼내 햇볕에 그을린 이마를 훔쳤다. 땀으로 범벅이 된 그의 얼굴과 팔뚝은 오크 나무 같은 갈색을 띠고 있었다. 노인의 피부는 여전히 팽팽했고 딱정벌레의 등딱지처럼 번들거렸다. 그는 윌리 맥스테이라고 자신을 소개했다.

"기물 파손 사건 때문에 왔소?" 그가 물었다.

"기물 파손? 여기서요?"

"그놈들이 무덤을 훼손했다오. 묘비에도 페인트를 처발라놨고. 빌어먹을 스킨헤드족 놈들."

"셀커크에도 스킨헤드들이 있습니까?" 리버스는 자신의 귀를 의심했다. "그놈들, 대체 몇 명이나 됩니까, 맥스테이 씨?"

맥스테이는 질긴 담배나 끈끈한 가래를 씹어대듯 이를 갈며 잠시 머리를 굴렸다. "글쎄요." 그가 말했다. "알렉 터녹의 아들놈도 스킨헤드일 거요. 머리도 박박 밀었고, 레이스 달린 부츠를 신고 다니거든."

"레이스 달린 부츠를요?"

"졸업하고 나서 지금껏 한 번도 일을 해본 적이 없다오."

리버스는 고개를 저었다. "저희는 훼손된 묘비 때문에 온 게 아닙니다, 맥스테이 씨. 저 집에 대해 좀 알아볼 게 있어서 왔어요." 그가 집을 가리켰다.

"목사관 말이오?"

"저기 누가 사는지 아십니까, 맥스테이 씨?"

"목사관에 목사가 살지 누가 살겠소? 맥케이 목사."

"저기 산 지 얼마나 됐습니까?"

"글쎄요, 잘 모르겠는데. 15년쯤 됐나? 그가 오기 전에는 보스월 목사가 살았소. 보스월 가 사람들은 여기서 25년 이상 살았지."

리버스가 쇼반 클락을 돌아보았다. 내가 시간 낭비라고 했지?

"저희는 프랜시스 리라는 사람을 찾고 있습니다." 그녀가 말했다.

맥스테이가 턱과 광대뼈를 실룩이며 기억을 더듬었다. 그 모습은 리버스로 하여금 양을 떠올리게 했다. 잠시 후, 노인이 고개를 저었다. "처음 듣는 이름이야." 그가 말했다.

"시간 내주셔서 감사합니다." 리버스가 말했다.

"잠깐." 맥스테이가 말했다. 생각할 시간을 더 달라는 뜻이었다. 마침내 그가 고개를 끄덕였다. "뭔가 착오가 있었던 것 같은데." 그가 잔디 깎는 기계의 검은 고무 손잡이에 손을 얹었다. "보스월 부부는 좋은 사람들이었소. 더글러스와 이나. 이 마을을 위해 정말 헌신했지. 그들이 세상을 떠난 후 아들놈이 저 집을 냉큼 팔아버렸다오. 보스월 목사가 그걸 가장 걱정했었는데. 그는 아들이 저 집을 계속 지켜주길 바랐소."

"하지만 저건 목사관이잖아요." 클락이 말했다. "스코틀랜드 국교회의 재산 아닌가요? 어떻게 자기 마음대로 팔아치울 수 있죠?"

"보스월 가 사람들이 국교회로부터 저 집을 사들였거든. 보스월 목사가 은퇴 후에 아예 눌러살려고 말이오. 그런데 아들놈이 국교회에 되팔아버렸지 뭐요. 빌어먹을 건달 녀석. 그 녀석은 그렇게 돈을 챙겨 여길 떠나버렸소. 이제는 그들의 무덤을 관리해 줄 사람도 없다오. 그들을 애틋하게 기억하는 우리 같은 사람들이나 가끔 와서 챙길 뿐이지." 그가 고개를 저었다. "요즘 젊은것들은 역사의식이나 책임감 따위에는 도통 관심들이 없어서 말이야."

"그게 프랜시스 리와 무슨 상관이 있죠?" 쇼반 클락이 물었다. 맥스테이가 그녀를 잠시 쏘아보았다. 마치 그녀가 주제넘게 입을 열기라도 한 것처럼. 그가 리버스를 돌아보았다.

"그 아들놈 이름이 리였소. 프랜시스는 중간 이름이었고."

리 프랜시스 보스월. 프랜시스 리. 우연의 일치일 리 없었다. 리버스가 천천히 고개를 끄덕였다.

"설마……" 그가 말했다. "저희가 어디서……" 그가 잠시 머뭇거렸다. "프랭키 보스월을 찾을 수 있는지 모르시겠죠? 아무튼 감사합니다, 맥스테이 씨. 정말 감사합니다." 그는 돌아서서 정문을 향해 걸어나가기 시작했다. 쇼반 클락이 허둥대며 상관을 뒤쫓아 나왔다.

"왜 그러세요?"

"프랭키 보스월을 모르나?" 그는 기억을 더듬은 부하 형사를 물끄러미 쳐다보았다. 그녀가 세차게 가로저었다. "크레이지 호스 살룬의 주인이야."

그제야 그녀가 고개를 끄덕였다. "빌리 커닝햄의 방에서 찾은 프린지 프로그램."

"맞아. 크레이지 호스 공연에 동그라미가 그려져 있었지. 정말 기가 막힌 우연이지 않나?" 어느새 그들은 차로 돌아왔다. 리버스는 조수석 문을 열었지만 차에 오르지는 않았다. 그가 차 지붕에 팔꿈치를 얹어놓고 그녀를 쳐다보았다. "설마 우연은 아니겠지?"

그녀가 차를 몰고 30미터쯤 나아갔을 때 리버스가 멈추라고 지시했다. 사이드 미러를 들여다보고 있던 그가 차에서 내려 교회 정문을 향해 걷기 시작했다. 쇼반 클락은 구시렁거리며 도로변에 차를 세워놓고 그를 쫓아 갔다. 정문 옆에는 빨간 스테이션 왜건(좌석 뒷부분에 큰 짐을 실을 수 있는 공간이 있는 승용차) 한 대가 세워져 있었다. 그들이 교회 묘지를 나섰을 때 그 수상한 차는 멀찌감치 떨어진 상태였다. 리버스가 윌리 맥스테이 쪽으로 다가가던 두 남자를 불러 세웠다.

두 사람 모두 럭비 선수처럼 건장한 체구였다. 쇼반이 도착했을 때 그녀의 상관은 남자들에게 경고의 메시지를 던지고 있던 참이었다.

"당장 꺼지지 않으면 뜨거운 맛을 보여주겠어." 그가 육중한 남자의 불룩한 배를 쿡쿡 찔러댔다. 남자의 얼굴이 잘 익은 자두처럼 시뻘게졌다. 하지만 그의 두 손은 여전히 뒷짐을 지고 있었다. 대단한 자제력인데. 쇼반은 생각했다. 불교도인가?

하지만 불교도라면 양쪽 볼에 면도칼 흉터가 남아있을 이유가 없잖아.

"가서 캐퍼티에게 전해." 리버스가 말했다. "경찰이 그와 UVF의 관계를 알고 있다고. 그러니까 어설프게 결백한 척하지 말라고."

두 남자 중 덩치가 조금 더 큰 놈이 입을 열었다. "캐퍼티 씨는 이 문제의 조속한 해결을 원하고 계셔."

"그가 뭘 원하는지는 중요하지 않아. 자, 좋은 말로 할 때 당장 꺼져. 여기 또 나타났다간 내가 직접 네놈들을 감방에 처넣을 거야. 알아듣겠어?"

두 남자는 못마땅한 표정을 지으며 돌아서서 정문을 빠져나갔다.

"경위님 팬클럽 회원들인가요?" 쇼반 클락이 물었다.

"내가 한 매력 하잖아."

늦은 오후의 크레이지 호스는 썰렁했다.

단골손님들은 그곳을 호스(Hose)라고 줄여 불렀다. 가끔 호스(Horse)인 줄 착각하는 사람도 있었지만 그 '호스'는 분명 아니었다. 한때 그곳은 소방서였다. 근처의 새 건물로 옮겨가기 전까지는. 주인은 황량한 서부를 테마로 술집을 꾸며놓고 크레이지 호스 살룬이라는 이름을 붙였다. 음악도 컨트리 앤 웨스턴만을 틀어주었다. 검게 칠해진 출입구에는 작은 격자 창 몇 개가 나 있었다. 리버스는 술집에 손님이 없다는 걸 대번에 알아차릴 수 있었다. 그렇지 않았으면 리 프랜시스 보스월이 저렇게 밖에 나와 담배를 피우고 있을 리 없을 테니까.

리버스는 프랭키 보스월을 만나본 적이 없었다. 그저 평판으로만 알고 있을 뿐이었다. 가게 앞 계단에 앉아있는 남자는 라스베이거스 공연자처럼 차려입었고, 얼굴과 머리는 「하와이 파이브 오」(하와이를 배경으로 범죄 조직에 맞서 싸우는 액션 드라마)에 나오는 맥개럿을 연상시켰다. 머리는 가발이 분명했고, 얼굴에도 부분적으로 고친 흔적이 있었다.

"보스월 씨?"

남자는 고개를 끄덕였다. 하지만 신기하게도 머리카락은 단 1밀리미터도 움직이지 않았다. 그는 황갈색 가죽 사파리 재킷에 꽉 끼는 하얀 바지, 그리고 목이 파인 셔츠를 걸치고 있었다. 라인석을 덕지덕지 붙여놓은 셔츠는 색맹이거나 눈이 완전히 멀어버린 사람을 제외한 모든 이를 불편하게 만들기에 충분했다. 깁스가 더 어울릴 것 같은 보스월의 목에는 심플해 보이는 금목걸이가 둘러져 있었다. 목의 늘어진 살과 주름들이 보스월의 나이를 대충 가늠하게 할 뿐이었다.

"리버스 경위입니다. 이쪽은 클락 경장이고요." 오는 길에 리버스로부터 브리핑을 받은 클락은 앞의 남자를 보고도 크게 놀라지 않았다.

"경찰서에 무슨 행사라도 있는 거요? 위스키를 사러들 오셨나?"

"아닙니다. 잡지를 수집하고 있는데 세트가 완성되지 않아서요."

"응?" 보스월이 텅 빈 거리를 잽싸게 살폈다. 톨크로스 교차로는 가까이 있었지만 크레이지 호스 앞 계단에서는 보이지 않았다. 그가 고개를 들고 리버스를 올려다보았다.

"농담하는 거 아닙니다." 리버스가 말했다. "과월호 몇 개가 필요해요. 왠지 당신이라면 갖고 있을 것 같아서요."

"무슨 소린지 알아들을 수가 없군요."

"『플로팅 아나키 팩트파일』."

프랭키 보스월이 선글라스를 벗어 쥐고 인상을 찌푸렸다. 그런 다음, 담배꽁초를 카우보이 부츠 뒷굽으로 짓이겨 껐다. "그게 언제 적 일인데. 그건 어떻게 알고 왔죠?" 리버스는 어깨를 으쓱였다. 프랭키 보스월의 입가에 미소가 머금어졌다. 그는 긴장이 많이 풀어진 상태였다. "맙소사, 아주 먼 옛날 일인데. 사랑과 평화가 충만했던 오크니. 내 전성기 때 일이죠. 그런데 그게 당신들이랑 무슨 상관입니까?"

"이 사람, 알고 있습니까?" 리버스가 머독으로부터 건네받은 사진을 내밀었다. 파티에서 찍은 사진. 불필요한 부분을 전부 드러낸 사진에는 빌리 커닝햄의 얼굴만이 담겨 있었다. "빌리 커닝햄이라는 친구입니다."

보스월이 사진을 유심히 들여다보다가 고개를 저었다.

"2주쯤 전에 컨트리 웨스턴 쇼를 보러 이곳을 찾았다고 하더군요."

"공연을 보러 오는 사람이 어디 한둘이어야죠, 경위님. 특히 이맘때는 매일 손님들로 꽉꽉 들어찹니다. 원한다면 바텐더와 기도들에게 물어봐줄 게요. 여기 단골인가요?"

"그건 모릅니다."

"단골이라면 분명 카우포크 카드를 갖고 있을 겁니다. 한 달에 세 차례 이상 방문하면 입장료의 30퍼센트를 할인받을 수 있어요." 리버스는 고개를 저었다. "이 친구가 무슨 죄를 저지른 겁니까?"

"살해당했습니다, 보스월 씨."

보스월의 얼굴이 한층 더 일그러졌다. "맙소사." 그가 다시 리버스를 올려다보았다. "혹시 지하가에서 발견됐다는 그 청년 아닙니까?"

리버스가 고개를 끄덕였다.

보스월이 일어나 엉덩이를 툭툭 털었다. "『플로팅 아나키』는 폐간된 지 20년도 넘습니다. 그런데 그 친구가 그걸 한 부 갖고 있었단 말이죠?"

"3호." 쇼반 클락이 말했다.

보스월이 잠시 머리를 굴렸다. "3호라…… 그건 천 부쯤 찍었을 텐데. 3호까지는 나름 잘나갔었죠. 하지만 그 후로……. 기운이 쫙 빠져버렸습니다." 그가 씁쓸한 표정으로 미소를 지었다. "이 사진, 내가 가져도 되겠습니까? 직원들에게 물어보려고요."

"그렇게 해요, 보스월 씨. 어차피 사본이니까."

"헌책방."

"네?"

"그 잡지 말입니다. 헌책방에서 구했는지도 모르잖아요."

"그럴 수도 있었겠군요."

"어린 친구가 어쩌다가, 쯧쯧." 그가 고개를 저었다. "난 젊은 친구들을 좋아합니다. 이곳도 그런 친구들을 위해 만들었죠. 신나게 놀다 갈 수 있도록 말입니다. 이보다 더 신나는 곳이 없죠."

"정말입니까?"

보스월이 두 손을 펼쳐 보였다. "별 뜻 없이 한 얘깁니다. 오해하지 말아요. 난 정말 애들을 좋아합니다. 한때 지역 청년 클럽에서 축구팀을 만들어 운영한 적도 있었죠. 그때가 정말 좋았는데 말입니다." 그가 다시 미소를 지었다. "내가 아직 철이 없어서 그런지도 모르겠습니다. 아직도 빌어먹을 피터 팬이거든요."

사진을 챙긴 그가 한잔 하고 가라고 권했다. 리버스는 순간 혹했지만 사양했다. 텅 빈 술집에서는 술맛이 나지 않기 때문이었다. 그는 보스월에게 사무실 전화번호가 적힌 명함을 건넸다.

"최선을 다해 알아보겠습니다." 보스월이 말했다.

리버스가 고개를 끄덕이고 돌아섰다. 그는 쇼반 클락의 차에 오를 때까지 말을 아꼈다.

"저 친구, 어떤 것 같아?"

"섬뜩하네요." 그녀가 말했다. "어떻게 저런 옷차림을 하고 다닐 수 있죠?"

"오랜 연습이 필요했을 거야."

"경위님은 어떻게 보셨나요?"

리버스는 잠시 생각에 잠겼다. "글쎄. 잘 모르겠어. 술이나 한잔 하면서 생각을 정리해볼까 하는데."

"제안은 감사하지만 전 오늘 약속이 있어요." 그녀가 과장된 표정으로 손목시계를 들여다보는 척했다.

"프린지 쇼?" 그녀가 고개를 끄덕였다.

"톰 스토파드(영국의 극작가)의 초기작을 보기로 했어요." 그녀가 말했다.

"흠." 리버스가 코를 킁킁거렸다. "오해 마. 자네에게 술을 사겠다고는 안 했으니까." 그가 잠시 말을 멈추었다. "누구랑 가는데?"

그녀가 그를 돌아보았다. "저 혼자 가는데요. 그게 왜 궁금하신 거죠…… 경위님?"

리버스가 몸을 살짝 뒤척였다. "옥스에서 날 내려주겠어?"

그들이 출발했을 때 프랭키 보스월은 이미 크레이지 호스 살룬 안으로 들어가버린 후였다.

역시 옥스의 술맛이 제대로였다. 그는 페이션스에게 전화를 걸어 보았지만 자동응답기가 받았다. 오늘 밤 약속이 있어서 나간다고 했었지? 하지만 그는 약속 장소가 어디인지 끝내 기억해내지 못했다. 그는 일부러 멀리 돌아 집으로 향했다. 데인트리스 라운지에 들러서는 그곳 술꾼들과 농담을 주고받았다. 페스티벌 포스터들이 칙칙한 데인트리스의 유일한 장식이 되어주었다. 그는 옵틱(술집에서 위스키 등의 독한 술을 잴 때 쓰는 기구)들 너머에 붙은 표지판을 읽어보았다. "얼간이들이 하늘을 날 수 있다면 이곳은 진작 공항이 돼 버렸을 거다."

"난 이만 이륙할게요." 그가 여자 바텐더에게 빈 글라스를 내밀며 말했다.

얼마 후, 레녹스 가를 빠져나온 그는 옥스퍼드 테라스에 도착한 자신을 발견했다. 그는 방향을 틀어 좁은 골목으로 들어섰다. 한때 마구간이 늘어서 있던 곳에는 차고가 딸린 이층집들이 빽빽이 들어찬 상태였다. 동네는 늘 쥐죽은 듯 조용했다. 옥스퍼드 테라스의 아파트 몇 채는 이 골목을 등지고 있었다. 리버스는 페이션스의 정원문 열쇠를 가지고 있었다. 그는 아파트 뒷문을 열고 들어가기로 했다. 딱히 지름길은 아니었지만 그는 그 골목을 좋아했다.

문까지 열 걸음 남짓 남겨 놓고 있을 때 누군가가 튀어나와 그를 붙잡았다. 뒤에서 나타난 괴한이 그의 코트를 움켜잡고 우악스럽게 끌어당겼다. 리버스는 마치 구속복(정신 이상자와 같이 폭력적인 사람의 행동을 제압하기 위해 입히는 것)에 갇힌 듯한 기분을 느꼈다. 뒤집힌 코트 자락이 그의 머리에 씌워졌다. 그는 앞을 볼 수도, 두 팔을 움직일 수도 없게 되어버렸다. 괴한이 무릎으로 그의 사타구니를 찍어 올렸다. 리버스는 발길질로 저항해보았지만 그럴수록 몸의 균형만 위태로워질 뿐이었다. 그는 고래고래 욕을 해대며 땅바닥에 고꾸라졌다. 마침내 코트에서 괴한의 손이 떨어졌다. 한 놈이 필사적으로 바동대는 리버스의 머리를 걷어찼다. 괴한은 즈크화(캔버스천에 고무창을 댄 가볍고 단순한 형태의 운동화)를 신고 있었다. 리버스가 미행자의 발소리를 듣지 못한 이유이자, 머리를 걷어차였음에도 의식을 잃지 않은 이유였다.

괴한이 그의 옆구리를 걷어찼다. 그리고 간신히 코트에서 벗어나온 머리에 다시 킥을 날렸다. 이번에는 그의 턱이 발끝에 걸렸다. 리버스의 눈에는 어스레한 불빛에 반짝거리는 젖은 땅바닥만이 들어올 뿐이었다. 괴한의 손이 그의 주머니를 뒤지기 시작했다. 남자는 가쁜 숨을 몰아쉬고 있었다.

"원하는 게 돈이라면 가져가." 리버스가 초점 잃은 눈에 힘을 주며 말했다. 어차피 그의 수중에는 돈이 몇 푼 없었다. 5파운드도 안 되는 잔돈뿐이었다. 남자는 실망하는 기색이 역력했다.

"오랫동안 병원 신세를 지게 해주지." 글래스고 악센트가 분명했다. 리버스는 남자가 땅딸막한 체구의 소유자임을 대충 짐작할 수 있었다. 하지만 그림자에 묻힌 그의 얼굴은 아직 확인할 수 없었다. 남자가 다시 일어나 리버스 위로 동전을 뿌렸다.

리버스는 그 틈을 타 술에 흐려졌던 정신을 바짝 차렸다. 웅크려 있던 그가 벌떡 일어나 머리로 남자의 복부를 힘껏 찍었다. 불시에 습격을 받은 남자가 깜짝 놀라며 뒤로 물러났다. 예상과 달리 글래스고 출신 괴한은 리버스보다 키가 작았다. 남자의 손에서 무언가가 번뜩였다. 요즘에 쉽게 볼수 없는 칼날 긴 재래식 면도칼이었다. 칼날이 바람을 가르며 날아들었다. 리버스는 본능적으로 반응해 간신히 공격을 피했다. 골목에는 두 명의 남자가 더 서 있었다. 그들은 주머니에 손을 찔러 넣은 채 싸움을 지켜보고 있었다. 교회 묘지에서 본 캐퍼티의 부하들인 것 같았다.

그가 면도칼을 다시 휘둘렀다. 글래스고 남자의 얼굴에는 섬뜩한 미소가 머금어졌다. 리버스는 벗어 쥔 코트를 자신의 왼팔에 칭칭 감았다. 마침내 칼날이 그의 팔뚝에 떨어졌다. 옷이 찢겨나가는 동안 그가 오른발로 남자의 무릎을 걷어찼다. 남자는 뒤로 주춤 물러났고, 리버스는 다시 킥을 날렸다. 허벅지를 얻어맞은 괴한이 무섭게 달려들었고, 리버스는 뒤뚱거리며 옆으로 피했다. 차고 문과 충돌한 리버스가 잠시 주춤하는 동안 괴한은 잽싸게 돌아서서 달아나버렸다.

골목에는 출구가 하나뿐이었다. 캐퍼티의 부하들을 지나쳐 달려 나온 리버스가 갑자기 무릎을 꿇고 속을 비워내기 시작했다. 그 바람에 코트가 엉망이 되어버렸지만 지금은 그런 걸 걱정할 때가 아니었다. 캐퍼티의 부하들이 어기적거리며 다가와 리버스를 부축해 일으켰다. 리버스는 쇼핑백처럼 가볍게 들어올려졌다.

"괜찮아?" 그들 중 하나가 물었다.

"숨이 좀 차." 리버스가 말했다. 턱이 욱신거렸지만 다행히 출혈은 없었다. 그의 입에서는 연신 술이 쏟아져 나왔다. 또 다른 남자가 몸을 웅크리고 돈을 집어 들었다. 리버스는 이 상황이 이해가 되지 않았다.

"당신들 동료인가?" 그가 말했다. 그들은 일제히 고개를 저었다. 두 사람 중 덩치가 큰 놈이 입을 열었다.

"그 놈 덕분에 우리 일이 수월해졌군."

"나를 병원에 입원시키겠다고 했어."

"나라도 그렇게 했을 거야." 육중한 남자가 리버스의 동전들을 내밀며 말했다. "정말로 수중에 이것밖에 없었다면 말이지."

리버스는 받아든 돈을 주머니에 넣었다. 그런 다음, 남자에게 냅다 주먹을 날렸다. 하지만 느리고 힘 빠진 펀치는 멀리 빗나가버렸다. 이내 덩치 큰 남자의 주먹이 날아들었다. 반격을 받은 리버스는 싸울 의지를 완전히 상실해버리고 말았다. 그가 다시 무릎을 꿇고 두 손바닥으로 차가운 땅을 짚었다.

"그건 격려 차원에서 때려준 거야." 남자가 말했다. "어때? 고맙지? 조만간 캐퍼티 씨로부터 뭔가 말씀을 듣게 될 거야."

"천만에." 리버스가 차고 문에 기대어 앉으며 말했다. 그들은 이미 골목 입구를 향해 유유히 걸어나가는 중이었다.

"무슨 말씀이 있으실 거라니까."

잠시 후, 그들은 골목 밖으로 사라져버렸다.

면도칼로 날 죽이려 했던 글래스고 깡패 녀석. 리버스는 축 늘어진 채 앉아 생각했다. 캐퍼티의 부하가 아니라면 정체가 뭐지?

대체 내게 왜 그랬던 거냐고?

14

리버스는 간신히 정신을 차리고 수화기를 집어 들었다.

"누구야? 교양 없이!" 그가 소리쳤다.

"뭐라고?"

"이런 고약한 시간에 전화를 거시다니." 그는 킬패트릭 경감의 목소리를 대번에 알아들을 수 있었다. 그가 손바닥으로 얼굴을 문지르며 눈을 떴다. 눈에 초점이 맞자 그는 시계부터 찾아보았다. 하지만 수화기를 찾아 더듬거릴 때 툭 건드렸는지 시계는 바닥에 떨어져 있었다. "무슨 일로 연락주셨습니까…… 경감님?"

"오늘은 좀 일찍 나와줄 수 있겠나?"

"네? 청소부들이 파업이라도 했습니까? 절더러 일찍 나와서 청소나 하라고요?"

"목소리는 다 죽어가면서 까부는 건 여전하구만."

"언제 나가면 되겠습니까?"

"30분 안에 올 수 있겠나?"

"나오라면 나가야죠, 별 수 있겠습니까?" 그가 수화기를 내려놓고 손목시계를 찾았다. 이미 시계는 손목에 둘러져 있었다. 6시 5분. 자다 일어난 게 아니라 혼수상태에서 막 깨어난 듯한 기분이었다. 술 때문일 수도 있고, 구토 때문일 수도 있고, 흠씬 두들겨 맞아서일 수도 있었다. 어쩌면 야근 후유증일지도 모르는 것이지만. 그는 옆구리를 살펴보았다. 멍들었지만 상태는 그럭저럭 양호한 편이었다. 턱과 얼굴에도 찰과상이 약간 있었다.

"누구예요?" 베개 밑에서 페이션스가 졸린 목소리로 으르렁거렸다.

"상부 호출이에요." 리버스는 힘겹게 두 다리를 침대 밑으로 늘어뜨렸다.

그들은 킬패트릭의 사무실에 모였다. 리버스와 켄 스마일리. 손에 커피 컵을 쥐고 있는 리버스는 꼭 재난 피해자를 보는 것 같았다. 굳이 담요를 두르지 않더라도, 굳이 추락한 비행기에 대해 묻는 기자들에게 둘러싸이지 않더라도 그의 모습은 충분히 참혹했다. 새벽 모닝콜의 여파는 힘겹게 침대를 내려와 화장실로 향하는 내내 이어졌다. 거울을 들여다보는 것 자체가 고역이었다. 멍자국들은 텁수룩한 수염에 가려져 있었지만 통증은 무엇으로도 가려지지 않았다.

스마일리는 카페인의 기운을 빌리지 않았음에도 정신이 초롱초롱했다. 리버스는 자신이 받아 마신 커피가 나중에 속을 어떻게 뒤집어놓을지 걱정이었다.

어느새 7시가 다 되었다. 킬패트릭은 팩스로 받은 내용을 다시 훑어보는 중이었다. 잠시 후, 그가 팩스를 내려놓고 두 손으로 깍지를 꼈다. 리버스와 스마일리는 호기심을 주체하지 못하고 팩스를 흘끔흘끔 내려다보았다.

"미국에서 답이 왔네. 자네 말이 맞았어, 켄. 다들 민완가들인 모양이야. 미국에 그런 단체가 두 곳 있다고 알려왔네. 둘 다 널리 퍼져있고, 구린 구석은 없다나봐. 그 중 하나는 스코티시 라이트 템플이라더군."

"그건 스코틀랜드인들을 위한 프리메이슨 집회소인데요." 리버스는 밴더하이드의 말을 떠올렸다.

킬패트릭이 고개를 끄덕였다. "나머지 하나는 스코티시 소드 앤 쉴드야." 그는 서로 눈빛을 교환하는 리버스와 스마일리를 쳐다보았다. "흥분들 할 거 없어. 스코티시 라이트 템플과 달리 은밀히 운영되는 곳이지만 총기 밀수에 돈을 대거나 하지는 않는다고. 그런데 말이지……" 그가 다시 팩스를 집어 들었다. "마지막으로 언급된 단체가 좀 수상해. 캐나다 토론토에 본부를 두고 있는데 미국, 특히 남부와 북서부에 지사를 여럿 두고 있다더군. 쉴드라고 불리는 단체야. 물론 전화번호부엔 나와 있지 않아. FBI와 국세청이 1년 가까이 미국 내 활동을 조사한 적이 있었어. 워싱턴 지국의 FBI 요원과 통화를 해봤네."

"뭐랍니까?"

"쉴드는 기금 조성 단체인데 그게 무엇을 위한 기금인지는 알아내지 못했다더군. 한 가지 확실한 건 가톨릭과 전혀 무관한 단체라는 사실이야. FBI는 이미 왕립 얼스터 경찰대에 많은 정보를 넘겨준 상태고. 나중에 쉴드가 그들의 관할권에 들어올지 모르니까."

워싱턴과 달랑 10분간 통화했을 뿐임에도 킬패트릭은 어느새 미국 말투를 어설프게 따라하고 있었다.

"그럼……" 리버스가 말했다. "이제 RUC(Royal Ulster Constabulary, 왕립 얼스터 경찰대)와 얘길 해봐야겠군요."

"이미 해봤어. 그래서 자네들을 이렇게 불러들인 거야."

"뭐라던가요?"

"말을 아끼더군."

"예상했던 대로군요." 스마일리가 말했다.

"소드 앤 쉴드 관련 정보를 건네받은 사실은 인정했어."

"잘됐군요."

"하지만 보내줄 순 없다더군. 과연 RUC 놈들답지? 그깟 정보가 뭐 대단한 거라고. 보고 싶으면 오라나. 정말 역겨운 놈들이야."

"윗선에 얘기해볼까요, 경감님? 높은 사람 말이라면 들을지도 모르지 않습니까."

"그랬다간 잃어버렸다고 둘러댈걸. 공개를 원치 않는 부분을 빼고 보내줄 수도 있고. 이번엔 그냥 우리가 숙이고 들어가는 게 좋겠어."

"벨파스트에 다녀오란 말씀입니까?"

킬패트릭이 고개를 끄덕였다. "자네들이 좀 다녀오게. 당일치기로." 킬패트릭이 손목시계를 들여다보았다. "7시 40분에 출발하는 로건에어 비행기가 있어. 어서들 서두르라고."

"여행 가이드 챙길 시간도 없겠군요." 리버스가 말했다. 그의 속이 두 가지 나쁜 기억으로 울렁거리기 시작했다.

비행기는 벨파스트 항구 너머로 급강하했다. 꼭 위험천만한 유원지 놀이기구에 탄 기분이었다. 귓속에서는 아직도 카페인 기운이 웅웅댔다.

"나쁘지 않죠?" 스마일리가 말했다.

"나쁘지 않네요." 리버스는 지난 몇 년간 비행기를 타본 적이 없었다. SAS 훈련병 시절 이후로 그는 비행 공포증을 심하게 앓아왔다. 그는 벌써부터 귀로를 걱정하고 있었다. 비행기가 높이 떠있을 때는 별 문제가 되지 않았다. 하지만 창밖으로 땅이 훤히 내려다보이는 이착륙 때는 사정이 달랐다. 고도가 빠르게 떨어지고 있는 지금처럼. 팔걸이를 움켜쥔 그의 손가락에는 힘이 잔뜩 들어갔다. 그렇게 달라붙은 손을 떼어내려면 외과 의사를 불러 손목을 절단해야 할지도 몰랐다.

비행기는 무사히 착륙했다. 스마일리는 활주로에 내려앉기가 무섭게 자리에서 벌떡 일어났다. 다리조차 제대로 펼 수 없는 불편한 자세를 더 이상 견디지 못한 것이었다. 그가 잠시 목과 어깨 운동을 하고 나서 무릎을 주물렀다.

"벨파스트에 오신 걸 환영합니다." 그가 말했다.

"방문자는 늘 환영입니다." 예이츠가 말했다.

왕립 얼스터 경찰대의 예이츠 경위는 사복 차림이었다. 그가 타고 온 차에도 아무 마크가 없었다. 흉터로 뒤덮인 그의 얼굴을 보니 두 가지 가능성이 떠올랐다. 주먹다짐을 즐겼거나, 어릴 적 전염병에 걸렸거나. 코는 왼쪽으로 휘어졌고, 한쪽 귓불은 다른 한쪽 것보다 길게 늘어져 있었다. 턱에는 어설프게 꿰맨 흉터가 있었다. 술집에서 마주친다면 더 섬뜩할 것 같은 인상이었다. 게다가 목이라고 할 게 없었다. 어깨에 얹어진 머리는 꼭 언덕 위에 놓인 바위를 보는 것 같았다.

"환대는 고맙습니다만……" 차에 오른 스마일리가 말했다. "우리가 온 이유는……"

"이곳 분위기를 잘 봐둬요." 예이츠는 백미러를 연신 들여다보며 말했다. "두 도시. 어느 교전 지역이나 마찬가지죠. 아는 친구가 있는데 베이루트가 한창 시끄러울 때 카지노 딜러로 뽑혀갔습니다. 폭탄이 떨어지고 총잡이들이 미쳐 날뛰는 가운데서도 카지노는 잘 돌아갔어요. 자, 봐요." 그가 턱으로 앞 유리 밖을 가리켰다. "여기가 바로 징병소입니다."

도심 공항을 빠져나온 그들은 상업 중심가와 황무지를 차례로 지나쳐 달렸다. 풍경만 봐서는 영국의 어느 도시에 와 있는지 짐작이 되지 않을 정도였다. 부두 옆으로는 새 도로가 건설되고 있었다. 가르-비 스타일의 허름한 아파트들은 차례로 철거되는 중이었다.

공중에 높이 떠 있는 헬리콥터는 같은 자리를 맴돌며 무언가 혹은 누군가를 지켜보고 있었다. 불도저가 주변 길들을 다 밀어버린 상태였다. 연석들은 초록색과 하얀색이었다.

"다른 동네 연석들은 빨간색, 하얀색, 파란색으로 칠해져 있습니다."

한 건물의 박공벽에는 대단한 성의가 엿보이는 그림이 그려져 있었다. 마스크를 쓴 채 자동소총을 높이 쳐든 세 개의 형체. 그들 위로는 삼색기가 걸려 있었고, 화염 위로는 불사조가 날아오르고 있었다.

"저렇게 선전하면 효과가 좋을 것 같은데요." 리버스가 말했다.

예이츠가 스마일리를 돌아보았다. "동료가 뭘 좀 아는 것 같습니다. 보다시피 예술 그 자체입니다. 그건 그렇고, 바로 이곳이 유럽에서 가장 가난한 동네죠."

리버스의 눈에는 그렇게까지 심해 보이지는 않았다. 박공벽의 그림을 보니 리버스는 다시 가르-비가 떠올랐다. 차이가 있다면 이곳에서는 재건의 노력이 뚜렷이 보인다는 것이었다. 허물어진 주택 단지 위로 새 단지가 세워지고 있었다.

"저기 담이 보이죠?" 예이츠가 말했다. "환경 담이라는 겁니다. 주택 관리 공사가 관리하고 있죠." 빨간 벽돌로 지어진 기능성 담이었다. "한때 저쪽에도 집들이 있었어요. 담 너머는 신교도 밀집 지역입니다. 황무지를 지나면 나오죠. 집들은 철거 중이고, 담은 계속 늘려갈 거라고 하더군요. 평화선(Peace Line)이라는 것도 있습니다. 아주 흉측하게 생겼죠. 벽돌이 아니라 강철로 만든 담이거든요. 이런 거리는 불법 무장 단체들의 놀이터나 다름없습니다. 로열리스트(영국의 북아일랜드 합병을 지지하는 북아일랜드인)들 구역도 다르진 않고요."

길모퉁이에서 십 대 아이들이 그들을 바라보았다. 눈빛에서는 두려움도, 증오도 엿보이지 않았다. 오직 불신만이 묻어나올 뿐이었다. 담에는 누군가가 페인트로 적어놓은 메시지들이 선명히 남아 있었다. 대부분 H블록(불법 무장 단체 소속 죄수들이 수감되었던 북아일랜드의 교도소), 그리고 바비 샌즈(단식투쟁을 하다가 숨진 IRA 일원)와 관련된 내용을 담고 있었다. 최근 것으로 보이는 메시지들엔 주로 IRA를 칭송하는 내용과 로열리스트 무장 단체들, UVF, 그리고 UFF에 기필코 복수하겠다는 다짐이 적혀 있었다. 리버스는 젊은 시절에 이곳 거리를 순찰했었다. 당시 거리에는 집들이 빽빽이 들어차 있었고, 행인들도 많았다. 그는 종종 '백 워커(back walker)' 임무를 맡았다. 순찰대 맨 뒤에서 뒷걸음질 치며 그들이 지나쳐 온 사람들에게 총을 겨누는 일. 땅을 내려다보는 남자들, 겁 없이 무례한 제스처를 취하는 아이들, 유모차를 밀고 가는 어머니들. 순찰대는 마치 정글에 들어와 있기라도 한 듯, 아주 신중하게 움직이곤 했다.

"자, 바로 여깁니다." 예이츠가 말했다. "여기부터가 신교도 밀집 지역입니다." 이곳 박공벽에는 백마를 탄 오렌지 왕가의 윌리엄들이 커다랗게 그려져 있었다. 백마들은 높이가 6미터에 달했고, 왕들도 키가 3미터나 되었다. 그 밑에는 주민들에게 호소하는 저속한 메시지가 적혀 있었다. '교황과 IRA를 조져라.' 사방이 'FTP'라는 이니셜로 넘쳐났다. 불과 5분 전만 하더라도 눈에 들어오는 건 "FKB"뿐이었다. Fuck King Billy(킹 빌리를 조져라). 이제 이런 반사적인 반응은 일상이 되어버렸다. 물론 가볍게 웃어넘길 일은 아니었다. 섣불리 욕을 쏟아냈다가는 총에 맞거나 폭탄에 가루가 되어버릴 수 있기 때문이었다.

스마일리가 구호 하나를 골라 큰소리로 읽었다. "아일랜드 놈들은 꺼져라." 그가 예이츠를 돌아보았다. "한 놈도 빠지지 말고 다 떠나라는 얘긴가요?"

예이츠가 미소를 지었다. "가톨릭교도들이 '군대는 꺼져라', 이렇게 적어놓으면 로열리스트들은 '아일랜드 놈들은 꺼져라'라고 받아치죠. 그들은 스스로를 아일랜드인이 아니라 영국인으로 여기고 있어요." 그가 다시 백미러를 들여다보았다. "그들은 점점 더 포악해져가고 있습니다. 작년엔 로열리스트 무장 단체들이 IRA보다 더 많은 민간인을 죽였어요. 지금껏 이런 적이 없었는데 말이죠. 이제 로열리스트들은 우리마저 증오하고 있습니다."

"우리라면?"

"RUC 말입니다. UDA가 불법 단체로 규정되자 그들이 노골적으로 불만을 표출하기 시작했어요. 패트릭 메이휴 경이 도화선에 불을 붙였죠."

"폭동 관련 소식은 들었습니다."

"지난달, 이곳 샨킬을 비롯한 몇몇 곳에서 소란이 좀 있었어요. 우리가 자기들을 너무 괴롭힌다나요? 과연 우리가 이 싸움을 이길 수 있을까요?"

"어떤 상황인지 대충 짐작이 되는군요." 스마일리가 말했다. 리버스는 RUC 형사가 무슨 말을 하고 있는지 대번에 알아차렸다. 자기들 일이니 신경 끊으라는 거다.

"대충 짐작이 된다는 건……" 예이츠가 말했다. "조금도 짐작을 못하고 있다는 뜻입니다. 이건 다 당신들 탓이에요."

"네?"

"스코틀랜드인들 말입니다. 17세기에 당신들이 이곳에 정착해서 가톨릭교도들을 괴롭혔지 않습니까."

"우린 역사 공부를 하러 온 게 아닙니다." 리버스가 나지막이 말했다. 스마일리는 폭발 직전이었다.

"하지만 이 모든 게 역사 때문에 벌어지고 있는 일들인데요." 예이츠가 덤덤하게 말했다. "적어도 표면적으로는 말입니다."

"그럼 그 밑은 어떻습니까?"

"불법 무장 단체들은 사업을 하고 있는 겁니다. 돈이 없으면 그들도 존재할 수 없어요. 그래서 저렇게 깡패들로 전락해버린 거죠. 알다시피 그보다 쉬운 돈벌이 방법은 없지 않습니까. 한번 그렇게 발을 들여놓으면 영원히 되돌아갈 수도 없고요. IRA와 UDA는 가끔 모여 이런저런 일들을 작당하곤 합니다. 정치꾼들처럼 테이블에 둘러앉아 진지하게 의논을 하죠. 이 나라를 확실히 나눠먹을 수 있는 방법에 대해 말입니다. 택시 회사는 우리가 갈취할 테니 건축 부지는 너희가 먹어. 뭐 이런 식이죠. 한쪽에서 훔친 장물을 다른 쪽에 가져가 팔기도 하고요. 가끔 긴장 상태에 놓일 때도 있지만 오래가진 않아요. 자기들끼리 치고받고 싸우는 것보다 돈을 버는 게 더 중요하니까요. 그놈들이 손쉽게 돈을 쓸어 담는 걸 보면…… 꼭 마피아 영화를 보는 것 같다니까요." 예이츠가 고개를 저었다. "그들은 평화에 관심이 없습니다. 사업에 악영향을 미치니까요."

"물론 당신들 하는 일에도 악영향이 있을 거고, 안 그렇습니까?"

예이츠가 웃음을 터뜨렸다. "맞습니다. 짭짤한 야근 수당을 무시할 수 없죠. 그래도 살아서 은퇴하는 게 더 좋지 않겠습니까? 요즘엔 그게 쉽지 않아져서 걱정입니다." 예이츠가 무전기를 뽑아들었다. "투-식스-제로, 5분 후에 도착한다. 손님은 둘." 무전기에서 잡음이 흘러나왔다.

"알았다, 오버."

그가 무전기를 내려놓았다. "그리고 이곳." 그가 말했다. "여기도 벨파스트입니다. 사우스 벨파스트. 시끄럽지 않은 곳이라 자주 들어보진 못했을 겁니다. 내가 아까 두 도시라고 했던 거, 이제 이해가 됩니까?"

리버스는 어느새 바깥 풍경이 많이 달라졌다는 것을 깨달았다. 갑자기 눈에 들어온 번화하고 안전해 보이는 풍경. 양옆으로 나무가 늘어선 폭 넓은 거리, 지어진 지 얼마 되지 않은 단독 주택들. 그들은 빨간 벽돌로 고풍스럽게 지어진 대학교를 지나 계속 달렸다. 큰 소동이 있었던 유명한 분쟁 지역은 10분 거리에 자리하고 있었지만 리버스는 주변 풍경이 낯설지 않았다. 그는 이곳에서 딱 한 번 복무한 적이 있었다. 그의 기억 속에는 아직도 큰 집들과 붐비는 도심부, 그리고 국보급 인테리어가 인상적인 빅토리아 시대풍 펍이 생생히 남아 있었다. 도시는 초목 무성한 전원지대, 그리고 구불구불한 도로와 적막한 농장길로 에워싸여 있었지만 도시를 벗어나는 순간 어디서 폭발물로 채워진 우유통이 날아들지 몰랐다.

말론 가에 자리한 RUC 본부는 나무 울타리 뒤에 숨어 있었고 눈에 잘 띄지 않는 탐망대를 갖추고 있었다.

"저건 체면 유지용으로 지어놓은 겁니다." 예이츠가 설명했다. "여긴 그래도 동네가 괜찮지 않습니까. 철책도 없고 기관총도 없고."

그들이 접근하자 정문이 스르르 열렸다.

"투어 고마웠어요." 차자 멈춰 서자 리버스가 말했다. 예이츠는 고개를 끄덕여 화답했다. 스마일리가 문을 열고 힘겹게 차에서 내렸다. 예이츠가 시트커버를 흘끗 내려다본 후 글러브 박스에서 피스톨이 꽂힌 권총집을 꺼내 들었다.

"당신 악센트가 아일랜드 악센트인가요?" 리버스가 물었다.

"그렇다고 볼 수 있겠죠. 리버풀 악센트가 조금 섞여 있긴 하지만요. 난 부틀에서 태어났습니다. 여섯 살 때 이곳으로 왔죠."

"RUC엔 왜 들어간 겁니까?" 이번에는 스마일리가 물었다.

"내가 원래 좀 멍청하거든요."

경비실은 두 방문객의 신원 조사를 간단히 마치고 안으로 들여보내주었다. 그들의 신원 정보는 이곳 서기보에 의해 컴퓨터 파일로 보관될 것이 분명했다.

실내 분위기는 여느 경찰서와 다르지 않았다. 차이가 있다면 모든 창문에 보호 장치가 설치되어 있고 순경들이 패딩 조끼와 권총집을 걸치고 있다는 것 정도였다. 그들은 본부로 오는 길에 거리를 순찰하는 경관을 여럿 보았다. 하지만 단 한 번도 멈춰 서서 아는 척을 하지 않았다. 그들은 군 순찰대도 지나쳐 왔다. 어린 신병들은 병력 수송차(리버스가 복무하던 당시에는 '돼지'라고 불렸다. 어쩌면 아직도 그렇게 불리고 있는지도 모르겠다) 뒤편에 모여앉아 시간을 죽이고 있었다. 자동 소총으로 무장한 그들의 얼굴에는 딱딱하게 굳은 표정만이 떠올랐다. 창문은 꽁꽁 닫아두었지만 경찰서 내부의 분위기는 피포위 심리(항상 적들에게 둘러싸여 있다고 믿는 강박 관념)와는 거리가 멀었다. 형사들은 서로에게 지저분한 농담을 던지며 무료한 시간을 보내고 있었다. 에든버러 경찰서 풍경과 다를 게 없었다. 이곳 형사들의 주 화젯거리는 TV 프로그램과 축구, 날씨인 것 같았다. 스마일리는 새 환경을 관찰하는 데 별 관심이 없는 듯했다. 그의 머릿속에는 오로

지 최대한 신속히 임무를 마치고 돌아가야 한다는 생각뿐이었다.

리버스는 스마일리가 걱정되었다. 사무실에서는 누구보다도 능력자였지만 이곳에 와서는 연신 허둥대는 모습만을 보이고 있었다. 무언가가 그를 긴장시키고 있는 게 분명했다. 그는 실내가 너무 덥다고 투덜대며 재킷을 벗었다. 그의 겨드랑이는 땀으로 온통 젖어 있었다. 그에 비하면 리버스는 이상하리만큼 차분했다. 우려와 달리 그의 기억은 새로운 공포를 상기시키지 않았다.

예이츠의 사무실은 작았다. 그들은 자판기에서 뽑아온 차를 일제히 책상에 내려놓았다. 예이츠는 서랍을 열고 권총을 집어넣은 후 재킷을 벗어 의자 등받이에 걸쳤다. 책상 너머 벽에는 '닐 일레기티뭄 논 카르보룬둠(Nil Illegitimum Non Carborundum, 그 녀석들에게 굴복하지 마라)'이라는 문구가 큼지막하게 적힌 종이가 붙어 있었다. 컴퓨터로 작성해 출력한 것이었다. 그것을 보고 아무 말 없이 넘어갈 스마일리가 아니었다.

"원래 라틴어는 가톨릭교도들이 쓰는 거 아닙니까?"

예이츠가 그를 빤히 쳐다보았다. "RUC에도 가톨릭교도들이 있습니다. 우릴 UDR(Ulster Defence Regimen, 얼스터 방위 연대)과 혼동하지 말아요." 그가 또 다른 서랍을 열고 파일 하나를 꺼내 리버스 앞으로 밀어냈다. "여기서만 봐야 합니다." 스마일리가 리버스 쪽으로 의자를 끌어왔다. 두 사람은 함께 자료를 훑었다. 읽는 속도가 빠른 스마일리는 조바심을 내며 굼뜬 리버스를 기다렸다.

"놀랍군요." 스마일리가 말했다. 그의 말대로였다. RUC는 소드 앤 쉴드라는 로열리스트 불법 무장 단체에 대한 결정적인 증거를 확보해둔 상태였다. 그들은 본토에서 활동 중인 협력 단체를 통해 돈과 무기를 이동시켰고, 독립적으로 자금을 조달해왔다.

"본토라면 스코틀랜드를 의미하는 건가요?" 리버스가 물었다.

예이츠는 어깨를 으쓱였다. "우린 그들을 심각하게 여기지 않고 있습니다. 보나마나 UVF나 UFF의 위장 이름일 테니까요. 그들의 전형적인 운영 방식이죠. 그런 자잘한 단체가 한둘이 아닙니다. 얼스터 저항군, 붉은 손 특공대, 붉은 손 기사단. 너무 많아서 다 헤아릴 수 없을 정도죠."

"하지만 이 단체는 본토에서 활동 중이지 않습니까." 리버스가 말했다.

"그렇습니다."

"그렇다면 우리 입장에선 꽤 심각한 문제인 셈인데요." 그가 폴더를 톡톡 두드렸다. "어째서 우리에게 아무 언급이 없었던 겁니까?"

예이츠가 다시 어깨를 으쓱였다. 그의 머리가 몸속으로 더 파고들어갔다. "그건 특수부가 알아서 할 일이니까요."

"특수부가 이 사실을 알고 있단 말입니까?"

"여기 특수부가 런던 특수부에 알려주겠죠."

"런던 담당자가 누구인지 알 수 있을까요?"

"그건 기밀 정보입니다. 미안해요."

"혹시 애버네시 아닙니까?"

예이츠가 의자를 뒤로 살짝 밀어내고 몸을 앞뒤로 살살 흔들어대기 시작했다. 그의 눈이 잠시 리버스를 훑었다.

"내 짐작이 맞았군요." 리버스가 말했다. 그가 스마일리를 돌아보았다. 스마일리는 고개를 끄덕였다. 그들은 지금껏 특수부에 놀아난 것이었다. 하지만 대체 왜?

"지금 무슨 생각을 하고 있는 겁니까?" 예이츠가 말했다. "내게 들려줄 수 있습니까? 당신이 뭘 알고 있는지 궁금해요."

리버스가 폴더를 책상에 내려놓았다. "듣고 싶으면 나중에 에든버러로 와요."

예이츠가 앞뒤로 까딱이던 몸을 멈추고 돌처럼 굳은 표정으로 리버스를 쳐다보았다. 그의 눈에서는 불꽃이 튀고 있었다. "꼭 이렇게 나와야겠습니까?" 그가 나지막이 말했다.

"안 될 거 없죠. 우린 고작 네 장짜리 보고서를 보려고 여기까지 오지 않았습니까. 당신들이 보내주지 않아서 말이죠."

"개인적인 감정이 있어서 그런 건 아니었습니다. 보안 절차에 따르다 보니 그렇게 됐을 뿐이죠. 당신이 경위가 아니라 서장이었어도 달라지지 않았을 겁니다. 누구든 사선(射線) 안에 있다 보면 입장이 바뀌기 마련 아니겠습니까."

예이츠는 동정표를 노린 듯했다. 하지만 리버스에게는 전혀 먹히지 않았다. "프로드(신교도)들이 프로보(IRA의 급진파)들만큼 열정적이지 않았던 모양이군요. 어떻게 된 겁니까?"

"첫째, 그들은 로열리스트들입니다. 프로드들이 아니고요. 프로드는 신교도를 의미하지 않습니까. 우리는 그들 중 극소수만을 상대하고 있을 뿐입니다. 전체를 상대하는 게 아니라는 거죠. 둘째, 그들은 프로보들이 아니라 프로비들입니다. 셋째, …… 우린 아직 잘 모르겠습니다. 리더십이 확실히 젊어졌고, 열정적으로 바뀌긴 했더군요. 얘기했다시피 그들은 치안 부대가 모든 걸 떠안게 됐다는 사실을 못마땅해 하고 있어요. 로열리스트 불법 무장 단체들은 태생부터 문제가 좀 있었죠. 원래 그들은 치안 부대와 같은 편이어야 하고 법을 준수하는 사람들이어야 합니다. 하지만 이젠 달라졌어요. 위협을 느낀 모양입니다. 아직까진 그들이 다수이지만 언제까지 그게 유지될 것 같습니까? 그뿐 아니라, 영국 정부도 강경한 로열리스트 몇 명보다 자기들 이미지 관리에 더 신경을 쓰고 있어요. 그래서 아일랜드 공화국에 더 관심을 기울이고 있는 것이고요. 이에 환멸을 느낀 로열리스트들이 그런 모습으로 탄생하게 된 겁니다. 그동안 로열리스트 불법 무장 단체들에겐 나쁜 이미지가 있었어요. 그들이 벌인 일들이 전부 매끄럽게 마무리된 것도 아니었고요. 아무래도 IRA 같은 인력이나 연줄이나 국제적 지원이 없다 보니 그런 것이었겠죠."

"하지만 요즘 들어 그들 조직의 짜임새가 눈에 띄게 탄탄해졌습니다. 더 이상 노골적인 공갈 따윈 하지 않아요. 실제로 적지 않은 깡패들이 샨킬 가에서 쫓겨났습니다."

"하지만 그들은 끊임없이 무장하고 있지 않습니까." 리버스가 말했다.

"그건 사실입니다." 스마일리가 말했다. "과거에는 본토에서 현행범으로 체포된(caught red-handed) 놈들 대부분이 젤리그나이트(고성능 폭약)나 염소산나트륨을 지니고 있었지만 요즘 놈들은 로켓탄 발사기와 철갑탄(鐵甲彈)으로 무장하고 있어요."

"붉은 손(Red Hand, 얼스터 로열리스트 불법 무장 단체)." 예이츠가 뜻밖의 말장난에 미소를 지었다. "맞아요. 상대하기가 많이 버거워졌습니다."

"그 이유는 모르고요?"

"내가 아는 이유는 다 얘기했습니다."

리버스는 잠시 생각에 잠겼다.

"우리도 당혹스럽습니다." 예이츠가 말했다. "프로비들만 상대해봤지 로열리스트들은 처음이거든요. 보통 놈들이 아니에요. 칼라슈니코프,

RPG-7(대전차 로켓포), 파편성 폭탄, 거기에 브라우닝(자동 권총)까지 지니고 다닌다고요."

"이 상황을 매우 심각하게 여기고 있겠군요."

"당연하죠. 어떻게 그러지 않을 수 있겠습니까? 그래서 당신들에게 협조를 요청하고 있잖아요."

"맥주 한잔하면서 얘기합시다." 리버스가 말했다.

예이츠는 그들을 크라운 바로 데려갔다. 길 건너 유로파 호텔의 거의 모든 창문에는 판자가 둘러쳐져 있었다. 폭탄 테러의 흔적이었다. 크라운 바도 피해를 입었지만 술꾼들은 전혀 개의치 않는다는 모습이었다. 빅토리아 시대풍으로 꾸며진 술집은 잘 관리되고 있었다. 벽마다 가스 조명이 붙어 있었고, 테이블과 문이 하나씩 딸린 스너그(펍에서 몇 사람만 앉을 수 있는 작은 방)도 여럿 마련되어 있었다. 분위기는 에든버러 펍들과 비슷했지만 이곳 술꾼들은 헤비(독한 맥주) 대신 흑맥주를, 그리고 위스키(whisky) 대신 위스키(whiskey)를 주로 마셨다.

"나도 여길 알아요." 그가 말했다.

"언제 와본 적 있었습니까?"

"리버스 경위는……" 스마일리가 설명했다. "벨파스트에서 복무했답니다."

어쩔 수 없이 리버스는 예이츠에게 모든 걸 들려주었다. 1969년에 겪은 모든 일들을. 당시 기억은 아직까지도 그의 머릿속에 고스란히 남아 있었다. 아일랜드 공화국군 지지자들의 단골 클럽에서 미친 듯이 춤을 추던 사람들. 그때 우리에게 흠씬 두들겨 맞았던 사람을 우연히 만나게 되면 뭐라고 해야 하지? 사과 한마디로는 부족할 텐데. 그는 예이츠에게 그 부분을 뺀 나머지 이야기들을 신나게 늘어놓았다. 옛일을 털어놓는 건 전혀 부담스럽지 않았다. 술을 마시는 건 말할 것도 없었다. 그렇게 맥주와 위스키를 몇 잔 마시고 나니 또 다시 비행기에 몸을 실어야 하는 운명이 별로 걱정되지 않았다. 술집을 나온 그들은 인도 레스토랑에서 이른 점심을 먹었다. 그들은 다른 손님들에게서 멀리 떨어진 구석 부스에 자리를 잡았다. 술기운 때문인지 스마일리는 말이 많아졌다. 그는 두 나라 경찰의 차이를 차례로 짚어주었다. 인력, 지원능력, 체포 기록, 마약 문제들.

예이츠는 테러 사건을 제외하면 북아일랜드의 범죄율이 이상하리만큼 낮다는 사실을 언급했다. 특히 강력 범죄 발생률. 무단 침입과 차량 탈취는 빈번히 발생했지만 강간이나 살인 사건은 의외로 적었다. 특별히 거친 동네들은 준군사 부대들이 관리했다. 그들에게 한번 걸리면 누구든 목숨을 부지하기 힘들었다.

어느새 그들의 화제는 메리 킹스 클로즈 사건으로 넘어갔다. 리버스의 머릿속은 아직도 복잡하기만 했다. 빌리 커닝햄은 왜 고문 끝에 죽임을 당했을까? 대체 누가 그런 짓을 했을까? 팔뚝에 새겨진 'SaS' 문신. 땅바닥에 적어놓은 '네모'라는 단어. 암살 수법과 커닝햄 스스로가 가졌던 동정심. 그걸 다 합치면 무슨 답이 나오지?

스마일리가 남은 음식을 차례로 해치우는 동안 예이츠는 신나게 떠들어댔다. 그는 RUC 내 모든 형사가 천사는 아니라고 시인하면서도 얼스터 방위 연대 사람들은 한번 만나보고 싶다고 했다. 또한 그들은 나름 공정한 생각을 지닌 사람들이지만 그들의 순찰대에 대해서는 RUC의 관리가 반드시 필요하다고 덧붙였다.

"'69년에 여기서 복무했다고 했죠? 그럼 B 특수부대(북아일랜드의 신교도 세력에 의한 임시 경찰부대)도 기억하고 있겠군요. UDR은 B 특수부대를 대체하기 위해 만들어졌잖아요. 똑같은 미치광이들이 고스란히 그리 가입했죠. 로열리스트가 어떤 명분을 갖고 일을 벌이려한다면 UDR에 들어가거나 RUC에 들어가는 수밖에 없어요. 그 때문에 UDA와 UVF는 몸집을 더 불릴 수 없었죠."

"아직도 보안군이 로열리스트들과 결탁하고 있습니까?"

예이츠가 잠시 생각에 잠겼다가 트림을 했다. "아마도 그럴 겁니다." 그가 라거(보통 거품이 많이 나는 연한 색의 맥주)를 향해 손을 뻗으며 말했다. "UDR은 아주 지독한 놈들이었습니다. 왕립 아일랜드 특공대(Royal Irish Rangers)도 마찬가지였고요. 하지만 요즘엔 기세가 많이 꺾인 상태죠."

"기세가 꺾였거나 영리하게 숨어있거나, 둘 중 하나겠죠." 리버스가 말했다.

"빈정대는 능력이 남다르군요. RUC에 들어오는 건 어떻습니까?"

"난 총이 싫습니다."

예이츠가 마지막 남은 난(인도에서 주로 먹는 납작한 빵) 조각으로 접시를 훔쳐냈다. "바로 그겁니다." 그가 말했다. "우리의 가장 본질적인 차이. 난 마음껏 방아쇠를 당길 수 있거든요."

"아주 큰 차이죠." 리버스가 말했다.

"하늘과 땅 차이죠." 예이츠도 동의했다.

스마일리는 한동안 말이 없었다. 그도 난 조각으로 자신의 접시를 훔쳤다.

"로열리스트들이 해외로부터 지원을 받고 있나요?" 리버스가 물었다.

예이츠는 만족스러운 표정으로 등받이에 몸을 기댔다. "아일랜드 공화국군 지지자들만큼은 아닙니다. 로열리스트들은 본토로부터 연간 15만 파운드를 지원 받고 있어요. 그 돈은 교도소에 수감된 멤버들과 그들 가족들을 위해 쓰이죠. 전체 금액의 3분의 2는 스코틀랜드에서 들어옵니다. 그들의 동조자들이 세계 각지에 퍼져 있어요. 오스트레일리아, 남아프리카 공화국, 미국, 캐나다. 특히 캐나다에 많이 몰려 있습니다. UVF가 쓰는 잉그램스 기관단총들은 전부 토론토에서 들어오니까요. 그런데 그건 왜 묻는 거죠?"

리버스와 스마일리가 잠시 눈빛을 교환했다. 이번에는 스마일리가 입을 열었다. 리버스는 기꺼이 물러났다. 예이츠에게 스마일리가 알고 있는 정보를 흘리는 건 별 문제가 되지 않았다. 아직은 리버스가 의심하는 부분을 드러낼 때가 아니었다. 토론토. 쉴드의 본부가 있는 곳. 스마일리의 설명이 끝나자 리버스는 예이츠에게 또 다른 질문을 던졌다.

"그 단체 말입니다. 소드 앤 쉴드. 파일엔 전혀 언급이 없더군요."

"멤버들 이름 말입니까?" 리버스가 고개를 끄덕였다. "다들 잔챙이 같은 놈들이라. 아마 들어봐도 누군지 모를 겁니다."

"그래도 들려줘봐요."

예이츠가 잠시 머뭇거리다가 천천히 고개를 끄덕였다. "그러죠."

"우선, 리더가 누굽니까?"

"그들의 지휘 구조까진 아직 파고들지 못했습니다."

"그래도 의심 가는 인물은 있을 텐데요."

예이츠가 미소를 지었다. "물론 있습니다. 아주 수상한 놈이 하나 있죠." 이미 충분히 낮아져있는 그의 목소리가 한층 더 낮아졌다. "앨런 파울러. 원래 UVF 멤버였는데 불화가 있었는지 탈퇴해버렸습니다. 아주 고약한 놈이죠. 보나마나 UVF도 그 친구가 제 발로 나가줘서 기쁠 겁니다."

"사진을 볼 수 있을까요? 인상착의도 궁금하고요."

예이츠가 어깨를 으쓱였다. "뭐 안 될 거 없겠죠. 어차피 지금 당장은 내가 신경 쓸 문제도 아니니까."

리버스가 글라스를 내려놓았다. "어째서죠?"

"그 친구, 지난주에 페리를 타고 스트랜라로 떠났거든요. 그곳에서 차가 픽업해 글래스고로 데려갔답니다." 예이츠가 잠시 말을 멈추었다. "그곳에서 홀연히 사라져버렸습니다."

15

오미스턴은 공항에 차를 대기시켜놓고 그들을 기다리고 있었다.

리버스는 오미스턴이 마음에 들지 않았다. 주근깨로 뒤덮인 크고 둥근 그의 얼굴에는 항상 기분 나쁜 미소가 머금어져 있었다. 숱 많은 갈색 머리는 관리가 절실해 보였다. 리버스는 그를 보면 덩치만 큰 초등학생이 연상되었다. 교사 분위기를 풍기는 대머리 블랙우드 옆 책상에 앉아 있는 그의 모습을 볼 때마다 학급 지진아를 보는 듯한 착각에 빠지곤 했다.

하지만 오늘은 오미스턴이 조금 이상하게 느껴졌다. 물론 리버스는 크게 신경 쓰지 않았다. 그보다도 에든버러 도착 직전 그의 단잠을 깨운 두통부터 떨쳐내는 게 급선무였다. 한낮의 음주가 유발한 두통은 그의 눈을 따끔거리게 했고, 머릿속을 인사불성으로 만들어버렸다. 공항에 나온 오미스턴은 심상치 않은 눈빛으로 스마일리를 쳐다보았다. 스마일리는 그 사실을 모르는 듯했지만.

"파라세타몰(해열 진통제) 가진 거 있나?" 리버스가 물었다.

"죄송합니다." 그가 리버스의 눈을 똑바로 쳐다보았다. 무언가 할 말이 있다는 듯 했다. 그는 남의 일에 참견하기 좋아하는 타입이었다. 하지만 어쩐 일인지 상관들의 출장에 대해서는 아무것도 묻지 않았다. 둔감한 스마일리조차도 그 부분은 이상해하는 눈치였다.

"무슨 일인가, 오미스턴? 어디서 침묵의 서약이라도 하고 온 거야?"

오미스턴은 여전히 말이 없었다. 그는 눈앞의 도로에만 집중했다. 덕분에 리버스는 마음 놓고 머리를 굴려볼 수 있었다. 어떤 내용을 킬패트릭에게 보고해야 하는지. 그리고…… 어떤 정보를 당분간 비밀로 간직해둬야 하는지.

페츠에 도착하자 오미스턴이 리버스를 돌아보았다.

"경위님은 그냥 앉아 계십시오. 저흰 따로 경감님을 뵈러 가 봐야 합니다."

"뭐?"

차에서 내리려던 스마일리가 멈칫했다. "무슨 일인데 그래?"

오미스턴은 말없이 고개만 저을 뿐이었다. 리버스가 스마일리를 돌아보았다. "나중에 봅시다."

"네, 그래요." 스마일리가 차에서 내렸다. 문이 닫히기가 무섭게 오미스턴이 차를 출발시켰다.

"무슨 일이지, 오미스턴?"

"경감님께서 말씀해주실 겁니다."

"힌트라도 줘봐."

"살인 사건이에요." 오미스턴이 기어를 바꾸며 말했다. "살인 사건이 발생했습니다."

현장에는 저지선이 쳐진 상태였다.

고층 아파트가 늘어선 좁은 골목이었다. 세인트 스티븐 가는 원래 평판이 좋지 않았다. 대학생 밀집 지역인데다가 카페와 고물상이 유독 많기 때문이었다. 술집도 몇 곳 있었는데, 그중 하나는 폭주족 전용이었다. 리버스는 벨벳 언더그라운드(미국의 록 밴드)의 니코가 한때 이곳에 살았다는 소문을 들어본 적 있었다. 충분히 신빙성 있는 얘기였다. 뉴타운과 레이번을 이어주는 세인트 스티븐 가는 비록 초라했지만 나름의 매력이 있는 조용한 곳이었다.

길 양옆으로 늘어선 아파트들엔 지하실과 독립된 계단통, 그리고 출입구가 있었다. 페이션스도 도보 7분 거리의 그런 아파트에 살고 있었다. 리버스는 조심스레 돌계단을 내려갔다. 오래된 계단은 닳아서 미끄러웠다. 계단 끝에는 눅눅한 안뜰이 자리했다. 정원은 아파트 주인이나 세입자가 가져다놓은 테라코타(적갈색 점토를 유약을 바르지 않고 구운 것) 화분과 매다는 꽃바구니들로 넘쳐났다. 화초들은 대부분 죽은 상태였다. 아무래도 이곳에서 햇볕을 받기가 힘들었을 것이다. 어쩌면 건축업자들의 난폭한 취급 때문이었는지도 몰랐다. 아파트 앞 비계에 씌워진 두꺼운 폴리에틸렌이 산들바람에 펄럭였다.

"외벽을 청소하는 중입니다." 누군가가 말했다. 리버스는 고개를 끄덕였다. 아파트 현관문은 하얗게 칠한 벽을 향해 있었는데, 그 벽에는 문이 두 개 나 있었다. 리버스는 그곳이 지하실 바닥을 파내 만든 창고라는 걸 알고 있었다. 페이션스의 아파트에도 그런 창고가 있었다. 문제는 너무 눅눅해서 거의 사용하지 않는다는 것이었다. 두 문 중 하나가 열려 있었다. 현장 감식반 대원 하나가 바닥에 낀 이끼를 채취해 증거 봉지에 담고 있던 중이었다.

킬패트릭은 현장을 살피며 블랙우드의 설명을 경청했다. 블랙우드는 왼손으로 정수리를 문지르다가 보이지도 않는 머리를 귀 뒤로 쓸어 넘겼다. 킬패트릭이 다가오는 리버스를 발견했다.

"어서 오게, 존."

"경감님."

"스마일리는?"

오미스턴이 계단을 내려오고 있었다. 리버스는 턱으로 그를 가리켰다. "저기 오는 과묵한 친구가 그를 본부에 내려줬습니다. 대체 무슨 일인데 그러십니까?"

블랙우드가 대신 대답했다. "이 아파트는 지난 몇 달 동안 매물로 나와 있었습니다. 도무지 팔릴 기미가 보이지 않자 주인이 여기저기 좀 뜯어고치려고 했던 모양입니다. 치장을 좀 하면 팔릴 줄 알았던 거죠. 어제부터 공사가 시작됐는데 오늘 지하 창고를 살피던 중 시체를 발견했답니다."

"얼마나 오래됐는데?"

블랙우드가 고개를 저었다. "오늘 저녁에 부검을 한다고 합니다."

"몸에 문신은 없고?"

"없었네." 킬패트릭이 말했다. "피해자는 말이야, 존, 바로 캘럼이었어." 경감의 표정은 무척 심각해 보였다. 그의 눈에서는 당장이라도 눈물이 쏟아질 것만 같았다. 창백한 얼굴은 평소보다도 더 늘어져 있었다. 그가 한 손을 올려 이마를 문질렀다.

"캘럼?" 리버스가 고개를 세차게 저어 숙취를 떨쳐냈다. "캘럼 스마일리 말씀입니까?" 그는 언더커버로 대형 트럭을 몬다는 육중한 남자를 떠올렸다. 그가 살해됐다니. 믿어지지가 않았다. 왜 하필 이곳 지하실에서……

킬패트릭이 요란하게 코를 풀었다. "돌아가서 켄에게 알려줘야겠어."

"그러실 필요 없습니다, 경감님."

켄 스마일리가 검은색 유광 페인트로 칠해진 난간을 붙잡고 계단 위에서 있었다. 홱 돌아서서 현장을 뜰 것 같았던 그가 갑자기 고개를 뒤로 젖히고 큰소리로 울부짖기 시작했다. 그 소리가 닿은 하늘에서 빗방울이 후드득 떨어지고 있었다.

스마일리는 집에 돌아가라는 명령을 받고 사라졌다. 사무실의 모든 이가 로봇처럼 움직이고 있었다. 킬패트릭 경감은 고민에 빠졌다. 무엇보다도 두 살인 사건을 하나로 묶어 처리해야 하는지부터 결정해야 했다.

"칼에 찔렸어." 그가 리버스에게 말했다. "저항한 흔적은 없었고. 고문을 당한 것 같지도 않아." 그의 목소리에서는 안도감이 살짝 묻어나왔다. 리버스는 그의 심정을 이해할 수 있었다. "칼로 찌르고 거기 버려뒀어. 범인은 아파트 밖에 걸린 표지판을 보고 들어갔을 거야. 시체가 한동안 발견되지 않을 거라는 걸 알고 있었던 거지." 그가 자신의 책상 맨 아래 서랍에서 라프로익(몰트 스카치 위스키의 한 종류)을 꺼내 글라스에 따랐다.

"약으로 마시는 거야." 그가 설명했다. 리버스는 정중히 사양했다. 그는 아이언-브루(스코틀랜드의 인기 음료)와 함께 파라세타몰 세 알을 먹은 상태였다. 라프로익 병은 거의 비어 있었다. 킬패트릭에겐 나름 처방전이 있는 모양이었다.

"그가 누군가와 싸우다가 죽었다고 생각하십니까?"

"그게 아니면 뭐겠나?" 킬패트릭이 글라스에 위스키를 마저 따르며 말했다.

"처형 방식으로 죽인 거라면 이전 사건과 엮기가 수월했을 텐데 말입니다. 의식을 치른 흔적이라도 발견됐더라면."

"의식?" 킬패트릭이 잠시 생각에 잠겼다. "자네도 알다시피 그 친구는 거기서 살해된 게 아니네. 검시관이 그러는데 현장에 피가 거의 없었다더군. 놈들은 다른 데서 '의식'을 치르고 왔을 거야. 빌어먹을. 진작 그 친구에게 사람을 더 붙여줬어야 하는 건데." 그가 손수건을 꺼내 코를 풀었다. 그리고 깊은 숨을 한 번 들이쉬었다. "살인 사건으로 보고하면 위에서 엄청 쪼아대겠지?"

"아무래도요, 경감님." 리버스가 자리에서 일어섰다. 문을 열고 나가려던 그가 멈칫했다. "두 피해자 모두 지하에서 발견됐습니다. 그것도 인부들이 많은 곳에서요."

킬패트릭이 말없이 고개를 끄덕였다. 리버스는 문을 열었다.

"경감님, 캘럼에 대해 또 누가 알고 있었습니까?"

"그게 무슨 뜻이지?"

"그가 언더커버라는 걸 또 누가 알고 있었습니까? 이곳 형사들 말고 또 있습니까?"

킬패트릭이 인상을 찌푸렸다. "누굴 얘기하는 건가?"

"특수부 사람들요."

"이곳 형사들만 알고 있었네." 킬패트릭이 나지막이 말했다. 리버스는 다시 문 쪽으로 돌아섰다. "존, 벨파스트에서 뭔가 알아낸 건 없나?"

"소드 앤 쉴드가 존재한다는 걸 확인했습니다. RUC는 그들이 이곳 본토에서 활동 중이라는 걸 알고 있더군요. 그 내용을 런던 특수부에 알려줬답니다." 그가 잠시 말을 멈추었다. "애버네시 경위도 다 알고 있을 겁니다."

킬패트릭은 리버스가 사무실을 나간 후로도 한동안 문을 응시했다.

"하느님 맙소사." 그가 말했다. 그때 책상 위에서 전화벨이 울렸다. 그는 천천히 수화기를 집어 들었다.

"그게 사실입니까?" 브라이언 홈스가 물었다. 쇼반 클락도 초조하게 대답을 기다리고 있었다.

"사실이야." 리버스가 말했다. 그들은 세인트 레너즈 상황실에 들어와 있었다. "이번 사건은 분명 빌리 커닝햄과 관련이 있어."

"그럼 이제 어쩌죠, 경위님?"

"밀리와 머독을 다시 만나봐야겠어."

"이미 만나봤지 않습니까."

"그래서 '다시'라고 했잖아. 사람이 얘길 하면 집중해서 들어야지. 거기 다녀와선 자파(껍질이 두꺼운 오렌지의 일종) 몇 명을 만나봐야겠어."

"자파?"

리버스가 쇼반 클락을 쳐다보며 혀를 찼다. "자네, 여기 온지 얼마나 됐지? 자파는 오렌지당 당원들이야."

"오렌지당이라고요?" 홈스가 물었다. "그들이 뭐 아는 게 있을까요?"

"적어도 보인 전투가 벌어진 날짜 정도는 알려주겠지."

"1690년입니다, 경위님."

"그렇군요."

"경이로운 해(영국 런던에서 큰 불이나 페스트가 크게 유행한 1666년을 일컬음)보다도 의미 있는 날짜죠. 일-육-구-공. 1과 6을 합하면 7이 되고요, 9에 0을 더하면 9입니다. 7과 9는 결정적인 숫자이고요." 그가 잠시 말을 멈추었다. "혹시 숫자점에 대해 아십니까, 경위님?"

"모릅니다."

"그럼 아가씨는?"

쇼반 클락이 발끈했다. "그거 사기 아닌가요?" 그녀가 말했다. 리버스는 그녀에게 진정하라는 눈빛을 보냈다. 적당히 비위를 맞춰줘. 그의 표정은 그렇게 지시하고 있었다.

"절대 사기가 아닙니다. 구닥다리이긴 하지만 무시해선 안돼요. 뭐 마실 거라도 내올까요?"

"아뇨, 괜찮습니다, 고우리 씨."

그들은 아치 고우리의 앞방에 앉아 있었다. 손님들과 특별한 행사를 위해 마련된 응접실이었다. 편안한 소파, TV와 비디오, 그리고 위스키 캐비닛이 갖추어진 거실은 넓은 집 어딘가에 숨어 있을 게 분명했다. 그레인지라는 녹음이 우거진 도시 남부 벽지에 자리한 그의 집은 3층쯤 되는 것 같았고, 왠지 개조한 다락도 있을 것 같았다. 일부러 그레인지를 찾는 사람은 많지 않았다. 워낙 외진 곳이라 행인은커녕 지나다니는 차량도 보이지 않았다. 이곳 집들은 거의 다 독립 주택이었다. 한때 상인들이 살았던 집들은 높은 담과 나무나 금속 정문에 갇혀 있었다. 지금은 스코틀랜드 국교회를 비롯한 여러 교파들이 이 집들의 소유자였다. 고우리의 집 건너편에는 퇴직자 전용 아파트와 수녀원이 있었다.

아치발드 고우리는 '아치'로 불리는 것을 좋아했다. 그를 아는 모든 이가 그를 아치라고 불렀다. 그는 오렌지당의 얼굴이었고, 언변 좋은 옹호론자였다. 하지만 조직의 수장은 아니었다. 그저 충분히 높은 자리에 있고, 쉽게 찾을 수 있는 인물일 뿐이었다. 집을 비운 밀리와 머독과는 달랐다.

미팅을 요청했을 때 고우리는 7시부터 45분쯤 시간을 내줄 수 있다고 했다.

"그 정도면 충분합니다." 리버스는 그렇게 말해 두었다.

그는 아치 고우리를 유심히 살펴보았다. 육중한 체구의 남자는 오십 대로 보였고, 살짝 나이 든 남자를 선호하는 여성들에게 특히 인기가 있을 것 같았다(쇼반 클락은 시큰둥한 반응이었지만). 숱 적은 머리는 은색을 띠고 있었지만 콧수염은 새까맸다. 걷어 올린 셔츠 소매 밑으로는 까만 털로 뒤덮인 팔뚝이 드러나 있었다. 그는 일 중독자였다. '영업 중'은 그의 모토였는데, 그럴듯한 새 아이템이 나타나면 그는 절대 지치지 않는 초인으로 돌변했다.

고우리는 70년대 초반, 조선과 파이프라인 사업을 과감히 포기하고 북해로 진출해 탐사 플랫폼과 석유 굴착 장치를 짓고 있는 회사의 중역으로 일하면서 큰돈을 벌었다. 회사가 엄청난 액수에 매각되자 고우리는 은둔 생활에 들어갔고, 몇 년 후, 부동산 개발업자와 투자 전문가라는 직함을 달고 세상에 다시 나타났다. 그는 현재 이 도시 곳곳에서 자신의 이름을 건 여러 프로젝트를 진행 중이었다. 또한 황당하리만큼 다양한 사업을 많이 벌여놓고 있었다. 영화 제작, 하이파이 디자인, 식용 조류(물속에 사는 하등 식물의 한 무리) 사업, 삼림 관리, 호텔, 모직 사업, 그리고 뉴 타운의 이리(Eyrie) 레스토랑 등등. 그 중에서도 아치는 도시 최고의 레스토랑으로 꼽히는 이리의 공동 소유자로 가장 잘 알려졌다. 하지만 그곳 메뉴에서는 영양가 높은 헤브리디스 청조류를 찾을 수 없었다.

고우리가 수익을 내지 못한 유일한 사업은 영화뿐이었다. 그는 스코틀랜드 영화계의 큰손으로 오랫동안 영향력을 행사해왔다. 하지만 랍 키눌 같은 스타 배우를 전면에 내세우고도 영화는 쫄딱 망해버렸다. 그러나 고우리는 전혀 씁쓸해하지 않았다. 현관의 넓은 홀에는 문제의 영화 포스터가 걸려 있었다.

"안누스 미라빌리스(Annus mirabilis, 경이로운 해)." 리버스가 웅얼거렸다. "라틴어 맞죠?"

고우리는 진심으로 깜짝 놀란 듯 보였다. "당연히 라틴어죠! 설마 학교에서 라틴어를 안 배운 건 아니겠죠? 우리 스코틀랜드인들은 전부 학식 있는 사람들인 줄 알았는데. '경이로운 해', 그런 뜻이죠. 정말 한잔 안 하시겠습니까?"

"그럼 위스키 한 잔 부탁드리겠습니다."

"저는 괜찮습니다." 쇼반 클락이 말했다. 분명 도덕적 우위를 차지하려는 노력이었다.

"잠시 실례하겠습니다." 고우리가 말했다. 그가 자리를 뜨자 리버스가 그녀를 돌아보았다.

"저 친구를 자극하지 마!" 그가 화난 목소리로 나지막이 말했다. "아가리는 닥치고 귀만 열어두란 말이야."

"죄송합니다, 경위님. 혹시 알아채셨나요?"

"뭘?"

"이 방엔 초록색으로 된 게 하나도 없어요."

그는 다시 고개를 끄덕였다. "빨갛고 하얗고 파란 잔디를 발명하면 큰돈을 벌 수 있겠군."

고우리가 돌아왔다. 그는 소파에 나란히 앉은 두 사람을 쳐다보며 미소를 짓다가 리버스에게 크리스털 텀블러(굽이나 손잡이가 없고 바닥이 납작한 큰 잔)를 건넸다.

"물이나 레모네이드를 권하는 것으로 경위님을 불쾌하게 만들어드리지 않겠습니다."

리버스가 코에 황색 술을 가져가 향기를 맡아보았다. 웨스트 하이랜드 몰트 위스키였다. 스페이사이드(싱글 몰트 위스키 원액을 혼합한 블렌디드 몰트 스카치 위스키)보다는 색이 짙었고 향긋했다. 고우리가 자신의 글라스를 번쩍 들어 보였다.

"건배." 그가 술을 한 모금 넘긴 후 짙은 파란색 안락의자에 앉았다. "자, 경위님." 그가 말했다. "제가 어떻게 도와드리면 되겠습니까?"

"그게 저……"

"그건 저희랑 아무 상관이 없는 일입니다. 이미 서장님께도 그렇게 말씀드렸습니다. 그들은 총본부의 분파입니다. 아니, 지금은 그렇게도 볼 수 없겠군요. 이미 자격을 박탈당했으니."

리버스는 고우리가 무슨 말을 하고 있는지 문득 깨달았다. 토요일, 프린스 가에서는 오렌지 로열 여단(Orange Loyal Brigade)이 주최하는 가두행진이 있을 예정이었다. 그도 몇 주 전 그 소식을 전해들은 바 있었다. 분노한 아일랜드 공화국군 지지자와 반우파 연대가 테러를 벌이게 되면, 보나마나 그날도 크고 작은 마찰이 빚어질 게 뻔했다.

"정확히 언제 자격을 박탈하셨습니까?"

"4월 14일. 바로 그날 징계 청문회가 열렸습니다. 그들은 한 지역 집회소 소속이었죠. 만찬 파티에서 LPWA를 돕는데 쓰겠다며 모금함을 돌렸습니다." 그가 쇼반 클락을 돌아보았다. "로열리스트 재소자 복지 협회(Loyalisty Prisoners' Welfare Association) 말입니다." 그리고 다시 리버스를 쳐다보았다. "저희는 그런 걸 허용하지 않습니다. 과거에도 같은 문제로 소란스러웠던 적이 있었죠. 더 이상 준군사 부대를 실은 트럭을 보는 일은 없어야 하지 않겠습니까."

"그럼 자격을 박탈당한 멤버들이 오렌지 로열 여단을 만들었다는 말씀입니까?"

"그렇습니다."

리버스는 조금씩 파고 들어가기로 했다. "이번 가두 행진엔 몇 명이나 나올 것 같습니까?"

"많아봤자 2백 명이겠죠. 밴드 멤버들까지 포함해서. 듣기로는 글래스고와 리버풀에서 여러 밴드가 온다고 합니다."

"정말 마찰이 빚어질까요?"

"그럴 것 같지 않습니까? 그래서 오신 게 아니었나요?"

"여단의 리더는 누굽니까?"

"개빈 맥머레이. 정말 모르셨습니까? 저번에 서장이 절더러 중재를 해달라고 부탁하더군요. 하지만 거절했습니다. 오렌지당과는 아무 상관도 없는 일이니까요."

"그럼 다른 우파 단체들과 관계가 있는 겁니까?"

"파시스트들 말씀입니까?" 고우리가 어깨를 으쓱였다. "물론 그들은 부인하고 있습니다만 그날 거리에서 잉글랜드 말씨를 쓰는 스킨헤드족 몇몇이 보인다 해도 별로 놀랄 것 같진 않습니다."

리버스는 잠시 생각에 잠겼다. "오렌지 여단과 쉴드 사이에 연결고리가 있다고 생각하십니까?"

고우리가 미간을 찌푸렸다. "쉴드라뇨?"

"소드 앤 쉴드. 그들도 또 다른 분파겠죠?"

고우리가 고개를 저었다. "저는 처음 들어보는데요."

"네?"

"정말이에요."

리버스가 소파 옆 탁자에 위스키 글라스를 내려놓았다. "저는 선생님께서 뭔가 알고 계실 거라 생각했습니다." 그가 일어났다. 클락도 상관을 뒤따랐다. "바쁘실 텐데 번거롭게 해드려 죄송합니다." 리버스가 한 손을 내밀었다.

"다 된 겁니까?"

"다 됐습니다. 협조해주셔서 감사합니다."

"흠." 고우리는 난처해하는 표정을 짓고 있었다. "쉴드…… 아뇨, 처음 들어봅니다."

"신경 쓰지 마십시오. 이만 가보겠습니다."

현관을 빠져나온 클락이 고우리를 돌아보며 미소를 지었다. "시간 내주셔서 감사했습니다. 안녕히 계십시오."

그들 뒤로 문이 닫혔다. 그들은 자물쇠 채워지는 소리를 들으며 진입로로 통하는 짧은 자갈길을 걸어갔다.

"한 가지 궁금한 게 있습니다, 경위님. 아까 안에서, 그게 다 무슨 말씀이셨죠?"

"우린 미치광이들을 상대하고 있어, 클락. 고우리는 미치광이가 아니야. 열성분자일 수는 있어도 미치광이는 절대 아니야. 자네, 정신병원에서 이발을 뭐라고 부르는지 아나?"

클락은 상관의 머릿속을 꿰뚫어보고 있었다. "과격파(lunatic fringe, 문자 그대로 해석하면 '미치광이 앞머리'가 됨)." 그녀가 말했다.

"그들을 만나봐야겠어."

"오렌지 로열 여단 말씀인가요?"

리버스가 고개를 끄덕였다. "토요일에 그 놈들 모두가 프린스 가로 쏟아져 나올 거야." 그가 성의 없는 미소를 지어 보였다. "난 가두 행진 구경하는 걸 좋아하거든."

16

토요일은 뜨겁고 화창했다. 간간이 불어오는 산들바람이 아니었으면 견디지 못했을 것이다. 프린스 가는 쇼핑객들로 북적거렸다. 프린스 스트리트 가든에는 해변에서나 볼 법한 많은 인파가 모였다. 어디에서도 빈 벤치를 볼 수 없었다. 한쪽에서는 회전목마가 아이들의 마음을 홀리고 있었다. 누가 봐도 축제 분위기였다. 아이들은 비명을 지르며 뛰어다녔고, 다람쥐와 비둘기와 헉헉대는 개들은 아이들이 먹다 버린 아이스크림으로 배를 채웠다.

가두 행진은 정각 3시, 리젠트 가에서 시작될 예정이었다. 2시 15분이 되자 프린스 가 뒤편 펍들로부터 우산과 하얀 장갑으로 무장한 노인들이 거리로 우르르 몰려나왔다. 중절모가 씌워진 그들의 머리는 땀에 절어 있었고, 얼굴은 술기운으로 벌겋게 달아올라 있었다. 곳곳에 커다란 휘장과 현수막들이 내걸렸다. 리버스는 가두 행진 선두에 서는 사람을 뭐라고 부르는지 기억하지 못했다. 화려하고 묵직한 지팡이를 높이 던졌다가 받는 사람. 그 이름을 어릴 적에는 알았던 것 같은데. 플루트 연주자들은 한창 연습 중이었고, 스네어 드럼(뒷면에 쇠 울림줄을 댄 작은 북) 연주자들은 맥주를 홀짝이며 어깨끈을 조절하고 있었다.

워털루 플레이스 우체국 밖에서도 플루트와 드럼 소리가 들리는 모양이었다. 많은 사람들이 리젠트 가 쪽을 바라보고 있었다. 가두 행진이 정치인들을 대거 배출한 오래된 왕립 고등학교 앞에서 시작된다는 사실이 분위기를 더 돋워 주고 있는 듯했다.

리버스는 술집 두어 곳에 들러 여단 멤버와 지지자들을 지켜보았다. 가두 행진을 위해 모인 사람들은 실로 다양했다. 닥터 마틴 부츠를 신은 스킨헤드들도 있었고 (고우리가 예상했던 대로) 중절모를 쓰고 나타난 노인들도 있었다. 검은 양복에 하얀 셔츠와 검은 넥타이를 걸친 사람들은 얼굴이 비칠 정도로 광이 나는 구두를 신고 있었다. 그들 대부분은 고주망태가 된 상태였다. 그중 몇몇이 당장 정신을 잃고 쓰러진다 해도 전혀 이상할 것 같지 않았다. 리젠트 가는 사람들이 걷어찬 빈 캔들로 지저분했다. 리버스는 어째서 이런 행사에 매번 빠지지 않고 위협과 폭력이 동반되는 것인지 궁금했다. 심상치 않은 분위기는 행진이 시작되기도 전부터 뚜렷이 감지되었다. 추가로 투입된 경찰 인력은 프린스 가의 교통을 통제할 준비에 들어갔다. 도로변에 길게 늘어선 철제 장벽들이 시위자들과 그들을 반대하는 그룹을 갈라놓았다. 리버스는 시청의 어떤 미친놈이 오늘 행진을 허락해주었는지 궁금해졌다.

마칭 시즌은 보인 전투가 벌어졌던 7월 12일에 이미 끝이 났다. 게다가 대규모 행진은 주로 글래스고에서 진행되었다. 대체 오늘은 무슨 명분으로 일을 벌이려는 것일까? 일부러 말썽을 일으키기 위해서? 큰소리를 내기 위해서? 눈에 띄기 위해서? 커다란 람베그 드럼이 둥둥 울리기 시작했고, 웨이벌리 역 쪽에서는 백파이프 소리가 들려왔다. 행진이 시작되는 순간 일제히 멎게 될 소리들이었다.

리버스는 술을 홀짝이거나 농담을 찍찍 뱉어대며 서로의 제복 매무새를 고쳐주는 가두 행진 참가자들 사이를 유유히 거닐었다. 누군가가 펼쳐놓은 유니언 잭(영국 국기)은 영국 국민당(British National Party, 영국의 극우파 소수 정당)의 이니셜이 찍혀 있다는 이유로 내려지고 있었다. 모금함은 보이지 않았다. 시위대와 시민들 간의 소통을 최대한 차단하겠다는 경찰의 의지 덕분이었다. 농부 왓슨도 리버스를 불러 그 부분을 특히 강조한 바 있었다.

"킹 빌리를 위하여!" 맥주 캔이 높이 들려졌다. "여왕과 오렌지공 윌리엄에게 축복을!"

"잘했어."

나무로 된 우산 손잡이에 두 손을 얹어놓은 중절모들은 수다스럽지 않았다. 쌀쌀맞아 보이는 노인들을 우습게 보면 안 되었다. 그들 중 하나와 언쟁이라도 벌이는 날에는 정말……

"가톨릭 신자들을 왜 증오하는 겁니까?" 행인 하나가 소리쳤다.

"증오하는 게 아니야!" 누군가가 큰소리로 받아쳤다. 하지만 쇼핑백을 든 여자는 이미 저만큼 달아나 있었다. 리버스는 딱 부러지게 할 말만 하고 제 갈 길을 가는 여자를 한동안 바라보았다.

"이봐, 개빈, 이제 얼마나 남았지?"

"5분. 차분히 기다리라고."

리버스는 방금 입을 연 남자를 돌아보았다. 그가 찾는 여단의 리더, 개빈 맥머레이일 가능성이 매우 높았다. 그는 어디서인지 모르게 홀연히 나타난 것 같았다. 리버스는 개빈 맥머레이의 파일을 꼼꼼히 읽어보았다. 치안 방해와 상해죄로 체포된 기록 외에도 많은 정보를 살펴볼 수 있었다. 그는 서른여덟 살이고, 기혼이며, 커리에서 차량 정비소를 운영했다. 국세청 기록은 깨끗했고, 소유한 차는 빨간 메르세데스 벤츠였다. (돈은 싸구려 포드와 르노를 고쳐서 벌고 있지만) 십 대에 접어든 그의 아들은 레인저스 경기장 밖에서 패싸움에 끼어들었다가 체포된 적이 두 차례 있었고, 언젠가는 글래스고에서 귀가하던 중 기차에서 싸움을 벌인 적도 있었다.

리버스는 개빈 맥머레이에게 바짝 붙어 서있는 십 대 소년이 그의 아들, 제임시일 거라 짐작했다. 제임시는 허세로 똘똘 뭉친 아이인 듯했다. 선글라스를 걸친 그는 잔뜩 똥폼을 잡고 있었다. 스스로를 아버지의 오른팔이라 여기고 있는 모양이었다. 두 다리를 쩍 벌린 채, 어깨를 활짝 펼친 포즈였다. 당장이라도 싸움이 벌어지기를 고대하고 있는 사람 같았다. 그는 아버지와 똑같은 각진 턱을 가지고 있었고, 아버지처럼 까만 앞머리를 짧게 깎았다. 하지만 개빈 맥머레이가 특징 없는 수수한 옷차림인데 반해 제임시는 무척 튀는 복장을 하고 있었다. 바이커 부츠, 꽉 끼는 검은 청바지, 하얀 티셔츠, 그리고 검은 가죽 재킷. 오른쪽 손목에는 빨간 반다나(목이나 머리에 두르는 화려한 색상의 스카프)를 둘렀고, 왼쪽에는 장식용 금속 단추가 잔뜩 박힌 가죽 팔찌를 찼다. 그는 양쪽 귀 주변을 면도기로 바짝 밀고, 뒤로 길어 넘긴 헤어스타일을 하고 있었다.

한동안 아버지와 아들을 한동안 지켜본 리버스는 둘 중 누구를 공략해야 할지 대충 알 것 같았다. 개빈 맥머레이는 앞니로만 껌을 씹어대고 있었다. 그는 쉴 새 없이 머리와 눈을 움직이며 주변 상황을 꼼꼼히 살피는 중이었다. 두 손은 윈드브레이커(바람이 잘 들어오지 않게 해서 몸을 따뜻하게 해 주는 스포츠용 점퍼) 주머니 속에 감춰져 있었고, 두 눈은 두꺼운 은테 안경에 덮여 있었다. 생각보다 선동가로서의 카리스마는 별로 엿보이지 않았다. 오히려 놀라울 만큼 평범해 보였다.

그러고 보니 반쯤 취한 상태로 모여든 노동자와 은퇴자들 모두가 그와 같은 지극히 평범한 모습을 하고 있었다. 이곳보다는 영국 재향 군인회나 퇴역 군인 클럽 행사에 더 잘 어울릴 것 같은, 여름 저녁이면 잔디 볼링을 즐기고, 휴가철에는 가족과 스페인이나 플로리다나 라그스로 여행을 떠날 것 같은 조용하고 가정적인 타입들. 하지만 그런 사람들이 떼로 모여 있을 때는 심상치 않은 분위기가 감지되었다. 홀로 있을 때는 성가시게 잔소리만 웅얼거릴 뿐이었지만 지금처럼 떼를 지어 있을 때는 무시할 수 없는 목소리가 만들어졌다. 심장 박동처럼 밀도 높은 람베그 드럼 소리. 끊임없이 이어지는 플루트 소리. 그리고 행진. 리버스는 항상 그런 것들에 매료되었다. 그도 어쩔 수가 없었다. 피는 속일 수 없으니까. 어릴 적 그는 가두 행진에 참가한 적이 있었다. 그도 당시에는 별의별 짓을 다하고 다녔다.

모든 준비가 끝났는지 맥머레이가 움직이기 시작했다. 송수신 겸용 무전기로 경찰 책임자와 몇 마디 나눈 그가 고개를 끄덕여 신호를 보냈다. 스네어 드럼과 람베그 드럼이 일제히 연주되기 시작했다. 곧이어 플루트가 뒤를 따랐다. 잠시 제자리에서 발을 구르던 사람들이 프린스 가를 향해 걸음을 내딛었다. 차량이 통제된 곳으로. 성이 매서운 눈으로 내려다보는 곳으로. 그 누구도 멈춰 서서 구경하지 않는 곳으로.

몇 달 전, 아일랜드 공화국 지지자들은 이곳에서 가두 행진을 벌이려 했다가 끝내 허가를 받지 못해 좌절했다. 그 때문인지 오늘 시위자들은 특히 더 요란하게 야유를 퍼부어댔다. 그들 중 몇몇이 '나-치, 나-치'를 연호하자 제복 경관이 다가와 엄중히 경고했다. 보나마나 행진이 끝나기 전 시위자 여럿이 체포될 것이다. 늘 그래왔듯이. 체포하겠다는 경찰의 엄포를 듣지 못했다면 그날의 가두 행진은 처절한 실패로 보아야 했다.

리버스는 조용한 인도에 남아 그들을 뒤따랐다. 시위자의 수가 조금 늘기는 했지만 보잘것없기는 마찬가지였다. 그는 자신이 우려했던 일이 과연 벌어질지 궁금해졌다. 시위대 맨 앞에서는 한 남자가 공중으로 쉴 새 없이 던져지는 지팡이에 온 신경을 집중시키고 있었다. 리버스의 시선이 플루트와 드럼 연주자들, 중절모와 양복 차림의 노인들, 그리고 뒤처진 젊은 시위자들을 차례로 훑었다. 십 대 초반으로 보이는 어린 아이들은 천진난만하게 웃으며 맨 뒤에서 시위대를 따라갔다. 제임시가 다가가 꺼지라고 했지만 아이들은 무시해버렸다.

리버스가 생각했던 만큼 터프가이는 아닌 모양이었다.

잠시 후, 뒤처진 무리에서 한 명이 튀어나와 제임시의 팔뚝을 움켜잡고 말을 걸었다. 환히 웃는 청년은 맨몸에 데님 재킷만을 걸쳤고, 얼굴에는 거울 같은 선글라스를 끼고 있었다.

"안녕, 친구들." 리버스가 나지막이 웅얼거렸다. 그는 제임시와 데이비 수터를 주의 깊게 지켜보았다. 대화를 마친 제임시가 데이비의 어깨를 토닥였다. 데이비는 시위대로부터 벗어나와 인도의 인파 속으로 유유히 사라졌다.

제임시는 한층 긴장이 풀린 모습이었다. 걸음걸이에도 힘이 쫙 빠져 있었고, 두 팔은 음악에 맞춰 흔들렸다. 이제야 무더운 여름날이라는 걸 깨달았는지 그가 가죽 재킷을 벗어 한쪽 어깨에 걸쳤다. 드러난 굵은 팔뚝에는 문신이 여러 개 새겨져 있었다. 리버스는 속도를 높여 인도 가장자리로 다가갔다. 공들여 새겨 넣은 듯한 화려한 문신 하나가 가장 먼저 눈에 들어왔다. RFC. 레인저스 풋볼 클럽(Rangers Football Club). 자세히 보니 적갈색의 하츠 FC(Heart of Midlothian FC) 엠블럼도 있었다. 제임시 나름의 안전책인 모양이었다. 킬트와 버즈비(영국 군인들이 특별 행사 때 쓰는 운두가 높은 털모자) 차림의 백파이프 연주자 문신도 있었고, 가죽 팔찌 근처에는 아마추어가 청록색 잉크로 어설프게 새겨 넣은 문신도 보였다.

SaS.

리버스는 눈을 가늘게 떠보았다. 확신하기에는 너무 멀리 떨어져 있었다. 하지만 그는 자신의 눈을 의심하지 않았다. 더 이상 개빈 맥머레이를 만나보고 싶지 않았다. 그가 만나봐야 할 사람은 개빈의 아들이었다.

그가 걸음을 멈추고 시위자들을 떠나보냈다. 그는 그들이 어디로 향하는지 알고 있었다. 왼쪽으로 돌아 로디언 가로 들어선 후 칼레도니언 호텔을 지날 때는 부자 관광객들의 플래시 세례를 받게 될 것이다. 그곳에서 또 다시 왼쪽으로 돌면 시위대의 종착점인 그래스마켓이 자리한 킹스 스테이블스 가로 들어설 수 있었다. 행진이 끝나면 그들은 그래스마켓에 들어가 맥주를 들이키며 오늘 행진을 분석하게 될 것이다. 그래스마켓은 예전과 달리 트렌디한 곳으로 변해버렸다. 보나마나 프린지 술꾼들이 이미 진을 치고 있을 게 뻔했다. 리버스는 토요일 오후에 걸맞은 문화 충돌을 예상했다.

그는 카우게이트에 자리한 소란스러운 펍으로 들어갔다. 그래스마켓 맞은편 캔들메이커 가였다. 한때 그래스마켓 교수대엔 범법자들이 줄줄이 매달리곤 했었다. 낮에는 밝고 쾌활한 분위기만 느껴질 뿐이지만 밤 10시가 넘으면 사정이 달라졌다. 특히 머천트 바는 유리 술잔 대신 엉성한 플라스틱 컵에 술을 담아 서빙하는 것으로 유명했다. 술꾼들이 글라스를 무기로 쓰지 못하도록 하기 위해서였다. 그래스마켓은 원래 그런 곳이었다.

술집 안의 공기는 탁하고 후끈했다. 술꾼들의 담배 연기와 텔레비전이 뿜어내는 열기 때문이었다. 이곳을 찾는 사람들은 좋은 시간을 보내기를 기대하지 않았다. 오로지 필요에 의해서만 이곳을 찾을 뿐이었다. 단골손님들은 용과 같았다. 몸속에서 타오르는 불꽃을 죽이려고 술을 마셔대곤 했으니까 말이다. 술집에는 그가 아는 얼굴이 하나도 보이지 않았다. 바텐더조차도 처음 보는 사람이었다. 십 대를 막 벗어난 듯한 앳된 얼굴이었다. 그는 애써 쿨한 척하며 맥주를 따랐다. 돈을 받을 때는 마치 그것이 뇌물이라도 되는 것처럼 행동했다. 시위자들이 빽빽이 들어찬 위층에서는 무조의 노랫소리가 들려오고 있었다.

리버스는 술잔을 들고 위층 댄스홀로 올라갔다. 그의 짐작대로 시위자들 천지였다. 재킷과 넥타이를 벗어젖힌 그들은 음정도 맞지 않는 플루트 연주에 맞춰 고래고래 노래를 불러댔다. 틈틈이 맥주와 위스키로 목을 축여주는 것도 잊지 않았다. 방을 가득 메운 시위자들을 위해 위층으로 술을 실어 나르는 건 악몽에 가까운 일일 것 같았다.

리버스가 심호흡을 한 번 한 후 애써 미소를 지으며 안으로 들어갔다.

"매직(영국의 맥주 브랜드)이 왔습니다."

"고마워, 친구."

"고맙긴요 뭐."

"하긴, 고마울 것까진 없지."

"뭐 더 필요하신 거 있습니까?"

"아니, 됐어. 매직만 있으면 돼."

개빈 맥머레이는 아직 도착하지 않은 모양이었다. 어딘가에 참모들과 함께 있는지도 몰랐다. 하지만 그의 아들은 무대에 올라 보이지도 않는 마이크 스탠드를 붙잡고 있었다. 또 다른 청년 하나가 무대로 기어 올라가 에어기타를 연주하기 시작했다. 그러면서도 한 손에 든 맥주잔은 끝까지 놓지 않았다. 청바지 위로 맥주가 쏟아졌지만 그는 그 사실을 모르는 듯했다. 프로 근성만은 인정할 만했다.

리버스의 얼굴에는 여전히 어색한 미소가 머금어져 있었다. 관객 반응이 썰렁하자 그들은 장난을 멈추고 무대를 내려왔다. 제임시가 다가오자 리버스는 두 팔을 넓게 벌렸다.

"와우, 정말 대단한 공연이었어."

제임시가 씩 웃었다. "고마워요." 리버스는 그의 어깨를 토닥여주었다.

"한잔 사줄까?"

"고맙지만 괜찮아요."

"괜찮다면야 뭐." 리버스가 주위를 슥 둘러본 후 제임시의 귀에 대고 속삭였다. "알고 보니 너도 우리 편이었어." 그가 살짝 윙크를 했다.

"네?"

리버스가 턱으로 가죽 재킷에 가려진 문신을 가리켰다. "쉴드." 그가 음흉한 표정을 지으며 말했다. 그리고 제임시의 눈을 쳐다보며 고개를 끄덕인 후 돌아섰다. 아래층으로 내려온 그는 맥주 두 잔을 주문했다. 술집은 여전히 북적거렸고 시끄러웠다. TV와 주크박스가 경쟁하듯 빽빽거리고 있었다. 어디선가 핏대를 세우고 싸우는 소리가 아득하게 들려왔다. 30초 후, 제임시가 내려와 그의 옆에 섰다. 소년은 별로 똑똑해 보이지 않았다. 리버스는 그를 최대한 이용해먹기로 했다.

"그걸 어떻게 알죠?" 제임시가 물었다.

"내가 모르는 건 별로 없어."

"난 아저씨를 모르는데요."

리버스가 글라스를 들여다보며 미소를 지었다. "굳이 알 필요는 없어."

"날 어떻게 알죠?"

리버스가 그를 돌아보았다. "그냥 어쩌다 보니." 제임시가 입술을 핥으며 주위를 살폈다. 리버스가 그에게 남은 글라스 하나를 건넸다. "자, 마셔."

"고마워요." 그가 목소리를 낮추었다. "아저씨도 쉴드예요?"

"왜 그럴 거라 생각하지?" 이번에는 제임시가 미소를 지었다. "그건 그렇고, 데이비는 요즘 어때?"

"데이비?"

"데이비 수터." 리버스가 말했다. "둘이 친하지? 안 그래?"

"데이비는 잘 알죠." 그가 눈을 깜빡였다. "맙소사, 아저씨, 정말 쉴드가 맞군요. 잠깐만요. 아까 행진할 때 본 것도 같고."

"아마 그랬을 걸."

제임시가 고개를 천천히 끄덕였다. "네, 맞아요. 본 것 같아요."

"보기보다 예리한데, 제임시. 아버지를 닮았나보군."

그 말에 제임시가 흠칫 놀랐다. "5분 안에 도착하실 거예요. 아버지가 우릴 보시면……"

"좋을 건 없겠지. 아버지가 쉴드에 대해 모르시는 모양이구나."

"당연히 모르시죠." 제임시가 조심스레 말했다.

"아버지에게 솔직히 털어놓는 애들도 있던데."

"난 아니에요."

리버스가 고개를 끄덕였다. "기특하구나, 제임시. 그렇지 않아도 우린 널 지켜보고 있었어."

"정말요?"

"정말이고말고." 리버스가 맥주를 홀짝이며 말했다. "빌리 문제는 유감이야."

글라스를 입술로 가져가던 제임시가 바짝 얼어붙어버렸다. 그는 애써 태연한 척했다. "뭐라고요?"

"좋아. 사내가 입이 무거워야지." 리버스가 또 한 모금을 넘겼다. "오늘 행진 괜찮았지?"

"오, 네, 최고였어요."

"벨파스트에 가본 적 있어?"

뜻밖의 질문에 제임시는 넋이 나간 모습이었다. 리버스가 바라던 바였다. "아뇨." 그가 간신히 대답했다.

"난 며칠 전 다녀왔어, 제임시. 위풍당당한 도시야. 좋은 사람들이 아주 많지. 우리 같은 사람들 말이야." 리버스는 자신이 얼마나 더 이런 연기를 이어갈 수 있을지 궁금했다. 법적 음주 연령에 미치지 못한 십 대 소년 두 명이 제임시를 찾으러 내려왔다.

"맞아요." 제임시가 말했다.

"그들을 실망시키면 안 되겠지."

"안되고말고요."

"빌리 커닝햄을 잊지 말라고."

제임시가 글라스를 내려놓았다. "혹시 지금 이거……" 그가 기어 들어가는 목소리로 말했다. "이거…… 경고인가요?"

리버스가 소년의 팔뚝을 토닥였다. "아니, 그런 건 아니고, 너무 걱정할 거 없어. 단지 경찰이 냄새를 맡은 것 같아서 말이야." 약간의 자신감만으로 이 정도 성과를 거두었다는 사실이 리버스를 경탄케 했다.

"난 고자질 따윈 안 해요." 제임시가 말했다.

그야 두고 보면 알겠지. 리버스는 생각했다. "빌리와는 다르다 이거지?"

"당연하죠."

리버스는 고개를 끄덕였다. 그때 문이 벌컥 열리고 개빈 맥머레이가 거들먹거리며 걸어 들어왔다. 참모 둘이 그의 뒤를 바짝 쫓았다. 리버스는 잽싸게 몸을 틀고 평범한 술꾼인 척했다. 맥머레이가 다가와 두꺼운 팔로 아들의 목을 감쌌다.

"별일 없지, 제임시?"

"네, 별일 없어요, 아빠. 제가 한잔 사드릴게요."

"엑스포트(프리미엄 에일 맥주) 세 잔. 위로 갖다 줘. 알겠지?"

"그럴게요, 아빠."

제임시는 계단을 오르는 세 남자를 바라보았다. 시야에서 그들이 사라지자 그는 다시 자신의 동지를 돌아보았다. 하지만 존 리버스는 이미 술집을 나가버린 후였다.

17

어떤 사슬이든 유독 약한 고리가 하나씩은 있기 마련이었다. 머천트 바를 빠져나온 리버스는 제임시 맥머레이에게 기대를 걸고 있었다. 그가 주차해둔 차로 향하고 있을 때 캐로 래트레이가 다가왔다.

"왜 전화하지 않으셨죠?" 그녀가 말했다.

"그간 너무 정신이 없었어요."

그녀가 펍 쪽을 돌아보았다. "저기서 일하셨나요?"

그가 미소를 지었다. "이 근처에 살아요?"

"캐논게이트에 살아요. 개랑 산책을 하던 중이었어요."

"개라고요?" 그녀는 개줄을 쥐고 있지 않았다. 데리고 나왔다는 개도 보이지 않았고, 그녀가 어깨를 으쓱였다.

"사실 전 개를 좋아하지 않아요. 그냥 산책 시키는 걸 좋아할 뿐이죠. 그래서 가상의 개를 만들었어요."

"이름은요?"

"샌디."

리버스가 그녀의 발을 내려다보았다. "굿 보이, 샌디."

"샌디는 암컷이에요."

"여기서 보니 구분이 안 되는군요."

"저는 샌디에게 말을 걸지 않아요." 그녀가 미소를 지었다. "미치지 않

223

왔거든요."

"미치지 않아서 가상의 개와 산책을 나온 겁니까? 샌디랑 여기서 뭘 하고 있었죠?"

"집에 가서 술이나 한잔하려던 참이었어요. 생각 있으시면 같이 가시죠."

리버스는 잠시 고민에 빠졌다. "좋습니다." 그가 말했다. "차로 갈까요, 걸어갈까요?"

"걸어요." 캐롤라인 래트레이가 말했다. "샌디가 경위님 차를 더럽힐 수도 있으니까요."

그녀는 잘 꾸며진 아파트에 살았다. 깔끔한 분위기였지만 병적으로 청소를 한 것 같지는 않았다. 홀에는 대형 괘종시계가 놓여 있었다. 대대로 내려오는 가보인 듯했다. 놋쇠로 된 문자반에는 그녀의 성(姓)이 새겨져 있었다.

분리벽이 사라진 거실에는 창문이 두 개 나 있었다. 앞에 하나, 뒤에 하나. 소파 위 반쯤 먹다 남은 쇼트브레드(밀가루와 설탕에 버터를 듬뿍 넣고 두툼하게 만든 비스킷) 상자 옆에는 책 한 권이 펼쳐져 있었다. 홀로 고독을 즐기는 모양이군. 리버스는 생각했다.

"결혼 안 했어요?" 그가 말했다.

"맙소사, 절대 안 했어요."

"남자 친구는요?"

그녀가 다시 미소를 지었다. "제 나이에 남자 친구라니, 좀 웃기지 않나요? 십 대나 이십 대라면 그런 게 있어도 어색하지 않지만."

"그럼 신사 친구로 수정할게요." 그가 말했다.

"그렇게 표현하니 의미가 확 달라지네요. 안 그래요?" 리버스는 한숨을 내쉬었다. "알아요, 알아." 그녀가 말했다. "그래서 변호사랑은 언쟁을 벌이지 말라는 얘기가 있는 거예요."

리버스는 뒤편 창문으로 말라가는 초목을 내다보았다. 확 트인 하늘에는 구름이 몇 점 떠있었다. "샌디가 화단을 엉망으로 만들어놨군요."

"뭐 마시겠어요?"

"차로 주세요."

"정말요? 디캐프뿐인데."

"그것도 괜찮아요." 진심이었다. 그녀가 주방으로 들어가 요란하게 커피를 내리는 동안 그는 거실을 찬찬히 둘러보았다. 뒤편에는 식탁과 의자들과 붙박이장이 갖춰져 있었다. 앞쪽에는 소파와 책장들이 놓여 있었다. 꽤 성의껏 꾸며놓은 공간이었다. 앞쪽의 작은 창문 밖으로 느릿느릿 걷고 있는 관광객들과 타탄 무늬 곰인형을 파는 가게가 보였다.

"이 동네 괜찮은데요." 그가 말했다. 이번엔 진심이 아니었다.

"잘 모르셔서 그래요. 여름이면 주차할 데가 없어서 매일 전쟁을 치러야 한다니까요."

"여름에 주차를 시도해본 적이 없어서 말이죠."

그가 창가로부터 벗어났다. 거실 한쪽 구석에는 플루트와 높은 악보대가 있었다. 장식장 안에는 작은 액자가 몇 개 놓여 있었는데, 앞니 빠진 아이들과 인상 좋은 노인들의 사진이 들어 있었다.

"저희 가족이에요." 그녀가 거실로 들어서며 말했다. 그녀는 담배에 불을 붙이고 두 번 길게 빤 후 재떨이에 비벼 껐다. 그녀의 한 손이 연기 속에서 살랑였다. "저는 집에서 담배 피우는 걸 좋아하지 않아요." 그녀가 설명했다.

"그런데 왜 피우는 거죠?"

"긴장이 될 때는 어쩔 수 없이 피우게 되네요." 그녀가 미소를 지어 보인 후 다시 주방으로 들어가버렸다. 리버스도 그녀를 따라 들어갔다. 담배 냄새와 그녀의 진한 향수 냄새가 한데 어우러져 풍겨왔다. 그새 향수를 뿌린 건가? 아까는 향기가 이렇게 진하지 않았는데.

주방은 작지만 실용적으로 꾸며진 공간이었다. 새 아파트 같은 느낌이었지만 대대적인 새단장을 거친 것 같지는 않았다.

"우유?"

"네. 설탕은 넣지 않고요." 세심하게 계획된 따분한 대화였다.

전기 주전자가 딸깍 소리를 내며 꺼졌다. "저기서 머그잔 좀 갖다주실래요?"

그녀는 이미 노란색의 소박한 머그잔에 우유를 따라둔 상태였다. 리버스는 비좁은 공간을 헤치고 머그잔을 가져왔다. 그녀는 포트에 담가놓은 티백을 휘휘 저어댔다. 리버스는 목으로 흘러내린 검고 곱실한 그녀의 머리를 물끄러미 내려다보았다. 그녀가 그를 돌아보며 미소를 지었다. 두 사람의 눈이 잠시 마주쳤다. 그녀가 몸을 틀자 리버스는 그녀의 이마와 볼에 차례로 입을 맞추었다. 그녀는 눈을 감고 있었다. 그가 그녀의 목에 얼굴을 파묻고 깊은 숨을 들이쉬었다. 샴푸와 향수와 피부 냄새가 그의 코로 스며들었다. 그는 다시 그녀에게 키스를 한 후 뒤로 살짝 물러섰다. 캐롤라인이 천천히 눈을 떴다.

"이건……" 그녀가 말했다.

그는 터널에 갇혀 서서히 작아져가는 입구의 둥근 불빛을 지켜보고 있는 듯한 기분을 느꼈다. 그는 할 말을 찾아 다급하게 머리를 굴려보았다. 그의 폐 안은 향수 냄새로 가득 차 있었다.

"이건……" 그녀가 다시 말했다. 그게 무슨 뜻이지? 만족스럽다는 건가? 아니면, 당혹스럽다는 거? 그녀가 돌아서서 포트 뚜껑을 닫았다.

"이만 가봐야 할 것 같네요." 리버스가 말했다. 그녀는 미동도 하지 않았다. 그는 그녀의 표정을 살필 수 없었다. "그게 낫겠죠?"

"난 사귀는 사람이 없어요, 존." 그녀의 두 손이 조리대에 살며시 얹어졌다. "당신은요?"

그는 그게 무슨 뜻인지 알아차렸다. 페이션스를 얘기하고 있는 것이었다. "난 있어요." 그가 말했다.

"알아요. 커트 박사님이 말씀하셨어요."

"미안해요, 캐롤라인. 내가 괜한 짓을 했어요."

"뭘 말이죠?" 그녀가 그를 돌아보았다.

"키스."

"괜찮아요." 그녀가 다시 미소를 지어 보였다. "나 혼자 이거 다 못 마시는데."

그는 자신의 손에 머그잔이 들려있다는 사실을 깨닫고 고개를 끄덕였다. "내가 도와줄게요."

그는 살짝 풀려버린 다리를 이끌고 주방을 나왔다. 가슴은 아직도 쿵쾅거렸다. 그녀에게 키스를 하다니. 내가 왜 그랬지? 그럴 마음은 없었는데. 하지만 어쩌다 보니 이렇게 되고 말았어. 이건 꿈이 아니라고. 액자 속 사진들이 그를 보며 미소를 지었다. 그는 커피 얼룩이 남아있는 작은 탁자에 머그잔을 내려놓았다. 저 여자, 대체 주방에서 뭘 하고 있었던 거지? 그는 문간 쪽을 돌아보았다. 그녀가 나오기를 기다리며. 그녀가 나오지 않기를 바라며.

마침내 그녀가 거실로 나왔다. 쟁반에는 찻주전자가 놓여 있었는데, 킹 찰스 스패니얼(몸집이 작은 애완용 개의 일종) 모양의 덮개가 씌워져 있었다.

"샌디가 킹 찰스 스패니얼인가요?"

"어쩔 때는요. 얼마나 진하게 마시죠?"

"그냥 주는 대로 다 마십니다."

그녀는 리버스의 머그잔을 채워주고 나서 의자에 앉았다. 그다지 편안해 보이지 않는 표정이었다. 리버스는 맞은편 소파에 앉아 허리를 곧게 폈다. 몸이 앞으로 기울어지지 않게 주의했다.

"쇼트브레드도 있어요." 그녀가 말했다.

"괜찮아요."

"저기……" 그녀가 말했다. "네모 문제는 어떻게 됐죠?"

"진전이 좀 있었습니다." 다행이었다. 일 얘기로 어색함을 걷어냈으니. "SaS는 로열리스트 지지 단체예요. 그들이 무기를 구매해 들여온 거죠."

"메리 킹스 클로즈에서 발견된 피해자는요? 불법 무장 단체가 죽였을 뿐 그의 아버지와는 아무 상관이 없는 건가요?"

리버스는 어깨를 으쓱였다. "살인 사건이 하나 더 있었어요. 연결고리가 있는지 알아보는 중입니다."

"지하실에서 발견됐다는 그 시체 말이죠?" 리버스가 고개를 끄덕였다. "두 사건이 서로 연결돼 있다는 얘긴 못 들었는데요."

"당분간은 언론에 흘리지 않을 겁니다. 그는 언더커버로 일하던 중이었거든요."

"시체는 어떻게 발견됐죠?"

"아파트 보수 공사 중에 인부 하나가 지하실 문을 열어봤답니다."

"우연의 일치인가요?"

"뭐가요?"

"메리 킹스 클로즈에서도 공사가 진행되고 있었잖아요."

"같은 업체는 아니더군요."

"확인해봤어요?"

리버스가 인상을 찌푸렸다. "내가 직접 한 건 아니지만 확인은 해봤어요."

"흠." 그녀가 담배를 꺼내 물고 불을 붙이려다 멈칫했다. 그녀는 입에서 뽑아낸 담배를 한동안 살펴보았다. "존." 그녀가 말했다. "원한다면 날 침대로 데리고 가도 돼요. 언제든지."

페이션스의 아파트 밖에서는 캐퍼티의 부하들이 기다리고 있지 않았다. 그의 귀가를 막을 어떠한 장애물도 없었다. 내심 족제비와 맞닥뜨리기를 기대했던 그는 실망했다. 필요할 때는 나타나지 않더니.

하지만 그는 캐퍼티의 부하들에게 화가 난 게 아니었다.

아파트의 긴 복도는 어둡고 서늘했다. 현관문 위 작은 창유리 세 개로 스며드는 불빛이 유일한 조명이 되어주었다. "페이션스?" 그가 큰소리로 불러보았다. 부디 그녀가 외출 중이기를 바랐다. 그녀의 차는 밖에 세워져 있었다. 하지만 그렇다고 그녀가 귀가해 있다는 뜻은 아니었다. 욕조에 몸을 담그고 싶었다. 물을 틀어놓은 그는 침실로 들어가 브라이언 홈스의 집으로 전화를 걸었다. 홈스의 파트너 넬이 응답했다.

"존 리버스예요." 그가 말했다. 그녀는 말없이 수화기를 내려놓고 브라이언을 부르러 가버렸다. 요즘 리버스와 넬 스테이플턴 사이에서는 찬바람이 쌩쌩 불고 있었다. 홈스도 심상치 않은 분위기를 감지했겠지만 굳이 이유를 묻지 않았다.

"네, 경위님?"

"브라이언, 그 두 건축 업체들 말인데."

"메리 킹스 클로즈와 세인트 스티븐 가 말씀인가요?"

"얼마나 자세히 알아봤지?"

"꽤 꼼꼼히 알아봤는데요."

"상호 참조도 해봤고? 두 업체 간에 무슨 연결고리가 있나 해서 말이야."

"분명히 없습니다. 그런데 왜 그러시죠?"

"다시 확인해볼 수 있겠나? 자네가 직접."

"네, 그러죠."

"그럼 부탁하네. 월요일에 알아봐주면 돼."

"특별히 궁금하신 부분이 있나요?"

"그런 건 아니고." 그가 잠시 말을 멈추었다. "우선 일용직 인부들부터 살펴봐주면 좋겠어."

"쇼반과 제게 머독을 다시 만나보라고 하시지 않았습니까."

"그랬지. 그건 내가 할게. 좋은 밤 보내고." 리버스가 수화기를 내려놓고 화장실로 돌아갔다. 수압이 좋아졌는지 욕조는 이미 물로 가득 찬 상태였다. 그는 찬 물은 잠가놓고 뜨거운 물만 졸졸 흐르게 해두었다. 주방은 거실 너머에 있었다. 그는 우유를 마시려고 냉장고로 향했다.

페이션스가 주방에서 채소를 썰고 있었다.

"여기 있는지 몰랐어요." 리버스가 말했다.

"내가 여기 있지 어디 있겠어요? 내 집인데."

"네, 알아요." 그녀는 그에게 화가 난 상태였다. 냉장고에서 우유를 꺼낸 그가 그녀를 멀리 돌아 나와 식탁에 앉았다. 그리고 식기 건조대에서 글라스를 집어 들며 물었다. "지금 뭐 만드는 거예요?"

"그게 왜 궁금하죠? 당신은 여기서 안 먹잖아요."

"페이션스……"

그녀가 싱크로 다가가 플라스틱 용기에 채소 껍질을 쏟아 넣었다. 나중에 퇴비로 쓸 것이었다. 그녀가 그를 돌아보았다. "목욕물 받아 놨어요?"

"네."

"조르지오네요. 그렇죠?"

"네?"

"그 향수 말이에요." 그녀가 그에게 바짝 다가서서 셔츠에 코를 가져갔다. "조르지오 비벌리 힐스."

"페이션스……"

"나중에 그녀에 대해 들어볼 수 있겠죠?"

"내가 다른 여자를 만나고 다니는 것 같아요?"

그녀가 작은 부엌칼을 싱크에 내던지고 주방을 나가버렸다. 잠시 후 현관문이 거칠게 닫히는 소리가 들려오자 리버스는 싱크에 우유를 쏟아버렸다.

그는 보지도 않은 비디오를 반납했다. 그런 다음, 기분 전환을 위해 드라이브에 나섰다. 델 술집은 가르-비 인근의 으슥한 동네에 있었다. 인적이 뜸한 곳이었지만 주차장은 차들로 꽉 찼다. 리버스는 아주 천천히 그

앞을 지나갔다. 저길 들어가본다고 뭐가 달라지겠어? 바로 그때 무언가가 그의 눈에 띄었다. 그는 도로변에 차를 세웠다. 그의 옆에는 광고 포스터로 뒤덮인 밴 한 대가 세워져 있었다. 포스터는 가르-비 마을 회관에서 공연된다는 연극을 홍보했다. 극단 이름은 적극적인 저항(Active Resistance)이었다. 극단 사람들이 안에서 술을 마시고 있는 모양이었다. 그곳에서 얼마 떨어지지 않은 곳에 눈에 익은 차 한 대가 주차되어 있었다. 그는 그쪽으로 다가가 몸을 숙이고 운전석 창문 안을 들여다보았다. 켄 스마일리가 씩씩대며 차창을 내렸다.

"여긴 무슨 일입니까?" 그가 물었다.

"그건 내가 물어보려던 겁니다." 리버스가 말했다.

스마일리가 턱으로 델을 가리켰다. 그의 두 손은 핸들에서 떨어지지 않았다. 그냥 얹어만 놓은 게 아니라 있는 힘껏 꽉 쥐고 있었다. "저 안에 캘럼을 죽인 놈이 술을 마시고 있을지도 몰라요."

"어쩌면요." 리버스가 나지막이 말했다. 그는 스마일리의 샌드백이 되고 싶은 마음이 없었다. "만약 그렇다면 어쩔 건데요?"

스마일리가 그를 빤히 쳐다보았다. "그냥 여기서 기다릴 겁니다."

"그런 다음엔? 저 문으로 나오는 모든 술꾼의 목을 부러뜨려놓기라도 할 겁니까? 그게 얼마나 무모한 짓인지 잘 알 텐데요, 켄."

"이만 꺼져줘요."

"이봐요, 켄……" 리버스가 멈칫했다. 델에서 손님 두 명이 어슬렁거리며 나오는 중이었다. 그들은 담배를 뻐끔대며 농담을 주고받았다. "켄." 그가 말했다. "당신 기분 잘 알아요. 내게도 동생이 있습니다. 하지만 이런다고 나아질 건 없어요."

"꺼지라니까."

리버스는 한숨을 내쉬며 허리를 폈다. "정 그러겠다면야 뭐. 하지만 일이 커질 것 같으면 무전으로 지원을 요청해요. 꼭 그러겠다고 약속해줘요. 네?"

스마일리의 입가에 미소가 살짝 머금어졌다. "아무 문제없을 겁니다. 정말로요."

리버스는 그 말을 믿지 않았다. TV 광고와 일기 예보를 믿지 않는 것만큼. 그는 다시 차로 돌아왔다. 두 술꾼이 박스홀(영국제 자동차)에 올랐다. 리버스는 벌컥 열어젖혀진 조수석 문에 찍힐 뻔했다.

남자는 사과하지 않았다. 오히려 언짢아하는 눈빛으로 리버스를 쏘아볼 뿐이었다. 마치 그것이 리버스의 잘못이라는 듯했다.

리버스는 언젠가 그를 본 적 있었다. 남자는 키 178센티미터에 떡 벌어진 가슴의 소유자였고, 청바지와 검은 티셔츠, 그리고 데님 재킷 차림이었다. 술 때문인지 얼굴은 번들번들했다. 이마와 곱실거리는 갈색 머리에는 땀이 맺혔다. 리버스는 차를 몰고 집으로 돌아가던 중 남자의 이름을 기억해냈다. 집을 코앞에 둔 지점에서였다.

예이츠가 사진을 보여주며 언급했던 남자. 글래스고에서 행방이 묘연해졌다는 전 UVF 멤버. 앨런 파울러. 그가 가르-비에서 술을 마시고 있을 줄이야.

그것도 마치 자신이 술집 주인이기라도 한 것처럼.

리버스는 핸들을 꺾고 좁은 길을 따라 왔던 길을 되돌아갔다. 델에 도착해 보니 박스홀은 이미 주차장을 뜬 후였다. 설상가상으로 켄 스마일리의 차도 보이지 않았다.

18

월요일 아침, 세인트 레너즈. 로더데일 경감은 자신이 방금 던진 농담의 의미를 설명하느라 진땀을 빼고 있었다.

"이해하겠어? 오징어가 너무 순해 빠져서 한스가 차마 내리칠 수 없었던 거야." 그가 상황실로 들어서는 리버스를 바라보았다. "탕아가 돌아오셨군! 귀티 나는 놈들과 같이 일하는 기분이 어떤가?"

"뭐 괜찮습니다." 리버스가 말했다. "멀리 출장도 한 번 다녀왔어요."

로더데일은 전혀 다른 대답을 기대했던 모양이었다.

"그럼 그게 사실인 모양이군." 그가 말했다. "SCS 놈들이 죄다 야심가라는 소문 말이야." 그 말에 형사 몇몇이 피식 웃었다. 이 바닥 생리를 잘 아는 리버스는 가벼운 조롱의 대상이 된 것을 크게 개의치 않았다. 살인 사건 수사에서는 팀워크가 무엇보다 중요했다. 로더데일은 팀의 리더로서 팀원들의 사기를 북돋워줄 의무가 있었다. 엄밀히 말하면 리버스는 팀의 일원이 아니었다. 가끔 이 정도 반칙쯤은 너그럽게 받아줄 필요가 있었다.

그는 쓰레기장으로 변해버린 자신의 책상으로 다가갔다. 자리를 비운 동안 누군가가 메시지를 남겨 놓았는지도 몰랐다. 그는 지난 주말 내내 페이션스를 피해 다니며 애버네시를 추적하는 데만 집중했다. 뜻밖의 조력자가 있을지 모른다는 생각에 특수부에도 여러 차례 연락을 해두었다. 매번 메시지를 남겨 놓았지만 답을 들은 적은 단 한 번도 없었다.

플라워 경위가 씩 웃으며 리버스의 책상으로 다가왔다.

"자백을 받아냈어." 그가 말했다. "세인트 스티븐 가 살인 사건 말이야. 그랑 얘기 한번 해보겠어?"

리버스는 경계를 늦추지 않았다. "누군데?"

"던스터블의 언스테이블. 제정신이 아니더군. 쉴 새 없이 카레와 차 얘기만 주절거리길래 차비 몇 푼 쥐어주고 쫓아냈어."

"자넨 정말 정이 많은 친구야, 플라워." 리버스는 나갈 채비를 마친 쇼반 클락을 쳐다보았다. "난 이만 실례."

"준비되셨나요, 경위님?" 클락이 물었다.

"되다마다. 로더데일이나 플라워가 또 골리기 전에 빨리 나가자고. 참고 들어준다고 크게 손해 보는 건 아니지만."

그들은 클락의 선홍색 르노 5를 타고 서쪽으로 달렸다. 도로는 수많은 버스들로 꽉 막힌 상태였다. 그들은 상대적으로 한산한 그레인지 쪽으로 빠져나와 고우리의 집으로 향했다.

"그레인지로 빠지면 아무 데도 못 간다고 하셨던가요?" 클락이 기어를 바꾸며 말했다. 그레인지는 세인트 레너즈에서 모닝사이드로 가는 가장 빠른 길이었다. 하지만 경찰이 된 후로 리버스는 후미진 모닝사이드를 단한 번도 찾지 못했다. 왕정복고 시대 연극에서 튀어나온 배우처럼 얼굴에 하얀 분을 칠한 노파들과 찻집에 앉아 하루 종일 케이크 받침을 주제로 수다를 떨어대고 싶다면 세상에 그곳만한 곳이 없었지만.

모닝사이드는 그레인지와 달리 빈민촌 이미지가 강했다. 허름한 도로변 주택에 둥지를 튼 가난한 학생들, 집세를 아끼기 위해 월세 아파트에 모여 사는 실업자 가족들. 하지만 모닝사이드 하면 가장 먼저 노파들과 그들의 기이한 발음이 떠올랐다. 그들 모두 「미스 진 브로디의 전성기」에서 매기 스미스의 대역을 맡던 배우들이라 해도 믿을 수 있을 것 같았다. 글래스고 사람들은 모닝사이드 사람들이 섹스(sex)를 석탄 담는 데 쓰는 것(sacks, 부대)으로만 알고 있다는 우스갯소리를 즐겨 했다. 리버스는 모닝사이드에 아직도 석탄을 때는 집이 있을지 궁금했다. 장작 난로는 분명 있을 것이었다. 노파들보다 수적으로 우세한 젊은 전문직 종사자들이 그걸 선호하고 있으니까. 그들이 비록 노파들처럼 눈에 잘 띄는 부류는 아니었지만.

코미스턴 가와 모닝사이드 가 모퉁이에는 컴퓨터 가게가 성업 중이었다. 젊은 전문직 종사자와 지역 사업체들이 그곳의 주 고객이었다.

"뭘 도와드릴까요?" 남자 직원이 키보드에서 눈을 떼지 않은 채 물었다.

"밀리를 만나러 왔습니다." 리버스가 말했다.

"저쪽 문으로 들어가보세요."

"고마워요."

아치형 문 앞에는 한 단짜리 계단이 놓여 있었다. 안으로 들어가니 하청 작업과 비즈니스 패키지를 위한 공간이 나타났다. 그녀가 혼자 있지 않았다면 리버스는 밀리를 알아보지 못할 뻔했다. 컴퓨터 앞에 앉은 그녀는 한 손가락으로 입술을 두드리며 골똘히 생각에 잠겨 있었다. 그녀도 대번에 리버스를 알아보진 못했다. 그녀는 키를 눌러 화면을 검게 만든 후 자리에서 일어났다.

그녀는 깔끔한 옷차림을 하고 있었다. 새하얀 스커트와 눈부시게 노란 블라우스. 목에는 가느다란 크리스털 목걸이를 걸었다.

"또 오셨군요."

그녀는 경찰의 방문이 싫지 않은 모양이었다. 얼굴에는 환한 미소가 떠올랐다. "커피 하시겠어요?"

"난 됐어요."

밀리가 쇼반 클락을 돌아보았다. 그녀도 고개를 저어 사양의 뜻을 표했다. "난 가서 한 잔 타와야겠어요." 그녀가 문 쪽으로 다가갔다. "스티브? 커피 한 잔?"

"내가 마다할 리 있나."

그녀가 다시 돌아왔다. "여부가 있겠어? 정중히 부탁하면 어디가 덧나나?" 가게 뒤편에는 화장실로 통하는 작은 공간이 있었다. 그곳에는 퍼컬레이터(가운데 있는 관으로 끓는 물이 올라가서 위에 있는 커피 가루 속으로 들어가 커피가 삼출되게 하는 방식의 커피 끓이는 기구)와 커피 통, 그리고 칙칙해 보이는 머그잔들이 갖춰져 있었다. 밀리가 커피를 준비하는 동안 리버스가 첫 번째 질문을 던졌다.

"빌리의 어머니에게 들었어요. 당신이 그의 짐을 정리해줬다고요?"

"아직도 그의 방에 놓여 있어요. 쓰레기 봉지 세 개에 나눠 담겨서. 일생을 살며 남긴 흔적이 그것들뿐이라니, 허무하죠?"

"그의 오토바이는요?"

그녀가 미소를 지었다. "그거요? 오토바이라고도 부를 수 없지 않나요? 그의 친구가 가져도 되냐고 물어왔어요. 빌리의 어머니는 그러라고 하셨고요."

"빌리를 좋아했나요?"

"많이 좋아했죠. 아주 진실한 친구였거든요. 절대 돌려 말하는 법이 없었어요. 싫으면 면전에 대고 싫다고 당당히 말하는 타입이었죠. 듣기로는 그의 아버지가 거물급 악당이라고 하던데."

"두 사람은 서로 알지 못했어요."

그녀가 커피 메이커를 탁탁 두드렸다. "낡아서 그래요. 혹시 빌리의 아버지에 대해 물어보려고 오신 건가요?"

"그냥 몇 가지 확인할 게 있어서 왔어요. 죽기 전에 빌리가 어떤 문제로 고민을 했다거나, 그러진 않았습니까?"

"그 질문은 이미 몇 번 받아봤는데요." 그녀가 클락을 돌아보았다. "당신이 처음이었지만, 목소리는 가느다란데 덩치는 산만한 남자도 질문했던 것 같아요." 리버스는 켄 스마일리에 대한 적절한 묘사에 미소를 지었다. "빌리는 평소와 다르지 않은 모습이었어요. 제가 드릴 수 있는 답은 그것뿐이에요."

"머독 씨와는 잘 지냈나요?"

"무슨 질문이 그렇죠? 맙소사, 설마 머독이 빌리를 그렇게 만들었다고 생각하시는 건 아니겠죠?"

"한 집에 커플과 남자 하나가 같이 살면 서로 질투도 하고, 그렇지 않습니까?"

그때 전기 버저가 손님이 들어왔음을 알려주었다. 밖에서 손님을 맞는 스티브의 목소리가 들려왔다.

"이렇게 물어볼 수밖에 없는 우리 입장을 이해해줘요, 밀리." 클락이 그녀를 달래듯 말했다.

"아뇨, 그럴 입장이라서 묻는 게 아니라, 좋아서 묻는 거잖아요!"

좋았던 분위기는 그렇게 산산이 깨져버리고 말았다. 스티브와 손님마저도 뒤편에서 들려오는 소음에 귀를 기울이고 있는 듯했다. 끓는 물이 커피 메이커 필터에 뿌려지기 시작했다.

"이봐요." 리버스가 말했다. "이렇게 흥분할 거 없잖아요. 네? 원한다면 나중에 다시 올 수도 있어요. 그땐 아파트에서 해도 됩니다……"

"대체 언제쯤 끝이 나는 거죠? 왜 제게 이러시는 거예요? 자백이라도 받으러 오신 건가요?" 그녀가 두 손을 마주잡았다. "그래요. 제가 죽였어요. 제가 범인이에요."

그녀가 두 손을 앞으로 내밀었다.

"깜빡하고 수갑을 놓고 왔어요." 리버스가 미소를 흘리며 말했다. 밀리가 쇼반 클락을 돌아보았다. 클락은 말없이 어깨만 으쓱일 뿐이었다.

"체포도 제 마음대로 못 당하는 건가요?" 그녀가 내려진 커피를 머그잔에 따랐다. "세상에서 가장 쉬운 일이 경찰에 잡혀가는 건 줄 알았는데."

"우리가 그렇게 나쁜 사람들입니까, 밀리?"

그녀가 미소를 지으며 자신의 머그잔을 내려다보았다. "아뇨. 제가 심했어요. 죄송해요."

"정신적으로 많이 힘들다는 거 알아요." 쇼반 클락이 말했다. "이렇게 시간 내줘서 고맙게 생각하고 있어요. 자, 이제 앉아서 얘기해도 되겠죠?"

그들은 밀리의 책상에 둘러앉았다. 손님과 직원처럼. 컴퓨터를 좋아하는 클락이 팸플릿 두어 개를 집어 들었다.

"거기엔 25메가헤르츠짜리 마이크로프로세서가 장착돼 있어요." 밀리가 팸플릿을 가리키며 말했다.

"메모리 용량은요?"

"4메가 램. 아마 그럴 거예요. 하지만 하드 디스크는 160까지 업그레이드가 가능해요."

"이 모델에도 486 칩이 들어있나요?"

아주 잘하고 있어. 리버스는 생각했다. 클락은 밀리를 진정시키고 있었다. 그녀의 머릿속에서 빌리 커닝햄과 감정이 폭발했던 순간의 기억을 지워내려는 것이었다. 스티브가 손님을 데리고 들어와 모니터를 보여주었다. 그가 호기심에 찬 표정으로 그들을 흘끔 돌아보았다.

"미안, 스티브." 밀리가 말했다. "깜빡 잊고 네 커피를 못 만들었어." 그녀가 어색한 미소를 지어 보였다.

리버스는 스티브와 손님이 나갈 때까지 기다렸다. "빌리가 집으로 친구들을 데려온 적 있었나요?"

"명단은 이미 경찰에 넘겼는데요."

리버스가 고개를 끄덕였다. "혹시 명단에서 빠진 이름은 없습니까?"

"없어요."

"내가 이름 두 개를 불러줄게요. 기억나는지 알려줘요. 데이비 수터. 그리고 제임시 맥머레이."

"우리 집에서는 성(姓)을 부르지 않아요. 데이비와 제임시…… 처음 듣는 이름인데요."

리버스는 그녀가 자신을 쳐다봐주기를 기다렸다. 그녀는 그를 흘끔 쳐다보았다가 이내 시선을 돌려버렸다. 거짓말이지? 그는 생각했다.

10분 후, 그들은 컴퓨터 가게를 나왔다. 클락이 인도를 좌우로 살폈다. "이제 머독을 만나보러 가실 건가요?"

"아니. 그녀가 우리에게 뭘 감추려 했던 것 같아?"

"네?"

"아까 말이야. 경찰이 바짝 다가와 있는 걸 알고 황급히 컴퓨터 모니터

부터 꺼버렸잖아. 불에 데기라도 한 듯이 자리에서 벌떡 일어났고."

"그 컴퓨터에 뭔가가 담겨 있을 거라 생각하세요?"

"그런 것 같지 않아?" 리버스가 말했다. 그가 먼저 르노의 조수석에 올랐다. "제임시 맥머레이는 쉴드에 대해 알고 있었어. 그들이 빌리를 죽인 게 틀림없어."

"그럼 가서 체포해야죠."

"확실한 물증이 없잖아. 그러기엔 아직 일러."

그녀가 상관을 쳐다보았다. "너무 밋밋해서요?"

그가 고개를 저었다. "골프장 같아. 구멍이 너무 많다고. 일단 그 녀석에게 겁을 좀 줘봐야겠어."

그녀는 잠시 머리를 굴렸다. "그들이 왜 빌리를 죽였을까요?"

"그가 입을 열까봐 두려웠던 거겠지. 경찰에 모든 걸 불어버릴까봐."

"그가 그렇게 어리석었을까요?"

"분명 보험으로 뭔가를 갖고 있었을 거야. 암담한 상황에서 화를 면하게 해줄 뭔가를."

쇼반 클락이 그를 빤히 쳐다보았다. "하지만 결국엔 아무 소용이 없었네요." 그녀가 말했다.

세인트 레너즈에 돌아와 보니 킬패트릭의 메시지가 그를 기다리고 있었다.

"어떤 잡지가……" 킬패트릭이 말했다. "캘럼 스마일리 살인 사건을 특집 기사로 내려 하고 있어. 그가 언더커버였다는 것까지 다 까발리려는 모양이야."

"그들이 그 사실을 어떻게 알았죠?"

"누군가가 정보를 흘렸겠지. 그냥 여기저기 들쑤셔보다가 운 좋게 얻어 걸렸는지도 모르고. 어쨌거나 지역 언론사 기자 하나가 집중 포화를 맞고 있어."

"설마 메리 헨더슨은 아니겠죠?"

"바로 그 여자야. 자네, 그녀를 잘 알지?"

"잘 아는 건 아니고요." 리버스가 말했다. 물론 그것은 거짓말이었다. 그는 킬패트릭이 낚시 중이라는 걸 알고 있었다. 입이 무겁기로 악명이 자자한 SCS의 누군가가 극비 사항을 떠벌리고 다닌다면 당연히 새 멤버가 의심받을 수밖에 없었다.

쇼반이 커피를 준비하는 동안 그는 뉴스 담당 부서로 전화를 걸어 보았다. "메리 헨더슨을 바꿔주세요. 네? 언제요? 알겠습니다. 감사합니다." 그가 수화기를 내려놓았다. "그만뒀대." 그가 멍한 표정으로 말했다. "어제 사표를 냈다더군. 프리랜서로 활동할 거라면서."

"현명한 선택이네요." 쇼반이 상관에게 컵을 건네며 말했다. 리버스는 그 말에 아직 동의할 수 없었다. 그는 메리의 집으로도 전화를 걸어 보았지만 자동응답기 메시지만 흘러나올 뿐이었다. 메시지는 간결했다.

"일 때문에 바빠요. 작업 의뢰 때문이 아니라면 답을 빨리 못 드릴 거예요. 의뢰할 작업이 있다면 번호를 남겨주세요. 같이 일해 보면 아시겠지만 저는 성실함 빼면 시체예요. 삐 소리 나면 메시지 남겨주세요."

리버스는 짧은 메시지를 남겨 놓기로 했다. "메리, 존 리버스예요. 번호를 몇 개 알려줄 테니 연락해요." 그는 세인트 레너즈와 페츠와 페이션스의 집 번호를 차례로 불러주었다. 마지막 번호를 알려준 것이 살짝 후회되기는 했다. 아무리 일 때문이라 해도 여자의 전화가 페이션스의 집으로 걸려오는 건 좀……

그는 내선으로 경찰서의 연락 담당자에게 전화를 걸었다.

"메리 헨더슨 못 봤어요?"

"못 본 지 며칠 됐어요. 신문사가 어떤 이상한 놈을 그녀 자리에 앉혀놓은 것 같더군요."

"고마워요."

리버스는 그녀를 마지막으로 보았던 때를 떠올렸다. 로더데일의 기자회견장 복도. 그녀는 프리랜서 전향 계획을 언급하지 않았었다. 그는 한군데 더 전화를 걸어 보기로 했다. 킬패트릭 경감이었다.

"무슨 일인가, 존?"

"그 잡지 말입니다, 경감님. 캘럼 스마일리 기사를 싣겠다고 하는. 이름이 뭐죠?"

"런던 잡지던데……" 수화기에서 종이 뒤적이는 소리가 흘러나왔다. "그래, 여기 있군. 『스눕(Snoop)』."

"『스눕』?" 리버스가 쇼반 클락을 돌아보았다. 클락은 고개를 끄덕였다. 들어본 적 있다는 뜻이었다. "알겠습니다. 감사합니다, 경감님." 그는 킬패트릭의 질문이 던져지기 전에 수화기를 내려놓았다.

"제가 전화를 걸어볼까요?"

리버스가 고개를 끄덕였다. 그때 브라이언 홈스가 상황실로 들어왔다. "마침 돌아왔군." 그가 말했다. 홈스가 그들을 발견하고 눈썹에 맺힌 땀방울을 훔치는 척했다.

"자." 리버스가 말했다. "건축 업체들은 만나봤나?"

"저희 집 벽돌 줄눈을 다시 칠해야 하는데 그 견적은 깜빡 잊고 못 받았네요." 그가 수첩을 꺼내들었다. "어떤 것부터 들려드릴까요?"

19

데이비 수터는 마을 회관에서 리버스를 만나주겠다고 했다.

가르-비로 향하는 동안 리버스는 수터 생각을 하지 않으려 애썼다. 그보다는 건축 업체들에 집중해야 할 때였다. 브라이언 홈스가 들려준 내용이라고는 그 두 곳이 믿을 만한 업체들이며, 값싼 일용직 노동자를 쓰지 않는다는 것뿐이었다. 『스눕』사무실과 통화한 쇼반 클락은 흥미로운 정보 몇 가지를 뽑아내는 데 성공했다. 다음 호에 실릴 메리 헨더슨의 기사는 『스눕』측이 특별히 의뢰한 것이 아니었다. 그것은 그녀가 한 미국 잡지를 위해 작성해온 기사의 일부였을 뿐이었다. 어째서 미국 잡지가 에든버러 경찰의 죽음에 관심을 보이는 거지? 리버스는 왠지 그 이유를 알 것 같았다.

가르-비 주차장으로 들어선 그는 잔디밭을 가로질러 마을 회관으로 향했다. 극단도 주차장을 놔두고 마을 회관 앞에 밴을 세워놓았다. 어쩌면 누군가가 주차 문제로 불평을 해댔는지도 몰랐다. 리버스도 정문 앞에 차를 세웠다.

"또 그 경찰이야." 누군가가 말했다. 건물 옥상에서 십 대 소년 대여섯 명이 그를 내려다보고 있었다. 정문 양옆으로도 여러 명이 앉아 있었다. 그럼 그렇지. 데이비 수터가 혼자 나왔을 리 없었다.

그들은 리버스에게 길을 내주었다. 그는 증오를 비집고 들어가는 기분이었다. 홀 안에서는 누군가 다투고 있었다.

"안 만졌다니까!"

"방금 전까지만 해도 있었는데."

"내가 거짓말을 하고 있다는 거야?"

무대를 짓던 세 남자가 작업을 멈추고 싸움을 구경하는 중이었다. 데이비 수터는 또 다른 남자와 언쟁을 벌이고 있었다. 주먹을 불끈 쥔 두 남자는 가슴을 부풀린 채 서로에게 바짝 붙어 있었다.

"무슨 문제라도 있습니까?" 리버스가 말했다.

두 손으로 얼굴을 감싼 채 앉아 있던 피터 케이브가 일어났다.

"아무 문제없습니다." 그가 말했다.

세 번째 남자는 그 말에 동의하지 않는 모양이었다. "나쁜 자식." 그가 데이비 수터를 돌아보며 말했다. "내 담배를 훔쳐갔어요."

수터는 무언가를 두들겨 패고 싶어 하는 눈치였다. 흥미롭게도 그를 모함한 남자에게는 주먹이 날아가지 않았다. 리버스는 극단 안에서 이런 소동이 벌어지리라고 예상하지 않았다. 수터를 모함한 남자는 키가 컸고 강단 있어 보였다. 긴 머리에서는 기름이 흘렀고, 얼굴은 텁수룩한 수염으로 덮여 있었다. 악명 높은 수터 앞에서도 전혀 주눅 들지 않은 모습이었다. 무대 위 인부들은 싸움에 끼어들 마음이 없는 것 같았다. 리버스가 주머니에서 뜯지도 않은 새 담뱃갑을 꺼내 데이비 수터 앞으로 내밀었다.

"자." 그가 말했다. "이제 그에게 담배를 돌려줘."

수터는 우리가 마음에 들지 않아 짜증이 난 동물원 표범처럼 그에게 달려들었다. "지금 날 갖고 노는……" 으르렁대던 그의 입이 딱 다물어졌다. 그는 자신을 지켜보는 눈들을 찬찬히 둘러보았다. 갑자기 그가 숨넘어갈 듯 웃어제꼈다. 그러고 나선 자신의 맨가슴을 두드리며 고개를 저어대다가 리버스의 손에서 담배를 낚아채 들고 무대 쪽으로 휙 던졌다.

리버스가 모함한 남자를 돌아보았다. "이름이 뭡니까?"

"짐 헤이." 서해안 악센트였다.

"짐, 나가서 십 분 쉬었다 오지 그래요? 담배 한 대 피우면서."

짐 헤이가 항의를 하려다가 말고 밖으로 휙 나가버렸다. 동료들도 그를 따라 우르르 몰려나갔다. 리버스는 그들이 밴에 오르는 소리를 묵묵히 듣고 있었다. 잠시 후, 그가 데이비 수터와 피터 케이브 쪽으로 다가갔다.

"놀랐어요. 안 올 줄 알았는데." 수터가 환히 웃으며 말했다.

"사람을 놀라게 하는 재주가 좀 있어."

"저번에 여기 왔을 땐 기겁을 하고 달아나버렸잖아요. 피터에게 아직 사과 안 했죠?" 실실 웃는 수터는 완전히 달라진 모습이었다. 방금 전까지 분을 삭이지 못해 바르르 떨었던 사람 같아 보이지 않았다.

"사과는 뭐, 굳이 필요 없는데." 피터 케이브가 쭈뼛쭈뼛 말했다.

"사과하지." 리버스가 말했다. 그가 의자 하나를 질질 끌고 와 앉았다. 수터도 좋은 아이디어라 생각했는지 의자를 끌어와 풀썩 주저앉았다. 그는 꽉 끼는 청바지 주머니에 두 손을 찔러 넣고 다리를 넓게 벌렸다. 리버스는 담배 생각이 간절했지만 지금 와서 한 대만 달라고 아쉬운 소리를 할 수는 없는 노릇이었다.

"이번엔 무슨 일이죠, 경위님?"

수터는 이곳에서 만나자는 제안에 합의했었다. 하지만 피터 케이브를 데려올 거라는 언급은 전혀 없었다. 어쩌면 우연의 일치였는지도 몰랐다. 리버스는 이 뜻밖의 상황에도 무덤덤했다. 창백한 얼굴의 케이브는 무척 지쳐 보였다. 누가 이곳의 책임자인지, 누가 누구에게 잡혀 살고 있는지 답이 훤히 보였다.

"몇 가지 물어볼 게 있어서 만나자고 한 거야. 널 잡아가려고 온 게 아니니까 긴장 풀어." 수터는 자신의 농구화 끈을 내려다보며 끙 앓는 소리를 냈다. 그는 이번에도 지저분한 데님 재킷 안에 셔츠를 받쳐 입지 않은 상태였다. 너덜거리는 재킷은 그림과 메시지들로 뒤덮여 있었다. 대부분 검은 잉크로 적어놓은 이름들이었다. 많은 글자와 심벌들이 기름얼룩과 찌든 때에 지워져 있었다. 몇몇 글자는 더 진하고 두껍게 그려진 상형문자들로 덮여 있었다. 수터가 주머니에서 손을 빼고 흉골에 난 털 몇 가닥을 만지작거렸다. 그는 입을 살짝 벌린 채 미소를 흘렸다. 리버스는 그의 얼굴을 박살내버리고 싶은 충동을 애써 억눌렀다.

"얘기하다가 지겨워지면 일어나도 되죠?" 그가 리버스에게 말했다.

"물론."

그 말이 끝나기가 무섭게 수터가 의자를 뒤로 밀쳐내고 일어났다. 그는 웃음을 터뜨리며 다시 의자에 앉았다. 편한 자세를 찾으려 몸을 연신 꿈틀거리면서도 다리를 넓게 벌리는 것을 잊지 않았다. "뭔지 모르겠지만 물어봐요." 그가 말했다.

"오렌지 로열 여단이 뭔지 알고 있지?"

"알죠. 이번 것은 쉬웠어요. 다음 질문은 뭐죠?"

하지만 리버스는 이미 케이브를 향해 돌아앉은 후였다. "당신도 들어본 적 있나요?"

"글쎄요, 저는……"

"이봐요! 답변은 내가 한다고요!"

"잠깐 기다려주겠어, 수터 씨?" 데이비 수터는 그렇게 불리는 게 좋은 모양이었다. 수터 씨. 오직 실업 수당 사무실 직원과 인구 조사원만이 그의 이름에 '씨'를 붙여주었다. "오렌지 로열 여단은 과격한 신교도 단체에요, 케이브 씨. 규모는 작지만 조직이 아주 잘 짜여 있죠. 스코틀랜드 중앙 동부에 근거지를 두고 있습니다."

수터가 고개를 끄덕였다.

"여단은 너무 과격하다는 이유로 오렌지당에서 쫓겨났습니다. 대충 어떤 단체인지 짐작이 되죠? 그들이 주로 하는 일이 뭔지 알아요, 케이브 씨? 그 답은 수터 씨에게 들어볼까요?"

또 '씨'를 붙였어! 수터가 싱긋 웃었다. "교황을 증오하는 것." 그가 말했다.

"수터 씨가 맞았습니다." 리버스의 눈은 여전히 케이브에게서 떨어지지 않고 있었다. "그들은 가톨릭 교도들을 싫어합니다."

"교황." 수터가 말했다. "특히 토탄 늪에 빠져 사는 아일랜드의 가톨릭 교도들."

"여러 별칭으로 불리고 있죠." 리버스가 덧붙였다. 그는 일부러 뜸을 들였다. "로마 가톨릭 교도 맞죠?" 물론 그가 자신의 종교를 까먹었을 리 없었다. 케이브는 말없이 고개만 끄덕였다. 수터는 곁눈질로 그를 지켜보고 있었다. 갑자기 리버스가 수터를 돌아보았다. "여단 리더가 누구지, 데이비?"

"저…… 이언 페이즐리 아닌가요?" 그가 웃음을 터뜨리자 리버스는 미소를 지어 보였다.

"아니야."

"모르겠는데요."

"정말 몰라? 개빈 맥머레이를 모른단 말이야?"

"맥머레이? 커리에서 차량 정비소를 한다는 그 사람?"

"바로 그 친구야. 그가 오렌지 로열 여단의 최고 사령관이더군."

"그렇군요."

"그리고 그의 아들은 참모로 활동 중이고. 제임시라는 놈이야. 너보다 한두 살 어릴걸."

"오, 정말요?"

리버스가 고개를 저었다. "나쁜 식습관이 단기 기억상실증을 가져올 수도 있어."

"네?"

"네가 술안주로 즐겨먹는 감자튀김과 감자칩은 두뇌 기능을 향상시키는 영양 식품이 아니잖아. 가르-비에서의 삶이 어떤지 잘 알아. 쓰레기를 먹고 아무거나 손제 잡히는 대로 주사하고. 넌 점점 시들어갈 거야. 오래 버티지 못하고 죽어버릴걸. 뇌가 기능을 멈춰버리기 전에."

대화는 엉뚱한 방향으로 흘러가고 있었다. "지금 무슨 소리 하는 거예요?" 수터가 빽 소리쳤다. "난 마약 따위 안 한다고요! 건강에도 아무 문제 없고요!"

리버스가 수터의 맨가슴을 쳐다보았다. "뭐 네가 그렇다면야, 데이비."

수터가 다시 벌떡 일어났다. 뒤로 밀린 의자가 바닥을 굴렀다. 그는 근육 과시를 위해 재킷을 벗어젖히고 리버스를 노려보았다.

"어디, 한 대 쳐봐요. 내가 꿈쩍이라도 하는지."

리버스는 그가 만만한 상대가 아니라는 걸 알고 있었다. 마치 대리석을 깎아 만든 것 같은 그의 평평하고 단단한 복근은 무척 인상적이었다. 수터가 힘을 뺀 두 팔을 앞으로 내밀었다.

"봐요, 주사자국이 보이나요? 마약은 바보들이나 하는 거라고요."

리버스가 한 손을 들어 보였다. "무슨 얘긴지 이해했어, 데이비."

수터는 한동안 그를 응시하다가 환히 웃으며 바닥에 팽개쳐진 자신의 재킷을 집어 들었다.

"그건 그렇고, 문신들이 꽤 봐줄 만한데."

집에서 파란 잉크로 직접 새겨 넣은 조잡한 것들이었다. 오른쪽 팔뚝에는 전문가가 새겨준 커다란 문신이 남아 있었다. 얼스터의 붉은 손. 그 밑에는 '항복은 없다'라는 문구가 새겨져 있었고, 그가 직접 새겨 넣은 글자와 메시지들이 여럿 보였다. UVF, UDA, FTP, 그리고 SaS.

리버스는 수터가 재킷을 다시 걸칠 때까지 기다렸다. "제임시 맥머레이를 알고 있지?" 그가 말했다.

"내가요?"

"지난 토요일, 여단이 프린스 가에서 행진했을 때 그와 마주쳤잖아. 넌 행진하러 왔다가 일이 생겨 그냥 가버렸고, 그 친구와 몇 마디 나누는 걸 봤어. 넌 애초부터 케이브 씨가 가톨릭 교도라는 걸 알고 있었지? 그는 그 사실을 숨기려 하진 않았던 것 같은데."

수터는 어리둥절한 표정을 짓고 있었다. 갑자기 난처한 질문들이 쏟아지니 당혹스러운 모양이었다.

"피트는 우리에게 거짓말을 하지 않았어요." 그가 말했다. 그는 여전히 어정쩡한 모습으로 서 있었다.

"그게 거슬리진 않았어? 그러니까 내 말은, 친구들을 몰고 제 발로 그의 클럽을 찾아갈 만큼 아무렇지도 않았느냐란 말이야. 분명 가톨릭 쪽 갱도 있었을 텐데. 제임시가 뭐라고 안 했나?"

"그 친구랑은 상관없는 일이에요."

"넌 이걸 좋은 기회라 생각했겠지. 안 그래? 가톨릭 갱과 사이좋게 영역도 나눠먹고. 그게 바로 얼스터 스타일이잖아. 너도 그렇게 알고 있을 테고. 그걸 누구한테 들었지? 제임시? 그의 아버지?"

"그의 아버지?"

"아니면 쉴드?"

"난 한 번도……" 데이비 수터의 입이 딱 다물어졌다. 그가 씩씩대며 리버스를 가리켰다. "큰일 치르고 싶지 않으면 말조심 하는 게 좋아요."

"나보다 네가 더 난처하게 된 거 아닌가? 자, 그러지 말고 다 털어놔봐, 데이비."

"수터 씨라고 해요."

"좋아. 수터 씨." 리버스가 두 손을 위로 살짝 들어 보였다. 뒷다리로만 선 그의 의자가 앞뒤로 살살 흔들렸다. "자, 앉아서 얘기하자고. 모두가 쉴드에 대해 알고 있어. 네가 그 조직의 일원이라는 것도 알고 있고. 케이브 씨는 처음 듣는 얘기겠지만." 그가 피터 케이브를 돌아보았다. "쉴드는 오렌지 로열 여단보다 훨씬 독한 놈들이에요. 폭력과 착취로 자금을 모았고 그 돈으로 불법 무기를 구매해 북아일랜드로 보냈죠." 수터는 고개를 저어댔다.

"당신은 아무것도 아니에요. 아무 증거도 없고요."

"하지만 네겐 뭔가가 있잖아, 데이비. 증오와 분노." 그가 다시 케이브를 돌아보았다. "봤죠, 케이브 씨? 이쯤 되면 스스로에게 한번 물어봐야 하지 않겠습니까? 어째서 데이비가 가톨릭 교회 소속의 헌신적인 일꾼과 스스럼없이 어울렸는지. 아마 데이비는 당신을 가톨릭 쓰레기 정도로만 여기고 있을 겁니다. 대체 이 친구가 왜 그랬을까요?"

그가 고개를 돌렸을 때 수터는 이미 무대에 올라가 있었다. 그는 세트를 몇 번 걷어찬 후 무대를 뛰어 내려와 정문으로 향했다. 성난 얼굴은 주황색이 되었다.

"빌리도 네 친구였지, 데이비?" 그 말에 그가 걸음을 멈추었다. "빌리 커닝햄 말이야."

수터가 다시 걸음을 옮겨나갔다.

"데이비! 담배는 챙겨가야지!" 하지만 데이비 수터는 알아들을 수 없는 소리를 빽 내지르며 문을 박차고 나가버렸다. 리버스는 담배를 물고 불을 붙였다.

"저 친구는 테스토스테론이 과다 분출되는 모양입니다." 그가 케이브에게 말했다.

"사돈 남 말 하는군요."

리버스는 어깨를 으쓱였다. "이건 그냥 연기일 뿐입니다, 케이브 씨. 메서드 연기(배우가 자신이 연기할 배역의 생활과 감정을 실생활에서 직접 경험하도록 하는 연기법)라고 들어봤죠?" 그가 담배연기를 길게 뿜어냈다. 케이브는 무릎에 가지런히 얹어진 자신의 두 손을 내려다보고 있었다. "당신이 무슨 짓을 하고 있는지 이제 이해가 됩니까?"

케이브가 고개를 들었다. "내가 종파간의 증오를 용납할 사람으로 보입니까?"

"아뇨. 난 그저 당신이 폭력과 청년들에게 열광하는 타입이라고 생각할 뿐입니다."

"미쳤군."

"그게 아니라면 당신들 모두가 그릇된 생각으로 똘똘 뭉쳐 있는 거겠죠, 케이브 씨. 아직 늦지 않았습니다. 고집 부리지 말고 여기서 손을 떼요. 경찰의 배려심에도 한계가 있습니다." 그가 케이브 앞으로 다가가 몸을 숙이고 나지막이 말했다. "그들이 당신을 삼켜버렸어요. 당신은 가르-비의 뱃속에 갇혀 있는 겁니다. 빨리 기어 나와요. 이게 마지막 기회입니다." 리버스가 케이브의 볼을 톡톡 두드렸다. 그의 볼은 차고 부드러웠다. 냉동실에서 막 꺼낸 닭고기처럼.

"난 오히려 당신이 걱정이에요, 리버스. 훌륭한 테러리스트가 될 자질이 충분해 보이거든요."

"하지만 난 그런 유혹에 절대 넘어가지 않거든요. 당신은 어떻습니까?"

케이브가 일어나 문 쪽으로 걸어가기 시작했다. 그는 멈추지 않고 계속 걸어 밖으로 나가버렸다. 리버스는 코로 담배연기를 뿜어내고 나서 무대 가장자리에 걸터앉았다. 내가 수터의 퓨즈를 너무 일찍 건드렸나? 좀 더 신중히 파고들었으면 쉴드에 대한 중요한 정보를 뽑아낼 수도 있었을 텐데. 하지만 복잡하게 얽힌 케이블과 코일 스프링들 틈에서 어떤 전선을 먼저 공략해야 할지 결정하는 것은 결코 쉬운 일이 아니었다.

정문이 다시 열렸다. 그가 고개를 들고 그쪽을 돌아보았다. 데이비 수터가 문간에 서 있었다. 그의 뒤로 열 명도 넘는 아이들이 보였다. 수터는 가쁜 숨을 몰아쉬고 있었다. 리버스는 손목시계를 들여다보며 자신이 시간을 제대로 읽었기를 바랐다. 정문 반대편에는 비상구가 있었다. 하지만 밖으로 빠져나간 후의 일이 걱정되었다. 그는 무대로 올라가 서서히 다가오는 아이들을 지켜보았다. 수터는 아무 말이 없었다. 소년들의 거친 숨소리와 질질 끌리는 발소리만이 건물 안을 울려댈 뿐이었다. 어느새 그들은 무대 앞으로 바짝 다가왔다. 리버스는 부서진 세트에서 긴 각목을 뽑아 들었다. 수터는 각목에 시선을 고정시킨 채 무대로 올라왔다.

그때 밖에서 사이렌이 들려왔다. 그 소리에 바짝 얼어붙은 그가 고개를 들고 리버스를 응시했다. 리버스의 얼굴에는 미소가 머금어져 있었다.

"내가 아무 대책도 없이 왔을 줄 알았나, 데이비?" 사이렌은 점점 가까워져왔다. "이제 모든 건 네게 달렸어, 데이비." 리버스가 차분한 톤으로 말했다. "저번처럼 또 법석을 떨어대고 싶어?"

데이비 수터가 맥 빠진 모습으로 무대를 내려갔다. 그는 눈도 깜빡이지 않고 리버스를 노려보았다. 자신의 강렬한 눈빛으로만 리버스를 쓰러뜨려 보려는 듯이. 마침내 그가 으르렁거리며 돌아섰다. 소년들도 조용히 그를 뒤따랐다. 그들 중 몇몇은 리버스를 돌아보았다. 그는 필요 이상으로 여유를 부리지 않으려 애쓰며 담배를 새로 꺼내 입에 물었다. 수터는 제정신이 아니었다. 그래서 더 위험했다. 리버스는 그가 두려워지기 시작했다.

그는 지친 몸을 이끌고 집으로 돌아갔다. 언제부터인가 '집'은 페이션스의 아파트를 뜻하는 막연한 표현이 되어버리고 말았다.

그의 몸은 아직도 가볍게 떨리고 있었다. 수터가 처음으로 홀을 나가버렸을 때 그는 리버스의 차에 몹쓸 짓을 해놓았다. 곳곳이 움푹 파였고, 헤드라이트와 앞 유리는 박살이 났다. 밴에 타고 있던 배우들은 마치 광란의 현장을 목격한 사람들 같아 보였다. 리버스는 그들에게 무대 위 세트가 어떻게 됐는지 들려주었다.

경찰의 호위를 받으며 가르-비를 빠져나오는 동안 리버스는 극단에 대해 생각해보았다. 그들은 그가 얼스터 사람을 보았던 날 밤, 델 밖에 차를 세워놓았다. 그는 아직도 비행기로 접혀진 그들의 광고지를 갖고 있었다.

그는 세인트 레너즈에서 프린지 프로그램 속에 낀 광고지를 찾아냈다. 적극적인 저항 극단. '소극적'의 반대인 '적극적'. 리버스는 글래스고에 전화를 몇 통 넣어보았다. 기다려보면 누군가가 답신을 줄 것이다.

그가 엉망이 되어버린 차에서 내렸을 때 누군가가 그의 뒤로 바짝 다가왔다.

"빌어먹을 족제비 자식!"

하지만 홱 돌아간 그의 눈에 들어온 것은 캐롤라인 래트레이였다.

"족제비?"

"다른 사람인 줄 알았어요."

그녀가 손을 뻗어 그의 허리를 감싸 안았다. "봐요. 난 족제비가 아니라고요. 나 기억하죠? 내가 전화를 몇 번이나 했는지 알아요? 사무실에 물어보니 당신이 내 메시지를 다 확인했다고 하더군요."

보나마나 오미스턴이었을 것이다. 아니면 플라워. 아니면 그에게 원한을 품은 누군가.

"맙소사, 캐로." 그가 그녀로부터 떨어져 나왔다. "미쳤어요?"

"난 여기 오면 안 되나요?" 그녀가 주위를 둘러보았다. "여기가 그녀 집이에요?"

그녀는 너무나도 태평한 모습이었다. 리버스는 당혹스러웠다. 그는 머리가 깨질 것 같은 기분을 느꼈다. 빨리 들어가 욕조에 몸을 담그고 머릿속을 비워낼 생각뿐이었다. 잠시 동안이나마 이 모든 것으로부터 해방되고 싶었다.

"많이 피곤해 보여요." 그녀가 말했다. 하지만 리버스는 듣고 있지 않았다. 주차된 페이션스의 차에 온 신경이 집중되어 있었기 때문이었다. 그는 골목을 좌우로 살피며 그녀가 불쑥 나타나지 않기를 바랐다. "피곤하기는 나도 마찬가지예요, 존." 그녀의 언성이 조금씩 높아져가고 있었다. "아무리 그래도 이러면 안 되는 거 아닌가요?"

"목소리 낮춰요." 그가 속삭였다.

"내게 명령하지 말아요!"

"맙소사, 캐로……" 그는 눈을 질끈 감아버렸다. 그제야 그녀가 입을 닫고 그의 몸과 심리 상태 파악에 나섰다.

"몰골이 말이 아니군요." 그녀가 말했다. 그리고 미소를 지으며 그의 얼굴에 손을 가져가 댔다. "미안해요, 존. 난 당신이 일부러 날 피하고 있다고 생각했어요."

"내가 왜 그러겠어요, 캐로?"

"나랑 술 한잔 해요." 그녀가 말했다.

"오늘 밤엔 곤란해요."

"알았어요." 그녀가 입을 삐쭉 내밀며 말했다. 방금 전까지 무섭게 성을 냈던 그녀는 금세 침울해 보일 만큼 차분해졌다. "그럼 내일은 어때요?"

"좋아요."

"8시에 만나요. 칼리 바에서." 칼리는 칼레도니언 호텔을 의미했다. 리버스는 고개를 끄덕였다.

"그럽시다." 그가 말했다.

"그럼 내일 봐요." 그녀가 다시 몸을 기울이고 그의 입술에 키스를 했다. 그는 잽싸게 뒤로 몸을 뺐다. 옷에 그녀의 향수 냄새가 배면 큰일이었다. 그는 페이션스가 제대로 폭발하는 모습을 보고 싶지 않았다.

"내일 봐요, 캐로." 그는 그녀가 차에 오르는 걸 지켜본 후 황급히 아파트 계단을 내려갔다.

집에 들어온 그는 가장 먼저 욕조에 물부터 틀어놓았다. 거울을 들여다본 그는 화들짝 놀랐다. 거울 속에서 아버지의 모습을 보았기 때문이었다. 말년의 아버지는 회색 턱수염을 짧게 길렀다. 리버스의 텁수룩한 수염도 살짝 희끗했다.

"나도 이제 늙었군."

그때 화장실 문에서 노크 소리가 들려왔다. "뭐 먹었어요?" 페이션스가 말했다.

"아직 못 먹었어요. 당신은요?"

"나도 못 먹었어요. 전자레인지에 뭘 데워 먹을까요?"

"그게 좋겠어요." 그가 거품 입욕제를 욕조에 뿌렸다.

"피자?"

"뭐든 상관없어요." 그녀의 목소리에서는 노기가 느껴지지 않았다. 매일 극심한 고통과 부대끼며 사는 의사들은 집에서의 가벼운 언쟁과 파트너의 외도 가능성 정도는 쉽게 털어낼 줄 알았다. 리버스는 옷을 벗어 빨래 바구니에 던져 넣었다. 페이션스가 다시 노크했다.

"그건 그렇고, 내일 뭐해요?"

"내일 밤 말인가요?" 그가 말했다.

"네."

"아무 계획도 없어요. 갑자기 일이 생길지도 모르지만……"

"그러지 않길 바라요. 브렘너 부부를 초대했거든요."

"오, 잘됐네요." 리버스는 온도도 확인해보지 않고 한쪽 발을 욕조 물에 담갔다. 물은 피부가 델 정도로 뜨거웠다. 그가 황급히 발을 빼고 거울을 향해 소리 없는 비명을 지르기 시작했다.

20

그들은 함께 아침을 먹었다. 그들의 대화는 연인이 아니라 지인의 대화에 가까웠다. 두 사람 모두 자신의 생각을 상대에게 드러내지 않았다. 누가 스코틀랜드 사람들 아니랄까봐. 리버스는 생각했다. 우린 속내를 털어놓는 걸 죽기보다도 싫어하지. 그래서 진정한 감정을 가슴 속에 꽁꽁 묻어두잖아. 위스키와 비난으로 지새우게 될 길고 긴 겨울밤을 위한 연료로 쓰려고. 그토록 자신을 드러내는 게 싫다면 뭐 하러 세상에 존재하는 거지?

"한 컵 더 할래요?"

"좋죠, 페이션스."

"오늘 밤 시간 맞춰 올 거죠?" 그녀가 말했다. "갑자기 없던 일이 생기거나 하진 않겠죠?" 그것은 질문이 아니었다. 그렇다고 명령으로 볼 수도 없었다.

그래서 그는 페츠에 도착하자마자 캐로에게 전화를 걸었다. 응답이 없자 그는 그녀의 집과 사무실에 메시지를 하나씩 남겨 놓았다. 자동응답기에 남기는 메시지라고 그냥 '오늘 못 갈 것 같아요', 이 한마디만 툭 던져놓을 수는 없었다. 그래서 그는 메시지를 확인하는 대로 연락을 달라고 요청했다. 캐로 래트레이는 그에게 단단히 화가 나 있었다. 그녀는 비위를 맞추기가 힘든 타입이었다. 함께 있다 보면 마치 벼랑 끝에 서 있는 듯한 기분이 들곤 했다. 그렇다면 캐로는? 그녀는 리버스의 등 뒤에 서서 확 떠밀어버릴 기회만 노리는 듯했다.

전화벨이 울리자 그가 잽싸게 응답했다.

"리버스 경위님?" 귀에 익은 남자의 목소리였다.

"네, 그런데요."

"라클런 머독입니다." 라클런. 그래서 성으로만 불리는 거였군.

"무슨 일입니까, 머독 씨?"

"최근에 밀리를 보신 적 있나요?"

"있는데요. 그건 왜 묻죠?"

"그녀가 사라졌어요."

"사라지다뇨?"

"어디로 갔는지 모르겠어요. 대체 그녀에게 무슨 말씀을 하신 거죠?"

"지금 아파트에 있습니까?"

"네."

"곧 갈게요."

그는 혼자 가기로 했다. 지원이 필요할 것 같았지만 믿고 데려갈 만한 사람이 없었다. 오미스턴, 블랙우드, '블러디' 클레버하우스, 그리고 스마일리. 네 사람 중 그나마 마음에 드는 건 스마일리뿐이었다. 하지만 에든버러 날씨만큼이나 예측이 가능한 스마일리는 먹구름이 잔뜩 낀 상태였다. 페스티벌로 북적이는 거리는 9월이 소리 없이 다가오면서 점점 한적해질 것이다. 밖으로만 나돌던 사람들이 하나둘씩 자중 모드로 돌입하는 마법의 계절.

구름이 걷히면서 모처럼 해가 모습을 드러냈다. 그는 신나게 차창을 내렸다가 바로 앞 버스가 매연을 내뿜자 곧장 원래의 위치로 돌려놓았다. 버스 뒤편에는 지역 신문 광고가 붙어 있었다. 그걸 본 리버스는 메리 헨더 슨을 떠올렸다. 그녀도 찾아야 하는데. 경찰이 기자의 안위를 걱정하는 묘한 상황이 연출되고 있었다.

그는 머독의 아파트 가까이에 차를 세워놓고 정문 옆에 붙어있는 인터 컴을 눌렀다. 버저 소리와 함께 문이 열렸다.

사람의 발은 모든 아파트의 계단통에서는 똑같은 소리를 냈다. 사포로 교회 바닥을 훑는 듯한 소리. 머독이 문을 열어주었다. 리버스는 말없이 안으로 들어갔다.

라클런 머독의 몰골은 말이 아니었다. 머리는 산발이었고, 손은 마치 접 착제로 붙인 것 같은 수염을 잡아당기고 있었다. 둘은 거실로 들어왔다. 리버스는 TV 앞에 자리를 잡고 앉았다. 처음 이곳을 찾았을 때 밀리가 앉 아 있던 자리였다. 그때 본 재떨이는 여전히 같은 자리를 지키고 있었지만 침낭은 보이지 않았다. 밀리와 마찬가지로.

"어제부터 못 봤어요." 머독은 앉을 마음이 없는 듯했다. 그는 창가에서 밖을 잠시 내다보다가 벽난로 쪽으로 천천히 다가갔다. 그의 시선은 애써 리버스를 피하고 있었다.

"그게 아침이었습니까, 저녁이었습니까?"

"아침이었어요. 어젯밤 집에 돌아왔더니 이미 짐을 챙겨 떠났더군요."

"짐을 챙겨서요?"

"다 챙겨가진 않았어요. 그냥 여행용 가방 하나가 사라졌을 뿐이에요. 처음에는 친구를 만나러 갔으려니 했죠. 가끔 그럴 때가 있어서요."

"그런데 이번엔 다르다는 말인가요?"

머독이 고개를 저었다. "오늘 아침에 컴퓨터 가게로 전화를 걸어 봤어요.

어제 경찰이 그녀를 찾아왔다고 스티브가 알려주더군요. 젊은 여자 형사와 나이 든 형사. 그래서 경위님이 다녀가셨다고 짐작했죠. 스티브는 경찰이 돌아간 후 그녀의 상태가 심상치 않았다고 했어요. 그래서 조퇴하고 일찍 집에 들어간다고 한 모양이고요. 대체 그녀에게 무슨 말씀을 하신 거죠?"

"그냥 빌리에 대해 몇 가지 물어봤을 뿐입니다."

"빌리." 그가 경멸의 표정으로 고개를 저었다.

"당신보다는 그녀가 빌리와 더 친했었죠, 머독 씨?"

"그렇다고 제가 그 친구를 싫어했던 건 아닙니다."

"두 사람 사이에 뭔가가 있었나요?"

왠지 머독은 대답을 해줄 것 같지 않았다. 그가 다시 거실 안을 빙빙 맴돌기 시작했다. 그의 두 팔이 날갯짓하듯 퍼덕거렸다. "그가 죽고 난 후로 그녀가 많이 달라졌어요."

"마음이 많이 아팠겠죠."

"그건 그렇다 쳐도 이렇게 사라져버린 건······"

"그녀 방을 좀 둘러봐도 되겠습니까?"

"네?"

리버스가 미소를 지었다. "실종 사건 수사의 첫 단계죠."

머독이 다시 고개를 저었다. "그녀는 그걸 원치 않을 거예요. 그녀가 다시 돌아오면 어쩌려고요? 경찰이 자기 방을 뒤져본 걸 알면 길길이 날뛸 걸요. 죄송하지만 그건 곤란해요." 머독은 필요하다면 완력을 써서라도 막아낼 기세였다.

"강요는 하지 않겠습니다." 리버스가 차분하게 말했다. "빌리에 대해 더 들려줄 수 있나요?"

그 말에 머독이 흥분을 가라앉혔다. "뭐가 궁금하신데요?"

"그는 컴퓨터를 좋아했습니까?"

"빌리? 그 친구는 비디오 게임을 좋아했어요. 특히 폭력적인 게임들요. 잘은 모르겠지만 컴퓨터에 관심이 좀 있었던 것 같아요."

"컴퓨터를 잘 다뤘나요?"

"그럭저럭요. 그건 왜 물으시죠?"

"그냥 궁금해서요. 한 집에 세 사람이 살았는데 그 중 둘은 컴퓨터를 다룰 줄 알았고, 나머지 하나는 몰랐다는 얘기군요."

머독이 고개를 끄덕였다. "우리에게 어떤 공통점이 있었는지 확인하고 계신 거군요. 기회가 되면 주변을 둘러보세요, 경위님. 사람들이 한 집에 모여 사는 이유는 방이 필요하거나 셋돈이 부족하기 때문이에요. 저도 형편이 넉넉했다면 빈 방이 남는다고 무조건 사람을 들이지 않았을 겁니다."

리버스가 고개를 끄덕였다. "도허티 양 문제는 어떻게 처리하는 게 좋겠습니까?"

"네?"

"당신이 날 부르지 않았습니까. 이렇게 왔으니 이젠 어떻게 할지 알려달란 얘깁니다." 머독이 어깨를 으쓱였다. "실종 사건인 경우 대개 하루나 이틀 정도 기다려보는 게 정석입니다." 그가 잠시 말을 멈추었다. "혹시 이게 단순 실종이 아니라 범죄와 연관이 있다고 생각합니까?"

머독은 잠시 머리를 굴리고 나서 입을 열었다. "하루만 더 기다려보죠." 그가 고개를 끄덕였다. "제가 오버를 하고 있는 것인지도 모르겠네요. 저는 그저…… 스티브에게 그 얘길 들었을 때……"

"어제 내가 그녀에게 한 말 때문은 분명 아닐 겁니다." 리버스가 자리에서 일어서며 말했다. "여기 온 김에 빌리의 방을 한 번 더 둘러보고 싶은데, 그건 괜찮겠죠?"

"다 치웠는데요."

"한 번 더 둘러보면 뭔가 떠오를지도 몰라서 말이죠." 머독은 대꾸가 없었다. "고마워요." 리버스가 말했다.

작은 방은 그의 말처럼 깨끗하게 치워진 상태였다. 침대에는 이불과 시트와 베갯잇이 보이지 않았다. 그저 베개만이 쓸쓸이 놓여 있을 뿐이었다. 갈색으로 물든 베개에서는 깃털이 삐져나와 있었고, 담청색 매트리스에도 비슷한 톤의 갈색 얼룩이 남아 있었다. 방은 처음 왔을 때보다 확실히 커 보였다. 큰 차이가 느껴지는 건 아니었지만. 리버스는 머독이 어렵지 않게 새 세입자를 구할 수 있을 거라 확신했다. 대학교 새 학기가 곧 시작되기 때문이었다.

그는 옷장 문을 열어보았다. 안에는 철사 옷걸이들만 잔뜩 걸려 있었고, 바닥에는 신문이 깔려 있었다. 그는 옷장 문을 닫았다. 시선이 침대와 옷장 사이의 카펫으로 돌아갔다. 카펫의 가장자리가 지저분한 창문 밑 굽도리널(방 안 벽의 밑 부분에 대는 좁은 널빤지)을 덮고 있었다. 리버스는 웅크려 앉아 고정되지 않은 카펫의 끝부분을 살며시 잡아당겨보았다. 살짝 들린 카펫 밑으로도 손가락을 넣어보았다. 하지만 손끝에는 아무것도 닿지 않았다. 매트리스도 들추어보았지만 보이는 것이라고는 침대 스프링과 카펫뿐이었다. 진공청소기가 미치지 못한 부분에는 먼지와 머리카락 덩어리들이 나뒹굴었다.

그가 일어나 아무것도 걸려 있지 않은 벽을 힐끗 보았다. 블루-택을 떼어낸 곳마다 벽지가 조금씩 뜯겨나간 상태였다. 그는 그 작은 패턴을 유심히 살펴보았다. 벽지에는 길게 두 줄, 뭔가가 떨어져 나간 흔적이 남아 있었다. 페넌트가 걸려 있던 자리였나? 그래, 맞아. 압정이 박혔던 구멍도 보이고. 페넌트는 압정으로 고정시킨 고동색 끈에 걸려 있었다. 페넌트는 이 자국들을 감추고 있었던 것이다. 오래된 흔적 같아 보이지는 않았다. 밑에 드러난 안감 종이는 깨끗했다. 접착테이프가 최근에 떼어졌다는 뜻이었다.

리버스는 두 줄로 길게 벗겨진 부분을 손끝으로 훑어보았다. 8센티미터 정도 길이의 두 줄은 역시 8센티미터쯤 떨어져 있었다. 정사각형의 얇은 무언가가 붙어 있었던 것 같았다. 리버스는 그것이 무엇인지 대충 짐작할 수 있었다.

밖으로 나와 보니 머독이 외출 준비를 하고 있었다.

"오래 기다리게 해서 미안해요." 리버스가 말했다.

노파들이 즐겨 찾는 찻집을 연상시키는 칼턴은 사실 양이 많기로 유명한 기사 식당의 이름이었다. 기다렸던 메리 헨더슨의 답전화가 걸려오자 리버스는 그곳에서 점심이나 먹자고 제안했다. 뉴헤이븐 해안에 자리한 식당은 북해로 이어지는 포스만을 향하고 있었다.

에든버러를 우회하거나 북쪽에서 리스로 향하는 대형 트럭들은 주로 칼턴 밖에 멈춰 서서 휴식을 취하곤 했다. 지금도 스타뱅크 가와 피어 플레이스 사이 방파제 옆에는 수많은 트럭들이 줄지어 서 있었다. 칼턴에 들르기 위해 일부러 불필요한 우회를 선택하는 운전사들이 적지 않았다. 그로 인해 불편을 겪게 된 다른 도로 이용자들과 경찰이 그들을 곱게 볼 리없었다.

식당 안은 깨끗하고, 채광이 좋았으며, 트럭 엔진만큼이나 후끈거렸다.

그들은 에어컨을 켜는 대신 정문을 조금 열어놓았다. 리버스는 혹시 몰라 전화로 2인용 테이블을 예약해두었다.

"카운터와 화장실 사이의 테이블 있죠? 거기로 할게요." 그는 원하는 자리를 구체적으로 알려주었다.

"제가 잘못 들은 건가요? 테이블을 예약하시겠다고요?"

"네, 분명 그렇게 말씀드렸습니다."

"여긴 예약이 필요 없는 곳입니다." 주방장이 얼굴에서 수화기를 뗐다. "매기, 누군가가 테이블을 예약하겠다는데요."

"새미, 존 리버스가 장난하는 거예요."

"특별한 날인가보죠, 리버스 씨? 기념일인가요? 그렇다면 케이크를 구워놓을게요."

"12시예요." 리버스가 말했다. "반드시 제가 얘기한 그 자리여야만 합니다. 알았죠?"

"알겠습니다."

리버스가 칼턴에 들어서자 새미가 스토브에서 행주를 집어 들고 테이블 사이로 천천히 걸어 나왔다.

"테이블을 준비해뒀습니다. 따라오시죠."

운전사들이 일제히 미소를 지었고, 그 중 몇몇은 격려를 보내주었다. 매기는 하얀 접시로 높이 쌓아올린 기둥을 붙잡고 서서 고개를 끄덕였다. 그가 지정한 곳에는 작은 2인용 포마이카 테이블이 준비되어 있었다. 테이블 중앙에는 파란색 볼펜으로 '예약석'이라고 적은 카드가 반으로 접힌 채 놓였다. 깨끗한 소스병에는 플라스틱 카네이션 한 송이가 꽂혀 있었다.

방금 도착한 메리가 창문으로 잠시 식당 안을 들여다보다가 정문으로 걸어 들어왔다. 운전사들의 고개가 일제히 들렸다.

"여기 빈자리 있어요, 아가씨."

"아가씨, 내 무릎에 앉아요."

그들은 연신 담배연기를 내뿜으며 미소를 흘렸다. 한 사람은 낙타처럼 식사를 하고 있었다. 위턱이 음식을 분주히 씹어 삼키는 동안 아래턱은 양옆으로 돌아갔다. 그 모습이 오미스턴을 상기시키자 리버스는 고개를 홱 돌려버렸다. 그의 시선이 식당 안 모든 남자들의 시선과 마찬가지로 메리에게 고정되었다. 그들은 당당하게 그녀의 엉덩이를 바라보는 중이었다. 언제나 그렇듯 메리는 짧고 꽉 끼는 라이크라 스커트를 걸치고 있었다. 하얀 티셔츠는 헐렁거렸고, 올이 나간 검은 스타킹 밑으로는 하얀 살이 살짝 드러나 있었다. 선글라스를 머리 위로 밀어 올린 그녀가 숄더백을 바닥에 내려놓고 자리에 앉았다.

"특별석을 맡아두셨군요."

"돈을 좀 썼어요. 물론 후회는 없고요."

리버스는 벽에 붙은 메뉴를 살피고 있는 그녀를 유심히 지켜보았다.

"좋아 보이네요." 그가 말했다. 하지만 거짓말이었다. 그녀는 무척 지친 모습이었다.

"고마워요. 경위님에 대해 같은 말씀을 드리지 못해 유감이에요."

리버스가 움찔했다. "내가 당신 나이 땐 지금 당신처럼 꽤 봐줄 만했었 어요."

"이런 미니스커트를 입었다고요?" 그녀가 가방에서 담배를 꺼내기 위해 몸을 앞으로 숙였다. 리버스는 그녀의 티셔츠 안으로 살짝 드러난 레이스 브래지어를 흘끔 쳐다보았다. 그녀가 상체를 곧게 세우자 그가 미간을 찌푸렸다.

"알았어요. 담배는 참아볼게요."

"흡연은 성장을 방해해요. 건강 얘기가 나와서 말인데요, 당신이 쓴 그 기사, 어떻게 된 거죠?"

바로 그때 매기가 다가왔다. 그들은 염두에 둔 메뉴를 공들여 주문을 했다. "모엣 샌디는 다 팔렸어요." 매기가 말했다.

"방금 뭐라고 하셨죠?" 매기가 사라지자 메리가 말했다.

"아무것도 아니에요." 그가 말했다. "그보다도 당신이 뭘 들려주려고 했었는데……"

"제가요?" 그녀가 미소를 지어 보였다. "경위님은 어디까지 알고 계시죠?"

"당신이 그 사건을 취재해왔고, 기사를 미국 잡지 『스눕』에 팔아치웠다는 정도만 알고 있어요."

"그 정도면 많이 아시는 거예요."

"이곳 신문사에 먼저 보여줘야 하는 거 아닌가요?"

그녀가 한숨을 내쉬었다. "당연히 그랬죠. 하지만 지면에 실어주질 않더라고요. 법무팀이 명예훼손으로 걸릴 수가 있다고 말렸다네요."

"누구의 명예를 훼손할 수 있다는 거죠?"

"개인이 아니라 조직들의 명예를 훼손할 가능성이 있대요. 그 문제로 편집장과 대판 싸웠고, 사직서를 냈어요. 그는 법무팀이 존재하는 이유는 필요 이상으로 신중해야 하기 때문이라고 하더군요."

"그들이 받는 보수는 필요 이상으로 신중히 계산된 게 아닐 텐데." 그는 순간 캐로 래트레이를 떠올렸다. 빨리 연락이 닿아야 할 텐데.

"어차피 프리랜서로 전향할 생각이었어요. 기회가 이렇게 빨리 올 줄은 상상도 못했지만. 그래도 시작부터 대어를 낚았으니 다행이에요. 몇 달 전 점프 칸토나라는 뉴욕 기자로부터 편지를 받았어요."

"꼭 차 이름 같군요."

"그렇죠? 사륜 구동차 같아요. 아무튼, 점프는 거기서 꽤 알아주는 부정 폭로 전문 기자인 모양이더라고요. 여기서는 그런 직함을 갖는 건 꿈도 못 꾸는 일인데."

"어째서죠?"

"미국에선 허가 없이도 꽤 깊이 파헤칠 수 있어요. 보도의 자유도 여기 보단 많고요. 점프는 이곳에서 취재를 도와줄 사람을 찾고 있다고 했어요. 본 기사엔 그의 이름이 걸리지만 제가 쓰는 파생 기사들엔 제 이름만 단독 으로 나가죠."

"그래서 당신이 알아낸 게 뭡니까?"

"아주 복잡한 문제(can of worms)예요." 매기가 그들이 주문한 음식을 가져왔다. 그녀는 메리의 마지막 한마디를 엿들었는지 냉랭한 표정을 지 으며 그녀 앞에 프라이-업(베이컨, 달걀부침 등 기름에 지진 음식으로 된 식 사)을 내려놓았다. 리버스 앞에는 라자냐(파스타, 치즈, 고기, 토마토 소스 등 으로 만드는 이탈리아 요리) 반 그릇과 그린 샐러드가 놓였다.

"칸토나는 당신을 어떻게 알고 연락해온 겁니까?" 리버스가 물었다.

"뉴욕에서 저널리즘 코스를 같이 들은 친구가 있는데 그 친구가 그를 소개해줬어요. 칸토나가 스코틀랜드에서 취재를 도와줄 사람을 찾고 있다 나요. 그래서 제 생각이 났대요." 그녀는 포크로 감자튀김 네 개를 한꺼번 에 공략하고 있었다. 또 다른 손으로는 소금과 식초와 토마토 소스를 분주 히 놀려댔다. 잠시 고민에 빠졌던 그녀는 브라운 소스(보통 병에 담아 파는,

식초와 양념으로 만든 소스)까지 가져와 접시에 뿌렸다.

"그럴 줄 알았어요." 리버스가 말했다. "정말 역겨운 취향이에요."

"겨자와 마요네즈가 없어서 아쉽네요. 참, SCS로 옮기셨다고 들었어요."

"그래요."

"어째서요?"

"날 거기 붙잡아두고 감시하려는 거겠죠."

"메리 킹스 클로즈에서 수상한 살인 사건이 발생했잖아요. 경위님은 그 직후에 SCS로 옮겨가셨고요. 저는 SCS가 총기 밀반입 사건을 수사 중이라는 걸 알고 있어요. 아일랜드 커넥션." 매기가 아이언-브루 캔 두 개를 가져왔다. 메리는 캔이 충분히 차가운지 확인한 후 개봉했다. "경위님도 그 스토리를 쫓고 계신가요?"

"경찰은 스토리를 쫓지 않아요, 메리. 우린 사건을 쫓는다고요. 내 대답이 듣고 싶으면 당신 스토리부터 풀어봐요."

그녀가 숄더백에서 타자기로 보기 좋게 작성된 문서 몇 장을 꺼냈다. 스테이플러로 고정된 문서들은 반으로 접혀 있었다. 리버스는 그것이 사본임을 알 수 있었다.

"생각보다 분량이 적군요." 그가 말했다.

"제가 먹는 동안 읽어보세요."

그는 문서를 받아들고 천천히 읽어보았다. 대부분 추측에 근거한, 그리고 미국의 관점에서 분석한 내용이었다. IRA의 자금 조달 방법이 수박 겉 핥는 식으로 대충 기술되어 있었고, 오렌지 로열 여단과 소드 앤 쉴드에 대한 언급도 있었다.

"이름은 없군요." 리버스가 말했다.

"몇 개 알려드릴 순 있어요. 물론 오프 더 레코드로."

"개빈과 제임시 맥머레이?"

"그걸 경위님이 어떻게 아시죠? 그들에 대해 뭐 알아내신 거라도 있나요?"

"우리가 뭘 찾을 수 있을 것 같아요? 유탄 발사기로 가득 찬 정원 헛간?"

"그럴지도요."

"아는 대로 말해봐요."

그녀가 깊은 숨을 한 번 들이쉬었다. "아직 인쇄소로 넘길 단계는 아니지만, 저희는 군대가 연루된 걸로 보고 있어요."

"포클랜드와 걸프에서 들어온 거라고요? 기념품으로?"

"기념품으로 보기에는 그 수가 너무 많지 않나요?"

"그럼 어디? 러시아?"

"그보다 훨씬 가까운 곳이에요. 북아일랜드 육군기지에서 가끔 물건이 새어나온다는 거 알고 계시죠?"

"들어본 적 있어요."

"70년대에 스코틀랜드에서도 똑같은 일이 있었어요. 타탄군(Tartan Army, 스코틀랜드 국가 대표 축구팀의 열성팬들을 부르는 별명)이 육군기지에서 물자를 빼돌린 사건. 누군가가 같은 수법으로 일을 벌이고 있는 것 같아요. 적어도 점프는 그렇게 믿고 있어요. 그는 미국 쉴드에서 활동했던 사람을 만나봤다고 했어요. 이곳으로 자금을 보내는 일을 했다더군요. 무기를 보내는 것보다 돈을 보내는 게 훨씬 쉬웠다나요. 그는 점프에게 그 돈이 영국 무기를 사들이는 데 쓰였다고 털어놓았어요. IRA는 동구권과 리비아랑 좋은 관계를 유지하고 있지만 로열리스트 불법 무장 단체들은 그렇지 않잖아요."

"그러니까 그들이 군대에서 무기를 사들이고 있다는 얘긴가요?" 리버스는 피식 웃으며 고개를 저었다. 메리의 얼굴에도 희미한 미소가 머금어졌다.

"그것 말고도 또 있어요. 아직 증거는 없지만. 물론 점프도 알고 있고요. 한 사람의 증언만 있을 뿐인데, 그는 세상에 존재를 드러내길 거부하고 있어요. 미국 쉴드에게 보복 당할까봐 두렵다더군요. 아무튼, 그 말을 얼마나 믿어야 할지 모르겠어요. 돈을 받고 점프에게 털어놓은 내용이거든요. 어쩌면 전부 다 지어낸 이야기인지도 몰라요. 하지만 아시다시피 기자들은 흥미로운 음모를 그냥 지나치지 못하잖아요. 크림처럼 쪽쪽 빨아먹어야 직성이 풀리죠."

"그래서 지금 무슨 얘길 하고 있는 거죠, 메리?"

"경관인지 형사인지는 몰라도 쉴드 내 높은 자리에 누군가가 앉아 있어요."

"미국에요?"

그녀가 고개를 저었다. "영국 쪽에요. 아직 확인된 이름은 없고요. 말씀드린 것처럼 그냥 가능성 있는 스토리일 뿐이에요."

"그렇군요. 그냥 스토리라. 그런데 우리의 언더커버 작전에 대해선 어떻게 알았죠?"

"신기하게도 전화를 받았어요."

"당연히 익명의 제보자였겠죠?"

"물론이죠. 대체 누가 그걸 알고 있었을까요?"

"보나마나 경찰이겠죠."

메리가 접시를 멀리 밀어냈다. "이 많은 감자튀김을 나 혼자 다 어떻게 먹으라고."

"테이블 위에 명판을 붙여놓아야겠군요."

리버스는 술이 절실했다. 다행히 걸어서 몇 분 거리에 꽤 괜찮은 펍이 있었다. 메리도 동행했다. 술이 들어갈 배가 남지 않았다고 투덜거렸지만 말이다. 하지만 막상 도착해 보니 화이트 와인과 소다를 위한 공간이 넉넉히 남아 있음이 확인되었다. 리버스는 맥주와 위스키를 주문했다. 그들은 포스만이 내다보이는 창가 테이블에 자리를 잡았다. 바다는 군함 같은 회색이었다. 언제 봐도 으스스한 분위기가 느껴졌다.

"방금 뭐라고 했죠?" 그는 한눈을 파느라 듣지 못했다.

"깜빡 잊고 말씀 못 드렸다고 했어요."

"아뇨, 그 바로 전에."

"몬커라는 남자. 클라이드 몬커."

"그가 어쨌는데요?"

"점프는 그가 미국 쉴드 고위층 임원 중 하나일 거라 생각하고 있어요. 또한 그는 거물급 악당이기도 하죠. 비록 법정에서 증명되진 않았지만."

"그런데요?"

"그가 내일 히스로(런던 서부의 국제공항)로 들어온대요."

"뭘 하러요?"

"그야 모르죠."

"그가 온다는데 왜 런던에 가서 기다리지 않는 거죠?"

"그가 거길 경유해서 에든버러로 오니까요."

리버스의 눈이 가늘어졌다. "이 얘길 내게 들려주지 않으려 했었죠?"

"네."

"그런데 왜 마음을 바꾼 겁니까?"

그녀가 아랫입술을 살짝 깨물었다. "조만간 친구가 필요해질지 몰라서요."

"그를 직접 만나보게요?"

"네."

"맙소사, 메리."

"기자라면 당연히 그래야 하는 거 아닌가요?"

"그에 대해 뭐 아는 거 있어요? 아무거나 상관없으니 얘기해봐요."

"캐나다로 마약도 들여가고, 극동 지역 불법 이민자들을 상대로 브로커 노릇도 하고요. 참 다재다능한 사람 같더라고요. 표면상으로는 시애틀에서 생선 가공처리 공장도 운영하고 있어요." 리버스는 고개를 저었다. "왜 그러세요?"

"나도 모르겠어요." 그가 말했다. "왠지…… 처참한(gutted, 생선의 내장을 제거한) 기분이 들어서요."

그녀가 그 조크를 이해하기까지는 약간의 시간이 걸렸다.

21

"캐로, 맙소사."

리버스는 다시 페츠로 돌아와 있었다. 그는 책상에 앉아 한동안 전화기와 씨름한 끝에 드디어 캐롤라인 래트레이의 응답을 이끌어내는 데 성공했다.

"오늘 약속을 취소하려고 전화한 거죠?" 그녀가 쌀쌀맞게 말했다.

"미안해요. 갑자기 중요한 일이 생겼어요. 알다시피 원래 경찰 일이라는 게 그렇잖아요. 도무지 예측을 할 수가 있어야죠." 하지만 전화는 이미 끊어져 있었다. 그는 씁쓸하게 수화기를 내려놓았다. 이제 킬패트릭을 만나러 그의 사무실로 가봐야 했다. 이미 상관에게 5분만 시간을 내줄 것을 요청해두었다. 언제나 그렇듯 노크는 필요 없었다. 유리문 안에서 킬패트릭이 들어오라고 손짓했다.

"앉게, 존."

"그냥 서 있겠습니다, 경감님. 감사합니다."

"그래, 무슨 일인가?"

"FBI와 통화하셨을 때 그들이 클라이드 몬커라는 인물을 언급하지 않았습니까?"

"그런 것 같진 않은데." 킬패트릭이 앞에 놓인 메모장에 이름을 받아 적었다. "이 친구가 누구지?"

"시애틀의 사업가입니다. 생선 가공처리 공장을 운영하고 있죠. 겉으로는 그렇지만 사실은 아주 나쁜 놈입니다. 휴가차 에든버러에 온다는군요."

"관광하면서 돈 좀 뿌리겠군. 우리에겐 잘된 일 아닌가?"

"그가 쉴드 고위층 임원이라는 얘기가 있습니다."

"그래?" 킬패트릭이 메모장에 적어놓은 이름에 밑줄을 그었다. "그건 누구에게 들었지?"

"그건 아직 말씀드릴 수 없습니다."

"알겠네." 킬패트릭이 또 다시 이름에 밑줄을 그었다. "난 비밀을 좋아하지 않네, 존."

"네, 경감님."

"이제 어쩔 셈인가?"

"그에게 미행을 붙여볼까 합니다."

"오미스턴과 블랙우드라면 잘할 수 있을 거야."

"저는 다른 사람을 생각하고 있습니다만."

킬패트릭이 펜을 내려놓았다. "왜?"

"그냥요."

"날 못 믿겠다는 건가, 존?"

"그게 아닙니다, 경감님."

"그럼 어째서 오미스턴과 블랙우드는 안 되는지 말해보게."

"저랑 좀 안 맞는 것 같아서 말입니다. 왠지 그들이 일부러 일을 망쳐놓을 것 같아서 불안합니다. 난처하게 될 것 같아요." 연습이 충분히 되어있다면 거짓말쯤은 아무것도 아니었다. 상관들에게 거짓말을 둘러대는 건 리버스의 오랜 특기였다.

"자네 혹시 편집증 있나?"

"그런지도 모르겠습니다."

"우린 팀일세, 존. 뭘 하든 똘똘 뭉쳐야 한다고."

"경감님께서 절 이곳으로 데려오셨지 않습니까. 저는 파견 근무를 희망한 적이 없습니다. 원래 팀은 새 얼굴을 못마땅해 하기 마련입니다. 그 벽을 허물려면 시간이 더 필요해요." 그리고 리버스는 거침없이 쐐기를 박아 넣었다. "원하시면 언제든지 저를 세인트 레너즈로 돌려보내십시오." 사실 그것은 그가 진정으로 원하는 바가 아니었다. 그는 두 경찰서를 오가며 누리는 자유가 좋았다. 언제든 그럴 듯한 핑계를 대로 두 경감을 피해 다닐 수도 있으니까.

"정말 그걸 바라고 있나?" 킬패트릭이 물었다.

"제가 뭘 원하는지는 중요하지 않습니다. 경감님이 뭘 원하시는지가 중요하죠."

"하긴. 내가 원하는 건 자넬 SCS에 붙잡아두는 거야. 당분간."

"그럼 다른 사람을 보내도 되겠습니까?"

"자넨 누굴 생각하고 있지?"

"세인트 레너즈 소속 형사 둘을 보냈으면 합니다. 홈스 경사와 클락 경장. 아주 호흡이 잘 맞는 친구들입니다. 이런 임무에도 익숙하고요."

"아니, 존. SCS에서 골라보는 게 좋겠어." 킬패트릭은 자존심을 부리고 있는 것이었다. "글래스고에 괜찮은 친구 둘을 알고 있네. 자네를 곤란하게 만들 놈들이 아니야. 내가 한번 연락해볼게."

"알겠습니다, 경감님."

"괜찮겠지, 경위?"

"경감님이 괜찮으시다면 저도 괜찮습니다."

리버스가 사무실을 나왔을 때 타이피스트 두 명은 기근과 제3세계의 부채에 대해 의견을 나누고 있었다.

"아예 정계에 진출해보는 건 어때요, 아가씨들?"

"마이라는 지방 의회 의원이에요." 한 명이 턱으로 파트너를 가리키며 말했다.

"그럼 우리 집 배수관 좀 뚫어줄 수 있어요?" 리버스가 마이라에게 물었다.

"줄서서 기다려요. 많이 밀렸으니까." 마이라가 웃으며 말했다.

책상으로 돌아온 리버스는 브라이언 홈스와 통화를 한 후 복도 끝에 자리한 화장실로 향했다. 이곳 화장실은 「닥터 후」에 나오는 타임머신을 연상시켰다. 당황스러울 만큼 비좁은 공간에는 소변기 두 개와 변기 칸 하나, 그리고 세면기 하나가 꽉 들어차 있었다.

그런 이유로 켄 스마일리가 불쑥 들어왔을 때 리버스는 전혀 반갑지가 않았다. 킬패트릭은 그에게 당분간 나오지 말라고 지시해두었지만 스마일리는 고집을 꺾지 않고 기어이 일터로 나와버렸다.

"좀 어때요, 켄?"

"괜찮아요."

"다행이네요." 소변기에서 떨어진 리버스가 세면기로 다가갔다.

"요즘 아주 열심히 달리더군요." 스마일리가 말했다.

"그렇게 보이나요?"

"여기선 도통 볼 수가 없으니 밖에서 열심히 일한다고 생각할 수밖에요."

"오, 그래요. 열심히 하고 있어요." 리버스가 손을 흔들어 물기를 털어냈다.

"이상하게도 노트는 못 봤어요."

"노트?"

"케이스 노트 작성하는 걸 한 번도 본 적이 없어요."

"그래요?" 리버스가 면으로 된 롤러 타월(보통 공중 화장실에서 볼 수 있는, 긴 타월을 롤러에 감아 돌려가며 쓸 수 있게 만든 것)에 손을 닦았다. 운 좋게도 새로 끼워놓은 새 롤이었다. 그는 여전히 스마일리를 등지고 서 있었다. "케이스 노트는 머릿속에 작성해두거든요."

"그건 정식 절차가 아니지 않습니까."

"유감이네요."

짧게 대꾸를 마친 그가 다시 숨을 들이쉬려 할 찰나 스마일리의 두 팔이 그의 몸을 휘감았다. 마치 크레인이 가슴을 조이고 있는 듯한 기분이었다. 숨을 쉴 수가 없었다. 스마일리가 그를 번쩍 들어 롤러 타월 옆의 벽에 갖다붙였다. 그의 체중이 벽에 고정된 리버스를 짓이겨댔다.

"뭐가 꿍꿍이가 있는 거지? 아닌가?" 스마일리가 고음의 목소리로 말했다. "누군지 말해." 그가 대답을 듣기 위해 팔에서 힘을 뺐다.

"이거 못 놔?"

스마일리가 다시 힘을 주었다. 리버스의 얼굴도 다시 벽에 짓이겨졌다. 이러다 벽을 뚫고 들어가버리겠어. 그는 생각했다. 내 얼굴이 복도 벽에서 삐져나오면 어쩌지? 사냥당한 사슴 머리처럼 말이야.

"그는 내 동생이었다고." 스마일리가 말했다. "내 동생."

리버스의 얼굴은 시뻘겋게 달아올라 있었다. 두 눈이 눈구멍에서 튀어나올 것만 같았고, 고막에서도 강한 압력이 느껴졌다. 죽기 전에 마지막으로 보는 게 이 롤러 타월이 될 줄이야. 그는 생각했다. 바로 그때 화장실 문이 벌컥 열리고 오미스턴이 들어왔다. 얼빠진 표정으로 그들을 쳐다보는 그의 입에서 담배가 툭 떨어졌다. 오미스턴이 잽싸게 달려와 스마일리를 붙잡았다. 그리고 엄지손가락으로 그의 팔꿈치 안쪽의 말랑말랑한 부분을 힘껏 눌렀다.

"놔요, 스마일리!"

"저리 비켜!"

리버스는 자신을 붙잡고 있는 팔뚝에서 힘이 빠지는 걸 알아차리고 어깨로 세게 밀쳐 스마일리를 떼어냈다. 화장실에는 세 남자가 움직일 공간이 충분치 않았다. 그들은 어색하게 춤을 추듯 움직였다. 오미스턴은 여전히 스마일리의 두 팔을 붙잡고 있었다. 스마일리는 그를 쉽게 떨쳐내고 다시 리버스에게 달려들었다. 하지만 리버스는 이미 만반의 준비를 마쳐놓은 상태였다. 그가 무릎으로 덩치 큰 남자의 사타구니를 냅다 찍었다. 스마일리가 신음을 토하며 무릎을 꿇었다. 오미스턴이 천천히 몸을 일으켰다.

"대체 무슨 일로 이러시는 겁니까?"

스마일리가 힘겹게 일어났다. 그의 얼굴엔 분노와 좌절의 표정이 교차했다. 그가 우악스럽게 손잡이를 움켜잡고 화장실 문을 거칠게 열었다.

리버스는 거울을 들여다보았다. 그의 얼굴은 하얀 피부를 가진 사람들이 살을 태운 것 같은 선홍색을 띠고 있었다. 튀어나올 것만 같았던 두 눈은 다시 원위치로 돌아가 있었다.

"혈압이 몇까지 올랐을지 궁금하군." 그가 중얼거렸다. 그리고 오미스턴에게 고맙다고 말했다.

"경위님을 도우려 한 게 아니라 절 위해서 그런 겁니다." 오미스턴이 삐

딱하게 말했다. "두 분이 이 좁은 데서 레슬링을 하고 계시니……" 그가 몸을 숙이고 바닥에서 담배를 집어 들었다. "조용히 담배를 피울 수가 있어야죠."

아수라장 속에서도 담배는 기적적으로 온전한 모습을 유지하고 있었다. 하지만 오미스턴은 담배의 상태를 잠시 살핀 후 변기에 던져 넣고 물을 내렸다. 그는 새 담배를 꺼내 물고 유유히 불을 붙였다.

리버스도 한 대 꺼내 물었다. "담배가 사람의 생명을 구한 첫 케이스로 기록되겠군."

"제 할아버지는 무려 60년간 담배를 피우셨습니다. 그리고 나이 여든에 주무시다 평화롭게 가셨죠. 비록 마지막 30년 동안은 몸져누워 지내셨지만요. 그건 그렇고, 대체 무슨 일로 치고받으신 겁니까?"

"서류 정리. 스마일리는 내 방식이 못마땅한 모양이야."

"스마일리는 사건에 대한 모든 디테일을 알고 싶어 합니다."

"원래 여기 나오면 안 되는 거였잖아. 당분간 집에서 쉬라고 했더니만."

"절대 그럴 인물이 못 되죠." 오미스턴이 말했다. "덩치만 큰 순한 곰 같아 보이죠? 다정한 거인 같아 보이고? 그런 겉모습에 속지 마십시오." 그가 담배를 길게 한 번 빨았다. "제가 스마일리가 어떤 사람인지 자세히 들려드리죠."

그의 사연이 이어졌다.

리버스가 6시에 맞춰 도착하자 페이션스 에이트킨은 적잖이 놀라는 모습이었다. 그는 목욕 대신 간단히 샤워를 하고 자신이 소유한 가장 괜찮은 양복과 페이션스가 크리스마스 선물로 사준 셔츠를 꺼내 걸쳤다. 둘 다 커프스 단추(셔츠 소맷동을 잠그는 데 쓰는 작은 장식품)가 달린 옷이었다.

"나 혼자선 절대 못 채우겠어요." 거실로 나온 그가 소맷동을 펄럭이며 말했다. 페이션스가 미소를 지으며 다가와 도와주었다. 향수 냄새가 은은하게 풍겼다.

"향기가 좋은데요." 그가 말했다.

"나 말이에요? 아니면 주방?"

"둘 다요." 리버스가 말했다. "우열을 가릴 수가 없어요."

"뭐 마실래요?"

"뭘 마시고 있었어요?"

"음식 준비가 끝날 때까진 탄산수만 마셔야 해요."

"나도 같은 걸로 할래요." 하지만 그는 위스키가 절실한 상황이었다. 오한은 가셨지만 숨을 들이쉴 때마다 늑골이 욱신거렸다. 오미스턴은 언젠가 스마일리가 거칠게 저항하는 용의자를 있는 힘껏 끌어안아 기절시킨 적이 있었다고 알려주었다. 또한 킬패트릭이 부임해오기 전까지 스마일리 형제가 에든버러 수사반을 좌지우지했다는 놀라운 사실도 귀띔해주었다.

그는 탄산수에 얼음과 라임을 넣어 마셨다. 맛이 생각보다 나쁘지 않았다. 상차림이 끝나고 식기 세척기를 가동시키고 나서야 두 사람은 비로소 진토닉을 한 잔씩 손에 들고 소파에 앉을 수 있었다.

"건배."

"건배."

페이션스가 리버스의 손을 잡아끌고 작은 뒤뜰로 향했다. 저물어가는 해는 건물 옥상에 위태롭게 걸쳐 있었고, 새들은 떼를 지어 어디론가 날아가는 중이었다. 그녀는 부대원들을 살피는 장군처럼 눈에 들어오는 모든 화초를 찬찬히 훑어보았다. 그녀에게 완벽히 교육받은 고양이 럭키는 볼일이 급할 때마다 담을 넘어 옆집 뜰로 들어갔다. 그녀는 몇몇 꽃의 이름을 그에게 가르쳐주었다. 언제나 그러하듯. 그는 꽃 이름을 외우는 데는 젬병이었으니.

페이션스가 걸음을 내딛을 때마다 글라스 안에서 얼음이 짤랑거렸다. 그녀는 형형색색의 무늬가 찍힌 긴 드레스 차림이었다. 뒤로 올린 머리는 드레스와 잘 어울렸다. 훤히 드러난 목과 어깨의 윤곽은 꽤 봐줄 만했다. 짧은 소매 밑으로는 정원일을 하느라 구릿빛으로 그을린 팔이 드러났다.

초인종 소리가 아득하게 들려왔다. "왔나봐요." 그가 말했다.

"생각보다 일찍 왔군요." 그녀가 손목시계를 들여다보았다. "딱 좋을 때 왔어요. 가서 감자를 데워야겠네요."

"문은 내가 열어줄게요."

그녀는 그의 팔뚝을 한 번 꼭 쥐고 나서 떨어졌다. 리버스는 복도를 지나 현관으로 나갔다. 그리고 저녁 내내 머금고 있어야 하는 미소를 애써 지으며 문을 열었다.

"개자식!"

쉬익 소리와 함께 스프레이 캔에서 무언가가 뿌려졌다. 그는 극심한 통증이 느껴지는 눈을 질끈 감았다. 스프레이가 계속해서 그의 얼굴에 뿌려졌다. 그는 본능적으로 메이스(호신용 스프레이에 쓰이는 자극성 물질)일 거라 짐작하고 눈을 비벼대기 시작했다. 나머지 한 손은 습격자의 캔을 빼앗으려 미친 듯이 휘둘렀다. 하지만 발소리는 이미 계단을 뛰어오르고 있었다. 눈을 뜨고 싶지 않았다. 그는 눈을 감은 채로 화장실이 있는 쪽으로 달려갔다. 복도의 벽을 더듬던 그의 두 손이 침실 문 옆에 붙은 조명 스위치를 올렸다. 페이션스가 다가오고 있었다. 그는 황급히 안으로 들어가 문을 걸어 잠갔다.

"존? 존, 무슨 일이에요?"

"아무것도 아니에요." 그가 어금니를 갈아대며 말했다. "괜찮아요."

"정말이에요? 방금 누가 온 거죠?"

"위층 사람들을 찾아왔대요." 그가 세면기에 물을 틀고 재킷을 벗은 후 따뜻한 물에 머리를 푹 담갔다. 물이 넘쳤지만 그는 신경 쓰지 않았다. 그가 두 손으로 얼굴을 박박 문질러댔다.

페이션스는 화장실 문 밖에 서서 기다리고 있었다. "무슨 일인데 그래요, 존? 말해봐요."

그는 대답하지 않았다. 잠시 후, 그가 힘겹게 한쪽 눈을 떴다. 하지만 가시지 않은 통증에 이내 눈을 감고 말았다. 젠장, 아직도 따가워! 그는 다시 물에 머리를 담그고 눈을 떴다. 물이 탁하게 보였다. 그는 고개를 빼고 자신의 두 손을 내려다보았다. 손에는 빨갛고 끈적거리는 무언가가 묻어 있었다.

오, 맙소사. 그는 생각했다. 그가 허리를 펴고 세면기 위에 걸린 거울을 들여다보았다. 그의 얼굴은 선홍색으로 물들어 있었다. 낮에 스마일리의 습격으로 받았던 것과는 또 다른 차원의 피해였다. 바로…… 페인트. 누군가가 스프레이로 빨간 페인트를 뿌리고 달아난 것이었다. 하느님 맙소사. 그는 휘청대며 옷을 하나씩 벗었다. 그리고 욕조로 들어가 물을 틀었다. 샤워기 아래서 머리부터 감았다. 샴푸를 쏟아 붓고 나서 있는 힘껏 손으로 문질렀다. 얼굴과 목도 피부가 벗겨질 정도로 비벼댔다. 페이션스가 문밖에서 어떻게 된 일인지 다그쳐 물었다. 언성이 확실히 높아져 있었다.

마침 브렘너 부부가 도착했다.

그는 욕조에서 나와 수건으로 물기를 닦아내고 다시 거울 앞에 섰다. 빨간 물은 많이 빠진 상태였지만 아직 갈 길이 멀었다. 그는 바닥에 벗어 놓은 옷을 내려다보았다. 짙은 색 재킷에 묻은 페인트는 잘 보이지 않았다. 하지만 예상했던 대로 셔츠는 엉망이었다. 그는 화장실 문을 조심스레 열고 귀를 쫑긋 세웠다. 페이션스가 브렘너 부부를 거실로 안내한 모양이었다. 그는 복도를 걸어 침실로 들어갔다. 그의 손이 닿은 벽지에는 빨간 자국이 선명히 남았다. 그는 침실에서 치노 바지(질긴 면직물로 입기 편하게 만든 바지)와 노란 티셔츠, 그리고 페이션스가 여름 산책용으로 사준 리넨 재킷을 꺼내 입었다.

한물간 사람이 최신 유행을 따라보려 발악하고 있는 것 같았다. 손바닥 은 아직도 벌겠다. 하지만 그건 페인트를 칠하다 왔다는 거짓말로 대충 수 습할 수 있었다. 그가 문틈으로 고개를 불쑥 내밀었다.

"크리스, 제니." 그가 말했다. 부부는 소파에 나란히 앉아 있었다. 페이 션스는 주방에 있는 모양이었다. "미안해요. 머리 좀 더 말리고 나갈게요."

"서두를 거 없어요." 제니가 말했다. 그는 전화기를 챙겨 들고 침실로 들어가 커트 박사에게 전화를 걸었다.

"여보세요?"

"존 리버스입니다. 캐롤라인 래트레이에 대해 알려주실 수 있습니까?"

"네?"

"그녀에 대해 아는 대로 말씀해주십시오."

"무슨 문제라도 있었나요?" 커트가 물었다.

"아주 큰 문제가 있었죠. 방금 전 제 얼굴에 스프레이 페인트를 뿌리고 달아났어요."

"뭐라고요?"

"그건 중요하지 않습니다. 그냥 아는 대로만 말씀해주세요. 예를 들면, 질투가 많은 타입인지, 뭐 그런 부분들."

"존. 당신도 직접 만나보지 않았습니까. 꽤 매력 있지 않았나요?"

"그랬죠."

"직장에서도 인정받고 있고, 돈도 제법 벌었을 겁니다. 모두가 부러워할 만한 삶을 살고 있죠."

"그건 저도 알고 있습니다."

"남자 친구?"

"그 부분에 대해선 아는 바 없습니다."

"그럼 내가 알려주죠. 그녀에겐 남자 친구가 없습니다. 그래서 나랑 발레 공연에 동행해줬던 겁니다. 시간이 남아돌아서요. 자, 스스로에게 한번 물어봐요. 어떻게 이게 가능한지. 내가 그 답을 알려줄까요? 왜냐하면 남자들이 그녀를 두려워하기 때문이에요. 솔직히 그녀가 왜 그러는지는 나도 모릅니다. 하지만 한 가지 분명한 건 그녀가 남자들과 원만히 지내지 못한다는 사실입니다. 어쩌다가 엮이게 돼도 관계가 오래가지 못해요."

"진작 말씀해주셨어야죠."

"난 두 사람이 그런 관계인지 몰랐어요."

"절대 그런 관계가 아닙니다."

"그래요?"

"그녀 혼자 그렇게 믿고 있을 뿐이에요."

"그렇다면 정말 큰일이군요."

"네, 그런 것 같습니다."

"더 도움이 못 돼줘서 미안합니다. 나랑 있을 땐 괜찮던데 말이죠. 내가 만나서 얘길 좀 해볼까요?"

"아뇨, 괜찮습니다. 그건 제가 직접 해야죠."

"그럼 이만 끊겠습니다. 행운을 빌어요."

리버스는 커트가 수화기를 내려놓을 때까지 기다렸다. 그때 수상한 딸깍 소리가 들려왔다. 페이션스가 주방에서 엿듣고 있었던 모양이었다. 그는 침대에 주저앉아 자신의 발을 응시했다. 잠시 후, 침실 문이 열렸다.

"다 들었어요." 그녀가 말했다. 한 손에는 오븐 장갑이 끼워져 있었다. 그녀가 그의 앞에 무릎을 꿇고 앉아 그의 무릎에 두 손을 얹었다. "왜 얘기 안 했어요?"

그가 미소를 지어 보였다. "방금 했잖아요."

"내 얼굴을 보고 얘기했어야죠." 그녀가 잠시 말을 멈추었다. "두 사람 사이에 아무 일도 없었나요? 정말 아무 관계도 아니에요?"

"아무 일도 없었어요." 그가 눈도 깜빡이지 않은 채 말했다. 잠시 무거운 침묵이 흘렀다.

"이제 우린 어떻게 하죠?"

그가 그녀의 손을 잡았다. "우린……" 그가 말했다. "나가서 손님들을 접대해야죠." 그가 페이션스의 이마에 입을 맞추고 나서 그녀를 부축해 일으켰다.

22

다음날 아침 9시 30분, 리버스는 라클런 머독의 아파트 밖에 와 있었다.

전날 밤 눈을 씻던 중 그는 문득 이 기발한 아이디어를 떠올렸다. 가끔 규칙을 따르기보다는 편법을 쓰는 편이 나을 때가 있었다. 지름길로 가지 않고서는 범죄 수사에서 신속한 진행을 기대할 수 없었다.

그는 도로 끝에 자리한 공중전화 박스에서 머독에게 전화를 걸었다. 집은 비어 있는 모양이었다. 자동응답기가 받는 것을 보면. 보나마나 머독은 직장에 나가 있을 것이다. 리버스는 차에서 내려 머독의 인터컴을 눌러보았다. 역시 응답이 없었다. 그는 도구를 이용해 자물쇠를 땄다. 언젠가 나이 든 전과자에게 배운 트릭이었다. 안으로 들어선 그는 계단을 빠르게 올라갔다. 불법 침입자가 아닌, 단골 방문객인 것처럼 행동해야만 했다. 다행히 목격자는 없었다.

머독의 문에는 예일 자물쇠(문에 쓰는 원통형 자물쇠)가 채워져 있었다. 데드록(열쇠를 넣어 열거나 잠그게 되어 있는 문)보다는 열기가 수월했다. 리버스는 안으로 들어가 문을 닫고는 곧장 머독의 침실로 향했다. 밀리가 컴퓨터 디스크를 남겨두고 떠났을 리는 없었다. 하지만 혹시 모르는 일이니 꼼꼼히 뒤져볼 필요가 있었다. 은행 안전 금고가 없는 사람들은 자신들의 집을 금고 삼아 쓰기도 했으니.

흐트러진 침대 위에는 우편물들이 널려 있었다. 머독이 뿌려놓고 간 것이었다. 리버스는 그것들을 빠르게 훑어보았다. 밀리가 보낸 편지도 있었다. 소인은 어제 날짜였다. 봉투에는 달랑 편지지 한 장만 들어 있었다.

"미안해. 아무 말도 없이 떠나서. 얼마나 오래 있다 돌아올지 모르겠어. 만약 경찰이 물으면 아무 말도 하지 마. 지금 내가 할 수 있는 말은 이것뿐이야. 사랑해. 밀리."

리버스는 편지를 원위치에 내려놓은 후 페이션스에게서 훔쳐 온 수술용 장갑을 손에 꼈다. 그는 머독의 책상으로 다가가 컴퓨터를 켠 후 디스크를 차례로 살펴보기 시작했다. 플라스틱 상자에는 수십 장의 디스크가 보관되어 있었고, 대부분 라벨이 붙어 있었다. 머독의 가늘고 긴 필적도 보였고, 밀리의 것으로 추정되는 몇몇 필적도 확인 가능했다.

그는 한동안 디스크를 살펴보는 데만 집중했다. 하지만 소득은 없었다. 라벨이 붙지 않은 것들은 빈 디스크이거나 손상된 것들이었다. 그는 다른 디스크는 없는지 서랍 안도 샅샅이 조사했다. 침대 옆 바닥에는 빌리의 유품이 담긴 쓰레기 봉지가 놓여 있었다. 그는 그 안도 뒤져보았다. 머독 쪽 침대에는 책 여러 권과 재떨이, 그리고 빈 담뱃갑들이 어수선하게 널려 있었다. 하지만 밀리 쪽은 잘 정돈된 상태였다. 침대 옆 탁자에는 램프와 자명종과 목캔디가 놓여 있었다. 리버스는 몸을 숙이고 탁자 문을 열어보았다. 순간 그는 밀리 쪽 침대가 깔끔히 정돈된 이유를 깨달았다. 탁자 안은 휴지통이나 다름없었다. 그는 쓰레기를 뒤적였다. 구겨진 노란색 포스트잇이 여럿 보였다. 그는 그것들을 꺼내 하나씩 살펴보았다. 머독이 보낸 메시지들이었다. 첫 번째 포스트잇에는 일곱 자리 전화번호와 짧은 메시지가 적혀 있었다. "이년에게 한번 연락해보지 그래?" 포스트잇을 몇 장 더 살펴본 리버스는 조금씩 이해가 되는 것 같았다. 같은 사람이 남겨 놓은 전화 메시지들. 그리고 리버스의 눈에 익은 전화번호. 나머지 포스트잇에는 전화 건 사람의 이름이 메시지와 함께 기록되어 있었다.

메리 헨더슨.

세인트 레너즈로 돌아온 그는 홈스와 클락이 자리를 비웠다는 사실에 안도했다. 그는 화장실로 들어가 찬물을 얼굴에 끼얹었다. 벌겋게 충혈된 눈은 아직도 따끔거렸다. 어젯밤, 페이션스는 그의 눈을 유심히 살펴본 후 죽을병은 아니라고 확인해주었다. 브렘너 부부가 돌아간 후 그녀는 그의 머리와 손에서 빨간 얼룩을 최대한 빼주었다. 하지만 그의 오른쪽 손바닥에는 아직도 희미한 자국이 남아 있었다.

"붉은 손의 쿠홀린." 페이션스는 말했었다. 절박한 위기 상황에서도 차분함을 유지한 그녀는 과연 의사다웠다. 그녀는 한밤중에 벌떡 일어나 캐롤라인 래트레이의 아파트에 불을 지르고 오겠다고 법석을 떠는 그를 어른스럽게 달래주기까지 했다.

"받아요." 그녀가 위스키를 건네며 말했다. "이걸로 당신 뱃속에나 불을 질러요."

그는 화장실 거울을 들여다보며 미소를 지었다. 이곳에서는 갑자기 튀어나와 죽이겠다고 달려드는 스마일리를 걱정할 필요가 없었다. 그를 조롱하는 오미스턴도, 우쭐대는 블랙우드도 없었다. 이곳은 그의 둥지나 마찬가지였다. 그는 문득 자신이 페스로 불려간 이유가 궁금해졌다. 대체 왜 킬패트릭이 그를 골라 데려갔는지.

그는 왠지 그 답을 알 것만 같았다.

에든버러의 센트럴 렌딩 도서관은 스코틀랜드 국립 도서관 건너편 조지 4세 다리 위에 자리하고 있었다. 그쪽은 학생들의 영역이었고, 로열 마일을 조금 벗어나면 페스티벌 프린지 구역이 나왔다. 대거 몰려나온 팸플릿 집필자들은 지난 공연의 대성공으로 눈에 띄게 의기양양해진 모습이었다. 리버스는 긴 금발머리의 십 대 소녀가 건네는 현란한 초록색 전단을 거부하지 않았다. 예의상 그 정도는 얼마든지 할 수 있는 일이었다. 그는 내용을 대충 훑고 나서 가장 먼저 나타난 쓰레기통에 버렸다. 쓰레기통에는 똑같은 전단이 가득 담겨 있었다.

에든버러 룸은 확 트인 공간으로 에워싸인 홀이었다. 아래층은 책상을 차지하고 앉은 학생과 책장을 살피는 사람들로 북적거렸다. 메리 헨더슨은 책을 읽고 있지 않았다. 그녀는 큰 테이블에 앉아 지역 신문을 훑는 중이었다. 리버스는 그녀 뒤로 슬그머니 다가갔다. 그녀가 휴대용 컴퓨터를 열고 도서관 바닥에 붙은 콘센트에 플러그를 꽂았다. 희부연 잿빛 화면은 그녀가 메모해둔 내용으로 꽉 차 있었다. 그녀는 한참이 지나서야 비로소 누군가 뒤에 서 있다는 사실을 깨달았다. 그리고 사서일 거라 짐작했는지 긴장 풀린 모습으로 천천히 고개를 돌렸다.

"얘기 좀 합시다." 리버스가 말했다.

그녀는 작성한 내용을 저장하고 나서 그를 따라 도서관의 중앙 계단으로 나왔다. 표지판에는 창턱에 앉지 말라는 경고문이 적혀 있었다. 메리는 계단 맨 윗단에 앉았고, 리버스는 사람들이 지나다닐 수 있도록 두어 칸 아래 앉았다.

"사정이 좀 곤란해졌어요." 그가 이를 갈며 말했다.

"왜요? 무슨 일이 있었나요?" 그녀는 스테인드글라스만큼이나 결백해 보였다.

"밀리 도허티."

"네?"

"왜 그녀에 대해 얘기하지 않았습니까?"

"제가 무슨 얘길 들려드렸어야 했죠?"

"당신이 그녀와의 접촉을 집요하게 시도해왔다는 사실이죠. 그래, 성공은 했습니까?"

"아뇨. 그건 왜 물으시는 거죠?"

"그녀가 실종됐어요."

"정말요?" 그녀는 잠시 생각에 잠겼다. "흥미롭군요."

"그녀와 무슨 얘길 나누려 했던 겁니까?"

"그녀의 죽은 룸메이트에 대해서요."

"그게 전부예요?"

"그것 말고 또 뭐가 있겠어요?" 그녀는 화제에 관심이 있다는 표정을 지었다.

"당신이 접촉을 시도하자 그녀는 달아나버렸어요. 이상하지 않나요? 그건 그렇고, 취재는 잘 돼가요?" 뉴헤이븐에서 함께 술을 마셨을 때, 그녀는 '과거 로열리스트들의 활동'에 대해 살펴보는 중이라고 했다.

"아뇨." 그녀가 솔직히 대답했다. "경위님이 수사하시는 건요?"

"막다른 길이에요." 그는 거짓으로 둘러댔다.

"거기에 도허티 양까지 실종됐다니, 일이 더 꼬여버린 거네요. 제가 그녀와의 접촉을 시도했다는 건 어떻게 아셨죠?"

"그건 당신이 알 거 없어요."

그녀의 눈썹이 추켜세워졌다. "그녀 룸메이트가 알려준 게 아니었어요?"

"노 코멘트에요."

그녀가 미소를 지었다.

"자." 리버스가 말했다. "커피나 마시러 가죠."

"스콘(작고 동그란 빵)으로 절 심문하시려고요?" 메리가 말했다.

그들은 하이 가로 빠져나와 세인트 대성당이 있는 오른쪽으로 방향을 틀었다. 세인트 자일스 지하에는 커피숍이 있었다. 국회의사당을 향하고 있는 출입구로 들어가면 도달할 수 있는 곳이었다. 리버스는 주차장 너머를 바라보았다. 캐롤라인 래트레이는 보이지 않았다. 커피숍은 손님들로 꽉 차 있었다. 테이블도 몇 개 없었지만 아직 관광철의 절정기가 끝나지 않은 탓이기도 했다.

"다른 데 갈까요?" 메리가 말했다.

"사실……" 리버스가 말했다. "건너편에 볼일이 좀 있어요." 메리는 안도하는 모습을 보이지 않으려 애쓰고 있었다. "내 말 잘 들어요." 그가 말했다. "두 번 다시 날 엿 먹이지 말아요."

"그 경고, 가슴에 새길게요."

그녀는 손을 흔들어 인사한 후 돌아서서 도서관 쪽으로 걸어갔다. 리버스는 그녀의 매력적인 다리가 시야에서 사라질 때까지 묵묵히 지켜보았다. 그런 다음, 변호사들의 차를 요리조리 피해 법원 청사로 들어갔다. 그는 캐롤라인 래트레이의 우편함에 쪽지를 남겨 놓으려고 했다. 하지만 안으로 들어서자마자 또 다른 변호사와 수다를 떨고 있던 그녀에게 들켜버리고 말았다. 도망칠 구멍이 없었다. 동료의 어깨에 손을 얹은 채 한동안 대화를 이어가던 그녀가 갑자기 휙 돌아서서 리버스 쪽으로 다가왔다.

검사복 차림의 그녀는 전날 밤 그에게 스프레이 페인트를 뿌리고 달아난 여자로는 도저히 보이지 않았다. 그녀는 방금 동료에게 지어 보였던 미소를 여전히 입가에 머금고 있었다. 겨드랑이에는 두꺼운 문서 파일이 끼워져 있었다.

"경위님, 여긴 무슨 일이에요?"

"한번 맞춰 봐요."

"아, 그 일 때문에 온 거군요. 변상할게요."

그는 주차장을 가로질러 오는 내내 그녀의 말발에 휘둘리지 않겠노라고 다짐했다. 하지만 막상 그녀를 마주하고 있으니 자신도 모르게 주눅이 들었다.

"변상?"

"드라이클리닝이나 뭐 그런 거 말이에요." 지나치던 한 변호사가 그녀를 향해 고개를 끄덕였다. "안녕, 맨시. 오, 맨시?" 그녀는 변호사의 팔꿈치에 손을 얹고 잠시 대화를 나누었다.

드라이클리닝 비용을 대주겠다고? 리버스는 래트레이가 떨어진 틈을 타 끓어오르는 분을 삭였다. 그때 누군가가 그의 어깨를 톡톡 두드렸다. 돌아보는 리버스의 눈에 어느새 바짝 다가온 메리 헨더슨이 들어왔다.

"깜빡 잊은 게 있어요." 그녀가 말했다. "그 미국인 말이에요. 에든버러에 들어와 있어요."

"나도 알아요. 설마 그에 대해서도 조사를 하고 있진 않겠죠?"

그녀가 고개를 저었다. "잠자코 때를 기다리고 있어요."

"좋은 생각이에요. 섣불리 접근했다가는 그가 겁을 집어먹고 달아날 수도 있으니까." 캐롤라인 래트레이는 맨시와 신나게 수다를 떨어대다 말고 여기자를 흥미롭게 쳐다보았다. 메리가 그녀를 돌아보며 미소를 지었다. 두 여자는 리버스의 소개를 기다렸다.

"다음에 봐요." 리버스가 메리에게 말했다.

"오, 네." 메리가 뒤로 몇 걸음 물러났다. 하지만 리버스의 생각이 바뀔 것 같지 않자 그녀는 체념하고 돌아섰다. 그때 캐롤라인 래트레이가 달려가 그녀에게 악수를 청했다. 리버스는 그녀의 손을 쥐고 뒤로 잡아끌었다. 그러자 그녀가 리버스의 손을 털어내며 그를 매섭게 쏘아보았다. 그녀의 시선이 다시 문간 쪽으로 돌아갔을 때 메리는 이미 건물을 나가버린 후였다.

"생각보다 마구간(stable)이 큰 모양이네요, 경위." 그녀가 리버스에게 잡혔던 손목을 문질렀다. 팔꿈치와 배 사이에 위태롭게 낀 파일 때문인지 동작이 부자연스러웠다.

"안정된 게(stable) 불안정한 것(unstable)보다 낫죠." 그가 말했다. 하지만 이내 자신의 반격을 후회했다. 그냥 아니라고 부인만 하면 될 것을.

"불안정하다고요?" 그녀가 말했다. "그게 무슨 뜻이죠?"

"신경 쓰지 말아요. 그냥 다 잊어줘요. 페이션스에게 모든 걸 털어놨다고요."

"설마 당신이 그랬을라고요."

"믿든지 말든지, 그건 당신이 알아서 할 문제예요. 내 문제가 아니라."

"정말 그렇게 생각해요?" 그녀는 이 상황을 즐기고 있었다.

"네."

"이거 하나는 똑똑히 기억해둬요, 경위." 그녀가 나지막한 톤으로 말했다. "이건 당신이 시작한 일이에요. 거짓말쟁이. 내겐 양심이란 게 있어요. 하지만 당신은 어때요?"

그녀가 씩 웃어 보이고는 돌아서서 걸음을 옮겼다. 리버스도 건물을 나가려고 돌아섰다. 그의 눈에 월터 스콧 경의 조각상이 확 들어왔다. 다리를 꼰 채 앉은 스콧의 살짝 벌어진 무릎 사이엔 지팡이가 끼워져 있었다. 그는 모든 대화를 엿들은 듯했지만 그것을 판단하려 하진 않았다.

"뭐 그러든지 말든지." 리버스가 주변 시선에 아랑곳하지 않고 큰소리로 말했다.

그는 페이션스에게 전화를 걸어 조지 가의 플레이페어 호텔로 나오라고 했다. 같이 한잔 하자는 거였다.

"무슨 일 있어요?" 그녀가 물었다.

"아뇨." 그가 말했다.

그는 오후 내내 초조한 기분을 떨쳐내지 못했다. 글래스고는 짐 헤이와 적극적인 저항 극단을 조사해보았지만 수상한 점을 찾을 수 없었다는 답을 보내왔다. 그는 약속 시간보다 일찍 플레이페어에 도착했다. 한때 화려했던 로비는 언제부터인가 수수한 분위기로 승부를 보려는 듯했다. 리버스는 로비를 가로질러 바로 향했다. 손님들은 그곳을 '웨트 바(wet bar, 자택에 설치한 바)'라고 불렀다. 그는 푹신한 의자에 앉아 탈리스커(몰트 스카치 위스키의 한 종류)를 주문하고 땅콩 그릇으로 손을 뻗었다.

바는 텅 비어 있었다. 하지만 이런 상태는 오래가지 않을 것이다. 퇴근길의 돈 많은 사업가, 술이 고픈 돈 많은 척하는 사업가, 그리고 저녁 산책에 나설 호텔 고객들이 이곳을 무시하고 그냥 지나쳐갈 리 만무했다. 소형 그랜드 피아노가 놓인 바 끝에는 한가해 보이는 웨이트리스가 서 있었다. 피아노의 먼지막이 커버는 아직 걷힐 때가 되지 않은 모양이었다. 스피커에서는 은은한 무드음악이 흘러나오고 있었다. 쳇 베이커인가? 트럼펫 연주는 꽤 들어줄 만했다.

리버스는 술값을 내고 방금 청구된 가격을 뇌리에서 지우려 애썼다. 잠시 후, 그는 생각을 바꾸고 얼음을 넣어줄 것을 요청했다. 비싼 돈을 지불한 만큼 최대한 오랫동안 마시기 위해서였다. 중년 부부가 들어와 그에게서 조금 떨어진 곳에 자리를 잡았다. 여자는 정교하게 디자인된 안경을 걸치고 칵테일 리스트를 훑어보았다. 키는 작지만 육중한 체구를 소유한 그녀의 남편은 드람뷰이(위스키와 허브로 만드는 스코틀랜드 술)를 주문했다. 하얀 골프 모자를 눌러쓴 남자는 연신 손목시계를 들여다보았다. 잠시 후, 그와 눈이 마주치자 리버스가 글라스를 살짝 들어 보였다.

"건배."

남자는 말없이 고개를 끄덕였고, 아내는 미소를 지어 화답했다. "궁금해서 그런데요." 그녀가 말했다. "스코틀랜드에 게일어를 쓰는 사람이 아직도 많은가요?"

그녀의 남편이 나지막한 목소리로 아내를 나무랐다. 하지만 리버스는 뜻밖의 질문에 개의치 않았다. "많진 않습니다." 그가 대답했다.

"에든버러 출신이세요?" 그녀는 에든버러를 '헤드-인-버로(Head-in-burrow, 굴속의 머리)'라고 발음했다.

"그렇다고 봐야겠죠."

그녀는 거의 바닥을 드러낸 리버스의 글라스를 유심히 쳐다보았다. "저희랑 같이 한잔 하시겠어요?" 남편이 다시 역정을 냈다. 조용히 마시고 싶어 하는 사람을 귀찮게 하지 말라는 경고였다.

리버스는 손목시계를 들여다보았다. 머릿속으로는 그들에게 술을 되사

줄 수 있는 형편이 되는지 계산에 들어갔다. "감사합니다. 저는 탈리스커로 하겠습니다."

"그게 뭐죠?"

"몰트 위스키입니다. 스카이(스코틀랜드 북서부에 있는 섬) 산이죠. 거기 가면 게일어를 쓰는 사람들이 좀 있을 겁니다."

아내는 여장한 프랑스 왕자가 어쩌고 하는 〈스카이섬 뱃노래〉의 처음 몇 소절을 따라 흥얼거렸다. 그녀의 남편은 민망함을 감추려 애써 미소를 지어 보였다. 미친 여자와 함께 여행하는 건 이렇게 힘든 일이라오. 그렇게 얘기하고 있는 듯했다.

"저도 궁금한 게 있습니다." 리버스가 말했다. "왜 웨트 바를 웨트 바라고 부르는 걸까요?"

"맥주가 통에서 나오기 때문이 아닐까요?" 남편이 마지못해 대답했다. "병으로 된 것도 있지만."

아내는 번쩍이는 핸드백을 바에 올려놓고 안에서 콤팩트를 꺼내 자신의 얼굴을 살폈다. "설마 당신이 미스터리 맨은 아니겠죠?" 그녀가 물었다.

리버스가 글라스를 내려놓았다. "네?"

"엘리!" 그녀의 남편이 경고의 톤으로 말했다.

"그게……" 그녀가 콤팩트를 가방에 넣으며 말했다. "누군가가 클라이드에게 바에서 만나자는 메시지를 남겨 놓았거든요. 하지만 여기엔 당신뿐이잖아요. 이름조차도 알려주지 않았으니까요."

"뭔가 오해가 있었을 겁니다." 클라이드가 말했다. "그들이 방을 잘못 찾은 모양이에요." 하지만 그의 시선은 리버스에게 단단히 고정되어 있었다. 리버스는 어색하게 고개를 끄덕였다.

"좀 이상하지 않아요?"

바텐더가 술이 담긴 새 글라스와 땅콩 그릇을 가져와 리버스 앞에 내려놓았다.

"건배." 리버스가 말했다.

"건배." 남편과 아내가 말했다.

"내가 늦은 건가요?" 어느새 다가온 페이션스 에이트킨이 리버스의 등을 살살 문지르며 말했다. 그녀는 리버스와 관광객 커플 사이에 자리를 잡고 앉았다. 어떤 이유에서인지 남자는 모자를 벗고 올백으로 빗어 넘긴 숱많은 머리를 드러냈다.

"페이션스." 리버스가 말했다. "소개할게요. 이쪽은……"

"클라이드 몬커입니다." 남자가 긴장이 풀린 모습으로 말했다. 리버스를 위협으로 여기지 않고 있는 듯했다. "그리고 이쪽은 내 아내 엘리노어입니다."

리버스가 미소를 지었다. "페이션스 에이트킨 박사입니다. 난 존이고요."

페이션스가 그를 돌아보았다. 그가 그녀 이름에 '박사'라는 직함을 붙이는 건 좀처럼 볼 수 없는 일이었다. 그녀는 그가 자신의 성(姓)을 빼놓은 것도 이상하게 생각했다.

"자." 리버스가 그녀 너머를 바라보며 말했다. "여기보다 테이블이 훨씬 편하지 않을까요?"

그들은 테이블로 자리를 옮겼다. 이내 웨이트리스가 술안주를 가져왔다. 그릇에는 땅콩뿐만 아니라 초록색과 검은색 올리브, 그리고 칩스틱도 담겨 있었다. 리버스는 안주를 열심히 먹어댔다. 술값은 비싸도 안주 값은 부담이 없었기 때문이다.

"휴가 중인가요?" 리버스가 물었다.

"네." 엘리노어 몬커가 대답했다. "우린 스코틀랜드를 정말 좋아해요." 그녀는 스코틀랜드에서 마음에 드는 모든 것을 차례로 열거했다. 백파이프의 구슬픈 소리부터 바람 거센 서부 해안까지. 클라이드는 그런 아내를 말리지 않았다. 그저 얼음을 살살 돌려대다가 말없이 술을 홀짝일 뿐이었다. 그러다 시선이 이따금 존 리버스에게로 돌아왔다.

"미국에 가본 적 있어요?" 엘리노어가 물었다.

"아뇨, 한 번도 없어요." 리버스가 대답했다.

"난 몇 번 가봤어요." 페이션스가 말했다. 그녀의 대답에 리버스가 흠칫 놀랐다. "캘리포니아에 한 번, 그리고 뉴잉글랜드에 한 번."

"가을에요?" 페이션스는 고개를 끄덕였다. "정말 환상적이지 않나요?"

"뉴잉글랜드 출신인가요?" 리버스가 물었다.

엘리노어가 미소를 지었다. "오, 아니에요. 우린 정반대편에 살아요. 워싱턴."

"워싱턴?"

"주를 얘기한 겁니다." 그녀의 남편이 설명했다. "워싱턴 D.C.가 아니라."

"시애틀에서 왔어요." 엘리노어가 말했다. "한번 와서 보면 반할 거예요. 야생(wild) 그대로죠."

"한마디로 황무지(wilderness)란 얘깁니다." 클라이드 몬커가 덧붙였다. "술값은 우리 방에 달아둬요, 아가씨."

웨이트리스는 페이션스가 주문한 라거와 라임을 가져왔다. 리버스는 몬커가 주머니에서 방 열쇠를 꺼내는 모습을 지켜보았다. 웨이트리스가 방 번호를 확인했다.

"클라이드의 조상이 스코틀랜드 출신이었어요." 엘리노어가 말했다.
"글래스고 근처 어딘가라고 하던데."

"킬마너크."

"맞아, 킬마너크. 네 형제였는데 한 명은 오스트레일리아로 갔고, 둘은
북아일랜드로 갔고, 클라이드의 증조부는 아내와 아이들을 데리고 글래스
고를 떠나 캐나다로 갔다더군요. 캐나다 구석구석을 떠돌다가 밴쿠버에
자리를 잡았대요. 미국으로 내려온 건 클라이드의 할아버지였고요. 아직
도 오스트레일리아와 북아일랜드엔 후손들이 살고 있어요."

"북아일랜드 어디?" 리버스가 자연스럽게 물었다.

"포터다운, 런던데리." 남편에게 던져진 질문이었지만 대답은 아내가
했다.

"가본 적 있습니까?"

"아뇨." 클라이드 몬커가 말했다. 그가 또 다시 리버스에게 관심을 보였
다. 리버스는 그의 눈을 똑바로 쳐다보았다.

"북서부엔 스코틀랜드인들이 득실대고 있어요." 몬커 부인이 말했다.
"케일리(스코틀랜드나 아일랜드에서 춤과 음악이 있는 사교 행사)와 종친회도
자주 열리고 여름이면 하이랜드 게임(스코틀랜드의 전통 스포츠, 무용, 음악
행사)도 볼 수 있죠."

리버스는 글라스를 입으로 가져갔다. 하지만 이내 글라스가 비어 있음
을 깨달았다. "한 잔씩 더 마시죠." 그가 말했다. 그들이 주문한 술은 물결
모양으로 된 종이 컵받침에 담겨 배달되었다. 리버스는 수중에 남은 돈을
전부 웨이트리스에게 건넸다. 익명의 메시지를 보내 몬커를 이곳으로 유
인해낸 건 바로 리버스였다. 페이션스를 끌어들인 건 그를 방심케 만들기

위해서였고. 막상 닥쳐 보니 몬커는 리버스가 예상한 것보다 훨씬 예리했다. 남자는 굳이 입을 열 필요가 없었다. 그의 아내가 그의 몫까지 대신 주절거려주었기 때문이었다. 하지만 막상 그녀의 말을 귀담아 들어보면 건질만한 내용이 거의 없었다.

"의사라고 했죠?" 그녀가 페이션스에게 물었다.

"네, 일반의예요."

"난 의사들이 다 존경스러워요." 엘리노어가 말했다. "그들 덕분에 클라이드와 내가 아직 살아 있는 거예요." 그녀가 환히 미소를 지어 보였다. 페이션스를 한동안 응시하던 그녀의 남편이 다시 리버스 쪽으로 시선을 돌렸다. 리버스는 재차 글라스를 입으로 가져갔다.

"클라이드의 할아버지는……" 엘리노어 몬커가 말했다. "꽤 오랫동안 쾌속 범선의 선장으로 활동했었어요. 그의 아내는 보트에서 출산을 했다더군요. 그렇죠, 클라이드?"

"짐칸에 실린 목재들 틈에서였죠." 클라이드가 말했다. "필리핀에서 돌아오는 길이었어요. 그녀는 열여덟 살이었고 할아버지는 사십 대셨죠. 아기는 죽었고."

"그런데 그거 알아요?" 엘리노어가 말했다. "그들은 죽은 아기를 브랜디에 담가 보존했어요."

"방부처리를 그렇게 한 건가요?" 페이션스가 물었다.

엘리노어 몬커가 고개를 끄덕였다. "만약 그 보트에 브랜디가 없었다면 아기는 타르에 담가졌을지도 몰라요."

클라이드 몬커가 리버스에게 말했다. "정말 힘들게들 살았죠. 바로 그 사람들이 지금의 미국을 있게 한 겁니다. 독해야 살아남을 수 있었어요.

양심 따위는 아무짝에도 쓸모없었습니다."

"그런 점에선 얼스터랑 비슷하군요." 리버스가 말했다. "독한 스코틀랜드인이 많거든요."

"그래요?" 몬커는 남은 술을 마저 들이켰다.

그들 모두 적당히 마셨다는 결론을 내렸다. 클라이드는 아내에게 프린스 가든으로 산책을 다녀오자고 제안했다. 그들은 밖에 나와 악수를 나누었다. 리버스는 페이션스의 팔을 붙잡고 내리막을 걸어갔다. 마치 뉴타운으로 향하려는 것처럼.

"차는 어디 세워뒀어요?" 그가 물었다.

"조지 가에요. 당신은요?"

"같은 데 세워뒀어요."

"우리 지금 어디 가는 거죠?"

그가 어깨 너머를 흘끔 돌아보았다. 몬커 부부는 보이지 않았다. "아무 데도 안 가요." 그가 걸음을 멈추고 말했다.

"존." 페이션스가 말했다. "날 위장용으로 쓸 거였으면 미리 귀띔이라도 해줬어야죠."

"몇 파운드만 빌려줘요. 현금 인출기가 보이지 않아서."

그녀가 한숨을 내쉬며 가방 안을 뒤적였다. "20파운드면 돼요?"

"모르겠어요."

"설마 플레이페어 바로 돌아가려는 건 아니겠죠?"

그는 아무래도 귀가가 많이 늦어질 것 같다면서 그녀의 볼에 살짝 입을 맞추었다. 그녀는 그의 머리를 잡아끌고 그의 입에 진하게 키스를 퍼부었다.

"그건 그렇고……" 그녀가 말했다. "그 행위 예술가는 만나봤어요?"

"또 그러면 가만두지 않겠다고 단단히 경고했어요. 그녀가 어떻게 나올 진 모르겠지만."

"그 경고를 무겁게 받아들이는 게 좋을 거예요." 페이션스가 그의 볼에 입을 맞추고 나서 휙 돌아섰다.

그가 차로 돌아가 문을 열었을 때 큼직한 손이 불쑥 튀어나와 그의 팔 뚝을 움켜잡았다. 클라이드 몬커가 바짝 다가와 서 있었다.

"당신, 정체가 뭐야?" 미국 남자가 주위를 살피며 말했다.

"난 아무도 아니야." 리버스가 남자의 손을 떨쳐내며 말했다.

"왜 내게 접근했는진 모르겠지만 큰일 치르고 싶지 않으면 그만두는 게 좋을 거야."

"그건 쉽지 않겠는데." 리버스가 말했다. "여긴 아주 작은 도시거든. 게 다가 내 도시이기도 하고. 당신 도시가 아니라."

몬커가 뒤로 한 걸음 물러났다. 그는 육십 대 후반이었지만 리버스의 팔뚝에 얹어졌던 손은 무척 억셌다. 힘과 투지는 아직 쓸 만하다는 뜻이었 다. 어떻게 해서든지 원하는 바를 이루고야 마는 타입.

"당신 뭐야?"

리버스는 차문을 열었다. 그리고 대답 없이 차를 출발시켰다. 몬커는 멀어져가는 차를 바라보았다. 미국 남자가 다리를 넓게 벌리고 서서 한 손으로 재킷의 가슴 부분을 토닥이며 고개를 천천히 끄덕였다.

총. 리버스는 생각했다. 총을 가지고 있다는 거야.

필요하면 언제든 꺼내 쏘겠다는 뜻이지.

23

메리 헨더슨은 포토벨로에 자리한 아파트에 살고 있었다. 도시 동부의 해안이었다. 빅토리아 시대에 고상한 온천장으로 이름을 날렸던 '포티'는 당일 여행자들의 단골 코스였다. 특히 여름에는 인기가 더 좋았다. 메리의 아파트는 하이 가와 산책로 사이에 위치했다. 리버스가 차창을 내리자 바다 냄새가 확 풍겨 들어왔다.

그의 딸 새미가 어렸을 때 그들은 종종 포티 해변을 거닐곤 했다. 당시 해변은 어딘가에서 파온 엄청난 양의 모래로 덮여 있었다. 리버스는 해변 산책을 무척 즐기곤 했다. 바지를 발목 위로 걷어 올리고 북해의 차가운 물을 첨벙대며 걷는 기분은 그 무엇에도 비할 수 없었다.

"여기서부터 계속 걸으면……" 새미가 스카이라인을 가리키며 말했었다. "어디가 나와요, 아빠?"

"해저로 내려가게 될 걸."

그는 아직까지도 딸의 환한 미소를 생생히 기억하고 있었다. 그녀는 스무 번째 생일을 앞두고 있었다. 스무 살. 그가 시트 밑을 더듬어 비상용으로 숨겨놓은 담배를 찾아냈다. 이럴 때 한 대 꺼내 피운다고 문제 될 건 없었다. 담뱃갑 안에는 가느다란 일회용 라이터가 들어 있었다.

2층에 자리한 메리의 집에는 아직도 불이 켜져 있었다. 그녀의 차는 아파트 정문 앞에 주차되어 있었다. 그는 뒷문이 작은 건조실로 통한다는 사실을 알고 있었다. 그녀가 정문으로 나와야 할 텐데. 그는 그녀가 밀리 도 허티를 데리고 나와주기를 바랐다.

그는 메리가 밀리를 집에 숨겨놓았을 거라 믿었다. 그동안 그의 직감 (hunch)이 빗나간 적도 많았었다. 곱추(hunchback) 콰지모도 팬클럽이 부럽지 않을 정도였다. 하지만 직감을 무시할 수는 없었다. 본능에 충실하 지 않으면 결국에는 길을 잃게 되었다. 그의 뱃속에서 꼬르륵 소리가 터져 나왔다. 올리브와 칩스틱만으로는 충분한 식사가 되지 않는다는 걸 새삼 깨 달았다. 그는 포토벨로의 유명한 튀김 음식 전문점을 떠올렸다. 하지만 고 민 끝에 담배로 만족하기로 했다. 그는 아파트 건너편에서 그녀를 기다리고 있었다. 11시였고 주변은 어두웠다. 절대 메리에게 들킬 염려는 없었다.

그는 클라이드 몬커가 에든버러에 온 이유를 알 것 같았다. 전직 UVF 멤버가 이곳에 온 이유와 다르지 않을 것이다. 하지만 자신이 알고 있는 사실을 공개하고 싶지 않았다. 누구를 믿어야 할지 모르기 때문이었다.

11시 15분, 아파트 정문이 열리고 메리가 모습을 드러냈다. 혼자였고, 버버리 스타일 레인코트 차림에 묵직한 쇼핑백을 들고 있었다. 그녀는 잠 시 골목을 좌우로 살피다가 문을 열고 차에 올랐다.

"왜 그리 초조해하는 거지?" 리버스가 중얼거렸다. 메리의 차에 헤드라 이트가 켜졌다. 그는 담배에 불을 붙인 후 시동을 걸었다.

그녀는 포토벨로 가를 따라 시내로 들어갔다. 그는 그녀가 멀리 가지 않기를 바랐다. 아무리 어두워도 미행은 쉽지 않은 일이었다. 이런 게 영 화에서는 늘 손쉬운 트릭으로 묘사되었지만. 게다가 그녀는 그의 차를 알 고 있었다. 도로는 조용했다. 미행자에게는 최악의 조건이었다. 그나마 주 요 도로를 벗어나지 않아주니 고마울 따름이었다. 만약 샛길로 빠졌다면 그녀는 그의 차를 대번에 알아보았을 것이다.

프린스 가에는 바이커들이 모여 있었다. 그들은 늦게까지 영업하는 햄버거 가게를 찾아 우르르 몰려갈 채비를 마친 상태였다. 그는 클라이드 몬커가 식후 산책을 나왔을지 궁금했다. 햄버거와 오토바이들은 그에게 고향에 온 듯한 기분을 느끼게 해줄 것이다. 대부분 노인들이 그렇듯 몬커도 무척 독했다. 누구든 나이를 먹으면 그렇게 깡만 늘어가는 모양이었다. 몸도 체액이 빠져나가면서 돌처럼 단단해지는 것 같았고, 클라이드 몬커 역시 물러 보이는 구석이 한 곳도 없었다. 마치 악수를 술꾼들의 팔씨름 정도로 여기는 듯했다. 페이션스조차 그에 대해 불평했을 정도였으니.

산책하기 딱 좋은 밤이었다. 다들 그렇게 생각했는지 거리는 일제히 쏟아져 나온 사람들로 북적거렸다. 프린지 공연들은 안됐지만. 누가 두 시간 동안 어두컴컴하고 답답한 극장에 갇혀있는 걸 좋아하겠는가. 진짜 쇼는 밖에 있는데. 그것도 한없이 이어지는 공짜 공연이.

메리는 왼쪽으로 방향을 틀어 로디언 가를 따라 도시의 서부로 향했다. 거리 곳곳에서 비틀대는 술꾼들이 보였다. 보나마나 다들 인도 식당이나 피자 가게로 몰려가는 중일 것이다. 나중에는 자신들의 어리석은 선택을 크게 후회할 텐데. 매일 아침, 거리에 나가보면 그들이 남겨 놓은 흔적들을 어렵지 않게 찾아볼 수 있었다. 메리는 톨크로스 신호등을 지나기가 무섭게 방향을 틀어 반대편 차선 너머로 들어갔다. 리버스는 그녀가 어디로 향하고 있는지 궁금했다. 하지만 궁금증은 금세 풀려버렸다. 그녀는 길가에 차를 세우고 헤드라이트를 껐다. 리버스는 그녀가 차문을 걸어 잠그는 동안 잽싸게 그녀의 차를 지나쳐 다음 교차로로 차를 댔다. 도로에는 다른 차들이 보이지 않았다. 그는 잠자코 앉아 백미러를 응시했다.

"흠." 그가 중얼거렸다. 메리가 길을 건너 크레이지 호스 살룬으로 들어 갔다. 그는 빠르게 후진해 메리의 차에서 얼마 떨어지지 않은 곳에 주차 했다. 그의 시선이 크레이지 호스 쪽으로 돌아갔다. 높게 걸린 간판에서는 노란색과 빨간색의 네온이 깜빡였다. 건너편 주민들에게는 좋은 눈요깃감 일 것 같았다. 정문으로 통하는 짧은 계단 위에는 기도 두 명이 버티고 있 었다. 그들에게는 호스의 거친 서부시대 테마가 적용되지 않는 모양이었 다. 두 남자는 제복이라 할 수 있는 검은 야회복 차림이었고, 목에는 검은 나비넥타이를 두르고 있었다. 두 사람 모두 낮은 아이큐에 꼭 어울리는 짧 은 머리를 하고 있었다. 뒷짐을 진 그들의 널찍한 가슴은 앞으로 크게 부 풀어올랐다. 그들은 카우보이 모자를 쓴 남자들과 그들이 데려온 미니 드 레스 차림의 여자들을 위해 문을 열어주었다.

"기왕 왔으니 들어가봐야지." 그는 차문을 걸어 잠그고 최대한 자연스 러운 모습으로 길을 건너갔다. 좋은 시간을 보내러 온 손님인 척하면서. 기도들은 수상쩍다는 듯 그를 쳐다볼 뿐 문을 열어주지 않았다. 리버스는 그들과 게임을 하고 싶은 마음이 없었다. 그가 신분증을 꺼내 둘 중 키가 큰 기도의 얼굴 앞으로 내밀었다. 그는 남자가 글을 읽을 줄 아는지 궁금 했다.

"경찰입니다." 그가 말했다. "문 안 열어줄 겁니까?"

"나올 때 열어줄게요." 키 작은 기도가 말했다. 리버스는 하는 수 없이 직접 문을 열고 들어갔다. 프런트는 서부시대 은행처럼 꾸며진 곳이었다. 환히 웃는 여성 직원의 얼굴 앞에는 나무 봉들이 세로로 세워져 있었다.

"플래티넘 카우보이 카드입니다." 리버스가 신분증을 내보이며 말했다. 데스크를 지나자 꽤 넓은 홀이 나타났다. 그곳에서는 몇몇 남자들이 외팔이 노상강도를 흉내 내고 있었다. 인터랙티브 비디오 게임기 주변에는 많은 사람들이 몰려 있었다. 게임기 화면 속의 턱수염을 기른 남자 배우가 총을 뽑아 자신을 쏴보라고 손님들을 자극했다. 그는 죽고 싶지 않으면 자기보다 빨리 총을 뽑아야 할 거라면서 허세를 부렸다. 게임기 앞에 선 청년들 대부분은 평범한 옷차림이었지만 간간이 카우보이 부츠와 신발 끈처럼 가느다란 넥타이로 멋을 부린 이들도 보였다. 커다란 벨트 버클은 의무사항인 것 같았다. 손님들은 남녀 할 것 없이 아랫단을 넓게 접어 올린 리바이스와 랭글러 청바지 차림이었다. 복도 한쪽에는 남녀 화장실이 자리하고 있었다.

또 다른 문을 열고 들어가자 무도장과 네 개의 바가 나타났다. 넓은 공간의 각 구석마다 바가 하나씩 마련되어 있었다. 주인이 실내 장식에 꽤 신경을 쓴 듯했다. 벽을 따라 늘어선 퍼스펙스(흔히 유리 대신에 쓰는 강력한 투명 아크릴 수지) 케이스에는 온갖 것들이 진열되어 있었다. 실물 크기의 아메리카 인디언 목각상, 그리고 원주민들의 헤드레스(특별 행사 때 머리에 쓰는 수건)와 재킷들. 특히 리버스의 시선을 잡아끈 것은 개틀링 기관총이었다. 한쪽 벽에 붙은 TV 화면 속에서는 서부영화가 소리 없이 재생되고 있었다. 또 다른 벽 앞에는 야생마 모양의 로데오 기계가 놓여 있었지만 십 대 소년 하나가 말에서 떨어져 혼수상태에 빠진 후로는 사용이 금지되었다. 그 사고로 술집은 영영 문을 닫을 뻔한 위기를 겪기도 했다. 리버스는 당시 경찰이 보인 소극적인 모습을 아직까지도 못마땅해 했다. 대체 얼마나 많은 뇌물이 오고갔기에 그랬을까. 한쪽 바에는 세례반(세례용 물을 담은 큰 돌 주발)처럼 생긴 타구(과거 가래나 침을 뱉는 데 쓰던 그릇)가 놓여 있었다. 그 때문인지 그쪽 바는 유독 손님이 적었다.

손님들 틈에서 리버스는 유독 튀어 보였다. 또래의 손님들이 적지 않았지만 다들 서부시대 테마에 맞춰 차려입었고, 거의 모든 사람들이 마치 약속이라도 한 듯 춤을 추고 있었다. 한쪽에 마련된 무대에는 온갖 악기들이 준비되어 있었지만 정작 연주자는 한 명도 보이지 않았다. 음악은 스피커를 통해 흘러나오고 있었다. 노래가 끝날 때마다 무대 옆 작은 부스 안에서 디제이가 어설픈 텍사스 악센트로 몇 마디씩 주절거렸다.

"어떻게 오셨습니까?"

바깥 기도들이 지배인에게 귀띔을 해준 모양이었다. 그가 워낙 튀는 옷차림이기도 했지만 말이다. 남자는 이십 대 후반이었고, 검은 올백 머리에 라인석(모조 다이아몬드)이 잔뜩 박힌 조끼를 걸치고 있었다. 그는 로디언 말씨를 썼다.

"프랭키는 나왔나?" 그는 무도장에서 보스월을 본 기억이 없었다. 만약 이곳에 있었다면 보스월의 옷차림이 요란한 음악 소리를 고스란히 삼켜버렸을 게 분명했다.

"제가 지배인입니다." 남자의 미소가 모든 걸 말해주고 있었다. 리버스가 반갑지 않은 것이었다. 치질 환자가 로데오를 반기지 않는 것과 마찬가지였다.

"뭐 문제가 있어서 온 건 아니고. 그냥 친구를 만나러 왔을 뿐이야. 참, 들어올 때 입장료는 미처 못 냈어."

지배인은 그제야 안심하는 모습이었다. 딱 봐도 들어온 지 얼마 되지 않은 애송이라는 걸 알 수 있었다. 보나마나 바를 지키다가 갑자기 승진했을 것이다. "저는 론 스트랭입니다." 그가 말했다.

"내 이름은 론 소시지야."

스트랭이 미소를 지었다. "제 본명은 케빈입니다."

"사과할 거 없어."

"제가 한잔 대접하겠습니다."

"바에 앉아서 마셔도 되겠지?"

리버스는 다시 한 번 무도장을 슥 둘러보았다. 메리는 보이지 않았다. 화장실에 갇혀 있거나 술집 안 어딘가에 숨어 있다는 뜻이었다. 그녀가 프랭키 보스월의 술집을 찾은 이유가 새삼 궁금해졌다.

"저기……" 케빈 스트랭이 말했다. "누굴 찾으러 오셨습니까?"

"얘기했잖아. 친구를 만나러 왔다고. 그녀가 분명 여기 있을 거라고 했는데. 내가 너무 늦게 온 건가?"

"지금부터가 피크 타임인데요. 문을 닫으려면 두 시간은 더 있어야 합니다. 뭘로 드시겠습니까?" 그들은 바에 있었다. 바텐더들은 가슴과 다리를 완전히 덮는 하얀 앞치마 차림이었다. 걷어 올린 소매에는 금색 밴드를 둘렀다.

"손안에 돈을 감추지 못하게?" 리버스가 물었다.

"이곳에서는 누구도 그런 짓을 하지 않습니다." 한 손님에게 술을 내준 바텐더가 케빈 스트랭을 보고 다가왔다.

"그냥 맥주로 줘요." 리버스가 말했다.

"생맥주는 반 파인트씩만 내드리고 있습니다."

"왜죠?"

"그래야 수익이 더 나거든요."

"솔직해서 좋군요. 그럼 벡스로 한 병 갖다줘요." 그가 다시 무도장 쪽을 돌아보았다. "마지막으로 이렇게 많은 카우보이들을 한 자리에서 봤던 건 건축업자 대회에서였던 것 같은데."

그때 음악 소리가 서서히 줄어들었다. 스트랭이 리버스의 등을 토닥였다. "저는 이만 가보겠습니다." 그가 말했다. "좋은 시간 되세요."

리버스는 춤추는 사람들을 요리조리 피해나가는 그를 바라보았다. 그가 무대에 올라 마이크를 톡톡 두드리자 스피커에서 쿵쿵 소리가 터져나왔다. 리버스는 이제 어떤 광경을 목격하게 될지 궁금했다. 다음 댄스에 흥을 돋우려고 하나? 하지만 그게 아니었다. 스트랭은 마이크에 대고 준비된 멘트를 나지막이 늘어놓기 시작했다. 웅성대던 사람들이 그 내용을 듣기 위해 일제히 입을 닫았다. 아무리 봐도 케빈 스트랭에게는 크레이지 호스의 지배인이 될 자질이 부족한 것 같았다.

"신사숙녀 여러분, 오늘도 저희 크레이지 호스 살룬을 찾아주셔서 대단히 감사합니다. 자, 이제 오늘 파티를 위해 초대된 밴드를 데드우드 스테이지로 불러보겠습니다. 샤퍼럴(Chaparral, 수풀로 뒤덮인 지역)!"

박수가 쏟아지자 무대 뒤편 문에서 밴드가 모습을 드러냈다. 입구 복도에서 게임에 몰두하던 몇몇 청년이 안으로 들어왔다. 좁은 무대를 꽉 채운 밴드는 6인조였다. 기타/보컬, 베이스, 드럼, 그리고 또 다른 기타와 코러스 둘. 연주의 시작은 조금 어설펐지만 갈수록 점점 나아졌다. 맥주를 다 마셔버린 리버스는 그만 돌아가야 할지 남아 있어야 할지 고민에 빠졌다.

바로 그때 메리가 그의 눈에 들어왔다.

그녀는 레인코트 차림이었다. 어쩐지. 눈에 잘 띄지 않는 이유가 있었다. 보나마나 코트 안에는 술을 달아 장식한 검은 스커트, 갈색 가죽 조끼, 어깨와 가슴의 일부가 드러나는 하얀 블라우스, 그리고 적지 않은 맨살이 감춰져 있을 것이었다. 스테트슨(흔히 카우보이 모자라고 불리는 형태의 모

자) 대신 빨간 스카프를 목에 두른 그녀는 목청껏 노래를 따라 부르고 있었다.

무대에 오른 그녀는 두 명의 코러스 중 하나였다.

리버스는 맥주를 한 병 더 주문하고 나서 무대를 멍하니 바라보았다. 몇 곡이 흐르자 그는 메리와 또 다른 코러스의 음성을 확실히 구분할 수 있게 되었다. 대부분 남자 손님들은 메리의 파트너에게만 눈길을 주고 있었다. 그녀는 메리보다 키가 컸고, 매력적인 검은머리였다. 게다가 스커트도 메리보다 많이 짧았다. 하지만 노래 실력은 메리가 훨씬 나았다. 그녀는 눈을 감은 채 노래를 부르고 있었다. 무릎을 살짝 구부린 채 허리를 좌우로 가볍게 실룩거렸다. 그녀의 파트너는 두 손을 어색하게 흔들어댔다.

네 번째 곡이 끝나자 남자 보컬/기타리스트가 장광설을 늘어놓기 시작했다. 나머지 멤버들은 그 틈을 타 악기를 다시 조율하거나 목을 축이거나 얼굴에 맺힌 땀을 훔쳐냈다. 리버스는 컨트리 음악에 대해 아는 게 거의 없었다. 하지만 샤퍼럴은 꽤 들어줄 만한 밴드였다. 그들이 들려준 애완견이나 죽어가는 배우자나 연인들의 신의에 대한 달달한 노래들은 무척 세련되었다. 분위기와 가사, 전부 다.

"할 케첨을 모른다면……" 보컬이 말했다. "오늘 확실히 알아두는 게 좋을 겁니다. 이번 곡이 그의 작품이거든요. 제목은 〈스몰 타운 새터데이 나이트〉입니다."

이번에는 메리가 메인 보컬을 맡았다. 그녀의 파트너는 탬버린 연주를 겸하며 코러스를 불렀다. 그 곡이 끝나자 요란한 박수갈채가 쏟아졌다. 보컬이 다시 마이크를 잡고 메리를 가리켰다.

"케이티 헨드릭스였습니다, 신사숙녀 여러분." 환호가 터져 나오자 메리가 고개를 숙여 인사했다.

잠시 후, 그들은 직접 만들었다는 노래 두 곡을 연이어 선보였다. 보컬은 두 곡 모두 밴드의 데뷔 앨범에 수록되었다면서 나갈 때 로비에서 구매해줄 것을 당부했다.

"15분간 쉬겠습니다. 이따 다시 만나요."

리버스는 주머니에서 6파운드를 꺼내 쥐고 로비로 나갔다. 그가 다시 돌아왔을 때 밴드는 바에 모여 앉아 있었다. 마치 누군가가 술을 사주기를 기다리고 있는 듯했다. 리버스가 로비에서 사온 카세트를 메리의 귀로 가져가 흔들었다.

"헨드릭스 양, 여기 사인 좀 해주시겠어요?"

메리와 밴드가 그를 돌아보았다. 그녀는 그의 소매를 잡아끌고 바에서 멀리 떨어졌다.

"여기서 뭐하시는 거예요?"

"몰랐어요? 난 컨트리 음악의 열렬한 팬이에요."

"경위님은 60년대 록음악만 듣는다고 하셨잖아요. 혹시 절 미행하신 거예요?"

"노래를 아주 잘하더군요."

"그냥 잘하는 게 아니라 아주 훌륭했죠."

"역시, 당신답네요. 겸손일랑 개나 줘버리겠다는 태도. 그건 그렇고, 왜 가명을 쓰는 거죠?"

"신문사 얼간이들이 이 사실을 알면 안 되잖아요." 리버스는 호스에 술취한 기자 나부랭이들이 득실거리는 상황을 떠올려보았다.

"하긴."

"밴드 멤버 모두가 가명을 쓰고 있어요. 우리가 이 일을 하고 있다는 걸 DSS(사회보장부)가 몰라야 하니까요." 그녀가 카세트를 가리켰다. "그거 사신 거예요?"

"그들이 중대한 물적 증거라고 넘겨준 건 아니에요."

그녀가 미소를 지었다. "저희 공연 괜찮았어요?"

"아주 좋았어요. 깜짝 놀랐고요."

하지만 그녀는 이내 다시 심각해졌다. "왜 절 미행했는지 말씀해주세요."

그가 테이프를 주머니에 넣었다. "밀리 도허티."

"그녀가 왜요?"

"당신이 그녀의 행방을 알고 있죠?"

"네?"

"그녀는 겁에 질려 있어요. 도움도 필요하고요. 그런 상황이라면 당연히 자신을 만나고 싶어 하는 기자를 제 발로 찾아가지 않겠어요? 기자들은 취재원을 칼같이 보호해주니까."

"제가 그녀를 숨겨놓았다고 생각하세요?"

그가 잠시 멈칫했다. "그녀가 페넌트에 대해 아무 말도 안 하던가요?"

"페넌트라뇨?"

메리에게선 더 이상 카우걸 가수의 모습을 찾아볼 수 없었다.

"빌리 커닝햄의 침실 벽에 붙어 있었던 것 말이에요. 그 뒤에 뭐가 숨겨져 있었는지 그녀가 알려주지 않았나요?"

"네?"

리버스는 고개를 저었다. "이렇게 한번 해볼까요?" 그가 말했다. "당신과 내가 함께 그녀를 만나보는 겁니다. 그래야 우리가 서로에게 솔직해지지 않겠어요? 내 제안 어때요?"

베이스 기타 연주자가 메리에게 오렌지 주스를 건넸다.

"고마워요, 듀에인." 그녀는 얼음만을 남기고 주스를 단숨에 들이켰다.
"공연 마저 보고 가실 거예요?"

"나머지 곡들도 들어줄 만한가요?"

"오, 물론이죠. 이따가 〈컨트리 홍크〉도 부를 거예요."

"정말 기대되는군요."

그녀가 미소를 지었다. "공연 끝나고 봐요."

"메리, 이 술집의 주인이 누군지 알아요?"

"보스월(Boswell)이라는 사람이라던데요."

"보스월(Bothwell)이에요. 그가 누군지 정말 몰라요?"

"만나본 적도 없는걸요. 그런데 그건 왜 물으시죠?"

두 번째 세트는 폭스트롯처럼 진행되었다. 느린 노래 두 곡, 빠른 노래
두 곡, 그리고 공연의 하이라이트인 구슬픈 느낌의 〈컨트리 홍크〉. 무도장
은 마지막 춤을 추기 위해 모여든 사람들로 발 디딜 틈이 없었다. 젊은 여
자가 리버스에게 다가와 함께 춤을 추자고 했다가 화장실에 다녀온 남자
친구에게 발각되어 질질 끌려가버렸다.

밴드가 짧고 발랄한 앙코르 곡을 연주하고 있을 때 한 팬이 무대로 올
라가 코러스들에게 보안관 배지를 하나씩 쥐어주었다. 두 여자가 배지를
가슴에 달자 무대 아래서 환호성이 터져 나왔다. 매너가 좋은 손님들이었
다. 리버스는 그럭저럭 봐줄 만한 공연이라고 생각했다. 페이션스와 함께
즐기는 건 꿈도 못 꾸겠지만.

공연을 마친 밴드는 뒷문으로 빠져나갔다. 몇 분 후, 메리가 공연 의상 차림으로 나타났다. 그녀의 손에는 레인코트와 운전용 신발이 담긴 쇼핑백이 쥐어져 있었다.

"이젠 뭘 할 겁니까?" 리버스가 물었다.

"나가요."

그가 출구 쪽으로 돌아서자 그녀는 따라오라며 무대 쪽으로 향했다.

"그녀에게 이런 모습을 보여주고 싶지 않아요." 그녀가 말했다. "누가 이런 옷차림의 저를 진지한 저널리스트로 보겠어요? 하지만 그렇다고 굳이 옷을 갈아입을 생각은 없어요."

그들은 무대를 지나 뒷문으로 나갔다. 천장 낮은 복도에는 벽장이 여럿 나 있었고, 빈병으로 채워진 상자들이 곳곳에 널려 있었다. 복도 끝에는 작은 방이 있었다. 저녁에는 밴드 대기실, 낮에는 청소부 휴게실로 쓰이는 공간이었다. 어둠에 묻힌 계단통이 나타나자 메리가 스위치를 올려 불을 켰다. 그녀가 계단을 오르기 시작했다.

"지금 어디 가는 거예요?"

"쉐라톤."

리버스는 다시 묻지 않았다. 계단은 가팔랐고 비비 꼬여 있었다. 층계참에 오르자 맹꽁이자물쇠가 채워진 문이 나타났다. 메리는 그 문을 지나쳐 계속 올라갔다. 그리고 두 번째 층계참에서 멈춰 섰다. 이곳에도 문이 나 있었지만 자물쇠는 보이지 않았다. 안으로 들어가니 어둡고 넓은 공간이 모습을 드러냈다. 다락인 모양이었다. 바깥 불빛이 천장의 채광창과 지붕에 난 작은 틈들로 스며들어와 튼튼해 보이는 서까래들을 비추었다.

"머리 조심하세요."

다락은 널찍한 면적에 어울리지 않게 답답했다. 차(茶) 상자와 사다리들이 잔뜩 보였다. 한쪽에는 소방관 제복으로 보이는 옷이 산더미처럼 쌓여 있었다.

"아마 자고 있을 거예요." 메리가 속삭였다. "첫 공연 때 이런 공간이 있다는 걸 알게 됐어요. 케빈은 그녀가 이곳에 잠시 머물러도 좋다고 했고요."

"론 말이에요? 그 친구도 그녀에 대해 알고 있어요?"

"그는 제 오랜 친구예요. 케빈 덕분에 이 공간에 있을 수 있게 된 거죠. 그녀가 프린지를 보러 에든버러에 왔고, 며칠 묵을 데가 없어서 곤란한 상황이라고 대충 둘러댔어요. 제 아파트엔 이미 여덟 명의 친구가 와 있다고 했고요. 물론 그것도 거짓말이었죠. 저는 사생활만큼은 아주 깐깐하게 챙기거든요. 아무튼 사정이 딱하게 됐으니 도와달라고 했어요. 밀려드는 외지인들 때문에 숙소 구하기가 하늘의 별 따기라는 걸 그도 알고 있었으니까요."

"그녀는 여기서 하루 종일 뭘 하죠?"

"내려가서 물을 끓여올 수도 있고요, 화장실도 언제든지 쓸 수 있어요. 하지만 클럽은 출입할 수 없죠. 뭐 워낙 겁에 질려 있어서 등을 떠밀어도 안 가겠지만."

그들은 미니 골프 코스를 연상시키는 장애물들을 요리조리 피해 건물 앞부분으로 다가갔다. 벽에는 긴 아치형 창문이 나 있었다. 유리창은 더러웠지만 불빛을 완전히 차단할 정도는 아니었다.

"밀리? 나예요." 메리가 어둠 속을 살폈다. 리버스의 눈은 어둠에 완전히 적응된 상태였지만 어디에도 그녀는 보이지 않았다. "여기 없는 것 같은데요." 메리가 말했다. 바닥에는 침낭이 깔려 있었다. 리버스는 그것이

밀리를 처음 만났을 때 그녀가 몸에 두르고 있던 것과 같다는 사실을 알아차렸다. 그 옆에는 손전등이 놓여 있었다. 리버스는 그것을 집어 들고 버튼을 눌러보았다. 페이퍼백(종이 한 장으로 표지를 장정한, 싸고 간편한 책) 한 권이 바닥에 엎어져 있었다.

"가방은 어디 있죠?"

"가방?"

"챙겨온 짐이 하나도 없었어요?"

"있었죠." 메리가 주위를 둘러보았다. "안 보이네요."

"여길 뜬 겁니다." 리버스가 말했다. 하지만 침낭과 책과 손전등은 왜 두고 간 거지? 그가 손전등으로 구석구석을 비추어보았다. "고물상에 와 있는 것 같군요." 한쪽 구석에는 빨간 고무를 입힌 소방 호스가 뱀처럼 널려 있었다. 리버스는 손전등 불빛으로 그것을 천천히 훑어나갔다. 호스가 끝나는 부분에서 누군가의 발이 보였다.

불빛이 벌어진 다리를 따라 상체까지 올라갔다. 그녀는 구석에 몸을 기댄 채 앉아 있었다. "여기 있어요." 그는 손전등을 앞세우고 시체 앞으로 다가갔다. 밀리 도허티의 목에는 소방 호스가 감겨 있었다. 누군가가 그것으로 그녀의 목을 조르려다가 심하게 닳은 고무가 끊어지는 바람에 실패한 모양이었다. 그녀의 목구멍에는 놋쇠 노즐이 깊숙이 박혀 있었다. 꼭 깔때기의 주둥이를 보는 듯했다. 리버스가 바짝 다가가 냄새를 맡아보았다.

확실하지는 않았지만, 놈들은 노즐에 산(酸)을 쏟아 부은 모양이었다. 좀 더 다가가서 들여다보면 목구멍이 타서 없어진 걸 확인할 수 있을 것 같았다. 허나 굳이 그러고 싶지 않았다. 그가 손전등으로 바닥을 비추어보았다. 그녀의 가방이 눈에 들어왔다. 내용물은 전부 바닥에 쏟아진 상태였다. 나무 상자 옆에서는 구겨진 종이가 뒹굴었다. 그는 그것을 집어 들고 조심스레 펼쳐보았다. 'SaS'라고 적힌 컴퓨터 디스크 슬리브였다.

"놈들이 원하는 걸 손에 넣은 것 같네요." 그가 말했다.

크레이지 호스 살룬에서는 아무도 춤을 추지 않았다.

손님들은 모두 집으로 돌아갔다. 호스가 톨크로스에 자리하고 있었기 때문에 이 사건은 C 부서로 넘겨졌다. 토르피첸 플레이스는 신속히 경관들을 투입했다.

"존 리버스." 한 CID 형사가 다가오며 말했다. "여호와의 증인들보다 더 신나게 싸돌아다니는군."

"그래도 내가 자네에게 종교를 팔겠다고 귀찮게 굴었던 적은 없었잖아, 셔그."

리버스는 무대로 올라온 셔그 데이비드슨 경위를 돌아보았다. 그는 곧장 뒷문으로 사라졌다. 모두들 위층에 올라가 있었다. 그들은 사진 촬영을 위해 할로겐 램프를 곳곳에 세워놓았다. 끝내 자물쇠 열쇠를 찾지 못한 그들은 큰 해머로 2층 문을 부수고 들어갔다. 리버스는 그들이 방 안에서 누구를 찾게 될지 궁금했다. 보나마나 이 사건과 무관한 인물일 테지만. 이 사건에 관련된 유일한 인물은 타구 옆 바에서 술을 마시고 있었다. 리버스는 그쪽으로 다가갔다.

"사장이랑은 통화해봤어, 케빈?"

"자동응답기만 나와요."

"안됐군."

케빈 스트랭은 글라스까지 씹어 먹을 기세였다. "뭐 말씀이십니까?"

"앞으로 장사하는 데 지장이 있을 거야."

"하긴, 그렇겠죠."

"메리에게 들었어. 그녀랑 오랜 친구 사이라고?"

"같은 학교에 다녔습니다. 사실 그녀는 저보다 두 살이 많아요. 학교 오케스트라에서 친해졌어요."

"그래? 그럼 다행이군."

"네?"

"보스월에게 해고당하면 버스킹이라도 하면서 먹고 살 수 있잖아. 그런 그렇고, 그녀를 보긴 했었나? 얘기도 나눠봤고?"

케빈은 그가 누구를 얘기하는지 알고 있었다. 리버스의 질문이 던져지기가 무섭게 그가 고개를 저었다.

"정말?" 리버스가 말했다. "호기심도 전혀 없었고? 그녀가 어떻게 생겼는지 정도는 궁금했을 텐데."

"전혀요."

리버스는 먼발치에서 토르피첸 형사에게 심문을 받고 있는 메리를 바라보았다. 형사 옆에는 여순경 한 명이 바짝 붙어 서 있었다. "정말 안됐어." 그가 다시 말했다. 그리고 케빈 스트랭 쪽으로 몸을 기울였다. "비밀로 해줄 테니까 얘기해봐, 케빈. 자네, 누구에게 알렸지?"

"아무에게도 알리지 않았습니다."

"자꾸 이러면 자네만 곤란해질 뿐이야."

"그게 무슨 말씀이십니까?"

"놈들이 그녀를 우연히 찾아냈을 것 같나? 그들은 그녀가 이곳에 숨어 지낸다는 걸 알고 있었던 거야. 그 정보를 흘릴 수 있는 사람은 달랑 두 명

뿐이었고, 메리와 자네. C 부서는 아주 독한 놈들이야. 보나마나 자네를 호되게 갈궈댈 걸. 아직까진 자네가 이 사건의 유일한 용의자니까."

"전 용의자가 아닙니다."

"그녀는 여섯 시간 전에 숨졌어, 케빈. 여섯 시간 전, 자넨 어디 있었지?" 물론 그것은 거짓말이었다. 정확한 사망 시간은 검시관이 시체의 체온을 재 본 후에야 가늠할 수 있었다. 여섯 시간 전이라는 것은 어디까지나 리버스의 어설픈 짐작에 불과했다.

"더 이상 답변 드리지 않겠습니다."

리버스는 미소를 지었다. "자꾸 유치하게 굴 거야, 케빈? 별로 귀엽지도 않은 놈이." 그가 케빈 스트랭의 얼굴을 토닥이려 손을 뻗었다. 스트랭은 흠칫 놀라며 뒷걸음질 치다가 타구와 충돌하고 말았다. 그들은 옆으로 쓰러진 타구가 바닥에 내동댕이쳐지는 걸 지켜보았다. 타구에서 쏟아져 나온 걸쭉한 액체가 바닥을 적셨다. 모두가 일제히 시선을 돌려버렸다. 스트랭이 리버스를 쳐다보며 마른 침을 꿀꺽 삼켰다.

"보스월 씨에게 알려드릴 수밖에 없었어요. 후환을 없애려고요. 만약 사장님께 숨겼다가 나중에 들키기라도 하는 날엔……"

"그가 뭐라고 했지?"

"그냥 어깨를 으쓱이면서 절더러 책임지라고 하셨어요." 그가 당시 기억을 떠올리며 몸을 바르르 떨었다.

"어디서 알려줬는데?"

"사무실에서요. 로비에 있는."

"오늘 아침에?" 스트랭이 고개를 끄덕였다. "솔직히 말해봐, 케빈. 보스월 씨가 그녀를 보러 올라가진 않았어?"

스트랭이 빈 글라스를 내려다보았다. 그것만으로 리버스에게는 충분한 답변이 되었다.

살인 사건 같은 중대 범죄를 수사할 때 반드시 지켜야 하는 엄격한 규칙이 있었다. 리버스는 그 규칙에 따라 담당 형사에게 밀리 도허티에 대해 알고 있는 모든 것을 들려주어야 했다. 케빈 스트랭과 나눈 대화의 내용도 보고해야 했으며, 모든 걸 C 부서에 맡기고 현장을 떠나줘야만 했다.

하지만 새벽 2시, 그는 래벨스턴 다이크스에 자리한 프랭키 보스월의 집 밖에 와 있었다. 그는 대담하게 초인종을 누르고 싶은 충동에 휩싸였다. 최소한 보스월의 잠옷이 평상복만큼이나 휘황찬란한지 여부는 확인할 수 있을 테니까. 하지만 그는 잠자코 기다려보기로 했다. 나중에 C 부서가 보스월을 심문할 때 리버스가 한 발 먼저 다녀갔다는 사실이 폭로되면 큰일이었다.

시간이 많이 늦기도 했다. 순간, 그는 갑자기 들려온 차고 문 올라가는 소리에 귀를 쫑긋 세웠다. 잠시 후, 보스월의 검은 메르세데스가 모습을 드러냈다. 주문 제작한 듯한 차체에서는 반짝반짝 광이 났다. 연석에서 떨어져나온 차가 빠르게 달리기 시작했다. 이제야 메시지를 받고 호스로 향하는 모양이었다. 아니면 도망치는 것이거나.

리버스는 나중에 리 프랜시스 보스월에 대해 좀 더 깊이 알아보기로 했다.

지금 당장 그가 할 수 있는 일은 관할구역 형사들을 믿고 기다리는 것뿐이었다. 그는 운전 중에 졸지 않으려 애쓰며 옥스퍼드 테라스로 돌아갔다. 아파트 주변은 조용했다. 매복자는 없는 듯했다. 그는 안심하고 집으로 들어갔다. 몸은 깨어있기 힘들 정도로 피곤했지만 정신만은 잠을 청하기가 불가능할 정도로 멀쩡했다. 위스키를 조금 탄 밀크티 생각이 간절했다. 소파에는 페이션스가 그를 위해 남겨둔 메시지가 있었다. 그녀의 글씨는 대부분의 의사들보다는 나은 편이었지만 그렇다고 큰 차이가 있는 건 아니었다. 리버스는 암호 같은 필적을 간신히 해독한 후 브라이언 홈스에게 전화를 걸었다.

"미안, 브라이언. 언제든 연락 달라는 메시지를 이제야 봤어."

"잠시만요." 홈스가 무선 전화기를 들고 침대를 내려오는 소리가 들려왔다. 리버스는 전화벨 소리에 잠에서 깬 넬 스테이플턴의 모습을 떠올려 보았다. 보나마나 내 욕을 해대며 다시 잠을 청하겠지? 수화기에서 침실 문 닫히는 소리가 흘러나왔다. "자." 홈스가 말했다. "이젠 편히 통화할 수 있습니다."

"대체 무슨 일인데 그러나? 우리 친구 때문이야?"

"아뇨. 그 쪽은 아주 조용합니다. 그건 아침에 보고드릴게요. 그보다도…… 혹시 소식 들으셨나요?"

"그녀를 찾은 게 바로 나야."

리버스는 홈스가 냉장고에서 무언가를 꺼내 글라스에 따르는 소리를 묵묵히 듣고 있었다.

"그녀? 누구 말씀이십니까?" 브라이언이 물었다.

"밀리 도허티. 지금 그녀 얘길 하고 있는 게 아니었나?" 그게 아닌 모양이었다. 아무리 브라이언이라 해도 이렇게 빨리 소식을 접했을 리 없었다. "그녀가 죽었어. 살해됐다고."

"시체가 점점 쌓여가는군요. 어떻게 죽었습니까?"

"잠자리에서 들을 만한 내용은 아니야. 그건 그렇고, 대체 무슨 소식을 들었기에 이리 호들갑이야?"

"발리니 탈옥 사건. 캐퍼티가 발리니를 출발해 병원으로 향하던 밴에서 탈출했답니다. 아주 치밀하게 계획을 세워뒀던 모양입니다."

리버스는 소파에 털썩 주저앉았다. "캐퍼티가?"

"천공성 궤양을 앓는 척했답니다. 바로 오늘 저녁에 벌어진 일입니다. 대형 트럭 두 대가 교도소 밴을 샌드위치처럼 앞뒤로 막아놓았다더군요. 놈들은 가면을 쓰고 총신을 짧게 자른 산탄총으로 무장하고 있었답니다."

"오, 맙소사."

"걱정 마십시오. M8에 경찰을 쫙 깔아뒀습니다."

"만약 그가 에든버러로 돌아온다면 절대 그 길로 오지는 않을 거야."

"정말 그가 돌아올 거라 생각하십니까?"

"맙소사, 브라이언. 그야 당연한 거 아니겠어? 그는 자기 아들을 죽인 놈들을 직접 처단하고 말 거야."

24

그날 밤, 그는 숙면을 취하지 못했다. 위스키를 탄 밀크티도 소용없었다. 그는 오목하게 들어간 침실 창가에 앉아 언제쯤 캐퍼티가 자신 앞에 나타날지 생각하며 새벽이 올 때까지 바깥 계단통을 빤히 쳐다보았다. 그러다 마침내 결심이 서자 주섬주섬 짐을 꾸리기 시작했다. 페이션스가 침대에 일어나 앉았다.

"메시지는 남기고 떠나는 거예요?" 그녀가 말했다.

"당신도 가는 거예요. 나랑 같이 움직이는 건 아니지만. 당신 일, 비상시엔 어떻게 되는 거죠?"

"갑자기 이러니까 당혹스럽네요."

"지금처럼 촉박하게 자리를 비워야 하는 경우에 말이에요."

그녀는 머리를 문지르며 하품을 했다. "누군가가 대신해주겠죠. 대체 어딜 가는데 이래요? 나랑 사랑의 도피라도 하려고요?"

"나가서 물을 끓여야겠어요."

잠시 후, 그가 머그잔 두 개를 들고 침실로 돌아왔다. 그녀는 샤워를 하고 있었다.

"무슨 일인데 그래요?" 화장실은 나온 그녀가 머리를 말리며 다시 물었다.

"당신은 언니네 잠깐 가 있어요." 그가 말했다. "커피부터 마시고 그녀에게 전화해요. 옷도 걸치고, 짐도 좀 챙기고."

그녀가 그의 손에서 머그잔을 낚아채 들었다. "꼭 그 순서대로 해야 하나요?"

"순서는 당신 좋을 대로 해요."

"당신은 어디로 갈 건데요?"

"난 다른 데 가 있을 거예요."

"고양이에게 밥은 누가 주죠?"

"해줄 만한 사람을 찾아볼게요. 걱정 말아요."

"걱정 안 해요." 그녀가 커피를 한 모금 넘겼다. "맞아요. 걱정이 돼요. 제발 무슨 일인지 가르쳐줘요."

"나쁜 놈이 에든버러로 오고 있어요." 순간 이미지 하나가 그의 뇌리를 스치고 지나갔다. "좋아하는 고전 영화가 문득 떠올랐어요. 「하이 눈」."

리버스는 브런츠필드의 작은 호텔에 방을 잡아놓았다. 그는 그곳 야간 매니저를 잘 알고 있었다.

"운이 좋으시네. 싱글룸이 딱 하나 남아 있는데."

"왜 꽉 차지 않은 거죠?"

"매년 이맘때쯤 찾아와 그 방에 묵는 남자 손님이 있었는데 어제 오후에 뇌졸중으로 죽었답니다."

"오."

"설마 미신 따윈 믿지 않겠죠?"

"남은 게 그 방뿐이라니 미신 따위에 휘둘릴 수가 없겠네요."

그는 계단을 올라가 골목을 좌우로 살펴보았다. 수상쩍은 움직임이 포착되지 않자 그는 손짓으로 페이션스를 불렀다. 그녀는 여행가방 두 개를 들고 있었다. 나머지 하나는 리버스가 챙겼다. 그들은 그녀의 차에 짐을 싣고 서로를 끌어안았다.

"내가 전화할게요." 그가 말했다. "가급적이면 내게 전화하지 말아요."

"존……"

"날 믿어요, 페이션스. 부탁이에요."

그는 차를 몰고 떠나는 그녀를 바라보았다. 미행자는 보이지 않았지만 그렇다고 완전히 마음을 놓을 수는 없었다. 만약 놈들이 퀸스페리 가에서 그녀를 납치해간다면…… 캐퍼티는 그녀를 이용해 그를 압박하고도 남을 비겁한 인간이었다. 리버스는 아파트 문을 단단히 걸어 잠근 후 미리 꾸려 놓은 여행가방을 챙겨 자신의 차로 향했다. 옆집 우편함에 편지봉투를 넣어두는 것도 잊지 않았다. 봉투에는 아파트 열쇠를 비롯해 고양이 럭키와 이름 없는 앵무새, 페이션스의 금붕어에게 먹이 주는 방법이 적힌 쪽지가 담겨 있었다.

이른 시간이라 그런지 거리는 조용했다. 미행을 시도하기에는 너무나도 한산한 분위기였다. 그럼에도 불구하고 그는 만일의 사태에 대비해 여러 도주로를 머릿속에 새겨 놓았다. 호텔은 일반 주택을 개조해 지어놓은 것처럼 수수해 보였다. 한때 정원이 있었던 건물과 인도 사이에는 타맥이 덮여 있었다. 차 대여섯 대를 세워놓을 수 있는 주차장을 만들기 위해서였다. 하지만 리버스는 군이 호텔 뒤편으로 돌아 들어가 직원 전용 주차장에 차를 세웠다. 야간 매니저 몬티가 그를 뒷문으로 들여보내주었다. 그는 곧장 예약된 방으로 올라갔다. 방은 맨 위층에 있었고, 그곳으로 통하는 계단은 발을 디딜 때마다 요란하게 삐걱거렸다. 누구든 발끝으로 조심히 오른다 해도 그와 나무좀에게 들키지 않을 재간이 없을 것이다.

그는 딱딱한 침대에 누워 죽은 단골손님을 떠올렸다. 그의 침대를 쓰면 그와 같은 운명에 처하게 되진 않을까? 그는 불길한 생각을 떨쳐내고 캐퍼티에 대해 본격적으로 고민해보기 시작했다. 그는 호텔로 피신해온 것이 미봉책이라는 걸 알고 있었다. 그가 어디 숨어 있든 캐퍼티라면 손쉽게 찾아낼 수 있을 것이다. 페츠와 세인트 레너즈, 그리고 리버스의 단골 펍 밖에 몇 명씩 세워두기만 하면 게임 끝이었다. 나야 덜미를 잡히든 말든, 페이션스만 무사하면 돼. 페이션스와 그녀의 집과 내 친구들만 무사하다면야.

자살하는 사람들도 마찬가지 아닌가? 가족과 친구들을 끌어들이지 않으려고 일부러 호텔을 죽을 장소로 선택하잖아.

물론 그는 자신의 마치몬트 집으로 돌아갈 수도 있었다. 하지만 그곳은 여름방학을 맞아서도 에든버러를 떠나지 못한 학생들로 득실거렸다. 그는 자신의 혈기왕성한 세입자들을 좋아했다. 그들이 캐퍼티에게 어떤 식으로든 피해를 보는 건 원치 않았다. 그럼 나 때문에 야간 매니저 몬티가 피해를 보는 건? 그 역시 용납할 수 없었다.

"그는 날 쫓고 있는 게 아니야." 그는 깍지 낀 손을 베고 누워 천장을 올려다보았다. 침대 옆에는 시계 라디오가 놓여 있었다. 그는 뉴스를 듣기 위해 라디오를 켰다. 경찰은 아직도 모리스 제럴드 캐퍼티를 찾고 있었다. "그는 날 쫓고 있는 게 아니야." 그가 다시 말했다. 하지만 캐퍼티가 그를 쫓아야 할 이유는 분명히 있었다. 그는 킬러들을 찾으려면 리버스의 협조가 반드시 필요하다는 걸 알고 있을 것이다. 뉴스는 크레이지 호스에서 발견된 시체에 대해서도 짤막하게 보도했다. 다행히 끔찍한 디테일은 소개되지 않았다.

뉴스가 끝나자 그는 대충 씻고 내려가 블랙 캡(영국의 전통적인 검은 택시)에 올랐다. 목적지가 세인트 레너즈임을 확인한 기사가 미터기를 껐다.

"공짜로 모시겠습니다." 그가 말했다.

리버스는 고개를 끄덕이고 등받이에 몸을 붙였다. 당분간은 남의 차를 빌려 써야 할 것 같았다. 경찰서에 남는 차가 없다면 말이다. 그걸 문제 삼을 사람은 없었다. 누가 캐퍼티를 발리니에 처넣었는지 모르는 사람은 없었으니까. 세인트 레너즈에 도착한 그는 곧장 컴퓨터 하나를 차지하고 앉아 브레인스(Brains)에 접속했다. 브레인스는 헨던의 영국 본토 경찰 데이터베이스인 PNC2와 직접 연결되어 있었다. 예상했던 대로 리 프랜시스 보스월에 대한 정보는 많지 않았다. 그나마 눈에 띄는 것은 파틱의 스트래스클라이드 경찰서가 보관하고 있다는 그에 대한 파일 정도였다.

그의 전화를 받은 파틱의 경관에게서는 어떠한 의욕도 느껴지지 않았다.

"그렇게 오래된 기록들은 다락에 처박혀있을 겁니다." 그가 리버스에게 말했다. "저렇게 계속 쌓아두다간 언제 천장이 무너져 내릴지 몰라요."

"가서 살펴봐줘요. 찾으면 팩스로 보내주고. 전화로 불러주는 건 귀찮잖아요."

한 시간 후, 1970년대 타탄군과 노동당의 활동과 관련된 팩스 여러 장이 도착했다. 과거 두 단체는 짧지만 불꽃같은 난장판을 마음껏 누렸다. 타탄군은 어떤 대가를 치르더라도 반드시 스코틀랜드의 독립을 쟁취해야한다는 입장이었다. 당시 노동당의 입장에 대해서는 별 언급이 없었지만한 가지 분명한 것은 타탄군이 노동당보다 훨씬 큰 위협이었다는 사실이었다. 그들은 육군기지에서 훔친 엄청난 양의 폭발물을 무기 은닉처에 쌓아두고 반란의 날을 기다렸다.

팩스에 의하면 프랭키 보스월은 타탄군 지지자였다. 하지만 그것과 관련해 그가 위법행위를 했다는 증거는 없었다. 리버스가 오크니에 배치되기 직전, 그러니까 쿠홀린이 부활하기 전의 일이었다. 붉은 손의 쿠홀린.

리버스가 전화를 걸었을 때 아치 고우리는 아침을 먹는 중이었다. 리버스는 날붙이류와 접시가 요란하게 부딪치는 소리를 똑똑히 들을 수 있었다.

"이른 시간에 죄송합니다."

"더 물어볼 게 남았습니까, 경위님? 앞으로는 자문료를 받는 방법도 고려해봐야겠습니다."

"혹시 이 이름을 들어본 적 있으십니까?" 고우리가 의미를 알 수 없는 애매한 소리를 냈다. 어쩌면 그냥 음식을 씹어대는 소리인지도 몰랐다. "리 프랜시스 보스월."

"프랭키 보스월?"

"그를 아십니까?"

"한때 알았죠."

"오렌지당 소속이었죠?"

"네, 그랬어요."

"그리고 거기서 쫓겨났고요."

"쫓겨난 건 아니었어요. 그가 자발적으로 떠난 겁니다."

"그가 왜 그랬는지 알려주시겠어요?"

"그러죠." 그가 잠시 뜸을 들였다. "그는…… 예측이 불가능한 사람이었습니다. 가끔 욱하는 성격 때문에 문제도 많았죠. 하지만 평소엔 정말 멀쩡했습니다. 몇몇 구역에서 유소년 축구팀을 이끌기도 했고요. 다른 건 몰라도 그 일엔 정말 열성적으로 임했죠."

"역사에도 관심이 많았습니까?"

"그럼요. 스코틀랜드와 아일랜드 역사에 특히 집착했습니다."

"쿠훌린?"

"네. 아마 『얼스터』에 그와 관련된 기사를 두어 번 기고한 적이 있을 겁니다. 그건 UDA가 발행하는 잡지인데요, 필명으로 쓴 거라서 징계할 수 없었습니다. 하지만 누가 봐도 그 친구 스타일이었어요. 로열리스트들이 원래 아일랜드의 과거에 관심이 많지 않습니까. 보스월은 주로 크루틴에 대해 글을 썼습니다. 똑똑한 친구이긴 했지만……"

"그가 오렌지 로열 여단과도 관련이 있습니까?"

"그건 아닐 겁니다. 하지만 설령 그렇다 해도 놀랄 일은 아니죠. 개빈 맥머레이도 과거에 사로잡혀 살기는 마찬가지니까요." 고우리가 한숨을 내쉬었다. "프랭키가 오렌지당을 떠난 이유는 그들의 과격함이 성에 차지 않았기 때문입니다. 저는 여기까지만 말씀드리겠습니다. 대충 어떤 친구인지 감이 오시죠?"

"그렇군요, 고우리 씨. 협조해주셔서 감사합니다."

리버스는 수화기를 내려놓고 잠시 골똘히 생각에 잠겼다가 천천히 고개를 저었다.

"왜 거기에 그녀를 숨겨둔 거지, 메리? 왜 하필 거기였냐고?"

그의 책상은 잡동사니 수거통이 되어 있었다. 더 이상 두고 볼 수가 없었다. 그는 빈 컵, 접시, 구겨진 종이, 그리고 담뱃갑들을 주섬주섬 모아 쓰레기통에 버렸다. 어느 정도 정리가 되자 밑에 깔려있던 A4 크기의 마닐라 봉투가 모습을 드러냈다. 누군가가 겉에 검은 매직펜으로 그의 이름을 적어놓았다. 두툼한 봉투는 여전히 봉해진 상태였다.

"이건 누가 갖다놨지?"

하지만 그 답을 아는 이는 없는 듯했다. 다들 아일랜드 악센트를 쓰는 미치광이가 신문사에 협박 전화를 걸어온 사건을 주제로 수다를 떨어대느라 바빴다. 누구도 리버스만큼 쉴드에 대해 알지 못했다. 언론은 한동안 메리 킹스 클로즈에서 발견된 시체가 협박범이라고 굳게 믿었다. 윗선으로부터 징계 받은 IRA 내 불한당. 이제는 이치에 닿지 않는 이론이 되어버렸지만 그렇다고 과거에 발목 잡힐 그들이 아니었다. 새로운 협박범, 새로운 아침 표제. '협박범, 전부 다 폐쇄시켜라.' 리버스는 페스티벌을 방해해서 대체 SAS가 무엇을 얻을 수 있는지 생각해보았다. 답: 얻을 게 하나도 없다.

그는 손가락을 덮개 밑으로 쑤셔 넣어 봉투를 열고 그 안에서 열 장 남짓 되는 종이를 꺼냈다. 보고서와 보도 기사의 사본이었다. 누가 복사를 했는지 몰라도 꽤 신중을 기했던 모양이었다. 제목과 주소와 전화번호는 전부 지워져 있었다. 리버스는 기사들의 절반이 어디에서 비롯되었는지 궁금했다. 하지만 한 가지는 분명했다. 그 기사들은 모두 한 남자에 대한 것들이었다.

클라이드 몬커.

아무리 찾아봐도 메시지는 들어 있지 않았다. 손으로 대충 휘갈겨 쓴 쪽지도, 발송자의 신원을 확인해줄 만한 어떠한 것도 없었다. 리버스는 또다시 봉투를 살펴보았다. 우편으로 온 것이 아니라 누군가가 인편으로 배달한 것이었다. 그는 다시 동료들에게 물어보았다. 하지만 이번에도 모른다는 대답만 들려올 뿐이었다. 그가 떠올릴 수 있는 정보원은 메리가 유일했다. 하지만 그녀는 이런 걸 정리해 발송할만한 사람이 아니었다.

그는 계속해서 파일을 읽어나갔다. 파일에 담긴 내용은 클라이드 몬커에 대한 인상을 강화시켜주었다. 남자는 뱀처럼 교활했다. 그는 밴쿠버와 온타리오 주 전역에 마약을 공급했고, 자신의 보트로 극동 지역 이민자들을 실어 나르기도 했다. 물론 보다 나은 삶을 위해 적지 않은 돈을 들인 사람들 중엔 약속의 땅을 밟아보지도 못하고 깊고 푸른 바다에 수장된 이도 몇몇 있었다.

몬커의 인생에는 그것 말고도 수상쩍은 부분이 여럿이었다. 예를 들면, 토론토 생선 가공처리 공장에 대한 남다른 관심 같은 것들. 토론토라……쉴드의 고향. 미국 국세청이 오랫동안 파헤쳐왔지만 밝혀낸 비리는 아무것도 없었다.

오래된 신문 기사들 틈에서는 스코틀랜드 연어 양식장에 대한 짧은 언급도 확인할 수 있었다.

몬커는 가까운 캐나다를 두고 굳이 스코틀랜드산 훈제 연어를 미국으로 들여왔다. 그와 거래한 연어 양식장은 로할시 해협 북부에 자리한 곳이었다. 리버스는 최근 어딘가에서 그 업체 이름을 본 적이 있었다. 그는 캐퍼티의 파일을 꺼내와 훑어보았다. 역시. 1970년대와 80년대 초, 캐퍼티는 그 양식장의 합법적인 사업 파트너였다. 그와 징키 존슨이 UVF를 위해 돈세탁을 해주던 시절에 말이다.

"이제 됐어." 리버스가 나지막이 중얼거렸다. 이제야 거대한 미스터리가 그에게 비집고 들어갈 작은 틈을 내준 것이었다.

그는 순찰차를 타고 가르-비로 향했다.

그는 뒷좌석에 앉아 필뮤어의 풍경을 감상했다. 클라이드 몬커는 스코틀랜드의 초기 정착민들에 대해 얘기한 적이 있었다. 필뮤어 안팎에 지어지고 있는 집들에 들어와 살기 시작한 새 정착민들 역시 거친 삶을 피해가지는 못했다. 개척자들의 삶. 그들은 황무지를 누비며 불청객을 쫓아내려는 토착민들을 약탈했고, 국경에서는 끊임없이 접전을 벌였다. 그곳의 집들은 임차 구역에서 간신히 벗어난 이들이 처음으로 장만한 '내 집'이었다. 그들에게 기본적인 생존 기술을 가르쳐준 곳.

리버스는 정착민들의 행복을 빌었다.

가르-비에 도착한 리버스는 제복 경관들에게 지시 사항을 전달한 후 뒷좌석 등받이에 몸을 기댔다. 지나가는 사람들이 호기심에 찬 눈으로 그를 쳐다보았다. 한참 후, 차를 떠났던 경관들이 돌아왔다. 한 명은 자전거를 탄 소년을 붙잡고 있었고, 또 한 명은 자전거 없는 두 소년을 데려오는 중이었다. 리버스가 그들을 내다보았다. 자전거 소년이 그의 눈에 익었다.

"나머지 놈들은 그냥 보내줘도 돼." 그가 말했다. "그 녀석은 여기 태우고."

소년이 마지못해 차에 올랐다. 그의 친구들은 경관들로부터 풀려나기가 무섭게 달아나버렸다. 그들이 충분히 멀어지자 두 경관이 차 쪽으로 돌아섰다. 차 안에서 무슨 일이 벌어지게 될지 무척 궁금해 하는 눈치였다.

"이름이 뭐지?" 리버스가 물었다.

"쟉(스코틀랜드 사람을 가리킴)."

어쩌면 그것은 사실인지도 몰랐다. 아닐 수도 있었고, 리버스는 굳이 신경 쓰고 싶지 않았다. "지금 학교에 있어야 할 시간 아닌가, 쟉?"

"아직 개학 안 했어요."

그것 역시 사실일 수 있었다. "나 기억하지?"

"타이어를 찢어놓은 건 내가 아니었어요."

리버스는 고개를 저었다. "그건 아무래도 상관없어. 그 일 때문에 온 건 아니니까. 저번에 내가 왔을 때 기억하지?" 소년이 고개를 끄덕였다. "그때 넌 친구랑 같이 있었잖아. 나를 다른 사람으로 착각했고. 생각나지? 그 녀석이 내게 다른 차가 어디 있느냐고 물었잖아." 소년이 고개를 저었다. "그랬더니 네가 사람을 잘못 봤다고 알려줬어. 그때 그 친구는 날 누구로 착각한 거였지?"

"모르겠어요."

"거짓말 마."

"정말이에요."

"나랑 닮은 사람이야? 응? 키와 체격도 비슷하고 나이도 비슷한 사람? 보나마나 옷차림은 나보다 훨씬 봐줄 만했겠지?"

"그런지도 모르죠."

"그럼 차는? 고급차였나?"

"특별 주문 제작한 메르세데스."

리버스가 미소를 지었다. 소년의 남다른 눈썰미와 기억력에 감탄하면서. "그 메르세데스 말이야. 무슨 색이었지?"

"검은색이었어요. 창문까지 검게 칠해놨어요."

"그가 여기 자주 나타나나?"

"몰라요."

"어쨌든 좋은 차를 끌고 왔다, 이거지?"

소년이 어깨를 으쓱였다.

"좋아. 이만 가 봐도 돼."

형사의 만족해하는 반응을 확인한 소년은 자신이 실수를 저질렀음을 깨달은 듯했다. 굴욕감이 그의 볼을 벌겋게 만들었다. 소년은 경관으로부터 돌려받은 자전거를 끌고 왔던 길을 돌아갔다. 이제 그에겐 친구들에게 강도 높은 심문을 받을 일만 남아 있었다.

"원하는 답을 들으셨습니까, 경위님?" 한 경관이 차에 오르며 말했다.

"내가 듣고 싶었던 답을 정확히 불더군." 리버스가 말했다.

25

그는 메리를 만나러 갔다. 친구와 함께 지내고 있던 그녀는 의사가 처방해준 수면제를 먹고 잠들어 있었다. 메리가 곯아떨어져 있는 동안 그녀의 노트와 컴퓨터 파일을 뒤져보고 싶었지만 그녀의 친구는 리버스가 침실 문지방을 넘는 것조차 허락하지 않았다. 그녀는 초췌한 얼굴에 툭 튀어나온 광대뼈를 가졌다. 치아는 부자연스러울 정도로 많아 보였고, 굳게 닫은 입매에서는 결연함마저 느껴졌다.

"내가 왔다고 전해줘요." 그녀의 고집을 꺾지 못한 리버스가 말했다. 그는 호텔 뒤편에 세워놓은 자신의 차를 끌고 나왔다. 캐퍼티는 마음만 먹으면 언제든 리버스를 찾아낼 수 있었다. 똥차를 숨겨놓는다고 해서 해결될 문제가 아니었다. 그는 차를 몰고 페츠로 향했다. 킬패트릭 경감이 기다렸다는 듯 클라이드 몬커를 감시해온 결과를 들려주었다.

"그는 관광객인 척하며 돌아다니고 있네, 존. 그와 그의 아내는 버스 투어를 하면서 기념품을 잔뜩 사 모으는 중이야." 킬패트릭이 의자 등받이에 몸을 붙였다. "내가 붙여놓은 친구들이 꽤 잘해주고 있어. 아무튼 아내를 대동한 걸 보니 그 녀석 업무차 온 게 아닌가봐."

"오히려 그래서 완벽한 위장이 되지 않겠습니까?"

"딱 이틀만 더 감시를 붙여놓을 거야, 존. 그 이상은 곤란해."

"감사합니다, 경감님."

"크레이지 호스의 시체는?"

"밀리 도허티입니다, 경감님."

"그래. 어떻게 된 일인 것 같은가?"

리버스는 어깨를 으쓱였다. 킬패트릭도 명확한 답을 기대하지는 않았던 것 같았다. 캘럼 스마일리 사건도 아직 해결되지 않은 상태였으니. 그들은 곧 내부 조사에 착수할 계획이었다. 모든 수사 과정에 대해 확인하고 밝혀야 할 것들이 많았다.

"스마일리와 일이 좀 있었다지?" 킬패트릭이 말했다.

그새 오미스턴이 입을 놀려댄 모양이었다. "뭐 별일 아니었습니다."

"스마일리 그 친구를 조심하게, 존."

"저도 그래야 할 것 같다고 생각했습니다." 하지만 그의 머릿속은 스마일리보다 훨씬 크고 심각한 문제들로 가득 차 있었다.

세인트 레너즈에서는 로더데일 경감이 C 부서로부터 밀리 도허티 사건을 챙겨오기 위해 안간힘을 다하고 있었다. 그는 리버스에게 눈길조차 주지 않고 그쪽 책임자와 열띤 언쟁을 벌였다. 하지만 리버스는 전혀 서운하지 않았다.

경관들은 라클런 머독의 아파트에서 유력한 용의자로 급부상한 그를 심문하는 중이었다. 룸메이트 둘이 끔찍하게 살해되었으니 의심 받아 마땅했다. 머독은 사건이 해결될 때까지 경찰의 현미경 아래서 꼼꼼히 관찰될 것이다. 리버스는 자신의 책상으로 돌아갔다. 힘들게 치워놓은 그의 책상에는 새로운 쓰레기가 수북이 쌓여 있었다.

그는 런던으로 전화를 걸었다. 페츠에서는 결코 할 수 없는 통화였다.

"애버네시입니다."

"이제야 연결이 됐군요. 나 리버스 경위입니다."

"그렇지 않아도 언제나 걸려올까 기다리고 있었습니다."

리버스는 의자에 늘어진 채 앉아 있는 애버네시의 모습을 떠올렸다. 어쩌면 그는 책상에 두 발을 얹어놓고 있는지도 몰랐다. "메시지를 열 개도 넘게 남겨놨습니다, 애버네시."

"너무 바빴습니다. 당신은 어떻습니까?" 리버스는 대답하지 않았다. "리버스 경위, 용건부터 들어봅시다."

"몇 가지 물어볼 게 있습니다. 군대가 잃어버린 물자가 얼마나 됩니까?"

"무슨 소린지 모르겠는데요."

"아뇨. 당신은 알고 있습니다." 지나쳐가던 누군가가 리버스에게 담배를 권했다. 그는 아무 생각 없이 한 개비 받아들었다. 하지만 그 고마운 동료는 불도 주지 않고 사라져버렸다. 그는 담배를 입에 물고 필터만 빨아댔다. "모르는 척하지 말아요." 그가 책상 서랍을 열고 성냥이나 라이터가 없는지 뒤적거렸다.

"정말 모르겠어요."

"누군가가 물자를 몰래 빼돌려왔어요."

"그래요?"

"네." 리버스는 잠시 망설였다. 이 시점에서 지나친 추측은 좋을 게 없었다. 또한 애버네시에게 필요 이상의 정보를 내주고 싶은 마음도 없었다. 상대는 침묵을 지켰다. "당연히 알고 있을 줄 알았는데요."

"그건 육군 정보부대나 그쪽 보안 기관 소관이죠."

"그건 그래요. 하지만 당신은 특수부 아닙니까. 뭔가 알고 있었기 때문에 그토록 신속히 이곳으로 올라왔던 거 아니었습니까? 내가 알고 싶은 건 당신이 왜 그리 황급히 여길 떠났는지에 대해섭니다."

"무슨 얘길 하고 있는지 모르겠습니다. 내가 또 올라갈까요? 당신이 원한다면 기꺼이 그러죠."

리버스는 대꾸 없이 수화기를 내려놓았다. "누구 불 있는 사람 없어?" 누군가가 성냥갑을 던져주었다. "고마워." 그가 담배에 불을 붙이고 길게 한 모금 빨았다. 연기가 그의 신경을 바짝 곤두서게 만들었다.

그는 애버네시가 달려오고 있을 거라 믿었다.

그는 계속 움직였다. 가장 까다로운 타입의 표적이 된 것이었다. 그는 자신의 본능에 전적으로 의지하고 있었다. 그것 외에는 믿을 게 없었다. 커트 박사는 대학교 사무실에 있었다. 그의 사무실에 가려면 '냉동 섹션은 이곳에 놓아둘 것'이라고 적힌 나무 상자들을 요리조리 피해 들어가야 했다. 리버스는 그 상자들을 들여다본 적이 없었다. 병리학 건물에 들어서서는 무조건 정면만을 응시해야 했다. 코를 막는 것도 잊어서는 안 될 행동이었다. 사각형 안뜰에서는 내용을 알 수 없는 작업이 한창 진행 중이었다. 높이 세워진 비계 위에서는 인부 두 명이 담배를 뻐끔대며 신문을 훑고 있었다.

"바빠요. 너무 바쁩니다." 리버스가 사무실로 들어서자 커트가 말했다. "학교 직원 대부분이 휴가 중이거든요. 감비아와 퀸즐랜드와 플로리다에서 엽서를 받았어요." 그가 한숨을 내쉬었다. "남들이 신나게 휴가(vacation)를 보내고 있을 때 저는 이렇게 소명 의식(vocation)에 얽매여 있습니다."

"방금 그 멘트를 떠올리려고 어제 한 숨도 못 주무셨겠군요."

"제가 밤잠을 설친 건 경위님이 크레이지 호스 살룬에서 발견하신 시체 때문입니다."

"부검이 벌써 끝났습니까?"

"다 끝난 건 아니고요. 부식을 일으키는 산 같은데 정확한 건 분석 결과가 나와야 알 수 있을 것 같습니다. 요즘도 전 살인자들의 창의적인 범행 수법에 깜짝깜짝 놀라곤 합니다. 소방 호스를 쓸 줄이야."

"덕분에 하시는 작업이 따분하진 않겠군요."

"참, 캐롤라인은 어쩌고 있습니까?"

"그녀에 대해선 까맣게 잊고 있었습니다."

"그녀를 너무 얕보진 마십시오."

"물론 늘 경계하고 있습니다."

그는 계단을 내려와 안뜰로 빠져나왔다. 샌디 벨스에서 한잔 걸치고 싶은 마음이 굴뚝같았다. 펍은 모퉁이 너머에 자리하고 있었다. 그는 지난 몇 개월간 그곳을 찾지 못했다. 냉동 섹션 상자들 앞에 누군가가 서 있었다. 뚜껑을 열고 안을 들여다보던 그들이 리버스를 돌아보며 미소를 지었다.

캐퍼티 일당이었다.

"맙소사."

캐퍼티가 뚜껑을 닫았다. 그는 검은색의 헐렁한 양복에 목이 파인 셔츠 차림이었다. 꼭 휴식 중인 장의사를 보는 듯했다. "안녕, 스트로먼." 옛 별명. 그걸 듣는 순간 리버스는 척추에 얼음주머니가 닿은 듯한 오싹한 기분을 느꼈다. "나랑 얘기 좀 할까?" 리버스 뒤로 두 남자가 다가왔다. 교회 묘지에서 봤던 남자들이었다. 그가 얻어터지는 걸 지켜봤던 놈들. 리버스는 그들에게 이끌려 안뜰에 세워진 랜드로버로 향했다. 그가 차의 번호판을 확인하려는 순간 캐퍼티의 손이 그의 어깨에 얹어졌다.

"이 번호판은 이따 오후에 교체할 거야, 스트로먼." 누군가가 차에서 내렸다. 족제비 얼굴. 리버스와 캐퍼티는 뒷좌석, 족제비 얼굴과 또 다른 건달 하나는 앞좌석에 각각 올랐다. 리버스 쪽 문 앞에서는 캐퍼티의 부하가 버티고 서 있었다. 그의 시선은 우뚝 선 비계를 향했다. 인부들은 더 이상 보이지 않았다. 비계에는 업체 이름과 전화번호가 붙어 있었다. 순간 리버스의 머릿속 마지막 암실에 불이 번쩍 켜졌다.

빅 제르 캐퍼티는 변장을 위한 어떠한 노력도 하지 않은 듯했다. 몸에 맞지 않는 옷을 걸치고 있었지만 그의 얼굴과 머리 스타일은 변함이 없었다. 아시아계 학생 두 명이 안뜰을 가로질러 병리학 건물로 향했다. 그들은 차 쪽으로는 눈길도 주지 않았다.

"배가 많이 들어갔는데."

캐퍼티가 미소를 지었다. "신선한 공기와 운동이 비결이야, 스트로먼. 오히려 자네에게 더 필요해 보이는구만."

"당신 제정신이야? 여긴 왜 돌아온 거지?"

"내가 왜 이래야 했는지 자네도 잘 알잖아."

"얼마 못 가서 우리에게 또 덜미를 잡히게 될 거야."

"딱 며칠이면 되지 않겠어? 수사에 진척은 좀 있었나?"

리버스는 앞 유리 밖을 바라보았다. 캐퍼티의 손이 그의 무릎에 살며시 얹혔다.

"아버지 대 아버지로서 얘기하는 거야."

"내 딸을 건드릴 생각일랑 마!"

"걘 런던에 있잖아. 안 그래? 런던에도 내 친구가 많긴 한데."

"그 애의 털끝 하나라도 건드렸다간 그놈들 모두 무사하지 못할 거야."

캐퍼티가 미소를 지었다. "봤지? 가족 문제엔 누구나 예민해지기 마련이야."

"이건 가족 문제가 아니야, 캐퍼티. 자네 입으로 얘기했잖아. 이게 다 비즈니스라고."

"나랑 거래하지 않겠어?" 캐퍼티가 잠시 창밖을 내다보았다. "누군가가 자네를 괴롭히고 있지? 옛 애인인가? 자네가 그녀 때문에 골치를 썩고 있다는 거 알아." 그가 잠시 말을 멈추었다. "눈도 붉게 물들었고 말이지."

리버스는 고개를 끄덕였다. 족제비 얼굴이 스프레이 페인트 사건 당시 모든 걸 목격했던 모양이었다.

"그건 내 문제야. 당신이 상관할 일이 아니라고."

캐퍼티가 한숨을 내쉬었다. "가끔 자네가 얼마나 단단한 놈인지 시험해 보고 싶을 때가 있어." 그가 리버스를 돌아보았다. "답이 너무 궁금해서 말이지."

"당신이 직접 풀어보는 게 어때?"

"언젠간 그렇게 될 거야, 스트로먼. 날 믿으라고."

"지금은 안 되고? 이렇게 단 둘이 있을 때?"

캐퍼티가 웃음을 터뜨렸다. "여기서? 미안하지만 지금은 그럴 시간이 없어."

"한때 UVF를 위해 돈세탁을 해줬었지?"

순간 캐퍼티가 움찔했다. "뭐?"

"징키 존슨이 사라졌을 때까지. 테러리스트들과 꽤 친하게 지냈었잖아.

그때 SaS에 대해 들어봤을 텐데. 빌리도 거기 멤버였고."

캐퍼티의 눈이 멀게졌다. "자네가 무슨 얘길 하고 있는지 모르겠어."

"그럴 리가. 클라이드 몬커라는 이름, 들어봤지?"

"아니."

"거짓말 마. 그럼 앨런 파울러는?"

그제야 캐퍼티가 고개를 끄덕였다. "그는 UVF였어."

"지금은 아니야. 이제 그는 SaS이고, 지금 이곳에 와 있어. 둘 다 여기 들어와 있다고."

"그걸 왜 내게 알려주는 거지?" 리버스는 대답하지 않았다. 캐퍼티가 리버스 앞으로 얼굴을 천천히 들이밀었다. "겁을 집어먹은 것 같진 않은데…… 뭐지? 대체 무슨 생각을 하고 있는 거야, 리버스?" 리버스는 입을 열지 않았다. 커트 박사가 병리학 건물을 나서는 중이었다. 그의 파란색 사브는 랜드로버로부터 세 대 떨어진 곳에 주차되어 있었다.

"그동안 꽤 바빴나보군." 캐퍼티가 말했다.

다가오는 커트가 랜드로버 쪽을 쳐다보았다. 그의 시선이 차 앞에 버티고 선 덩치 큰 남자와 차 안에 타고 있는 우락부락한 남자들을 빠르게 훑었다.

"또 다른 이름은?" 캐퍼티가 초조해하며 물었다. 더 이상 그에게서는 여유로움이 느껴지지 않았다. "아는 대로 다 불어!" 그가 오른손으로 리버스의 목을 거칠게 움켜쥐고 뒤로 힘껏 밀어붙였다. "한 놈도 빠짐없이 다 불으라고!"

커트는 깜빡 잊은 게 있다는 듯 몸을 홱 돌리고 건물을 향해 총총 걸어갔다. 리버스는 어느새 촉촉해진 눈을 깜빡였다. 바깥의 얼간이는 차체를 쾅쾅 두드려댔다. 캐퍼티는 리버스의 목에서 손을 떼고 병리학 건물로 들어가는 커트를 돌아보았다. 그가 두 손으로 리버스의 얼굴을 잡고 자기 쪽으로 끌어당겼다. 그의 손바닥이 리버스의 광대뼈를 으스러뜨릴 듯이 짓이겼다.

"우린 또 만나게 될 거야, 리버스. 물론 그땐 굉장히 유감스러운 일이 벌어지겠지." 리버스는 머리에 엄청난 압력을 느꼈다. 마침내 캐퍼티가 두 손을 거두었다.

밖의 건달이 차문을 열어주자 그는 황급히 차에서 내렸다. 남자가 뒷좌석에 오르자 랜드로버에 시동이 걸렸다. 캐퍼티가 차창을 내리고 말없이 리버스를 쳐다보았다.

타이어 미끄러지는 소리와 함께 차가 맹렬히 출발했다. 랜드로버가 테비엇 플레이스로 빠져나가자 커트 박사가 다시 병리학 건물 문간에 모습을 드러냈다. 그가 안뜰을 빠르게 가로질러 리버스에게 다가왔다.

"괜찮으세요? 안에 들어가서 경찰에 신고했습니다."

"그들이 도착하면 박사님이 잘못 보셨다고 하십시오. 부탁드립니다."

"네?"

"이곳에서 저를 보신 것도 비밀로 해주셔야 합니다."

리버스는 병리학자로부터 떨어졌다. 아무래도 샌디 벨스에서 한 잔 해야 할 것 같았다. 아니, 석 잔.

"저는 거짓말을 잘 못합니다." 커트 박사가 말했다.

"그럼 지금부터 부지런히 연습해두십시오." 리버스가 말했다.

프랭키 보스월이 다시 고개를 저었다.

"토르피첸 플레이스 형사들에게 다 들었습니다. 못 믿겠으면 그들에게 물어봐요."

그는 무척 비협조적이었다. 하긴, 단잠에 빠져있던 중 끌려나와 밤새도록 강도 높은 심문을 받아야 했으니 심기가 불편할 수밖에. 그는 2층에서 발견된 증류주 상자들에 대해 해명하느라 한바탕 진땀을 뺐다.

"머독 양이 위층에 숨어 지내고 있다는 걸 알고 있었죠?" 리버스가 다시 물었다.

"몰랐습니다." 바스툴(술집의 높고 둥근 의자)에 앉은 보스월이 몸을 들썩이며 바닥에 담뱃재를 털었다.

"그녀가 위층에 있다는 얘길 들었잖아요."

"내가요?"

"지배인이 보고했을 텐데요."

"그 친구 말만 믿겠다는 겁니까?"

"그 사실도 부인하는 겁니까? 대질 심문이라도 한번 해볼까요?"

"좋을 대로 해요. 어차피 그 놈은 이미 잘렸으니까. 허락도 없이 아무나 데려와 위층에 재우다니. 클럽 이미지에 제대로 먹칠을 한 놈입니다. 갈 데가 없으면 길바닥에 쓰러져 자던가."

리버스는 가르-비 아이들이 자신과 프랭키 보스월 사이에서 어떤 유사점을 보았을지 궁금했다. 그가 이곳에 온 것은 거칠 것이 없었기 때문이었다. 어쩌면 샌디 벨스에서 몇 잔 걸친 위스키의 위력인지도 몰랐다. 필요하다면 리 프랜시스 보스월을 무도장에서 피곤죽이 될 때까지 흠씬 두들겨 패줄 생각이었다.

요란한 음악과 화려한 조명과 술과 댄서들이 사라진 크레이지 호스는 철 지난 옷들로 가득 찬 창고만큼이나 생기가 없었다. 보스월이 한쪽 발을 살짝 들고 카우보이 부츠에 묻은 먼지를 털어냈다. 리버스는 하얀 바지의 가랑이가 찢어지거나 짓눌린 보스월의 내장이 파열될까봐 두려웠다. 검은색 부츠는 자글자글한 잔주름으로 뒤덮여 있었다. 꼭 축소된 월면의 분화구들을 보는 것 같았다. 보스월은 자신의 부츠에 시선을 고정시킨 리버스를 돌아보았다.

"타조 가죽입니다." 그가 설명했다.

큼직한 구멍들은 깃털이 뽑혀 나온 흔적이었다. "작은 똥구멍들 같아 보입니다." 리버스가 감탄한 톤으로 말했다. 보스월이 구부정했던 허리를 폈다. "이봐요, 보스월 씨, 내가 어려운 걸 묻는 게 아니지 않습니까. 내가 너무하다고 생각해요?"

"원하는 답만 내놓으면 물러갈 건가요?"

"물론입니다."

보스월이 한숨을 내쉬고 또 다시 바닥에 담뱃재를 털었다. "좋습니다."

리버스의 얼굴에 미소가 떠올랐다. 그가 바에 한 손을 얹어놓고 보스월 앞으로 몸을 기울였다.

"딱 두 가지만 묻겠습니다." 그가 말했다. "왜 그녀를 죽였습니까? 그리고 디스크는 누가 가지고 있습니까?"

보스월이 그를 빤히 쳐다보다가 웃음을 터뜨렸다. "꺼져요."

리버스가 바에서 손을 뗐다. "그러죠." 그가 말했다. 하지만 그의 걸음은 로비로 통하는 문 앞에서 멈추었다. "캐퍼티가 돌아왔다는 거 알죠?"

"처음 듣는 이름입니다."

"그건 중요하지 않습니다. 그가 당신을 알고 있다는 게 중요하죠. 아버지가 목사 아니셨습니까? 혹시 라틴어를 배운 적 있습니까?"

"네?"

"네모 메 임푸네 라세시트." 보스월은 눈도 깜빡이지 않았다. "걱정할 거 없어요. 어차피 캐퍼티도 신경 안 쓸 테니까. 당신은 그에게만 집적댄 게 아니라 그의 가족을 들쑤셔놓은 겁니다."

그는 문을 열고 밖으로 나와버렸다. 진작 이랬어야 하는데. 그를 요리하려면 캐퍼티를 전면에 내세우는 수밖에 없었다. 하지만 미국 남자와 얼스터 남자에게도 캐퍼티의 이름이 먹힐까?

왠지 아닐 것 같았다.

세인트 레너즈로 돌아온 리버스는 비계 제작 업체와 피터 케이브에게 차례로 전화를 걸어 보았다.

"궁금한 게 있어서 연락했습니다. 그가 말했다.

"뭔데요?" 케이브가 지친 목소리로 물었다.

"교구가 청소년 클럽에 대한 지원을 중단한 후로 어떻게 버텨온 겁니까?"

"신규 가입자들에게 약간의 돈을 받았습니다."

"그걸로 충분했나요?"

"아뇨."

"사재를 털어서 끌고 온 건 아니고요?" 그 말에 케이브가 웃음을 터뜨렸다. "그럼 후원금을 받은 겁니까?"

"뭐 그런 셈이죠."

"그게 무슨 뜻이죠?"

"클럽이 좋은 곳이라는 걸 알아주신 분이 계십니다."

"당신이 아는 사람인가요?"

"만나본 적은 없습니다."

리버스가 한번 찔러보았다. "프랜시스 보스월?"

"그걸 어떻게 아셨습니까?"

"누가 알려줬습니다." 거짓말이었다.

"데이비?"

데이비 수터가 보스월을 알고 있었던 모양이군. 유소년 축구팀을 통해서? 아니면 다른 경로로? 대화의 방향을 틀어야 할 시점이었다.

"그런 그렇고, 데이비는 뭘 하는 놈입니까?"

"도살장에서 일하고 있습니다."

"건축 회사가 아니고요?"

"네."

"마지막으로 한 가지만 더 물을게요, 케이브 씨. 비계 제작 업체에서 이름을 하나 들었습니다. 말키 해스턴. 열여덟 살이고요, 가르-비에 살고 있습니다."

"말키는 잘 압니다. 그 친구도 경위님을 잘 알고 있고요."

"어떻게 말입니까?"

"헤비메탈 팬이거든요. 늘 밴드 티셔츠만 걸치고 다니죠. 경위님도 그를 만나보지 않으셨습니까."

검은 티셔츠. 리버스는 생각했다. 데이비 수터의 친구. 리버스가 비듬으로 착각했던 하얀 얼룩들.

"고마워요, 케이브 씨." 리버스가 말했다. "이 정도면 됐습니다."

그는 필요한 모든 답을 뽑아내는 데 성공했다.

리버스가 수화기를 내려놓자 제복 경관이 다가와 그가 요청해놓은 무단 침입 사건들에 대한 정보를 건네주었다. 리버스는 금세 원하는 내용을 찾아냈다. 산(酸)은 쉽게 손에 넣을 수 있는 게 아니었다. 약품이 필요한 그럴 듯한 이유가 없다면 더욱 그랬다. 정상적인 절차를 밟는 것보다 훔치는 편이 훨씬 빠르고 간단했다. 대체 산을 구하려면 어디로 가야 할까?

크레이기 종합 중등 학교는 무단 침입 사건이 빈번하게 발생하는 곳이었다. 그곳을 터는 것은 비행 청소년들에게 있어 직업 교육 코스와도 같았다. 그들은 그곳에서 창문 걸쇠를 풀고, 쇠막대로 문을 여는 기술을 배웠다. 자물쇠 따는 방법은 물론이고, 원한다면 장물아비가 되는 방법까지도 익힐 수 있었다. 항상 공급이 넘쳐나는 구매자 시장이었지만 경제학에 약한 어린 출세지상주의자들이 그런 걸 알 리 없었다. 3개월 전, 크레이기의 매점이 완전히 털린 적이 있었다.

범인들은 물리학과 화학을 배우는 과학실도 아수라장으로 만들어놓았다. 화학 실험 물품 보관소에는 전혀 다른 종류의 자물쇠가 채워져 있었다. 하지만 그들은 그마저 손쉽게 따버리고 변성 알코올과 다양한 종류의 산이 담긴 두꺼운 유리병들을 챙겨 달아났다.

학교 구내 작은 조립식 집에 살고 있는 경비원은 그날 밤, 아무것도 보지 못했고, 또 아무 소리도 듣지 못했다고 했다. 범행이 저질러지는 동안 텔레비전으로 특집 코미디 프로그램을 보고 있었다나. 아마 무슨 소리를 들었다 해도 그는 끝내 나와 보지 않았을 것이다. 크레이기 종합 중등 학교 아이들은 유머감각도, 어른들에 대한 공경심도 없었으니까.

악명 높은 가리발디 주택 단지가 포함된 학군이었다. 그런 학교에서 무엇을 기대하겠는가.

그가 열심히 머리를 굴려대고 있을 때 로더데일 경감이 다가왔다.

"아주 곤란하게 됐어." 로더데일이 투덜거렸다.

"왜 그러십니까?"

"또 익명의 협박범이야. 오늘만 벌써 두 번째라고. 더 이상 기다려줄 수가 없대."

"젠장. 꽤 재밌었는데 말입니다. 구체적인 내용은요?"

로더데일이 심란해하는 표정으로 고개를 끄덕였다. "폭탄을 어디 설치해뒀는지에 대해선 말이 없었어. 이번엔 스케일이 엄청날 거라더군. 숨는다고 무사하진 못할 거래."

"페스티벌은 거의 끝나 가고 있는데요." 리버스가 말했다.

"난 그게 걱정이야." 사실 리버스도 같은 걱정을 하고 있었다.

로더데일이 돌아서려는 찰나 리버스의 전화가 울려댔다.

"블레어-피시입니다. 기억할지 모르겠는데……"

"물론 기억하고 있습니다, 블레어-피시 씨. 또 종손에 대해 사과하시려고요?"

"오, 그건 아닙니다. 내가 나름 이 지역 사학자이거든요."

"네."

"매튜 밴더하이드와 통화를 했습니다. 당신이 소드 앤 쉴드에 대해 알고 싶어 한다고요?"

역시 밴더하이드야. 리버스는 그에 대한 기대를 사실상 접어버린 상태였다. "계속 말씀하시죠."

"시간이 좀 걸렸습니다. 30년을 모아온 쓰레기를 일일이 뒤져보느라……"

"뭘 찾으셨습니까, 블레어-피시 씨?"

"미팅 기록, 회계 보고서, 회의록, 뭐 그런 것들입니다. 회원 명부도 있고요. 여기저기 좀 빠진 부분이 있긴 합니다만."

리버스가 자리에서 벌떡 일어났다. "블레어-피시 씨, 제가 사람을 보내 선생님께서 갖고 계신 걸 받아오게 하겠습니다. 괜찮으시겠습니까?" 리버스가 펜과 메모지를 향해 손을 뻗었다.

"뭐 안 될 거야 없지만…… 네, 그렇게 해요, 그럼."

"이걸로 선생님 종손 문제는 깨끗이 잊는 걸로 하죠. 자, 주소를 불러주시겠습니까?"

주민들은 그곳을 고깃간(Meat Market)이라고 불렀다. 단지 도살장에서 가깝다는 이유 때문이었다. 점심시간이면 도살장 직원들은 맥주와 파이와 담배를 즐기기 위해 이곳으로 몰려왔다. 가끔 피로 얼룩진 작업복 차림으로 나타날 때도 있었지만 주인은 개의치 않았다. 그 자신도 한때는 닭 공장에서 공기총을 쏘던 처지였었으니까. 그는 압축기에 연결된 피스톨로 수백 마리의 닭을 죽였다. 현재 그는 당시 마음가짐 그대로 고깃간을 운영하고 있었다.

점심시간이 지난 고깃간은 썰렁했다. 노인 두 명이 바 끝에 나란히 앉아 맥주를 홀짝이고 있었다. 서로에게 깊은 원한이 있는지 말도 섞지 않았다. 한쪽 구석에서는 실직한 청년 두 명이 포켓볼을 치고 있었다. 두 사람의 태도에서 체스를 두는 듯한 신중함이 느껴졌다. 또 한쪽에는 번뜩이는 눈을 가진 한 손님이 앉아 있었다. 주인은 그에게 시선을 고정시킨 상태였다. 요주의 인물로 눈도장을 찍으려는 모양이었다. 남자는 물을 탄 위스키를 마시고 있었다. 왠지 술이 들어가면 예외 없이 폭발해버리고 마는 타입인 듯했다. 마지막 잔인지 그는 최대한 조금씩 술을 넘기는 중이었다. 표정은 딱딱하게 굳어 있었다. 한참 후, 글라스가 깨끗하게 비워졌다.

"조심히 가십시오." 주인이 말했다.

"고마워요." 존 리버스가 문으로 향하며 말했다.

도살장 직원들은 별난 타입의 사람들이었다.

그들은 뇌와 내장, 끈적이는 피와 배설물 속에서 일했다. 하얀 건물 속 살균된 공간에서 유선 방송을 들으며. 천장에는 악취를 밖으로 빼내고 신선한 공기를 불어넣어주는 커다란 전자 장치가 설치되어 있었다. 청년 하나가 호스로 바닥에 고인 핏물을 능숙하게 씻어내는 중이었다. 그렇게 쓸려간 핏물은 정확하게 배수구로 빠져나갔다. 청소를 마친 그가 수압을 줄이고 자신의 검은색 고무장화를 씻기 시작했다. 그는 동료들과 마찬가지로 무릎까지 오는 하얀 고무 앞치마를 두르고 있었다. 리버스에게 앞치마란 바텐더와 석공, 도살업자들을 의미했다. 딱 그 세 가지만을.

그들은 소를 작업하고 있었다. 겁에 질린 소들은 눈이 툭 튀어나와 있었고, 아직 어려 보였다. 근육 이완제를 맞았는지 다들 움직임이 불안정했다. 그들은 소의 귀 뒷부분에 전기 충격을 주어 감각을 없애놓은 후 볼트 건의 차가운 총구를 머리에 갖다 대고 방아쇠를 당겼다. 즉사한 소들은 뒷다리부터 주저앉았다.

데이비 수터의 자리는 도살장 뒤편이라고 했다. 그는 직원들을 요리조리 피해 안으로 깊숙이 파고들어갔다. 온몸에 피를 뒤집어쓴 남녀 직원들이 그를 쳐다보며 미소를 지었다. 그들 모두 고기에 머리카락이 떨어지지 않도록 모자를 쓰고 있었다.

어쩌면 머리에 고기가 묻지 않도록 하기 위함인지도 몰랐다.

수터는 뒷벽에 몸을 기댄 채 쉬고 있었다. 그는 두 손을 앞치마 안에 찔러 넣은 채 앳되어 보이는 여직원과 수다를 떠는 중이었다.

로맨스는 아직 죽지 않은 모양이군. 리버스는 생각했다.

리버스가 젖은 바닥에 미끄러지는 순간 수터의 시선이 홱 돌아왔다. 형사를 알아본 그가 고개를 들고 잠시 눈을 굴리다가 반짝이는 금속 테이블에서 무언가를 집어 들었다. 볼트 건이었다. 수터가 달려오는 리버스에게 그것을 겨누자 함께 있던 여자가 비명을 질렀다. 1킬로그램짜리 공이치기가 거더(girder, 철제 대들보)를 때리는 소리가 들려왔다. 볼트가 날아들자 리버스가 몸을 숙여 피했다. 수터는 총을 내려놓고 비상구 쪽으로 내달렸다. 밖으로 빠져나온 그는 리버스의 추격을 막기 위해 문을 거칠게 닫았다. 리버스가 다가갔을 때까지도 여직원은 계속해서 비명을 질러댔다. 그는 문을 열고 나가 도살장 뒤뜰로 들어갔다.

뒤뜰 한복판에 세워진 대형 트럭 두 대에서는 불운한 소들이 줄지어 내려오고 있었다. 우리로 끌려가는 소들이 요란하게 울어대며 조난 신호를 보냈다. 도살장 뒤편에는 외부인이 안을 엿보지 못하도록 높은 담이 둘러쳐져 있었다. 트럭들을 지나니 건물 앞으로 통하는 길이 나타났다. 리버스가 그쪽으로 방향을 틀려는 찰나 뒤에서 무언가가 그를 가격했다. 바닥에 엎드린 그가 고개를 살짝 돌려 공격자를 확인했다. 수터는 문 바로 뒤에 숨어 있었던 모양이었다. 손에는 긴 금속 막대가 쥐어져 있었다. 소몰이 막대. 그가 휘두른 막대는 리버스의 왼쪽 귀를 때렸다. 터져 나온 피가 땅바닥에 흩뿌려졌다. 수터가 다시 막대를 휘두르며 달려들었다. 리버스는 두 손으로 막대를 막아내고 잽싸게 몸을 일으켰다. 수터는 계속해서 리버스를 압박해나갔다. 비록 그가 젊고 강단 있기는 했지만 베테랑 형사의 덩치와 힘에는 속수무책이었다. 수터의 킥을 가볍게 피한 리버스가 손에 쥔 막대를 확 비틀었다. 고무장화를 신고 킥을 날리는 건 쉬운 일이 아니었을 것이다.

리버스는 가까이 접근해 펀치나 킥을 쏟아 붓거나 수터를 붙잡고 바닥에 메다꽂고 싶었다. 하지만 수터는 어느새 앞치마 안에서 금색 버터플라이 나이프를 뽑아든 후였다. 양날개를 접어 만든 손잡이 위로 무시무시한 칼날이 드러났다.

"돼지가죽을 벗기는 방법이 몇 가지 있죠." 그가 씩 웃으며 말했다. 그는 가쁜 숨을 몰아쉬고 있었다.

"관객이 있을 땐 더 흥분되고 좋지." 리버스가 말했다. 수터가 일손을 놓고 모여든 직원들을 돌아보았다. 리버스는 그 틈을 타 칼이 쥐어진 수터의 손을 힘껏 걷어찼다. 요란한 소리와 함께 칼이 바닥에 떨어졌다. 수터가 맹렬히 달려들어 머리로 리버스의 콧날을 찍었다. 영리한 공격이었다. 리버스의 눈에는 금세 눈물이 차올랐다. 그는 온몸에서 기운이 쫙 빠져나가는 걸 느꼈다. 그의 입술에서 배어나온 피가 턱을 타고 흘러내렸다.

"당신은 죽은 목숨이야!" 수터가 빽 소리쳤다. "당신 자신이 아직 그 사실을 모를 뿐!" 그가 칼을 집어 들자 리버스가 금속 막대를 냅다 휘둘렀다. 수터가 주춤하며 물러나는가 싶더니 이내 몸을 틀어 달아났다. 그는 소들을 우리로 몰기 위해 세워놓은 난간을 넘어갔다.

"저 놈을 잡아요!" 리버스가 피를 쏟으며 소리쳤다. "난 경찰입니다!" 하지만 데이비 수터는 이미 그의 시야에서 사라진 후였다. 보이지 않는 곳에서 소년의 고무장화 소리가 아득하게 들려왔다.

의사는 리버스를 알아보았다. 그녀가 혀를 끌끌 차며 치료를 시작했다. 그녀는 그가 이미 알고 있는 사실을 확인시켜주었다. 코는 부러진 게 아니었다. 운이 좋았다. 귀의 자상은 두 바늘 정도 꿰매야 한다고 했다. 그녀는 그 자리에서 상처를 봉합해주었다. 사용한 실은 검고 두껍고 흉측했다.

"투명한 실은 없습니까?"

"이게 더 좋아요."

"그렇군요."

"따끔거리면 여자 친구에게 핥아달라고 해요."

리버스가 미소를 지었다. 내게 수작을 거는 건가? 하지만 리버스는 의사의 집적거림을 받아줄 만큼 한가로운 처지가 못 되었다. 그래서 아무 대꾸도 하지 않았다. 그는 순하고 착한 환자의 역할을 충실히 수행한 후 페츠로 돌아가 폭행 사건을 직접 접수했다.

"켄 뷰캐넌(영국의 권투 선수) 같으시네요." 오미스턴이 말했다. "여기, 요청하신 것 가져왔습니다. 클레버하우스가 버럭 화를 내더군요. 더 이상 자기를 심부름꾼으로 부리지 말라나요."

오미스턴이 리버스의 책상에 묵직한 패키지를 내려놓았다. 큼직한 갈색 종이 상자에서는 먼지와 오래된 종이 냄새가 풍겼다. 리버스는 상자를 열고 오리지널 소드 앤 쉴드의 회원 명부를 꺼냈다. 파란색 만년필 잉크는 많이 바랜 상태였지만 대문자로 적힌 성(姓)들을 읽는 데엔 별 무리가 없었다. 그는 두 개의 이름을 빤히 내려다보며 미소를 지었다. 특별히 미소를 지을 이유는 없었다. 뿌듯해할 이유도 없었지만, 그의 책상 서랍에는 자물쇠가 없었다. 그래서 그는 명부를 들고 오미스턴의 책상으로 다가갔다.

"경감님이 이거 보셨나?" 오미스턴이 고개를 저었다.

"그게 도착하기 전에 자리를 뜨셨습니다."

"이걸 안전한 데 보관해야겠어. 자네 서랍에 넣어둬도 괜찮겠지?" 오미스턴이 서랍을 열고 명부를 집어넣은 후 자물쇠를 걸었다.

"이제 아무 걱정 마십시오."

"고마워. 난 이만 사냥을 나가봐야겠어."

오미스턴이 자물쇠에서 열쇠를 뽑아 주머니에 집어넣었다. "절 믿으세요." 그가 말했다.

26

리버스는 데이비 수터의 집에서 그를 찾을 수 있을 거라 기대하지 않았다. 수터가 바보가 아닌 이상 말이다. 하지만 한번 둘러보고 싶었다. 그래야 할 타당한 이유도 생겼으니까. 그는 오미스턴을 데려왔다. 경찰의 출현을 불편해하는 이가 있으면 우락부락한 그가 손쉽게 처리해줄 것이다. 그는 리버스가 입은 자상과 타박상에 얽힌 비화를 듣고 크게 고무되었고(박치기에 맞은 리버스의 눈 주변은 자주색으로 변했고 심하게 부풀어 올랐다), 가르-비로 갈 거라는 말에도 투지를 불태웠다.

"거긴 사파리 공원처럼 만들어놔야 합니다." 그가 자신의 의견을 밝혔다. "그 왜 그런 동네들 있지 않습니까. 차문은 항상 걸어둬야 하고 차창은 올려놔야 하는 곳들 말이죠. 가르-비가 바로 그런 동네거든요. 언제 빌어먹을 개코원숭이가 달려들어 엉덩이를 들이밀지 몰라요."

"소드 앤 쉴드에 대해 뭐라도 알아내려고 해 본 적 있나?"

"그건 불가능한 일입니다." 오미스턴이 말했다. 리버스가 쳐다보자 그가 차가운 미소를 지어 보였다. "그렇게 보일지 몰라도 전 바보가 아닙니다. 하지만 경위님은 잘 모르겠습니다. 제가 보기엔 거의 다 해결됐다고 안도하시는 것 같아서 말이죠."

"가르-비의 불법 무장 단체들." 리버스가 도로 쪽으로 시선을 돌리며 나지막이 말했다. "수터가 거기에 깊숙이 관여돼 있어."

"그가 캘럼을 죽였다고요?"

"그랬는지도 모르지. 칼을 잘 쓰는 걸 보면."

"그럼 빌리 커닝햄은요?"

"빌리는 아니야."

"왜 제게 그걸 다 들려주시는 겁니까?"

리버스가 그를 빤히 쳐다보았다. "그냥 자네에게도 알려주고 싶었어."

오미스턴은 잠시 생각에 잠겼다. "곤경에 빠져 계신 겁니까?"

"내 장례식에서 신나게 춤을 출 사람이 대여섯 명은 되는 것 같아."

"경감님께 말씀드려보시죠."

"그래야 할까? 자네라면 어떻게 하겠나?"

오미스턴이 다시 생각에 잠겼다. "경감님을 오래 모시진 않았습니다만 글래스고에서 좋은 얘기가 많이 들려왔습니다. 좋은 의미로 고지식한 분 같고요. 저희에겐 늘 독창력을 발휘하라고 하십니다. 제가 SCS를 좋아하는 이유예요. 자기 재량껏 일을 할 수 있다는 점. 경위님도 그런 타입이라 들었습니다만."

"자네, 리 프랜시스 보스월을 알고 있나?"

"클럽 주인이잖아요. 저번에 시체가 발견된 술집."

"그래."

"거긴 음악을 좀 바꿀 필요가 있어 보이더군요."

"어떤 걸로?"

"애시드 하우스(빠른 비트의 전자 음악으로 흔히 약물 파티 때 이용됨)."

리버스는 터져 나오려는 웃음을 애써 참았다. "그는 나를 폭행한 놈의 지인이야."

"둘이 어떻게 엮이게 됐을까요?"

"나도 그에게 그걸 물어보고 싶어. 물론 답은 듣지 못하겠지만. 그가 청소년 클럽에 돈을 대왔어." 리버스는 조심스러웠다. 오미스턴에게 필요 이상의 정보를 늘어놓을 이유가 없었다.

"공공심이 있는 놈이네요."

"너무 열성적이라는 이유로 오렌지당에서 쫓겨난 사람치고는 그렇지."

오미스턴이 인상을 찌푸렸다. "증거는 확보하셨습니까?"

"청소년 클럽의 리더가 그와의 연결고리를 시인했어. 어린 친구들은 내가 보스월인 줄 알았던 모양이야. 하지만 내 똥차를 보고 아니라는 걸 깨달았지. 그는 주문 제작한 메르세데스를 타고 다닌다더군."

"어떻게 보고 계십니까?"

"내 생각엔 피터 케이브는 좋은 의도를 품고 일을 벌였던 것 같아. 그러다가 이처럼 곤란에 빠져버리게 된 거지. 모르긴 해도 지금 가르-비에선 뭔가 심상치 않은 일이 벌어지고 있을걸."

그들은 차를 세워두고 주차장을 나섰다. 불안했지만 어쩔 수 없었다. 리버스는 차에 남아 있을 누군가를 추가로 데려오지 못한 게 후회되었다. 주차장 주변에는 아이들이 어정거리고 있었다. 자세히 보니 저번에 타이어를 찢어놓은 아이들은 아닌 것 같았다. 그는 그들에게 2파운드를 건네며 돌아와서도 차가 무사하면 2파운드를 더 주겠노라고 약속했다.

"그래도 시내에 세워놓는 것보다는 양호할 겁니다." 오미스턴이 말했다. 그들은 고층 건물들 쪽으로 걸어나갔다. 수터가 사는 건물은 개조된 상태였다. 달갑지 않은 불청객들이 로비나 계단통에 모이는 걸 막기 위함인지 새로 설치해놓은 정문은 매우 튼튼해 보였다. 로비는 초록색과 빨간색의 벽화로 장식되어 있었다. 그런다고 건물 분위기가 확 달라지는 건 아니었지만 말이다. 문의 자물쇠는 부서져 있었고, 경첩은 헐겁게 벌어진 상태였다. 벽화는 펜과 스프레이 페인트로 그린 온갖 낙서들로 뒤덮여 있었다.

"몇 층인가요?" 오미스턴이 물었다.

"3층."

"그럼 계단으로 올라가죠. 저는 이 동네 엘리베이터를 못 믿겠습니다."

계단은 로비 끝에 자리하고 있었다. 그곳 벽 역시 낙서장으로 변해버린 상태였다. 악취가 심하게 풍겼고, 곳곳에 사과주 캔과 담배꽁초들이 널려 있었다. "이런 계단통이 있는데 청소년 클럽이 군이 왜 필요했을까요?" 오미스턴이 물었다.

"엘리베이터는 왜 싫어하는 거지?"

"애들이 장난으로 전원을 끊어버릴 때가 있거든요. 그것도 엘리베이터가 한창 층간을 지나고 있을 때." 그가 리버스를 돌아보았다. "제 여동생이 옥스강의 H-블록에 살고 있어서 잘 압니다."

그들은 3층 복도 끝으로 올라섰다. 마치 풍동(비행기 등에 공기의 흐름이 미치는 영향을 시험하기 위한 터널형 인공 장치)에 들어와 있는 기분이 느껴졌다. 이곳 벽은 비교적 깨끗했다. 몇몇 곳에는 페인트로 덧칠한 흔적이 남아 있었다. 주민들이 나름대로 관리를 해온 모양이었다. 광이 나는 놋쇠 명판이 붙은 집도 있었고, 짧고 뻣뻣한 도어 매트가 깔린 집도 보였다. 하지만 대부분의 집들은 빗장을 지른 철문에 모르티스 자물쇠와 예일 자물쇠와 밖을 내다볼 수 있는 구멍을 갖추고 있었다.

"감옥도 이 정도로 보안에 신경 쓰진 않을 겁니다."

신기하게도 수터의 집 현관문에는 추가적인 안전장치가 마련되어 있지 않았다. 철문도, 감시용 구멍도 없었다. 그 사실이 데이비 수터에 대해 많은 걸 알게 해주었다. 그의 명성에 대해서도. 그건 그 누구도 감히 데이비의 아파트에 침입할 수 없다는 뜻이었다.

문에는 초인종도, 노커도 붙어 있지 않았다. 리버스는 주먹으로 문을 두들겼다. 잠시 후, 여자가 응답했다. 문틈으로 방문객을 확인한 그녀가 문을 활짝 열고 나왔다.

"빌어먹을 경찰." 그녀가 말했다. "데이비 때문에 왔죠?"

"그렇습니다." 리버스가 말했다.

"걔가 그렇게 만들어놓은 겁니까?" 그녀가 리버스의 얼굴을 가리키며 물었다. 그는 고개를 끄덕였다. "걘 어떻게 됐는데요?"

"뭐 예상하시는 대로입니다, 수터 부인." 오미스턴이 불쑥 끼어들었다. "젖은 수건으로 얼굴을 덮어놓고 긴 납관으로 발바닥을 두들겨줬습니다. 잘 아시지 않습니까."

리버스는 그를 말리려다가 멈칫했다. 왠지 오미스턴의 방식이 잘 먹힐지도 모른다는 기대 때문이었다. 수터 부인이 성의 없는 미소를 지어 보이며 뒤로 물러났다. "들어와요. 스테이크 몇 조각이면 기운이 좀 날 것 같은데 지금 집엔 간 고기 조금밖에 없어요. 싸구려 고기라서 살보다 기름이 많죠. 이쪽은 내 남편, 다드예요."

그녀는 그들을 이끌고 짧고 좁은 복도를 걸어갔다. 작은 거실은 세 점짜리 소파 세트로 꽉 차 있었다. 소파에는 수염을 텁수룩하게 기른 사십 대 남자가 앉아 있었다. 어쩌면 그는 험한 삶을 살아온 삼십 대 청년인지도 몰랐다. 그는 신발도 신지 않은 두 발을 한쪽 팔걸이에 얹어놓은 채 전쟁 만화를 읽고 있었다.

"다드." 수터 부인이 큰소리로 불렀다. "형사님들이 오셨어. 데이비가 경찰을 폭행했나봐."

"기특한 놈." 다드가 만화책에서 눈도 떼지 않은 채 말했다. "너무 기분 나쁘게 듣지 마세요."

"기분 나쁘지 않습니다." 리버스는 창가로 다가갔다. 바깥 풍경이 궁금했지만 물방울이 맺힌 이중 유리창을 통해서는 아무것도 볼 수 없었다.

"어차피 볼 것도 없어요." 수터 부인이 말했다. 그가 그녀를 돌아보며 미소를 지었다. 왠지 호락호락한 상대가 아닌 듯했다. 키는 작았지만 강인해 보이는 인상이었고, 골격이 우람했으며, 각진 턱을 가졌음에도 묘하게 호감이 가는 얼굴이었다. 그녀는 미소를 짓는 게 두려운 모양이었다. 미소가 자신을 나약해 보이게 만든다고 믿는 듯했다. 약해빠져서는 가르-비에서 오래 버틸 수 없었다. 리버스는 그녀가 아들의 성장에 얼마나 영향을 주었을지 궁금했다. 보나마나 엄청났겠지. 그는 생각했다. 그 녀석 아버지도 보통이 아닌 것 같고.

팔짱을 끼고 있던 그녀가 다드의 발을 찰싹 때렸다. 팔걸이에 앉을 수 있게 발을 치우라는 것이었다.

"이번엔 걔가 무슨 일을 저질렀습니까?"

다드가 만화책을 내려놓고 담배를 꺼내물었다. 나머지 담배는 수터 부인에게 건네졌다.

"경찰을 폭행했습니다." 리버스가 말했다. "그게 얼마나 심각한 범죄인지 잘 아시죠, 수터 부인? 그것만으로 목공소에 들어갈 수도 있습니다."

"감옥 말입니까?" 다드가 말했다.

"그렇습니다."

벌떡 자리에서 일어난 다드가 이내 몸을 구부리고 기침을 몇 번 했다. 목에서는 가래가 끓었다. 그가 거실과 붙은 작은 주방으로 들어가 싱크에 가래를 뱉었다.

"물로 씻어내!" 수터 부인이 빽 소리쳤다. 리버스는 그녀를 유심히 지켜보고 있었다. 그녀는 잠시 음울한 표정을 지었다가 금세 원래 상태로 돌아왔다. 아들이 징역형에 처해질 가능성이 있다는 데도 대수롭지 않은 듯했다. "어쩌면 감옥에 처박혀 있는 게 나을지도 몰라요."

"어째서죠?"

"여긴 가르-비예요. 몰랐어요? 어린애들이 버텨내기 힘든 곳이에요. 차라리 여길 떠나서 사는 게 데이비에게 좋을 거라고요."

"여기 남아 있으면 어떻게 되는데요, 수터 부인?"

그녀는 잠시 그를 빤히 쳐다보았다. "모르겠어요." 그녀가 말했다. 오미스턴은 붙박이장 옆에 서서 싸구려 하이파이 스테레오와 수북이 쌓인 카세트테이프들을 찬찬히 살펴보는 중이었다. "듣고 싶은 게 있으면 틀어도 돼요." 그녀가 그에게 말했다. "음악이라도 들으면 기분 전환이 될 거예요."

"그러죠." 오미스턴이 카세트 케이스를 열며 말했다.

"농담이었어요."

하지만 오미스턴은 미소를 흘리며 테이프를 넣고 재생 버튼을 눌러버렸다. 리버스는 그가 왜 그러는지 궁금했다. 잠시 후, 스피커에서 아코디언과 플루트와 드럼 연주가 흘러나왔다. 비브라토 창법의 노래가 금세 뒤따랐다.

〈새시〉였다. 오미스턴이 카세트 케이스를 리버스에게 건넸다. 커버에는 조악하게 복사된 얼스터의 붉은 손이 붙어 있었다. 리버스는 검은 잉크로 적어놓은 밴드의 이름을 읽어보았다. 자랑스러운 붉은 손 행군 악단. 아코디언 연주에 맞춰 행진을 하라니.

거실로 돌아온 다드가 손뼉을 치며 멜로디를 흥얼거렸다. "위풍당당한 곡이죠. 안 그렇습니까?"

"왜 그걸 틀었죠?" 수터 부인이 오미스턴에게 물었다. 그는 말없이 어깨를 으쓱였다.

"그래, 아주 위풍당당해." 다드가 소파에 풀썩 주저앉았다. 여자가 그를 노려보았다.

"다 편견이야. 난 가톨릭엔 아무 감정이 없다고."

"그건 나도 마찬가지야." 다드가 받아쳤다. 그가 오미스턴을 돌아보며 윙크했다. "그래도 자기 뿌리를 자랑스러워하는 건 부끄러운 일이 아니지."

"데이비는 어떻습니까, 수터 부인? 그 앤 가톨릭에 감정이 있습니까?"

"없어요."

"없다고요? 신교도 갱들과 어울려 다니는 데도요?"

"여긴 가르-비예요." 수터 씨가 말했다. "어디에라도 속해 있어야 한다고요."

리버스는 그게 무슨 뜻인지 잘 알고 있었다. 다드 수터가 앉은 채로 몸을 앞으로 기울였다.

"역사를 좀 압니까? 신교도들은 수백 년간 얼스터를 지배해왔습니다. 이제 와서 거길 포기할 리 없죠. 아무리 남들이 총을 쏘고 폭탄을 터뜨려 댄다 해도 말입니다." 그는 그제야 오미스턴이 음악을 껐다는 사실을 알아차린 듯했다. "안 그렇습니까? 이건 종교 전쟁이에요. 누구도 그 사실을 부인할 수 없을 겁니다."

"거기 가보신 적 있습니까?" 오미스턴이 물었다. 다드는 고개를 저었다. "그런데 뭘 그리 아는 척을 하십니까?"

다드가 그를 노려보며 다시 일어났다. "아는 척하는 게 아니라 진짜로 아는 겁니다."

"그렇다고 치죠." 오미스턴이 말했다.

"데이비 때문에 왔다고 하지 않았습니까?"

"저흰 지금 데이비에 대해 얘기하고 있는 겁니다, 수터 부인." 리버스가 나지막이 말했다. "간접적으로 말이죠." 그가 다드 수터를 돌아보았다. "아드님이 선생님을 꽤 닮았더군요, 수터 씨."

다드 수터가 날카로워진 눈을 리버스에게로 돌렸다. "오, 그런가요?"

리버스가 고개를 끄덕였다. "죄송한 말씀이지만 사실입니다."

다드 수터의 얼굴이 심하게 일그러졌다. "잠깐만요. 내 집에 쳐들어와서 지금 뭐하자는……"

"난 당신 같은 사람들이 무서워요." 리버스가 냉담한 톤으로 말했다. 진심이었다. 콜록거리는 다드 수터는 열 명의 캐퍼티보다도 훨씬 무시무시한 사람이었다. 죽었다 깨어나도 바뀌지 않고, 말도 통하지 않는 타입. 누구도 그의 정신을 건드릴 수 없었다. 어떤 방법으로도. 운영진이 모두 퇴근해버린 가게나 다름없었다.

"내 아들은 좋은 놈입니다. 바르게 자란 아이에요." 수터가 말했다. "내가 해줄 수 있는 모든 걸 다 해줬습니다."

"아주 복 받은 놈이군요." 오미스턴이 말했다.

그 말에 흥분한 수터가 두 주먹을 앞세우고 오미스턴에게 달려들었다. 오미스턴은 영리하게 옆으로 피했고, 수터는 붙박이장과 충돌하고 말았다. 그가 두 형사를 향해 돌아섰다. 그리고 알아들을 수 없는 욕을 내뱉으며 주먹을 휘둘러댔다. 그러더니 갑자기 리버스를 향해 몸을 날렸다. 리버스는 상체를 뒤로 젖혀 그의 펀치를 피한 후 무릎으로 수터의 사타구니를 힘껏 찍어 올렸다.

"퀸스페러 룰(권투의 표준 규칙인 퀸즈베리 규칙을 패러디한 것)입니다." 그가 쓰러진 수터에게 말했다.

"다드!" 수터 부인이 남편에게로 달려왔다. 리버스가 오미스턴에게 손짓했다.

"내 집에서 꺼져요!" 수터 부인이 그들에게 소리쳤다. 그녀는 짐승처럼 울부짖으며 두 형사를 현관문 밖으로 내쫓은 후 거칠게 문을 닫아버렸다.

"카세트 아이디어가 아주 좋았어." 리버스가 아래층으로 내려가며 말했다.

"마음에 들어하실 줄 알았습니다. 이젠 어디로 가는 겁니까?"

"기왕 온 김에⋯⋯" 리버스가 말했다. "청소년 클럽에 한번 들러보는 건 어떻겠나?"

그들이 건물을 나서기가 무섭게 위에서 꽃병이 떨어졌다. 땅에 닿는 순간 폭발한 꽃병은 수천 개 파편이 되어 사방에 흩뿌려졌다. 올려다보니 수터 부인이 창가에 서 있었다.

"빗나갔습니다!" 리버스가 그녀를 향해 소리쳤다.

"하느님 맙소사." 오미스턴이 걸음을 재촉하며 말했다.

늘 그렇듯 마을 회관 밖은 십 대 아이들로 득실거렸다. 그들은 문과 건물 외벽에 등을 기댄 채 앉아 있었다. 리버스는 굳이 데이비 수터에 대해 묻지 않았다. 어떤 답이 나올지 뻔했기 때문이었다. 그들은 나름의 교리문답서를 머릿속에 지니고 있었다. 리버스의 귀는 아직도 얼얼했다. 맥이 뛸 때마다 콧속에서도 둔통이 느껴졌다. 리버스를 알아본 아이들이 일제히 일어났다.

"안녕." 오미스턴이 말했다. "진작 일어나지 그랬어? 콘크리트 바닥에 오래 앉아 있음 치질 걸린다고."

그들은 회관으로 들어갔다. 짐 헤이와 그의 극단 멤버들이 무대에 앉아 있었다. 헤이도 리버스를 금세 알아보았다.

"보세요." 그가 말했다. "이렇게 지키고 있지 않으면 저놈들이 다 훔쳐 가 버린다니까요."

리버스는 그 말을 믿어야 할지 말아야 할지 갈피를 잡지 못했다. 그의 관심은 헤이 옆에 앉아 있는 소년에게 쏠려 있었다.

"나 기억해, 말키?"

말키 해스턴이 고개를 저었다.

"네게 물어볼 게 몇 가지 있어, 말키. 여기서 할까, 경찰서에 가서 할까?"

해스턴이 웃음을 터뜨렸다. "날 여기서 끌어낼 수 없을 걸요. 내 발로 걸어나가지 않는 이상 불가능해요."

왠지 웃어넘길 말이 아닌 것 같았다. "그럼 여기서 하지." 리버스가 말했다. 그가 휙 돌아보자 헤이가 두 손을 번쩍 들었다.

"알아요. 나가서 한 대 피고 오라는 말씀이시죠?" 그가 일어나 극단 멤버들을 이끌고 밖으로 나갔다. 오미스턴은 문간에 버티고 서 있었다. 아무도 들어오지 못하게 하기 위해서였다.

리버스는 해스턴 옆에 바짝 붙어 앉았다. 십 대 소년을 최대한 불편하게 만들기 위함이었다.

"난 아무 잘못도 안 했어요. 물론 아무 말도 안 할 거고요."

"데이비를 오래 알았니?"

해스턴은 대답이 없었다.

"어릴 적부터 친하게 지내왔겠지?" 리버스가 말했다. "우리가 처음 만났을 때 기억해? 그때 네 머리엔 뭔가가 묻어 있었지. 난 그게 비듬인 줄 알았어. 하지만 곰곰이 생각해 보니 석고 가루였더군. 그래서 스콧스캐프(ScotScaf)에 연락을 해봤지. 건설업자들에게 비계를 대여해주는 회사야. 넌 반납된 비계를 씻는 일을 하고 있지? 안 그래?"

해스턴은 말없이 그를 빤히 쳐다보았다.

"경찰에 아무 말도 하지 말라는 지시가 떨어졌나? 응? 그렇다면 뭐 하는 수 없지." 리버스가 일어나 해스턴을 내려다보았다. "두 살인 사건 현장에 스콧스캐프 비계가 놓여 있었어. 빌리와 캘럼 스마일리 사건 현장에 말이야. 네가 데이비에게 귀띔해준 거지? 그렇지? 어디서 건축 공사가 진행되고 있는지, 현장이 비어 있는지." 그가 해스턴 쪽으로 몸을 기울였다. "넌 다 알고 있었어. 한마디로 너도 종범이라는 뜻이지. 결국 감방에 처박히게 될 운명이라는 뜻이고. 우리가 너를 위해 멋진 가톨릭 수감동을 알아봐줄 테니 걱정 마, 말키. 초록과 하양이 득실대는 곳으로 말이야."

리버스가 돌아서서 담배에 불을 붙였다. 그리고 다시 해스턴을 돌아보며 담배를 한 대 권했다. 오미스턴이 지키고 있는 정문 쪽이 시끄러웠다. 아이들이 안으로 들어오려 하는 모양이었다. 해스턴이 담배를 받아들자, 리버스가 불을 붙여주었다.

"네가 뭘 하든 상관없어. 도망쳐도 되고, 거짓말을 늘어놔도 되고, 묵비

권을 행사해도 돼. 결국 우리가 네 유일한 친구라는 걸 깨닫게 될 테니까."

그가 돌아서서 오미스턴을 향해 걷기 시작했다. "들여보내." 그가 지시했다. 아이들이 우르르 몰려들어와 두 형사를 에워쌌다. 말키 해스턴은 여전히 무대 가장자리에 앉아 있었다. 리버스가 그에게 말했다.

"오늘 대화 즐거웠어, 말키. 나중에 또 보자고." 그가 소년들 쪽으로 몸을 틀었다. "말키는 정신이 똑바로 돌아왔어." 그가 말했다. "언제 입을 열어야 하는지 아는 친구야."

"거짓말 말아요!" 해리슨이 빽 소리쳤다. 하지만 리버스와 오미스턴은 이미 밖으로 나가버린 후였다.

리버스는 크레이지 호스에서 라클런 머독을 만났다. 보스월이 반발했지만 그는 신경 쓰지 않았다.

머독의 머리는 심하게 헝클어져 있었다. 옷도 대충 아무거나 걸치고 나온 듯했다. 리버스가 도착했을 때 그는 로비에서 기다리고 있었다.

"다들 제가 이 사건에 연루돼 있는 줄 알고 있어요." 리버스에게 이끌려 댄스홀로 들어서며 머독이 말했다.

"어떤 면에서는 그렇다고 볼 수 있겠죠." 리버스가 말했다.

"네?"

"자, 보여줄 게 있어요."

그는 머독을 데리고 다락으로 올라갔다. 대낮의 다락은 훨씬 환했지만 리버스는 혹시 몰라 손전등을 챙겨왔다. 그는 머독이 무엇 하나 놓치지 않게 해주고 싶었다.

"여기." 그가 말했다. "내가 그녀를 발견한 곳입니다. 그녀는 굉장히 고통스럽게 죽었어요." 머독은 당장이라도 눈물을 쏟을 기세였다. "그리고 이걸 바닥에서 찾았습니다." 그가 디스크 커버를 그에게 건넸다. "그녀는 이것 때문에 살해된 겁니다. 컴퓨터 디스크. 당신 컴퓨터에도 맞는 크기죠?" 그가 웅크리고 있는 머독에게로 다가갔다. "그들이 고작 이것 때문에 그녀를 죽였단 말입니다!" 그가 어금니를 갈며 말했다. 그는 잠시 반응을 기다렸다가 창가로 다가갔다.

"당연히 그녀가 사본을 만들어뒀을 거라 생각했습니다. 바보가 아니었을 테니까요. 하지만 가게에 가봤더니 아무것도 없더군요. 그래서 당신 아파트를 살펴봤습니다." 머독은 계속 코만 훌쩍이고 있었다. "믿을 수가 없었습니다. 어떻게 그녀가⋯⋯"

"사본이 있었어요." 머독이 신음에 가까운 소리로 말했다. "제가 삭제했어요."

리버스가 다시 그에게로 돌아갔다. "왜 그랬죠?"

머독이 고개를 저었다. "저는 그게⋯⋯" 그가 깊은 숨을 한 번 들이쉬었다. "그걸 보니⋯⋯"

리버스가 고개를 끄덕였다. "그래요, 빌리 커닝햄. 그걸 보니 그 두 사람이 떠올랐겠죠. 언제부터 의심해왔던 겁니까?"

머독이 다시 고개를 저었다.

"이봐요." 리버스가 말했다. "나도 거의 다 알고 있어요. 충분히 알고 있다고요. 하지만 모든 걸 다 아는 건 아니에요. 디스크에 담긴 파일을 열어봤습니까?"

"봤어요." 그가 잠시 벌게진 눈을 비볐다. "그건 그녀의 것이 아니라 빌리의 디스크였죠. 하지만 그녀와 관련된 것도 많이 담겨 있었어요."

"이해가 안 되는군요."

머독이 희미하게 미소를 지었다. "맞아요. 저는 그들에 대해 알고 있었어요. 알고 싶지 않았지만 어쩔 수 없었어요. 디스크를 지웠을 때 저는 굉장히 화가 나 있었어요. 주체할 수 없을 정도였죠." 그가 고개를 돌리고 리버스를 쳐다보았다. "그는 밀리 없인 아무것도 못했을 겁니다. 그 정도 시스템을 해킹하려면 보통 셋업이 아니고선 불가능하거든요."

"해킹?"

"보나마나 그녀가 일하는 가게에서 일을 벌였을 거예요. 그들은 군과 경찰 컴퓨터를 해킹했어요. 보안 시스템을 우회해 들어가 데이터 목록을 뒤졌고, 작업을 마친 후엔 아무런 흔적도 남기지 않은 채 빠져나왔죠."

"그들이 한 일이 정확히 뭐였습니까?"

머독은 긴장이 한층 풀린 모습이었다. 그가 안경 밑으로 흘러내린 눈물을 훔쳐냈다. "그들은 경찰의 수사 과정을 모니터했어요. 물품 목록도 조작했고요. 그들이 원했다면 거기서 멈추지 않았을 거예요."

머독은 그것이 황당하리만치 간단한 작업이라도 되는 것처럼 설명을 늘어놓았다. 컴퓨터만 있으면 군에서 물품을 훔칠 수도 있고 (물론 내부 도움이 필요하겠지만) 목록을 조작해 절도 흔적을 깨끗하게 지워놓을 수도 있었다. 만약 SCS나 런던 경찰국이 관심을 갖게 되면 해킹을 통해 모든 수사 과정을 지켜볼 수 있었다. 밀리. 바로 그녀가 핵심 인물이었다. 그녀는 자신이 무슨 짓을 하고 있는지도 모르고 빌리 커닝햄에게 문을 열어주었다. 디스크는 해킹 방법과 보안 검사를 우회하는 방법 등을 담고 있었다.

리버스는 빌리 커닝햄이 그 일에서 손을 떼고 싶어 했음을 의심하지 않았다. 그는 조직을 떠나고 싶어 했기 때문에 죽임을 당한 것이었다. 아마도 그는 자신의 보험증서를 살짝 언급했을 것이다. 그래야 조용히 빠져나올 수 있다고 믿었을 테니까. 하지만 그들은 그를 순순히 보내주지 않았다. 오히려 그것의 행방을 알아내기 위해 그를 고문했다. 물론 쉴드는 해킹이 빌리 혼자만의 소행이 아니었다는 걸 알고 있었다. 그들은 어렵지 않게 밀리 도허티를 찾아냈을 것이다. 빌리는 그녀를 보호하기 위해 끝까지 입을 열지 않았던 것이고, 그녀는 그 모든 상황을 알고 있었기에 달아나버린 것이었다.

"그 그룹에 대한 민감한 정보도 담겨 있었어요, 쉴드." 머독이 말했다. "저는 그들이 해커들인 줄로만 알았어요."

리버스는 이름 몇 개를 불러주었다. 예상대로 데이비 수터와 제임시 맥머레이는 금세 확인되었다. 리버스는 제임시를 취조실로 데려가면 망치로 호두를 깨는 것만큼이나 쉽게 그를 무너뜨릴 수 있을 거라고 생각했다. 하지만 데이비 수터는…… 보통 망치로는 어림도 없을 것이다. 컴퓨터의 마지막 파일은 데이비 수터와 가르-비 관련 내용으로만 가득 차 있었다.

"그 수터라는 아이……" 머독이 말했다. "빌리는 그 애가 뭔가를 조금씩 빼돌려왔다고 생각했어요. 그렇게 훔쳐낸 물건을 커리의 임대 차고에 숨겨놨다나 봐요."

커리. 그 임대 차고는 보나마나 맥머레이의 소유로 되어 있을 것이다.

머독이 리버스를 쳐다보았다. "그는 뭘 빼돌려왔는지 알려주지 않았어요. 혹시 돈이었나요?"

"내가 널 과소평가했어, 데이비." 리버스가 큰소리로 말했다. "처음부터 내가 널 너무 얕봤어. 좀 늦은 감이 있지만 앞으론 같은 실수를 반복하지 않을 거야." 그는 데이비와 그의 일당이 페스티벌을 특히 싫어했다는 사실에 주목했다. 그리고 익명의 협박전화에도.

"돈이 아니었어요, 머독 씨. 무기와 폭발물이었습니다. 자, 어서 여길 뜹시다."

제임시는 마치 묵언수행을 막 끝낸 사람처럼 신나게 떠들어댔다. 리버스로부터 모든 걸 전해들은 그의 아버지도 아들을 거세게 몰아붙이는 것으로 심문에 힘을 보태주었다. 개빈 맥머레이는 격분한 상태였다. 아들이 곤경에 처했기 때문이 아니라, 오렌지 로열 여단이 자신을 배신했다는 생각 때문이었다.

제임시는 리버스와 나머지 형사들을 맥머레이의 차량 정비소 뒤편에 자리한 차고로 안내했다. 이번 수색 작업을 위해 특별히 파견된 군인 두 명이 30분에 걸쳐 부비트랩이나 다른 덫이 놓여 있지 않은지 살펴보았다. 안전하다는 게 확인되었음에도 그들은 문으로 들어가지 않았다. 대신 사다리를 타고 지붕으로 올라가 아스팔트 막을 뚫는 방법으로 진입을 시도했다. 그들이 먼저 들어가 안을 꼼꼼히 살펴본 후 밖으로 신호를 보냈다. 대기하고 있던 순경이 쇠지렛대로 문을 뜯어냈다. 개빈 맥머레이는 뒤에서 모든 걸 묵묵히 지켜보았다.

"몇 년 동안 와보지 못했어요." 그가 말했다. 이미 한 번 주장한 바 있었지만 아무도 자신을 믿어주지 않는다고 생각했는지 다시 언급한 것이었다. "난 이 차고를 사용하지 않아요."

그들은 차고 안을 샅샅이 뒤져보았다. 제임시는 장물이 숨겨진 정확한 위치를 알지 못했다. 그저 데이비가 그것들을 숨겨놓을 장소가 필요하다고 했다는 말만 반복할 뿐이었다. 차고는 오토바이 작업실로 쓰였다. 빌리 커닝햄이 제임시와 친분을 쌓게 된 이유였다. 빌리는 제임시를 통해 데이비 수터와도 알게 되었다. 당장이라도 무너져 내릴 듯한 긴 나무 선반마다 정체를 알 수 없는 금속 부품들이 줄지어 놓여 있었다. 녹이 슬어 갈색으로 변해버린 부품들, 먼지와 거미줄로 덮인 공구들, 그리고 페인트와 용제가 담긴 깡통들. 모든 깡통과 공구들은 하나도 빠짐없이 꼼꼼하게 살펴봐야 했다. 셈텍스(흔히 불법 폭탄 제조에 쓰이는 강력한 폭약)를 트랜지스터 라디오 안에 숨길 수 있다면 그것을 공구 창고에 은폐하는 것은 식은 죽 먹기일 것이다. 군인들이 잘 훈련된 폭발물 탐지견을 데려오겠다고 했다. 하지만 올더숏에서 개를 데려오려면 너무 많은 시간이 소요된다는 것이 문제였다. 그래서 그들은 자신들의 눈과 코와 본능에 의존하기로 했다.

벽에는 낡은 타이어와 휠과 체인들이 걸려 있었다. 엔진 부품들과 곰팡이 핀 너트, 볼트, 나사 상자들 주변에는 오토바이 포크와 핸들 여러 개가 널려 있었다. 기름으로 얼룩진 바닥에는 아무것도 묻어 있는 것 같지 않았다.

"아무것도 없습니다." 한 군인이 말했다. 리버스는 고개를 끄덕였다.

"놈이 싹 치워갔군. 여기 뭐가 얼마나 숨겨져 있었지, 제임시?"

하지만 제임시 맥머레이는 모른다는 대답만 되풀이할 뿐이었다. "맹세코 몰라요. 난 그저 그에게 차고를 써도 된다고만 했을 뿐이라고요. 그는 자기 자물쇠를 가져와 채워두기까지 했어요."

리버스는 그를 한동안 응시했다. 짜증나는 아이들. 리버스는 한평생 그런 한심한 놈들을 상대해왔다. 제임시는 그런 놈들 중에서도 특히 독한 편에 속했다. "정말 단 한 번도 보여준 적이 없었어?"

제임시가 고개를 저었다. "단 한 번도 없었어요."

그의 아버지가 이글거리는 눈으로 아들을 노려보고 있었다. "얼간이 같은 놈." 개빈 맥머레이가 말했다. "아무짝에도 쓸모없는 한심한 놈."

"제임시를 경찰서로 데려가겠습니다, 맥머레이 씨."

"그러셔야겠죠." 개빈 맥머레이가 아들의 따귀를 후려쳤다. 굳은살로 덮인 손이 닿은 제임시의 입에서 피가 터져 나왔다. 제임시는 바닥에 대고 침을 한 번 뱉었을 뿐 아무 말도 하지 않았다. 리버스는 제임시가 자신이 아는 모든 것을 순순히 털어놓을 거라 확신했다.

밖으로 나오니 한 군인이 안도의 미소를 지어 보였다. "아무것도 못 찾아 다행입니다."

"어째서죠?"

"그런 물건을 저런 데 보관해뒀다가는 언제 폭발할지 모르거든요. 워낙 불안정한 물질이라."

"그걸 챙겨 달아난 놈도 마찬가지입니다." 불안정(Unstable)…… 리버스는 자신이 세인트 스티븐 가 살인 사건의 범인이라며 자백했던 던스터블 출신의 언스테이블(Unstable)을 떠올렸다. 플라워 경위에게 카레와 차 얘기를 지겹도록 주절거렸던…… 그는 차고로 돌아가 바닥에 남아 있는 얼룩을 가리켰다.

"저건 기름이 아닙니다." 그가 말했다. "전부 기름이 아니란 말입니다."

"네?"

"다들 나가요. 당장 이곳을 봉쇄해야 합니다."

그들은 리버스가 시키는 대로 했다. 플라워는 던스터블에서 온 언스테이블의 궤변에 귀를 기울였어야 했다. 길거리 부랑자는 커리(Currie)에 대해 주절거렸던 것이었다. 카레(Curry)가 아니라. 그가 차에 대해 얘기했던 것도 바로 이곳 차고 때문이었다. 그날 밤, 이 근처에서 노숙을 하며 무언가를 보거나 들었던 모양이었다.

"왜 그러십니까, 경위님?" 한 경관이 다가와 리버스에게 물었다.

"내 짐작이 맞다면 캘럼 스마일리는 바로 이곳에서 살해됐을 거야."

그날 저녁, 리버스는 호텔을 체크아웃하고 페이션스의 집으로 들어갔다. 진이 쫙 빠진 상태였다. 이제야 무뎌진 연장의 심정을 알 것 같았다. 차고 바닥의 얼룩은 기름과 피의 혼합물이었다. 그들은 그 두 성분을 분리시키는 작업을 하고 있었다. DNA 검사를 통해 그 피의 주인이 캘럼 스마일리인지 확인하기 위함이었다. 리버스는 그 결과가 어떻게 나올지 이미 알고 있었다. 차분히 짚어보면 모든 게 이치에 닿았다.

그는 술을 따르다가 말고 페이션스에게 전화를 걸어 이틀쯤 후면 집으로 돌아와도 된다고 알려주었다. 하지만 그녀는 날이 밝자마자 돌아오겠다고 고집을 부렸다. 그가 안 된다고 하자 그녀가 잠시 침묵했다.

"조심해요, 존."

"아직 이렇게 멀쩡히 살아 있잖아요."

"계속 그렇게 살아 있으라고요."

그가 전화를 끊기가 무섭게 초인종이 울렸다. 경찰은 여전히 데이비 수터를 추적하는 데 온 힘을 쏟고 있었다. 그 작업은 세인트 레너즈의 로더데일 경감이 지휘하는 중이었다. 투입된 모든 인력에게는 무기 사용 권한이 주어졌다. 그들은 수터가 정확히 어느 정도의 무기를 확보해두었는지 가늠하지 못했다. 하지만 모든 상황에 철저히 대비해야만 했다. 로더데일은 리버스에게 경호원을 붙여주겠다고 했었다.

"저는 제 수호천사만 믿습니다." 그는 이렇게 말해두었다.

초인종이 다시 울렸다. 그는 발가벗겨진 기분을 느끼며 긴 복도를 걸어 갔다. 현관문은 4센티미터 두께의 나무로 되어 있었다. 하지만 그 정도로 는 웬만한 총을 막아낼 수 없었다. 그는 귀를 쫑긋 세운 채 잠시 기다렸다 가 문에 난 작은 구멍으로 밖을 살펴보았다. 그가 안도의 한숨을 내쉬며 자물쇠를 풀었다.

"나한테 할 말 있죠?" 그가 문을 활짝 열어주며 말했다.

애버네시가 등 뒤에 감추고 있던 위스키 한 병을 불쑥 내밀었다. "상처 에 바를 소독약을 가져왔어요."

"이거 내복약 아닌가요?" 리버스가 말했다.

"이걸 사느라 돈이 엄청 깨졌습니다. 그래도 후회는 없어요. 중국의 모 든 차보다 스카치 한 방울이 더 귀하다는 말도 있지 않습니까."

"여기선 위스키라고 부릅니다." 리버스가 문을 닫고 거실로 애버네시 를 안내했다. 애버네시는 실내를 둘러보며 감탄했다.

"뇌물을 꽤 받아 챙긴 모양이군요."

"난 의사랑 같이 살아요. 여긴 그녀 집이고요."

"어머니는 제게 늘 의사가 되라고 하셨죠. 존경받는 직업이라고 말이 죠. 글라스 어디 있습니까?"

리버스는 주방에서 커다란 글라스 두 개를 챙겨들고 돌아왔다.

27

프랭키 보스월은 크레이지 호스의 문을 닫을 수 없었다.

페스티벌과 프린지가 끝나려면 이틀을 더 기다려야 했다. 지난 2주일간 클럽은 밀려드는 관광객들로 발 디딜 틈이 없었다. 광고와 입소문 덕분이 기도 했지만 사흘간 이어진 미국인 컨트리 가수의 공연 덕분이기도 했다. 물론 이 기록적인 매출은 오래가지 못할 것이다. 크레이지 호스는 프랭키 만큼이나 독특한 곳이었다. 잘 굴러가야 마땅했고, 또 반드시 그래야만 했 다. 프랭키 보스월에게는 클럽을 운영할 재정적 책무가 있었다. 매출이 저 조하다고 함부로 저버릴 수는 없었다. 양해를 구할 수도 없었다. 단 하루 라도 장사를 망치면 큰일이었다.

리버스와 또 다른 형사가 불쑥 찾아왔을 때 그가 못마땅해 한 것도 다 그런 이유 때문이었다. 그들을 본 순간 그의 미소가 크레이지 호스의 다이 커리(럼주에 과일 주스와 설탕을 섞고 잘게 부순 얼음을 넣어 만든 칵테일)처럼 바짝 얼어붙어버렸다.

"경위님, 이번에는 또 어떻게 오셨습니까?"

"보스월 씨, 이쪽은 애버네시 경위입니다. 잠깐 저희와 얘기 좀 나누실 까요?"

"지금은 좀 바쁜데요. 케빈 스트랭의 대체자도 아직 못 찾았고요."

"협조해주십시오." 애버네시가 말했다.

두 형사의 출현 때문인지 어느새 바는 한산했다. 춤을 추는 손님도 없었다. 다들 무슨 일이든 벌어지기를 기다리고 있었다. 보스월은 잠시 고민에 빠졌다.

"제 사무실로 가시죠."

애버네시가 손님들을 향해 손을 흔들어 보이고는 리버스와 보스월을 따라 로비로 나갔다. 보스월이 프런트 뒤편에 난 문을 열고 들어갔다. 그는 책상에 앉아 좁은 공간으로 들어서는 두 형사를 지켜보았다.

"사무실은 클 필요가 없습니다." 그가 사과조로 말했다. 사무실은 청소도구를 보관해두는 벽장만큼이나 비좁았다. 보스월의 머리 위 선반은 금전 등록기 영수증 용지와 글라스가 든 상자들로 가득 차 있었다. 한쪽 벽에는 액자에 담긴 카우보이 포스터들이 기대어져 있었고, 구석마다 트렁크 세일(자동차 뒤 트렁크에 물건을 싣고 다니면서 싸게 파는 노점 판매)에서 사온 듯한 자그마한 장식품들이 널려 있었다.

"이럴 줄 알았으면 화장실로 갈 걸 그랬죠?" 리버스가 말했다.

"아니면 경찰서로 가든지." 애버네시가 말했다.

"경위님과는 초면인 것 같은데요." 보스월이 싹싹하게 말했다.

"난 밑을 닦을 때만 똥을 만납니다."

그 말에 보스월이 얼굴에서 미소를 싹 지워버렸다.

"애버네시 경위는……" 리버스가 말했다. "특수부 소속입니다. 쉴드를 수사하러 이곳에 왔죠."

"쉴드?"

"어설프게 연기할 거 없어요, 보스월 씨. 당신을 체포하러 온 게 아니니까. 하지만 우리가 당신을 매우 수상쩍게 여기고 있다는 걸 알아줬으면 좋겠어요."

"우린 한번 물면 쉽게 놓지 않습니다." 애버네시가 말했다.

"하지만 데이비 수터에 대해 아는 대로 털어놓는다면 참작하죠." 리버스가 무릎에 손을 얹고 그의 반응을 기다렸다. 애버네시는 담배에 불을 붙이고 어수선한 책상 너머로 연기를 내뿜었다. 프랭키 보스월은 잠시 두 형사를 번갈아 쳐다보았다.

"지금 날 갖고 노는 거죠? 핼러윈까지는 아직 많이 남았는데. 아무 이유 없이 사람들을 겁주는 일은 그때 해야 하는 거 아닌가요?"

리버스가 고개를 저었다. "틀렸습니다. 당신이 지금 해야 하는 건 '데이비 수터가 누굽니까?'하고 묻는 겁니다."

보스월이 등받이에 몸을 붙였다. "좋습니다. 대체 데이비 수터가 누굽니까?"

"그렇게 물어주니 기쁘군요." 리버스가 말했다. "그는 당신의 오른팔입니다. 징병관이기도 할 거고요. 지금 그는 경찰을 피해 도망을 다니는 중이죠. 그가 폭발물과 총기를 몰래 빼돌려왔다는 사실을 알고 있었습니까? 그 부분에 대해선 이미 자백을 받아냈습니다." 물론 그것은 노골적인 거짓말이었다. 보스월의 얼굴에 희미한 미소가 떠올랐다. 리버스는 그것이 죄책감의 표현일 거라 확신했다.

"왜 가르-비 청소년 센터를 지원해온 겁니까?" 그가 물었다. "쓸 만한 징병소라서요? 당신은 무정부주의자로 활동했을 당시 쿠훌린이라는 이름을 썼습니다. 그는 얼스터의 위대한 영웅이죠. 오리지널 붉은 손. 그건 우연이 아니었습니다. 당신은 지나치게 열성적이라는 이유로 오렌지당에서 쫓겨났습니다. 70년대 초, 당신의 이름은 타탄군과 자주 엮여 언급됐었죠.

그들은 툭하면 육군기지에 무단 침입해 무기를 훔쳤고요. 아마 당신도 거기서 아이디어를 얻었겠죠?"

보스월이 여전히 미소를 흘리며 물었다. "무슨 아이디어 말입니까?"

"다 알면서 물어봅니까."

"난 당신들이 무슨 얘길 하고 있는지 도통 모르겠어요."

"내 말 똑똑히 들어요. 당신은 이제 독 안에 든 쥐입니다. 하지만 지금은 데이비 수터를 찾아내는 게 급선무입니다. 만약 그 녀석이 그 많은 라이플과 플라스틱 폭탄을 챙겨 달아났다면……"

"난 아직도 그게 무슨 소리인지……"

리버스가 자리에서 벌떡 일어나 보스월의 옷깃을 움켜잡고 책상 너머로 힘껏 끌어당겼다. 보스월의 얼굴에서 미소가 증발해버렸다.

"난 벨파스트를 겪어봤어요. 직접 북쪽에 가서 내 눈으로 모든 걸 똑똑히 봤단 말입니다. 거긴 당신 같은 카우보이들이 설칠 곳이 아닙니다. 그러니까 허튼소리 집어치우고 그 놈이 어디 숨었는지 불어요!"

보스월이 몸을 확 비틀어 리버스의 손으로부터 떨어졌다. 그 과정에서 옷깃의 일부가 뜯겨나갔다. 그의 얼굴은 짙은 자줏빛을 띠고 있었고, 두 눈에서는 불꽃이 튀고 있었다. 그가 주먹으로 책상을 딛고 자리에서 일어나 리버스 앞으로 몸을 기울였다.

"누구도 날 건드릴 수 없습니다!" 그가 말했다. "그게 내 모토입니다."

"그래요?" 리버스가 말했다. "그렇다면 그 모토를 라틴어로도 쓸 줄 알겠군요. 그날 밤 메리 킹스 클로즈에서 꽤 흥분했었죠?"

"당신들, 단단히 미쳤군요."

"우린 경찰입니다." 애버네시가 말했다. "우린 미치라고 월급을 받는 겁니다. 하지만 당신은요?"

보스월이 두 형사를 잠시 노려보다가 천천히 자리에 앉았다. "난 데이비 수터라는 아이를 모릅니다. 폭탄이나 소드 앤 쉴드나 메리 킹스 클로즈에 대해서도 아는 게 없고요."

"난 소드 앤 쉴드 얘길 꺼낸 적이 없는데요." 리버스가 말했다. "그냥 쉴드라고만 했죠."

보스월은 대꾸가 없었다.

"기왕 당신이 언급했으니 한마디 하죠. 당신 아버지는 오리지널 소드 앤 쉴드에서 목사로 활동했습니다. 파일에 그의 이름이 있더군요. 그건 스코틀랜드 국민당의 분파였습니다. 물론 당신은 아무것도 모르겠죠?"

"모릅니다."

"정말요? 흥미롭군요. 당신은 청년단 소속이었을 텐데."

"내가요?"

"아버지의 영향으로 얼스터에 빠져든 게 아니었나요?"

보스월이 천천히 고개를 저었다. "당신들 정말 끈질기군요."

"우린 한번 물면 놓지 않습니다." 리버스가 말했다.

그때 사무실 문이 열렸다. 정문을 지키는 기도 두 명이 문 밖에 서 있었다. 다리를 넓게 벌린 채 선 그들은 두 손을 앞에 가지런히 모으고 있었다. 마치 기도들을 위한 예절 학교 출신이라도 되는 듯 보였다. 보스월이 책상 밑 어딘가에 설치해놓은 버튼을 몰래 눌러 그들을 호출한 모양이었다.

"이 자식들을 쫓아내." 그가 지시했다.

"누구도 내 몸에 손댈 수 없습니다." 애버네시가 말했다. "물론 타이트한 스커트 차림의 늘씬한 아가씨들은 예외고요." 그가 돌아서서 기도들을 쏘아보았다. 그들 중 하나가 그의 팔뚝을 잡으려 했다. 애버네시가 기도의 손목을 움켜잡고 힘껏 비틀었다. 남자가 고통스러워하며 무릎을 꿇었다. 사무실에는 나머지 기도가 들어설 공간이 남아 있지 않았다. 남자는 사무실 안의 상황을 지켜보며 망설였다. 리버스가 멍한 표정의 남자를 확 잡아 끌어 책상 너머로 던졌다. 의자에 앉아있던 보스월이 육중한 기도의 몸에 깔려버렸다. 애버네시는 제압해놓은 기도의 손목을 놓아주고 리버스를 따라 사무실을 나왔다. 건물을 빠져나오자 에든버러의 후텁지근한 여름 공기가 그들을 맞이했다. "재밌었어요."

"정말 그렇더군요. 하지만 이게 정말 효과가 있을까요?"

"그러길 바라야죠. 불안감을 충분히 심어줬으니 곧 스스로 무너져 내릴 겁니다."

그것이 바로 그들의 계획이었다. 좋은 계획에는 완벽한 대비책이 마련되어 있기 마련이었다. 그들의 대비책은 빅 제르 캐퍼티였다.

"카레를 먹기에 좀 늦은 감이 있나요?" 애버네시가 물었다.

"여기가 그런 시골인 줄 알아요? 시간이라면 아직 충분합니다."

리버스는 애버네시를 이끌고 잘 아는 카레 전문점으로 향했다. 그의 머릿속은 어느새 책임과 위험, 그리고 내일 벌어질 마지막 결전에 대한 걱정과 두려움으로 가득 차 있었다.

28

화창한 날이었다. 하늘은 푸르렀고, 산들바람은 적당히 서늘했다. 일기 예보에 의하면 하루 종일 맑은 날이 될 거라고 했다. 불꽃놀이를 하기에 적합한 청명한 밤이 기다리고 있다고. 머지않아 프린스 가는 관광객들로 발 디딜 틈이 없어지겠지만 킬패트릭 경감이 차를 몰고 달리는 동안에는 쥐 죽은 듯 조용했다. 그는 아침형 인간이었다. 그럼에도 불구하고 그는 리버스의 모닝콜에 흠칫 놀란 태도를 보였다.

공업 단지도 조용하기는 마찬가지였다. 정문에서 신원 체크를 받은 그는 창고가 있는 곳까지 더 들어가 리버스의 차 옆에 주차했다. 차는 비어 있었고, 창고 문은 열려 있었다. 킬패트릭은 안으로 들어갔다.

"어서 오십시오, 경감님." 리버스는 대형 트럭 앞에 서 있었다.

"존, 대체 무슨 일인데 첩보 영화 찍듯 만나자고 한 건가?"

"죄송합니다, 경감님. 상세히 설명해드리겠습니다."

"부디 그래주길 바라네. 아침을 걸렀더니 신경질이 나려고 하거든."

"조용한 곳에서 말씀 드릴 게 있습니다."

"그래, 들려줄 얘기가 뭔가?"

리버스는 트럭을 돌아 들어갔고, 킬패트릭은 그를 뒤따랐다. 트럭 뒤편에 멈춰 선 리버스가 레버를 당겨 문을 활짝 열었다. 수북이 쌓인 상자들 위에 애버네시가 앉아 있었다.

"파티가 벌어졌다는 얘긴 없지 않았나." 킬패트릭이 말했다.

"자, 올라가보시죠. 제가 도와드리겠습니다."

킬패트릭이 리버스를 돌아보았다. "지금 날 노인네 취급하는 건가?" 그가 트럭 뒤편으로 기어 올라갔다. 리버스도 그를 따라 올라갔다.

"안녕하십니까, 경감님." 애버네시가 킬패트릭 앞으로 손을 내밀며 말했다. 킬패트릭은 못 본 척 팔짱을 꼈다.

"대체 무슨 일인가, 애버네시?"

하지만 애버네시는 말없이 어깨를 으쓱이며 턱으로 리버스를 가리켰다.

"뭔가 이상한 게 느껴지십니까?" 리버스가 물었다. "여기 실린 화물 말입니다."

킬패트릭이 진지한 표정을 지으며 주위를 둘러보았다. "아니." 그가 말했다. "나는 파티 게임 따위엔 관심이 없네."

"게임이 아닙니다, 경감님. 말씀해주십시오. 저희가 함정 수사에 쓰지 않으면 이 물건들은 다 어떻게 되는 겁니까?"

"그럼 폐기처분해버려야지."

"저도 그렇게 생각했습니다. 당연히 그와 관련된 서류도 있겠죠?"

"물론이지."

"지금껏 우리가 관리해왔으니 관련 서류도 에든버러 경찰국에서 작성되었겠군요."

"아무래도 그렇겠지. 그런데 대체 왜……"

"설명 드리겠습니다, 경감님. 물건이 이곳에 들어오면 그 디테일을 꼼꼼히 기록해야 합니다. 무엇이 얼마나 들어왔는지. 하지만 그 기록은 우리가 작성한 서류로 대체됩니다. 안 그렇습니까? 오리지널 기록이 분실된다

해도 우리 서류가 있으니 걱정이 없겠죠." 리버스가 상자 하나를 손으로 톡톡 두드렸다. "살펴보니 물건이 좀 줄어 있더군요."

"뭐?"

리버스가 나무 상자의 뚜껑을 열었다. "저번에 스마일리와 함께 보여주셨을 땐 지금보다 훨씬 많은 AK 47이 여기 들어 있었습니다."

킬패트릭의 얼굴에는 당혹스러워하는 표정이 역력했다. "확실한가?" 그가 나무 상자 안을 들여다보았다.

"그럼에도 불구하고 물품 목록엔 여기 보관된 AK 47이 달랑 열두 정뿐이라고 기록돼있습니다."

"열두 정." 애버네시가 말했다. 리버스가 서류 한 장을 꺼내 킬패트릭에게 건넸다.

"뭔가 착오가 있었겠지." 킬패트릭이 말했다.

"그렇지 않습니다, 경감님." 리버스가 말했다. "제가 특수부와 꼼꼼히 확인해봤습니다. 그들이 처음 배달됐을 때 기록을 보관하고 있거든요. AK 47 스물네 정. 열두 정이 어딘가로 증발해버린 겁니다. 그뿐만이 아닙니다. 로켓탄 발사기도 그렇고, 탄약도……"

"경감님." 애버네시가 말했다. "평소에는 재고 조사를 아예 안 하지 않습니까. 어차피 폐기처분 될 물건들이니 굳이 그럴 필요가 없겠죠. 서류상으로도 아무 문제가 없고. 어느 누구도 관심 있게 살펴보지 않는 게 당연합니다."

"하지만 어떻게 그게 가능하지?" 킬패트릭은 여전히 서류를 손에 쥐고 있었지만 그의 시선은 엉뚱한 곳을 향하고 있었다.

"충분히 가능합니다, 경감님." 리버스가 말했다. "알고 보면 정말 간단

합니다. 화물을 관리하는 책임자가 기록을 수정하면 되는 일이니까요. 보시다시피 그 서류엔 경감님 성함이 적혀 있습니다."

"지금 무슨 얘길 하고 있는 건가?"

리버스가 어깨를 으쓱이며 주머니에 손을 찔러 넣었다. "미국인에게 붙여놓은 감시팀. 그것도 경감님이 지휘하고 계시죠."

"그건 자네 요청에 따른 것이지 않나, 경위."

리버스가 고개를 끄덕였다. "네, 그 점에 대해선 경감님께 감사하고 있습니다. 하지만 이해가 되지 않는 부분이 몇 가지 있습니다. 우선, 경감님께서 그토록 신뢰하시는 글래스고 팀은 저와 제 친구가 클라이드 몬커 부부와 술을 마시는 것도 알아채지 못했습니다."

"뭐?"

"제게 알려주신 세부 사항 있지 않습니까, 경감님? 그건 다 거짓이었습니다. 제가 예상했던 대로 말입니다. 그래서 제가 시험 삼아 그래봤던 겁니다. 클라이드 몬커와 프랭키 보스월의 미팅에 대한 언급도 없더군요. 경감님의 감시팀은 몬커와 그의 아내가 완벽한 관광객 행세를 했다고만 보고했을 뿐입니다. 산책을 하고, 또 명소도 구경하면서 말이죠. 하지만 말씀하신 감시팀은 없었습니다. 안 그렇습니까? 제가 동료 두 명을 투입해 몬커를 감시해왔다는 사실, 모르셨죠? 저는 이곳에서 애버네시 경감과 처음 만났을 때 이미 이상한 낌새를 알아차렸습니다."

"자네가 비공식적으로 몬커를 감시해왔다고?"

"그걸 증명할 사진도 있습니다." 그 말에 애버네시가 하얀 종이 봉지를 뒤적거리기 시작했다. 봉지의 한쪽 면은 투명한 셀로판으로 되어 있었고, 그 안으로는 흑백 사진이 들여다보였다.

"잘 보시면 말입니다……" 애버네시가 말했다. "경감님이 굴레인에서 몬커와 만나고 계신 사진도 있습니다. 혹시 그와 골프 얘길 나누신 겁니까?"

"제가 합류하기 전 쉴드에게 무기를 제공하겠다고 약속하셨죠?" 리버스가 말했다. "저를 수사에 끌어들이신 건 절 가까이서 감시하기 위함이었을 거고요."

"그게 사실이라면 내가 왜 자넬 군이 이곳으로 데려왔겠나?"

"켄 스마일리가 경감님께 요청드렸을 테니까요. 또한 그의 의심을 사지 않기 위함이기도 했겠죠. 켄이 워낙 철두철미한 타입이라서."

리버스는 이쯤 하면 킬패트릭의 기가 꺾일 줄 알았다. 하지만 그는 전혀 수그러들지 않았다. 오히려 더 당당해진 모습이었다. 그가 두 손을 재킷 주머니에 넣고 어깨를 활짝 폈다. 그의 표정에서는 어떠한 감정도 읽을 수 없었다. 그의 입은 한동안 열리지 않았다.

"사실 저희는 경감님을 오랫동안 지켜봐왔습니다." 애버네시가 말했다. "글래스고에서 신교도 테러리스트들을 여럿 챙겨주셨죠?" 그가 천천히 고개를 저었다. "저희가 경감님을 이곳으로 보낸 이유는 글래스고를 떠나 계시면서도 계속 그 일을 하실 수 있는지 확인하고 싶었기 때문입니다. 식스 팩 소식을 듣자마자 저는 경감님께서 여전히 쉴드 친구들을 돕고 계시다는 걸 알 수 있었죠. 그들은 늘 내부자의 도움에 의지해왔으니까요."

"자넨 마약 조직의 소행일 거라고 하지 않았나." 킬패트릭이 말했다.

애버네시가 어깨를 으쓱였다. "제 연기가 괜찮았죠? 경감님이 리버스 경위를 파견 근무라는 명목으로 데려오셨을 때 저는 알아차렸습니다. 경감님이 그를 위협적인 존재로 여기고 계신다는 걸 말입니다. 그를 가까이 두고 감시하려는 게 목적 아니었습니까? 하지만 다행스럽게도 그 역시 저랑 같은 결론을 내렸던 겁니다." 애버네시가 사진이 담긴 봉지를 들여다보았다. "그리고 이게 그 결과죠."

"재밌지 않습니까, 경감님?" 리버스가 말했다. "우리가 소드 앤 쉴드에 대해 얘길 나눴을 때, 그러니까 옛날 소드 앤 쉴드 말입니다. 그때도 경감님은 본인이 멤버였다는 사실을 언급하지 않으셨습니다."

"뭐?"

"그것과 관련해서 어떠한 기록도 남아있지 않을 거라고 생각하셨겠죠? 하지만 제가 좀 깊이 파헤쳐봤습니다. 60년대 초, 경감님은 그곳 청년단에 소속돼 계셨습니다. 프랭키 보스월과 마찬가지로요. 맙소사. 그걸 언급하지 않으시다니."

"그게 이 사건과는 아무 상관이 없다고 생각했네."

"그리고 저는 누군가의 습격을 받게 됐습니다. 이번 수사에서 손을 떼라는 경고였죠. 그 습격자는 프로였어요. 그건 분명합니다. 칼날 긴 재래식 면도칼로 무장했더군요. 글래스고 말씨를 썼고요. 거기 계시면서 그런 악바리들을 꽤 만나보셨겠죠?"

"내가 그에게 자넬 혼내주라고 사주했다는 말인가?"

"외람된 말씀이지만……" 리버스가 킬패트릭을 쏘아보며 말했다. "경감님은 제정신이 아니신 것 같습니다."

"광기는 머리에서 오는 것이네. 피나 심장에서 오는 게 아니라." 킬패트릭이 나무 상자에 몸을 기댔다. "자넨 애버네시를 신뢰할 수 있나, 존? 그럴 수 있겠어? 그럼 행운을 비네. 자, 더 해보게."

"뭘 말씀입니까?"

"자네의 다음 술책 말이야." 그가 미소를 지었다. "정말로 날 곤란하게 만들고 싶었다면 우린 여기서 이렇게 만나지 않았을 거야. 내가 서류 관리에 실수가 있었다고 잡아떼면 어쩔 텐가? 그깟 의미 없는 사진만으로 내 혐의를 입증할 수 있겠나? 정말 한심하군."

"이번 일로 옷을 벗게 되실 수도 있습니다."

"내가 이렇게 입지를 다져놨는데 그게 가능하겠나? 조기 은퇴 정도라면 몰라도. 건강 문제가 어쩌고 하면서 말이야. 누구도 날 감히 내 목을 쳐낼 수 없어. 자네들은 베테랑이니 이 바닥 생리를 잘 알 텐데. 자, 대답해보게, 리버스 경위. 자넨 불법으로 감시팀을 운영해왔어. 그렇다면 자네에겐 어떤 일이 벌어질 것 같은가? 자넨 과거에 명령 불복종으로 징계를 받은 적이 있었지? 나보다도 자네가 옷을 벗게 될 가능성을 더 걱정해야 하지 않겠나?" 상자에서 몸을 뗀 그가 트럭을 내려갔다. 그리고 그들을 홱 돌아보았다. "자네들은 내게 아무것도 증명하지 못했어. 이젠 나 말고 순진한 다른 표적을 찾아보는 게 어떻겠나?"

"생각보다 훨씬 비열하시군요." 애버네시가 말했다. 그리고 트럭 짐칸 끝으로 다가가 킬패트릭을 잠시 내려다보다가 바지에서 셔츠 자락을 끄집어내 천천히 들춰 올렸다. 드러난 그의 맨살에는 반창고와 전선들이 붙어 있었다. 킬패트릭이 도청장치를 물끄러미 올려다보았다.

"더 하실 말씀은 없으십니까, 경감님?" 애버네시가 말했다. 킬패트릭은 말없이 돌아서서 걸음을 옮기기 시작했다. 애버네시가 리버스를 돌아보았다. "갑자기 말수가 줄어드셨네요. 안 그렇습니까?"

리버스는 트럭에서 뛰어내렸다. 그리고 차에 오르려는 킬패트릭에게 빠르게 다가갔다.

"지금까지 세 건의 살인 사건이 발생했습니다." 리버스가 말했다. "피해자들 중엔 형사도 있었습니다. 바로 경감님의 부하. 바로 그게 피의 광기라는 겁니다."

"그건 내가 아니었네." 킬패트릭이 나지막이 말했다.

"경감님이 죽이신 겁니다." 리버스가 말했다. "이 모든 것의 배후에 경감님이 계셨습니다."

"난 그들이 어떻게 캘럼 스마일리를 죽였는지 모르네."

"그들은 컴퓨터를 해킹했습니다. 경감님 비서의 컴퓨터를 말이죠."

킬패트릭이 고개를 끄덕였다. "그 컴퓨터엔 작전 관련 파일들이 들어 있었어." 그가 천천히 고개를 저었다. "이보게, 리버스……" 하지만 킬패트릭은 말을 잇지 못했다. 그는 또 다시 고개를 저으며 차에 올랐다.

리버스가 몸을 숙이고 운전석 창문 안을 들여다보았다. 그리고 킬패트릭이 차창을 내려줄 때까지 기다렸다.

"애버네시에게 다 들었습니다. 왜 로열리스트들이 갑자기 겁을 집어먹었는지. 할런드 앤 울프 때문이 아니었습니까?" 노동자들 대부분이 신교도인 거대 조선소. "그들은 조선소가 문을 닫게 될 거라고 믿었습니다. 안 그렇습니까? 로열리스트들이 하나의 상징으로서 조선소를 먹어버릴 것을 우려했던 것이죠. 만약 영국 정부가 할런드 앤 울프가 망하도록 내버려둔다면 그들은 얼스터 신교도들로부터 깨끗이 손을 뗄 수 있게 되는 겁니다. 자연스럽게 모든 걸 정리할 수 있는 절호의 기회가 온 셈이죠." 그는 킬패트릭이 듣고 있는지 궁금했다. 핸들에 두 손을 얹어놓은 경감은 앞 유리 밖을 멍하니 바라보고 있었다. "그리고 그렇게 된다면……" 리버스가 계속 이어나갔다. "로열리스트들은 당연히 폭발해버리겠죠. 경감님은 내전을 준비하는 그들을 무장시켰던 겁니다. 하지만 데이비 수터까지 챙기신

건 치명적인 실수였습니다. 그 친구는 걸어다니는 대인지뢰나 마찬가지거 든요."

킬패트릭의 목소리는 딱딱하고 냉담했다. "수터는 내가 신경 쓸 문제가 아니야."

"프랭키 보스월도 어쩔 수 없게 됐습니다. 예전엔 수터를 마음껏 부렸 는지는 몰라도 이젠 아니거든요."

"수터가 믿고 따르는 사람은 단 한 사람뿐이야." 킬패트릭이 나지막이 말했다. "앨런 파울러."

"UVF 멤버 말씀입니까?"

킬패트릭이 차에 시동을 걸었다.

"잠깐만요." 리버스가 말했다. 킬패트릭이 브레이크에서 발을 떼려 하 자 리버스가 황급히 차문을 붙잡았다. 킬패트릭이 그를 돌아보았다.

"오늘 밤 9시." 그가 말했다. "가르-비로 와."

그는 맹렬히 차를 몰아 구내를 빠져나갔다.

애버네시가 리버스 뒤로 다가왔다.

"뭐랍니까?" 그가 물었다.

"9시에 가르-비로 오라는군요."

"척 봐도 함정이란 걸 알겠네요."

"우리가 기병대를 몰고 가면 되지 않겠습니까?"

"존." 애버네시가 씩 웃으며 말했다. "기병대라면 내게 맡겨요."

리버스가 그를 돌아보았다. "당신은 날 핀볼 기계처럼 가지고 놀았어 요. 인정하죠? 우리가 처음 만났을 때 당신이 컴퓨터가 범죄의 미래라면 서 주절댔던 거 기억합니까? 그때 이미 알고 있었던 거죠?"

애버네시가 어깨를 으쓱였다. 그가 다시 셔츠 자락을 들추고 몸에서 전선을 떼어냈다. "난 당신에게 나아갈 방향만 제시해주었을 뿐입니다. 그때 일부러 당신의 신경을 긁어댔죠. 당신의 반응을 보려고 그랬던 겁니다. 당신은 언짢은 기분을 숨기지 않았습니다. 순간 깨달았죠. 이 사람이라면 신뢰할 수 있겠다고." 그가 고개를 끄덕였다. "그래요. 난 진작부터 알고 있었습니다. 사실 꽤 오래됐어요. 하지만 그걸 증명하는 게 쉽지 않더군요." 애버네시가 정문 쪽을 바라보았다. "이제 킬패트릭에겐 우리 두 사람 외에도 적이 많이 생겼습니다. 명심해요."

"그게 무슨 뜻이죠?"

애버네시가 손가락으로 코를 두드리며 윙크를 해보였다. "적들." 그가 말했다.

리버스는 몬커를 감시하던 쇼반 클락을 빼내 프랭키 보스월의 감시를 맡겼다. 하지만 프랭키 보스월은 어디론가 유유히 사라져버렸다. 그녀는 제대로 감시하지 못했다며 사과했고, 리버스는 그냥 어깨만 으쓱였다. 홈스는 클라이드 몬커를 계속 따라다니며 감시했다. 하지만 몬커와 그의 아내는 이틀 코스로 하이랜드를 관광하는 버스 투어를 떠나버렸다. 몬커는 언제든 버스에서 내려 되돌아올 수 있었다. 리버스는 고민 끝에 그에 대한 감시를 종료하기로 했다.

"침울해 보이시네요, 경위님." 쇼반 클락이 그에게 말했다. 어쩌면 그녀가 제대로 보았는지도 몰랐다. 그는 여전히 충격에서 벗어나지 못한 상태였다. 그동안 나쁜 경찰을 숱하게 봐왔던 그였다. 하지만 명분과 방어책이 이토록 허술한 킬패트릭 같은 경우는 처음이었다. 자신이 옳은 일을 하고 있다는 굳은 신념 때문일까? 그래서 그런 것들이 필요치 않다고 생각한 걸까? 황당했지만 그의 입장에서는 충분히 그렇게 믿었을 수도 있었다.

애버네시는 그에 대한 의혹이 얼마나 깊었는지, 자신이 얼마나 오랫동안 의혹을 쌓아두었는지 들려주었다. 하지만 표면적으로 흠 잡을 데가 전혀 없는 경찰을 조사하는 건 쉬운 일이 아니었다. 그런 조사는 협업 없이는 꿈도 못 꿀 일이었다. 구세주처럼 나타나준 리버스 덕분에 이런 결과를 얻을 수 있었던 것이다.

경찰과 군인들이 가르-비의 아파트 건물 밖 임대 차고들을 차례로 살펴보는 중이었다. 운이 좋으면 그 중 한 곳에서 문제의 장물을 찾게 될 것이다. 데이비의 친구들을 찾기 위한 호별 조사도 동시에 진행되고 있었다. 그중에는 그의 행방을 알거나 그를 숨겨준 이가 분명 있을 것이다. 제임시 맥머레이는 정식으로 기소되었지만 그는 피라미에 불과했다. 킬패트릭도 어딘가로 증발해버린 상태였다. 리버스가 전화를 걸었을 때 오미스턴은 경감이 출근을 하지 않았으며, 집에 연락을 해봐도 응답이 없다고 알려주었다.

영장을 발부받아 수터의 집을 샅샅이 수색한 홈스와 클락이 돌아왔다. 홈스는 평범한 판지 상자를 하나 들고 있었다. 그가 리버스의 책상에 상자를 내려놓았다.

"자, 시작해볼까요?" 홈스가 말했다. "산이 담긴 유리병. 수터의 침대 밑에서 찾아냈습니다."

"그의 어머니는 아들이 방청소도 못 하게 했다고 하더군요." 클락이 말했다. "아예 방문에 맹꽁이자물쇠를 채워뒀답니다. 저희도 자물쇠를 부수고 들어가야 했어요. 어머니가 몹시 언짢아하더군요."

"그러니까 그 녀석 어머니를 만나봤다 이거지?" 리버스가 말했다. "그 친구 아버지는?"

"마권 판매소에 있었습니다."

"다행이군. 또 다른 건 없고?"

"하마터면 장티푸스에 걸려올 뻔했습니다." 홈스가 말했다. "꼭 캘커타 쓰레기장에 온 것 같았어요."

클락이 상자 안으로 손을 넣어 작은 비닐봉지 몇 개를 꺼냈다. 그들이 챙겨온 모든 것에는 라벨이 붙어 있었다. "칼도 여럿 있는데 대부분 불법입니다. 그 중 하나에는 혈흔이 남아 있고요." 보나마나 캘럼 스마일리의 것이겠지. 리버스는 생각했다. 그녀가 또 다시 상자 안으로 손을 쑤셔 넣었다. "모가돈이 백 알 정도 있고요, 콜라와 맥주도 몇 캔씩 있습니다."

"캔 갱?"

클락이 고개를 끄덕였다. "그런 것 같습니다. 지갑도 찾았는데요, 신용카드가 몇 장 들어있고…… 그건 몇 분이면 확인이 가능합니다. 오, 그리고 이 작은 팸플릿도 찾았어요." 그녀가 그것을 상관 앞으로 내밀었다. 조잡하게 복사된 A4 크기의 팸플릿은 반으로 접혀 있었고, 중앙부가 스테이플로 고정되어 있었다. 리버스는 제목을 읽어보았다.

"『완전한 무정부 상태 입문서(The Total Anarchy Primer)』. 이걸 누구에게 받았을까?"

"다른 언어로 된 것을 번역한 것 같습니다. 독일어가 아닐까 싶습니다만. 영어로 번역이 되지 않는 부분들은 그냥 원문 그대로 남겨졌더군요."

"별의별 입문서가 다 있군."

"폭탄 제조법 등이 수록돼 있습니다." 클락이 말했다. "대부분 화학 비료 폭탄들이고요, 플라스틱 폭탄용 타이머와 기폭 장치들에 대해서도 상세히 설명돼 있습니다."

"이보다 완벽한 크리스마스 선물이 또 있을까? 그들이 침실을 꼼꼼히 살펴보는 중인가?"

홈스가 고개를 끄덕였다. "저희가 나올 때 그 작업을 진행하고 있었습니다."

리버스가 고개를 끄덕였다. 수터의 아파트에서 폭발물의 흔적을 찾기 위해 현장 감식반이 투입된 상태였다. 맥머레이의 차고를 수색했던 바로 그 팀이었다. 그들은 차고에 셈텍스 같은 플라스틱 폭탄이 보관되어 있던 사실을 확인했다. 하지만 그 양이 어느 정도였는지는 여전히 미스터리였다. 무색무취의 셈텍스는 그 흔적을 확인하기가 쉽지 않았다. 어쨌든 분명한 것은 수터가 한때 그곳에서 폭탄을 가지고 놀았다는 사실이었다.

"기폭 장치는 끝내 못 찾았고?" 리버스가 물었다. "그게 중요한데 말이야."

홈스와 클락이 서로의 얼굴을 쳐다보았다.

"수사상의 질문이었어." 리버스가 덧붙였다.

29

도시 전체가 한껏 들떠 있었다.

9월의 시작. 이제 쌀쌀한 가을을 거쳐 길고 어두운 겨울로 접어드는 일만 남았다. 페스티벌은 막바지에 접어들었고, 도시를 감싼 축제 무드는 절정에 이르렀다. 평소에는 아틀란티스(해저 속으로 사라졌다고 여겨지는 낙원)나 브리가둔(뮤지컬에서 묘사된, 100년에 한 번씩 모습을 드러낸다는 스코틀랜드의 도시)처럼 수몰된 것 같은 에든버러도 이때만 되면 생기가 넘쳐났다. 건물들은 덜 음침했고, 사람들은 괜히 실실 웃고 다녔다. 마치 구름과 비 따위는 존재하지 않는 곳 같았다.

리버스는 차를 몰고 무시무시한 뇌우에 갇혀버린 것처럼 요란하게 들썩거리는 도시를 달렸다. 그는 사냥꾼이었고, 사냥꾼들은 웃지 않았다. 방금 전 애버네시는 자신이 메리에게 캘럼 스마일리에 대한 정보를 흘린 익명의 제보자였음을 시인했다.

"그의 목숨이 위태로워질 수도 있다는 생각 안 해봤습니까?" 리버스가 물었다.

"난 오히려 그를 보호하려고 그랬던 겁니다."

"메리는 어떻게 알았죠? 어떻게 그녀에게 연락할 생각을 하게 된 겁니까?"

애버네시는 말없이 미소만 흘렸다.

"내게 클라이드 몬커에 대한 정보를 흘린 것도 당신이었죠?"

"그래요."

"그럼 미리 귀띔이라도 해줬어야 하는 거 아닙니까."

"내가 그러지 않았기 때문에 이렇게 효과를 본 겁니다."

"덕분에 난 걸어다니는 샌드백 신세가 됐습니다."

"그래도 이렇게 멀쩡히 살아있지 않습니까."

"어차피 내가 죽었어도 편히 발 뻗고 잤겠죠?"

마침내 해가 저물었다. 가로등이 거리를 밝혀주고 있었다. 사방이 사람들로 북적거렸다. 호그마니(스코틀랜드의 섣달 그믐날 기념행사)를 제외하면 바로 오늘이 도시의 가장 시끄러운 날이었다. 도로의 모든 차들은 지옥 같은 주차난이 기다리고 있는 도심으로 향하는 중이었다.

"불꽃놀이를 보러가는 사람들입니다." 리버스가 설명했다.

"우리도 지금 불꽃놀이를 보러 가는 길이지 않습니까." 애버네시가 다시 미소를 지으며 말했다.

"맞습니다." 리버스가 나지막이 말했다.

운전자들을 가르-비로 안내하는 표지판은 어디서도 찾아볼 수 없었다. 어떻게든 가는 길을 익혀놓지 않으면 찾기 힘든 곳이었다. 가르-비는 지나는 길에 즉흥적으로 들를만한 곳이 아니었다. 리버스는 환영 메시지가 적힌 박공벽을 지나 진입로로 빠져나왔다. 가르-비에 오신 걸 환영합니다.

"그가 9시라고 했죠?"

애버네시가 손목시계를 들여다보았다. "지금이 9시예요."

하지만 리버스는 듣고 있지 않았다. 그의 시선은 그들 쪽으로 맹렬히 달려오는 밴에 고정되어 있었다. 차 두 대가 간신히 지나갈 수 있는 좁은 도로였지만 밴의 운전자는 전혀 개의치 않는 듯했다. 그는 몸을 웅크린 채

사이드미러에만 온 신경을 집중시켰다. 리버스는 경적을 울리며 급브레이크를 밟았다. 그가 핸들을 꺾자 녹슨 똥차가 빙판에 미끄러지듯 회전했다. 밋밋하게 닳은 타이어 탓이었다.

"내려요!" 리버스가 소리쳤다. 애버네시가 황급히 밖으로 튀어나갔다. 그제야 운전자가 그들을 발견하고 브레이크를 밟았다. 미끄러지듯 다가온 밴이 운전석 쪽 문을 들이받고 멈춰 섰다. 리버스가 밴의 문을 열고 짐 헤이를 거칠게 끌어냈다. 그의 얼굴은 유령처럼 하얗게 질려 있었다. 리버스가 그를 부축해 일으켰다.

"그 자식 단단히 미쳤어요!" 헤이가 소리쳤다.

"누가?"

"수터." 헤이가 뒤를 홱 돌아보았다. 그의 시선이 가르-비로 통하는 굽이 길을 빠르게 훑었다. "난 그냥 배달만 했을 뿐이에요. 이건…… 이건 아니라고요."

애버네시가 청바지 무릎을 털며 다가왔다.

"배달이라면……" 리버스가 헤이에게 말했다. "폭탄과 총기들 말인가?"

헤이가 고개를 끄덕였다.

그래. 이보다 더 완벽한 위장술은 없겠지. 항상 소품과 의상과 무대장치로 넘쳐나는 자그마한 극단 밴. 여기 총과 수류탄이 숨겨져 있을 줄 누가 알았겠어? 이렇게 운반된 무기들은 서해안에서 또 다른 차에 옮겨 실리겠지?

"이 자식을 붙잡고 있어요." 리버스가 말했다 애버네시는 넋 나간 표정을 짓고 있었다. "꼭 붙잡고 있으라고요!"

짐 헤이에게서 떨어진 리버스는 곧바로 밴에 올라 가르-비 쪽으로 달리기 시작했다. 잠시 후, 주차장에 도착한 그는 잔디에 차를 세워놓고 청소년 센터로 성큼성큼 다가갔다.

건물 주변은 썰렁했다. 하루 종일 진행된 경찰의 호별 조사는 아무런 성과도 내지 못했다. 경찰 수사에 순순히 협조할 가르-비 주민들이 아니었다. 이곳 사람들에게 있어 경찰을 엿 먹이는 것은 숨을 쉬는 것만큼이나 당연한 일이었다. 리버스는 가쁜 숨을 몰아쉬었다. 그가 지나쳐 온 차고들은 전부 철저한 수색을 거친 상태였다. 그중 한 곳엔 수상하리만큼 많은 TV와 비디오와 캠코더들이 쌓여 있었고, 또 한 곳에는 아이들이 본드와 코카인을 흡입한 흔적이 뚜렷이 남아 있었다.

밖에 나와 오늘 일에 대해 불만을 늘어놓는 주민은 찾아볼 수 없었다. 마을 회관은 쥐 죽은 듯 조용했다. 이상하군. 그는 생각했다. 가르-비 사람들이 불꽃놀이 따위에 관심을 가질 리가 없는데.

리버스는 문을 열고 안으로 들어갔다. 바닥에 뿌려진 핏자국이 가장 먼저 눈에 들어왔다. 혈흔은 무대에서부터 반대편 벽 앞까지 길게 이어졌다. 킬패트릭이 벽에 몸을 기댄 채 축 늘어져 있었다. 완전히 누운 것도 아니고, 앉아 있는 것으로 보기에도 무리가 있는 애매한 자세였다. 호흡 곤란을 겪었는지 홀 한복판에서는 그의 넥타이가 뒹굴고 있었다. 그는 아직 살아 있었지만 이미 많은 피를 쏟은 상태였다. 리버스가 그의 앞으로 다가가 웅크려 앉았다. 킬패트릭이 피 묻은 손으로 리버스의 셔츠를 움켜잡았다. 그의 또 다른 손은 피가 배어나오는 복부에 얹어져 있었다.

"그 녀석을 막아보려 했어." 그가 속삭였다.

리버스가 주위를 둘러보았다. "물건이 여기 숨겨져 있었습니까?"

"무대 밑에."

리버스의 시선이 작은 무대 쪽으로 돌아갔다. 그가 앉았었던 바로 그 무대.

"헤이가 구급차를 부르러 갔어." 킬패트릭이 말했다.

"겁먹은 토끼처럼 달아나더군요." 리버스가 말했다.

킬패트릭이 힘겹게 미소를 지었다. "그랬을 거야." 그가 혀로 입술을 한 번 핥았다. 부르튼 입술은 치약 찌꺼기가 붙어 있기라도 한 것처럼 하얗게 갈라져 있었다. "그들도 그를 따라갔어."

"누구 말씀입니까? 그의 패거리?"

"그들은 지옥 끝까지라도 데이비 수터를 따라갈 거야. 협박 전화도 그 녀석 소행이었어. 내게 다 털어놓더군. 날 이런 꼴로 만들어놓기 전에." 킬패트릭이 자신의 복부를 내려다보았다. 그는 고개를 조금 움직이는 것조차 힘겨워했다.

리버스가 천천히 일어섰다. 그에게 잠시 아찔함이 찾아들었다. "불꽃놀이? 그 놈들이 불꽃놀이를 망쳐놓으려는 거죠?" 그는 황급히 홀을 빠져나와 가장 가까운 아파트 건물로 들어갔다. 그리고 첫 집의 현관문을 힘껏 걷어찼다. 세 번째 킥에 문이 부서지자 그는 거침없이 거실로 밀고 들어갔다. TV를 보고 있던 노부부가 기겁을 하며 그를 올려다보았다.

"전화기 어디 있습니까?"

"우린 전화기가 없어요." 남자가 대답했다.

밖으로 나온 리버스가 옆집의 현관문을 냅다 걷어찼다. 이번에는 젊은 여자와 미친 듯이 울어대는 두 아이가 그를 맞았다. 그녀가 욕설을 퍼부으며 전화기를 건넸고, 리버스는 묵묵히 번호를 눌렀다.

"경찰입니다." 그가 그녀에게 말했다. 그 말에 그녀는 더 분개했지만 다급하게 구급차를 부르는 리버스를 지켜보며 조금씩 화를 누그러뜨렸다.

그가 두 번째 통화에 들어가자 그녀는 훌쩍이는 아이들을 나무라며 조용히 하도록 시켰다.

"나 리버스 경위야." 그가 말했다. "데이비 수터와 그의 패거리가 고성능 폭약을 잔뜩 싣고 하이 가로 향하고 있어. 당장 현장을 봉쇄해!"

그는 어색하게 미소를 지으며 아파트를 나왔다. 그리고 서둘러 밴으로 돌아갔다. 한바탕 소동이 있었지만 아무도 밖에 나와 살펴보지 않았다. 옛날 에든버러 사람들은 골치 아픈 일에 말려들지 않으려고 큰 소리가 날 때는 성과 하이 가 밑의 지하묘지에 숨곤 했다. 반면 요즘 사람들은 창문을 닫고 TV 볼륨을 최대한 높이는 방법을 썼다. 그들은 세금으로 리버스에게 월급을 주는 그의 고용주들이었다. 리버스가 보호해야 하는 사람들. 그는 그들에게 다 뒈져버리라고 빽 소리치고 싶었다.

리버스가 자신의 차가 세워진 곳으로 돌아왔을 때 애버네시는 짐 헤이와 그 주변을 서성거렸다. 리버스가 밴의 핸들을 꺾어 도로변 잔디로 올라갔다.

"구급차가 오는 중입니다." 그가 말했다. 그는 자신의 차 운전석 문을 힘껏 잡아당겨보았다. 문에서는 고철 처리장의 분쇄기 같은 소리가 났다. 그는 한참을 씨름한 끝에 기어이 문을 여는 데 성공했다. 그가 문틈으로 들어가 운전석에 뿌려진 유리 파편을 털어냈다.

"어디 가려고요?" 애버네시가 물었다.

"여기서 저 친구를 꼭 붙들고 있어요." 리버스가 차에 시동을 걸며 말했다. 그는 차를 후진해 진입로로 올라갔다.

글렌리벳 불꽃놀이. 매년 에든버러 성에서는 성대한 불꽃놀이가 펼쳐졌다. 그것도 프린스 가 가든 연주대에서 울려 퍼지는 웅장한 관현악단의 연주에 맞춰서. 그걸 보기 위해 사람들은 일찍부터 프린스 가에 나가 자리를 잡았다. 콘서트는 10시 30분쯤 시작된다. 지금 시간은 정각 10시였다. 훈훈한 여름 저녁의 거리는 축제를 즐기러 나온 사람들로 발 디딜 틈 없을 게 뻔했다.

드디어 미쳐버린 데이비 수터. 수터 패거리는 페스티벌을 몹시 싫어했다. 그들은 축제가 자신들의 에든버러를 앗아갔다고 믿었다. 그들에겐 그런 게 필요하지도 않았다. 그들은 이해할 수도 없는 문화의 허울이 그 빈자리를 차지해버렸다고 생각했다. 에든버러에는 더 이상 최하층 계급이 존재하지 않았다. 그들은 이미 오래 전에 도시 경계선 밖으로 쫓겨난 상태였다. 부당하게 추방되고 고립된 그들이 얼뜨기 관광객들과 일시적인 축제를 위해서만 존재하는 도시를 혐오하는 건 어쩌면 당연한 일인지도 몰랐다.

물론 수터의 사악한 계획에는 분명 또 다른 이유가 있을 것이다. 그 이유는 생각보다 훨씬 단순할 것이다. 그는 과시욕에 사로잡혀 있었다. 쉴드의 원로들도 그를 통제하지 못했다. 그는 두목이었고, 단단히 미쳐 있었다.

"어서 도망쳐, 데이비." 리버스가 중얼거렸다. "젠장, 내가 지금 무슨 소릴 하고 있는 거지? 정신 차리고 머리를 굴려보라고. 머리를⋯⋯" 하지만 그의 머리는 마비가 된 듯 말을 듣지 않았다.

그는 좀처럼 과속하는 일이 없었다. 곡예 운전은 그의 스타일이 아니었다. 교통사고 현장을 숱하게 봐온 탓이었다. 입이 열리고 비명이 터져 나오기 전까지 얼굴과 뒤통수를 구분할 수 없는 머리를 몇 번 보다 보면 어느새 모범 운전자로 변해있는 자신을 발견하게 된다.

하지만 지금 리버스는 신기록 수립을 노리는 사람처럼 맹렬히 차를 몰고 있었다.

그의 똥차도 상황의 급박함과 광기의 필요성을 감지했는지 순순히 그의 지시에 따라주었다.

프린스 가는 물론이고, 조지 가에서부터 이어져온 세 개의 거리는 완전히 봉쇄된 상태였다. 더 이상 어떠한 차량도 수천 명의 관중이 모여 있는 곳으로 접근할 수 없었다. 경찰은 무려 25만 명에 달하는 인파가 프린스 가와 그 주변에 몰려들 것으로 예상했다. 리버스는 바리케이드 앞에 차를 세워놓고 로더데일과 플라워가 서성이고 있는 쪽으로 달려갔다.

"새로운 소식 없었습니까?" 그가 물었다.

로더데일이 고개를 끄덕였다. "웨스트 코츠에 신호를 무시하고 맹렬히 달리는 호송대가 있대."

"그놈들일 겁니다."

"놈들을 이쪽으로 유인하려고 우회로를 만들어놨어."

리버스가 눈썹에 맺힌 땀방울을 훔쳐내며 주위를 둘러보았다. 거리는 상점과 사무실들로 빽빽이 들어차 있었다. 제복 경관들은 우왕좌왕하는 시민들을 대피시키는 중이었다. 도로변에는 군용 차량 한 대가 세워져 있었다.

"폭발물 처리반이야." 로더데일이 설명했다. "모든 경우를 염두에 두고 철저히 대비해야지."

방금 도착한 밴에서 검은 방탄복 차림의 경찰 저격수 대여섯 명이 튀어나왔다.

"킬패트릭은 좀 어떤가?" 로더데일이 물었다.

"구급차를 불렀으니 걱정하실 거 없습니다."

"수터가 뭘 얼마나 챙겨 달아난 건가?"

리버스는 잠시 기억을 더듬어보았다. "폭발물뿐만이 아닙니다. AK 47, 권총, 그리고 탄약. 어쩌면 수류탄도……"

"하느님 맙소사." 로더데일이 무전기를 뽑아들었다. "놈들은 지금 어디쯤 왔나?"

무전기에서 잡음 섞인 답이 흘러나왔다. "아직 안 보이십니까?"

"아니."

"바로 코앞에 있을 텐데요."

리버스가 고개를 들었다. 그래, 저기 오는군. 이게 함정이라는 걸 알고 있을까? 설마 모르진 않겠지? 하지만 그런 건 아무래도 상관없었다. 어차피 그들은 자살특공대였으니까. 제 발로 들어올 순 있어도 제 발로 나갈 수는 없다는 걸 그들이 모를 리 없었다.

"준비해!" 로더데일이 소리쳤다. 저격수들이 라이플을 들고 맹렬히 달려오는 차들을 겨누었다. 바리케이드 너머에는 순찰차 몇 대가 버티고 서 있었다. 시민들을 대피시키던 경관들도 하던 일을 멈추고 죄다 바리케이드 쪽을 바라보았다. 그러는 동안 사방에서는 구경꾼들이 끊임없이 몰려들었다.

선두 차량에는 데이비 수터 혼자만 타고 있었다. 그가 바리케이드를 들이받을 거라는 모두의 예상과 달리 차가 갑자기 멈춰 섰다. 뒤따르던 네 대의 차도 일제히 급브레이크를 밟았다. 운전석의 데이비는 미동도 하지 않았다. 로더데일이 확성기를 들었다.

"천천히 손을 들어."

데이비 뒤에서 차문이 속속 열렸다. 그들이 밖으로 던진 총들이 도로에 우수수 떨어졌다. 몇몇은 달아나기 시작했고, 무장 경찰을 본 나머지는 두 손을 번쩍 올린 채 천천히 차에서 내렸다. 그 중 열네 살쯤 되어 보이는 한 소년이 겁을 집어먹었는지 갑자기 경찰 저지선 쪽으로 달려오기 시작했다.

그때 하늘에서 첫 번째 폭죽이 구식 박격포 소리를 내며 터졌다. 귀를 간질이는 지글거림과 함께 현장이 환하게 밝아졌다.

그 소리에 놀란 사람들이 본능적으로 움찔했다. 무장 경찰은 일제히 몸을 웅크렸고, 땅바닥에 주저앉아버린 사람들도 있었다. 전력으로 달려오던 아이는 바닥에 납작 엎드려 비명을 질러댔다.

선두 차량에서는 더 이상 데이비 수터가 보이지 않았다.

어수선한 틈을 타 조수석 문으로 내린 것이었다. 어느새 인도로 올라온 그는 금세 인파 속으로 사라져버렸다.

"그 자식 본 사람 없나? 총을 갖고 있었어?"

군인 하나가 수터의 차로 조심스레 다가갔다. 경관들도 우르르 몰려가 가르-비 아이들을 에워쌌다. 무기들이 추가로 버려졌다. 로더데일이 지휘를 위해 경관들 쪽으로 이동했다.

존 리버스는 이미 수터를 쫓고 있었다.

조지 가는 비교적 한산한 분위기였다. 그곳에서는 불꽃놀이를 제대로 구경할 수 없었다. 덕분에 리버스는 어렵지 않게 수터를 추격할 수 있었다. 밤하늘이 빨간색에서 초록색으로, 다시 파란색으로 바뀌었다. 작은 폭죽이 연달아 터지는 틈틈이 요란한 굉음이 들려왔다. 큰 폭죽이 터질 때마다 리버스는 몸을 움츠렸다. 그의 머릿속에 수터의 차를 수색하고 있을 폭발물 처리반의 모습이 떠올랐다. 방향을 바꾼 바람을 타고 관현악단의 연주 소리가 들려왔다. 추격전과는 전혀 어울리지 않는 음악이었다.

수터는 지쳤는지 갈지자 보행을 했다. 리버스와의 거리는 많이 벌어져 있었지만 좌우로 심하게 흔들리는 그의 몸은 불안정해 보였다. 리버스는 어떻게든 거리를 좁혀보려 안간힘을 다했다. 그의 시선이 수터의 두 손을 빠르게 훑었다. 다행히 빈손이었다. 리버스는 안도의 한숨을 내쉬었다.

수터는 진이 빠진 상태임에도 리버스와의 거리를 꾸준히 벌려나갔다. 나이는 속일 수 없는 모양이었다. 수터는 틈틈이 고개를 돌려 추격자와의 거리를 확인했다. 골목 입구에서 또 다시 뒤를 돌아보던 그가 마침 세인드 앤드류스 광장을 가로지르던 택시와 충돌하고 말았다. 기사가 차창을 내리고 고개를 불쑥 내밀었다가 총을 뽑아든 수터를 보고 기겁을 하며 물러났다.

수터가 권총으로 택시의 창문을 한 번 쏘았다. 그리고 다시 내달리기 시작했다. 속도는 확실히 줄어든 상태였다. 달리는 자세를 보니 오른쪽 다리에 부상을 입은 듯했다.

리버스는 택시 기사를 흘끔 쳐다보았다. 자기 무릎에 대고 속을 비워내기는 했지만 다친 곳은 없어 보였다.

포기해. 리버스는 생각했다. 그는 폐가 타들어가는 기분을 느꼈다. 이제 그만 포기하라고.

하지만 수터는 멈추지 않았다. 그는 정류장으로 들어서는 단층 버스들을 요리조리 피해 달렸다. 버스를 기다리던 사람들이 겁에 질린 얼굴로 무장한 소년을 쳐다보았다. 수터는 재킷 자락을 펄럭이며 그들을 지나쳐 나아갔다.

리버스는 제임스 크레이그 산책로와 리스 가를 차례로 지나 워털루 플레이스로 들어섰다. 수터가 갑자기 달음박질을 멈추었다. 어디로 가야 할지 갈피를 잡지 못한 듯했다. 오른손에는 아직도 리볼버가 쥐어져 있었다. 그가 점점 거리를 좁혀오는 리버스를 돌아보며 한쪽 무릎을 꿇고 앉았다. 그리고 두 손으로 쥔 권총을 형사에게 겨누었다. 리버스는 문간으로 들어가 몸을 피했다. 하지만 기다렸던 총성은 들려오지 않았다. 그가 용기를 내어 밖을 흘끔 내다보았다. 수터는 이미 어딘가로 사라져버린 후였다.

리버스는 수터가 멈춰 섰던 자리로 천천히 다가갔다. 소년이 거리로 나간 것 같지는 않았다. 몇 미터 떨어진 곳에 계단으로 이어지는 입구가 보였다. 계단을 오르면 칼턴 힐로 빠질 수 있었다. 리버스는 심호흡을 몇 번한 후 계단을 뛰어오르기 시작했다.

언덕 정상으로 통하는 계단은 오르내리는 사람들로 북적거렸다. 대부분은 술에 취한 청년들이었다. 리버스는 죽을 만큼 숨이 찬 상태였다. 도저히 그를 붙잡아달라거나 옆으로 비켜서달라고 고래고래 외칠 수가 없었다. 그는 걸쭉해진 침을 뱉고 싶은 충동을 애써 억누르고 계단을 마저 올라갔다.

칼턴 힐은 황홀한 야경을 구경하러 나온 사람들로 붐볐다. 잔디에 앉은 모두는 음악 소리가 은은하게 들려오는 성 쪽을 바라보았다. 화려한 폭죽이 터진 남쪽 하늘은 자욱한 연기로 뒤덮였다. 꼭 중세의 포위작전을 지켜보는 기분이었다. 사람들은 술과 마리화나에 취해 있었다. 리버스의 코에 풍기는 건 화약 냄새는 분명 아니었다.

리버스가 주위를 찬찬히 둘러보았다. 데이비 수터는 보이지 않았다.

가로등이 없는 데다가 청바지 차림의 청년들이 대부분이라 사라진 도망자를 찾는 건 쉽지 않았다.

아니, 불가능했다.

어쩌면 수터는 언덕 반대편에서 경사진 길을 내려가고 있는지도 몰랐다. 그게 아니라면 구불구불한 차도를 따라 워털루 플레이스로 향하고 있거나. 자신과 비슷하게 생긴 청년들 틈에 숨어 있는 게 아니라면 말이다. 밤공기가 꽤 쌀쌀했다. 리버스가 흘린 땀이 빠르게 식어갔다. 이런 날씨에 수터는 얇은 데님 재킷만 걸치고 있었다.

성 위로 커다란 폭죽이 터졌다. 모두가 하늘을 올려다보며 환호했다. 리버스는 시선이 하늘로 향하고 있지 않은 사람을 찾아보았다. 추위에 몸을 덜덜 떨면서 고개를 푹 숙이고 있는 수상한 사람을. 그는 풀이 나 있는 길가에 앉아 있었다. 그의 옆에서는 젊은 여자 두 명이 맥주를 마시며 야광 고무관을 흔들어댔다. 그들은 홀로 앉은 수터에게 너무 가까이 붙지 않으려 애쓰고 있는 듯했다. 그의 뒤에는 폭주족으로 보이는 우락부락한 남자들이 모여앉아 있었다. 그들은 우렁찬 목소리로 잉글랜드인들에 대한 증오를 노골적으로 드러내는 중이었다.

리버스는 데이비 수터가 앉은 쪽으로 천천히 다가갔다. 데이비 수터가 고개를 들고 그를 올려다보았다.

자세히 보니 그가 아니었다.

수터보다 두어 살 어려 보이는 소년은 무언가에 취했는지 눈이 풀려 있었다.

"이봐." 폭주족 하나가 소리쳤다. "그 앤 내 친구야. 허튼수작 부릴 생각일랑 마."

리버스가 두 손을 들어 보였다. "내가 잘못 본 모양입니다." 그가 말했다.

그가 잽싸게 돌아섰다. 그의 뒤에는 데이비 수터가 서 있었다. 오른팔에는 재킷을 둘둘 감았다. 손목과 손까지 재킷으로 덮여 있었다. 리버스는 더러운 데님 재킷에 감춰진 그의 손에 무엇이 쥐어져 있을지 짐작할 수 있었다.

"자, 나랑 좀 걷죠."

리버스는 사람들로부터 수터를 최대한 멀리 떼어놓아야 한다는 생각밖에 없었다. 그의 리볼버에는 아직 다섯 발의 총알이 남아 있을 것이다. 리버스는 애꿎은 시민들이 피해를 보는 걸 바라지 않았다.

그들은 주차장을 향해 걸었다. 따뜻한 음식을 파는 밴 앞으로는 긴 줄이 늘어서 있었다. 두 사람은 특히 어둡고 조용한 구석을 찾아 들어갔다.

"데이비." 리버스가 걸음을 멈추고 말했다.

"여기서 얘기하자고요?" 수터가 리버스를 돌아보며 말했다.

"그건 네가 결정해야지, 데이비. 네가 보스니까."

"지금까진 그랬죠."

리버스가 고개를 끄덕였다. "무기를 몰래 빼돌린 것도, 이런 엄청난 일을 계획한 것도 다 네놈 결정에 따른 것이었지." 그가 불꽃으로 수놓아진 하늘을 올려다보았다. "네 계획대로 됐다면 정말 끔찍했을 거야."

수터의 얼굴에는 침울한 표정이 떠올랐다. "기어이 이렇게 내 발목을 잡아버렸군요. 킬패트릭도 당신이 문제라고 경고했었는데."

"굳이 그를 찌를 필요는 없었잖아." 주차장의 차 한 대가 리전트 가 쪽으로 서서히 빠져나가고 있었다. 그쪽을 등지고 있는 수터는 보지 못했지만 리버스의 눈에는 똑똑히 보였다. 헤드라이트를 끈 차는 의심의 여지가 없는 순찰차였다.

"날 막으려들잖아요." 수터가 기분 나쁘게 웃었다. "그럴 배짱도 없으면서."

어느새 불꽃놀이는 절정에 달해 있었다. 그에 맞춰 음악 소리도 점점 커져갔다. 리버스는 금색에서 초록색으로, 그리고 다시 파란색으로 바뀐 수터의 얼굴을 빤히 쳐다보았다.

"총 내려놔, 데이비. 이제 다 끝났어."

"난 아직 안 끝났어요."

"이쯤 하면 됐다고! 총 내려놔."

순찰차는 언덕 정상에 있었다. 데이비 수터가 팔뚝에서 벗겨낸 재킷을 땅에 내던졌다. 그때 밴 안에서 젊은 여자의 비명이 터져 나왔다. 수터 뒤에서 순찰차가 상향등을 켰다. 갑자기 켜진 조명이 무대 위 스포트라이트처럼 수터와 리버스를 비추었다. 조수석 문이 열리고 누군가가 내렸다. 리버스는 그가 누구인지 대번에 알아볼 수 있었다. 애버네시. 수터가 휙 돌아서서 권총을 겨누었다. 하지만 이 상황을 예상한 애버네시의 총이 먼저 불을 뿜었다. 총성은 성에서 들려오는 폭죽 소리보다도 우렁찼다. 주차장에서 이런 드라마가 펼쳐지고 있다는 사실을 알 리 없는 사람들이 하늘을 올려다보며 박수를 쳤다.

리버스는 뒤로 넘어가는 수터의 몸에 밀려 고꾸라지고 말았다. 소년의 젖은 머리가 리버스의 얼굴과 입술에 스쳤다. 그는 갑자기 움직임을 멈춰버린 소년을 밀쳐내고 일어났다. 애버네시가 다가와 수터의 손목을 밟고 그의 손에서 리볼버를 낚아채 들었다.

"그럴 거 없어요." 리버스가 말했다. "죽었으니까."

"그런 것 같군요." 애버네시가 권총을 집어넣으며 말했다. "난 번쩍이는 섬광을 봤어요. 총성도 들었고. 그래서 그가 먼저 쐈다고 짐작한 겁니다. 어때요? 이 정도면 적당하겠죠?"

"그 대포 같은 총을 지니고 다녀도 된다는 허락을 받았습니까?"

"당신 생각은 어때요?"

"내 생각엔 당신은……"

"이 녀석만큼이나 나쁜 것 같다고요?" 애버네시가 한쪽 눈썹을 추켜세웠다. "그럴 리가요. 아무튼 나한테 고마워할 건 없어요."

"네?"

"내가 방금 당신의 목숨을 구해줬잖아요. 날 가르-비에 남겨두고 사라져버린 사람이 뭐가 예쁘다고 내가 그랬는지 모르겠군요." 그가 잠시 말을 멈추었다. "옷에 피가 많이 묻었군요."

리버스는 피로 물든 자신의 셔츠를 내려다보았다. "젠장. 괜찮은 셔츠를 하나 버렸군요."

"역시, 쟉다운 멘트예요."

순찰차 운전석에서 경관이 내렸다. 불꽃놀이가 끝나자 사람들이 주차장으로 몰려들기 시작했다. 애버네시가 수터의 주머니를 차례로 뒤져보았다. 시체가 완전히 식지 않았을 때 해치우려고 서두르는 것 같았다. 그가 다시 일어났을 때 리버스는 이미 어딘가로 사라져버린 후였다. 그리고 순찰차도. 그가 황당해하는 표정을 지으며 경관을 쳐다보았다.

"또 당했군."

이번에도.

30

차를 운전하던 리버스가 무전기를 뽑아들었다. 폭발물 처리반은 수터의 차 트렁크에서 작은 패키지 다섯 개를 차례로 꺼내던 중이었다. 각 패키지에는 기폭장치가 하나씩 붙어 있었다. 셈텍스는 오래되어 불안정한 상태였다. 트렁크에는 피스톨과 자동 소총, 그리고 볼트 액션 라이플도 여러 정 들어 있었다.

불꽃놀이가 끝나자 건물들은 더 이상 빛을 발하지 않았다. 모든 것이 다시 원래의 우중충한 색으로 되돌아갔다. 인파는 거리를 따라 천천히 이동했다. 집으로 향하는 이들도 있을 것이고 갑자기 술 생각이 나 펍으로 발길을 돌린 이들도 있을 것이다. 어깨동무를 한 사람들의 얼굴에는 미소가 떠올랐다. 모두가 방금 끝난 축제에 만족한 모습이었다. 리버스는 하마터면 끔찍한 참사로 이어질 수 있었던 상황을 떠올리며 몸서리쳤다.

그는 사이렌과 비상등을 켜고 앞에 길게 늘어선 차들을 차례로 추월했다. 그제야 자신이 바르르 떨고 있음을 깨달았다. 그는 축축한 셔츠를 등에서 떼어내고 히터를 세게 틀었다. 열기가 이 전율을 멎게 해주지는 않겠지만. 추위 때문에 떠는 게 아니었다. 그는 깔끔한 마무리를 위해 크레이지 호스가 있는 톨크로스로 향하는 길이었다.

하지만 그가 도착했을 때 클럽의 정문에서는 매캐한 연기가 새어나오고 있었다. 그는 인도에 차를 세워놓고 정문으로 달려갔다. 발로 문을 걷어

차니 불길에 휩싸인 댄스홀이 모습을 드러냈다. 로비는 자욱한 연기로 가득 차 있었고, 안에서는 아무런 움직임이 감지되지 않았다. 정문에 내걸린 표지판에는 클럽이 '예기치 못한 사정'으로 문을 닫는다고 적혀 있었다.

그게 나야. 리버스는 생각했다. 내가 바로 예기치 못한 사정이라고.

그는 프랭키 보스월의 사무실로 들어가보았다. 보스월이 있을 만한 장소는 그곳뿐이었다.

보스월은 의자에 앉아 있었다. 목은 부자연스러운 각도로 꺾인 상태였고, 피부에는 멍자국이 남아 있었다. 목이 졸려 죽은 것이었다. 이마의 온기는 그가 죽은 지 얼마 되지 않았음을 확인시켜주었다. 사무실 온도가 빠르게 치솟고 있었다. 더 이상 꾸물거릴 여유가 없었다.

도로 끝에는 새로 문을 연 소방서가 있었다. 리버스는 그들이 어디쯤 오고 있을지 궁금했다.

다시 로비로 나온 그는 연기에 가려진 댄스홀 쪽을 돌아보았다. 문은 활짝 열려 있었다. 클라이드 몬커가 휘청거리며 로비로 나오는 중이었다. 그는 아직 살아 있었고, 살아남기 위해 애쓰고 있었다. 몬커가 무장하지 않았다는 걸 확인한 리버스가 그의 재킷을 움켜잡고 밖으로 힘껏 끌어냈다. 몬커는 호흡 곤란을 겪고 있었다. 리버스는 예상 외로 가벼운 그를 질질 끌고 밖으로 나가 정문 앞 계단에 눕혀놓았다.

그리고 다시 안으로 뛰어 들어갔다.

그래. 발화점은 여기였어. 바로 이곳, 댄스홀. 벽과 천장은 이미 맹렬히 타오른 불길로 뒤덮인 상태였다. 보스월의 모든 가구와 비품들은 흉측하게 녹아 내렸거나 재로 변해 있었다. 불길은 카펫도 삼켜버렸다. 술병들은 아직 무사했지만 머지않아 속속 폭발하게 될 것이다. 주위를 빠르게 살피는 리버스의 시야는 자욱한 연기에 완전히 가려졌다. 그는 손수건을 꺼내 코와 입을 틀어막았다. 하지만 연신 터져나오는 기침은 멎을 줄 몰랐다. 어딘가에서 리드미컬한 쿵쿵 소리가 들려왔다.

무대 너머에 자리한 작은 디제이 부스. 그 안에 누군가가 있었다. 그가 달려가 문을 당겨보았다. 문은 단단히 걸린 상태였고, 열쇠는 보이지 않았다. 그가 어깨로 힘껏 찍어보려고 뒤로 몇 걸음 물러났다.

그때 문이 벌컥 열렸다. 리버스는 얼스터 남자를 대번에 알아보았다. 앨런 파울러. 의자 뒤로 두 팔이 묶인 그는 머리로 찍어 가까스로 문을 연 모양이었다. 그가 고개를 푹 숙인 채 부스를 빠져나왔다. 그리고 맹렬히 달려와 온몸으로 리버스를 들이받았다. 리버스는 불시의 습격에 뒤로 넘어갔지만 잽싸게 몸을 굴려 다시 일어났다. 파울러는 자신을 태워죽이려 한 장본인이 리버스인 줄 아는 모양이었다. 그가 다시 리버스를 향해 몸을 날렸다. 글래스고 키스(박치기의 영국식 표현)를 예상한 리버스가 본능적으로 고개를 돌린 덕분에 파울러의 이마는 그의 볼에 닿았다.

그 충격에 리버스의 고개가 뒤로 젖혀졌다. 파울러는 황소 같았다. 그의 등 뒤로는 의자 다리들이 긴 검처럼 튀어 올라와 있었다. 허리를 곧게 편 그가 이번에는 킥을 날렸다. 그의 발끝이 리버스의 귀에 꽂혔다. 리버스의 머릿속이 극심한 통증에 얼얼해졌다. 파울러는 그 틈을 타 리버스의 무릎에 다시 킥을 날렸다. 하지만 발이 리버스의 몸에 닿기 직전 누군가가 빈 술병으로 남자의 얼굴을 후려쳤다. 파울러가 쓰러지자 리버스는 고개를 들어 자신의 구세주를 쳐다보았다. 그를 구해준 백마 탄 왕자는 다름 아닌 빅 제르 캐퍼티였다. 캐퍼티는 아직도 장례식 정장 차림을 하고 있었다. 파울러가 완전히 제압된 걸 확인한 그가 리버스를 흘끔 돌아보았다. 그의 얼굴에 희미한 미소가 머금어졌다. 해체되고 있는 죽은 짐승이 아직 살아 있다는 걸 알아차린 도살업자를 보는 듯했다.

그에게는 생사가 걸린 상황이었다. 잠시 여러 가지 선택지를 짚어보던 그가 리버스를 부축하고 댄스홀을 빠져나갔다. 그들은 로비를 가로질러 신선하고 서늘한 밤공기가 기다리는 밖으로 나갔다. 리버스는 숨을 헐떡 이며 인도에 주저앉았다. 고개를 들 기운조차 남아 있지 않았다. 두 발은 도로에 걸쳐져 있었다. 옆에 다가와 앉은 캐퍼티가 한동안 자신의 두 손을 내려다보았다. 리버스는 그 이유를 알고 있었다.

그제야 소방차가 속속 도착했다. 소방관들이 차에서 뛰어내려와 호스 를 끄집어내기 시작했다. 그들 중 하나가 도로를 막아버린 순찰차를 가리 키며 투덜거렸다. 그는 점화 장치에 열쇠가 꽂혀 있음을 확인하고 차를 한 쪽으로 빼놓았다.

리버스가 간신히 입을 열었다. "당신이 그런 거지?" 그가 물었다. 어리 석은 질문이었다. 자신이 캐퍼티에게 모든 정보를 흘려주었으면서.

"자네가 안으로 들어가는 걸 봤어." 캐퍼티가 갈라지는 목소리로 말했 다. "들어가서 오랫동안 나오질 않더군."

"그냥 저 안에서 죽게 내버려두지 그랬어?"

캐퍼티가 그를 돌아보았다. "난 자넬 구하려고 들어갔던 게 아니야. 자 네가 그 파울러 자식을 끌고 나올까 봐 말리려고 들어간 거였지. 몬커는 달아났다고?"

"멀리는 못 갈 거야."

"그래도 애는 써보겠지. 내가 지구 끝까지 쫓아갈 거라는 걸 알 테니까."

"그를 알고 있었지? 응? 몬커 말이야. 그는 앨런 파울러의 오랜 친구잖

아. 파울러가 멤버였을 때 UVF는 당신의 연어 양식장에서 돈세탁을 했어. 몬커는 자신이 가진 미국 달러로 연어를 사들였고."

"자네, 절대 포기하는 법이 없구만."

"그게 내 일이니까."

"하긴." 캐퍼티가 다시 클럽을 돌아보며 말했다. "사업을 하다보면 원칙과 절차를 무시하고 넘어가야 할 때가 있잖아. 보나마나 자네도 그런 경험이 있었을걸."

리버스는 두 손으로 얼굴을 문질렀다. "나랑은 달라, 캐퍼티. 당신이 원칙과 절차를 무시하면 꼭 누군가가 피를 보게 되니까 말이야."

캐퍼티가 잠시 그를 빤히 응시했다. 리버스의 귀에서는 피가 배어나오고 있었다. 헝클어진 그의 머리는 땀으로 범벅이 된 상태였고, 데이비 수터의 피로 얼룩진 셔츠에서는 매캐한 연기 냄새가 풍겼다. 피로 찍어놓은 킬패트릭의 손바닥 자국도 뚜렷이 남아 있었다. 캐퍼티가 천천히 몸을 일으켰다.

"어디 가려고?" 리버스가 말했다.

"왜? 날 막아보게?"

"그래볼까?"

그때 차 한 대가 골목으로 들어섰다. 그 안에는 캐퍼티의 부하들이 타고 있었다. 교회 공동묘지에서 본 두 남자와 족제비 얼굴. 캐퍼티는 기다리고 있는 차를 향해 걸어갔다. 리버스는 인도에 앉아 꿈쩍도 하지 않았다. 잠시 후, 힘겹게 일어난 그가 순찰차 쪽으로 다가갔다. 그의 뒤에서 차문 닫히는 소리가 들려왔다. 캐퍼티가 차에 오른 것이었다. 리버스는 잽싸게 고개를 돌려 차의 번호판을 훑었다. 캐퍼티는 정면에 시선을 고정시킨 채 그를 내다보지 않았다. 그들이 탄 차가 골목을 빠져나가자 리버스는 순찰차에 올라 무전기를 뽑아들었다. 그는 암기해둔 번호를 불러주고 나서 그들을 추격할지를 놓고 잠시 고민에 빠졌다. 넋이 나가버린 그는 결국 추격을 포기하고 운전석에 멍하니 앉아 분주히 움직이는 소방관들을 바라보았다.

난 원칙과 절차를 무시하지 않았어. 그는 생각했다. 그에게 분명 경고를 했고, 본부에 보고까지 했으니 내 할 일은 다 한 거라고. 세상에 네 명의 악당을 경찰 하나가 쫓아가 일망타진해야 한다는 원칙이 어디 있어?

그는 원칙과 절차에 따라 제대로 처신한 것이었다. 하지만 그 뿌듯한 기분은 불과 몇 분도 지나지 않아 서서히 사그라지기 시작했다.

그들은 항구에서 클라이드 몬커를 체포했다. 애버네시가 소속된 런던의 특수부가 그를 데려가 처리하기로 했다. 애버네시가 떠나기 전 리버스는 그에게 단순한 질문 하나를 던졌다.

"그 일이 정말 벌어질까요?"

"무슨 일 말입니까?"

"내전."

"어떨 것 같습니까?"

스토리는 생각보다 간단했다. 몬커는 미국 쉴드에서 들어온 돈이 어떻게 사용되고 있는지 확인하기 위해 에든버러에 온 것이었다. 페스티벌 구경을 핑계 삼아서. 파울러는 몬커를 곁에서 챙겨주려 온 것이었고, 어쩌면 그들은 미국 남자에게 SaS가 얼마나 무자비한지 증명하기 위해 빌리를 죽였는지도 몰랐다.

자창(刺創)을 입고 병원으로 실려 온 킬패트릭 경감은 자신의 베개에 질식해 숨졌다. 그의 늑골 두 개는 범인의 체중에 눌려 금이 가 있었다.

"회색곰이 깔고 앉았었나 봅니다." 커트 박사가 말했다.

"요즘엔 회색곰 보기가 많이 힘들어졌는데 말입니다." 리버스가 말했다.

그는 지방 검찰관 사무실에 전화를 걸어 보았다. 캐로 래트레이의 안위가 걱정되었기 때문이다. 아무래도 캐퍼티가 그녀와 접촉을 했다고 하니 더 그러했다. 그는 그녀가 무사한지만 확인하고 싶을 뿐이었다. 언제 캐퍼티가 깔끔한 끝마무리를 위해 불쑥 나타날지 모르니까. 하지만 캐로는 이미 떠나버린 후였다.

"그게 무슨 말씀입니까?"

"글래스고의 법률 사무소에서 동업 제의가 들어왔어요. 그런 조건이라면 누구라도 혹하지 않겠어요?"

"그 사무소가 어디죠?"

흥미롭게도 그녀가 선택한 법률 사무소는 캐퍼티의 변호사들이 소속된 곳이었다. 무언가 의미하는 바가 있는 것 같기도 하고, 그렇지 않은 것 같기도 했다. 리버스가 캐퍼티에게 흘린 이름들도 있었으니. 이미 메리 헨더슨은 몬커의 스토리를 좀 더 파헤쳐보겠다며 런던으로 떠난 후였다. 어느 날 밤, 애버네시가 리버스에게 전화를 걸어 그녀의 활약을 극찬했다.

"네." 리버스가 말했다. "그녀와 잘 해봐요. 왠지 두 사람이 잘 어울릴 것 같은데."

"문제는 그녀가 날 죽도록 싫어한다는 겁니다." 애버네시가 잠시 뜸을 들였다. "그래도 당신 말이라면 들어줄지도 몰라요."

"대체 무슨 일인데 그러죠?"

"그녀에게 너무 많은 걸 들려주진 말아요. 어차피 기사엔 점프 칸토나의 이름만 걸릴 테니까. 메리는 이미 선불로 돈을 챙긴 상태예요. 괜히 무리할 이유가 없죠. 명예훼손으로 걸릴 가능성이 있어서 신나게 떠벌리지도 못할 겁니다. 공직자 비밀 엄수법도 있고."

리버스는 더 이상 듣고 있지 않았다. "당신이 점프 칸토나에 대해선 어떻게 알고 있는 겁니까?" 수화기에서 부스럭거리는 소리가 흘러나왔다. 애버네시가 책상에 두 발을 얹어놓는 소리였다.

"FBI가 칸토나를 수사에 이용한 적이 있었어요."

"당신도 FBI와 친한 모양이군요."

"그들에게도 보고서를 보내야 합니다."

"모든 영광을 당신 혼자 누리겠군요, 애버네시."

"걱정 말아요. 당신 얘기도 빼놓지 않을 거니까."

"그래도 스포트라이트는 당신이 독차지할 거 아닙니까. 아무튼 메리를 그렇게 알게 된 거였군요. 칸토나가 FBI에 알려줬을 테니까. 당신이 클라이드 몬커에 대해 많은 정보를 갖고 있었던 것도 그래서였고."

"그게 뭐 중요합니까?"

전혀. 리버스는 대꾸 없이 전화를 끊어버렸다.

그는 페츠 본부 인근 슈퍼마켓에 들러 장을 보았다. 더 이상 페츠로 돌아갈 일은 없었다. 그는 이미 오미스턴에게 전화를 걸어 작별인사를 해둔 상태였다. 블랙우드에게는 마지막 남은 머리 몇 가닥을 그냥 잘라버리라는 메시지를 남겨 놓았다.

"그 메시지를 전해 듣는 순간 발작을 일으킬 텐데요." 오미스턴이 말했다. "그건 그렇고, 경감님에겐 대체 무슨 일이……"

하지만 리버스는 이미 전화를 끊어버린 후였다. 그는 켄 스마일리에 대해 얘기하고 싶지도, 또 생각하고 싶지도 않았다. 딱 알아야 할 만큼만 알고 있는 것으로 만족했다. 킬패트릭은 줄곧 사건의 변두리를 서성거렸다. 쉴드 입장에서는 그 자체만으로도 큰 힘이 되었을 것이다. 보스윌은 처형 집행 담당이었다. 그는 빌리 커닝햄을 죽였고, 아랫사람을 시켜 밀리 도허티와 캘럼 스마일리를 살해토록 했다. 주인님의 명령으로 그 두 사람을 죽인 킬러는 바로 수터였다. 그는 밀리의 시체를 현장에 그대로 남겨두는 것으로 일을 꼬이게 만들었다. 보스윌은 그 문제를 지적하며 분개했겠지만 데이비 수터는 개의치 않았을 것이다. 자신만의 또 다른 계획이 있었으니까. 차원이 다른 엄청난 계획.

저녁거리 쇼핑을 마친 리버스는 로제 샴페인과 몰트 위스키, 그리고 진을 카트에 담았다. 지금쯤 북쪽으로 2.5킬로미터쯤 떨어진 가르-비 주택단지의 상점들은 속속 문을 닫고 있을 것이다. 사람들은 두꺼운 금속 셔터를 내리고, 자물쇠를 채우고, 경보 장치를 재확인하고 있었다. 그는 신용카드로 계산을 하고 나와 옥스퍼드 테라스로 향했다. 신기하게도 녹슨 똥차에서는 평소와 달리 거슬리는 소음이 들리지 않았다. 헤이의 밴과 충돌한 후로 상태가 나아진 모양이었다. 급한 대로 유리는 갈아 끼웠지만 움푹 팬 문에 대해서는 아직도 고민하던 중이었다.

아파트로 도착하니 예정보다 일찍 퍼스에서 돌아온 페이션스가 그를 기다리고 있었다.

"그게 다 뭐예요?" 그녀가 말했다.

"깜짝 놀라게 해주려고 했는데." 그가 봉지들을 내려놓고 그녀에게 키스했다. 잠시 후, 그녀가 그에게서 천천히 떨어졌다.

"꼴이 말이 아니네요." 그녀가 말했다.

그는 어깨를 으쓱였다. 그건 사실이었다. 그의 상태는 15라운드를 다 뛰고 난 권투선수보다도 나빴다. 세상의 그 어떤 샌드백도 지금 그의 상태보다 심각하지 않을 것이다.

"그럼 이제 다 끝난 건가요?" 그녀가 말했다.

"오늘 다 끝났어요."

"페스티벌 얘기가 아니잖아요."

"알아요." 그가 그녀를 다시 끌어안았다. "다 끝났어요."

"봉지 속에서 뭔가가 짤랑거리던데요."

리버스가 미소를 지어 보였다. "진으로 할까요? 아니면 샴페인?"

"진 앤 오렌지."

그들은 봉지를 하나씩 들고 주방으로 들어갔다. 페이션스는 얼음과 오렌지 주스를 꺼내러 냉장고로 갔고, 리버스는 글라스 두 개를 챙겨와 물로 씻었다. "보고 싶었어요." 그녀가 말했다.

"나도요."

"당신의 썰렁한 조크가 그리웠어요."

"마지막으로 조크를 들려준 게 언제였는지 기억도 나지 않는군요. 최근에 누군가로부터 들어본 기억도 없고요."

"언니가 하나 들려줬어요. 당신도 마음에 들걸요." 그녀가 고개를 뒤로 살짝 젖히고 기억을 더듬기 시작했다. "어떻게 시작하는 거였더라?"

리버스는 진의 뚜껑을 따고 글라스에 넉넉히 따랐다.

"우와!" 페이션스가 말했다. "마시고 죽자는 건가요?"

그가 오렌지 주스를 조금씩 넣어 섞었다. "바로 그거예요."

그녀가 다시 그에게 입을 맞추었다. 두 사람은 서로의 손을 꼭 잡아 쥐었다. "기억났어요. 문어가 레스토랑에 갔는데……"

"들어본 거예요." 리버스가 그녀의 글라스에 얼음을 떨어뜨리며 말했다.

감사의 말

많은 분들이 이 작품을 집필하는 데 큰 도움을 주셨다. 북아일랜드 분들의 너그러움과 비판적인 '농담'에 감사드린다. 이름을 밝힐 수 없는 몇 몇 분들에게는 특히 더 감사드리고 싶다. 언급하지 않아도 그게 누구인지 본인들은 잘 아실 거라 믿는다.

다음 분들에게도 감사의 마음을 전한다. 끝까지 헌신해준 콜린과 리즈 스티븐슨, 총기 관련 전문 지식을 나누어준 제럴드 해먼드, 자신들의 이야기를 가감 없이 들려준 에든버러, 그리고 로디언과 보더스 경찰, 페스티벌에서 도움을 주신 데이비드와 폴린.

프로테스탄트 불법 무장 단체에 관한 최고의 책은 스티브 브루스 교수의 『빨간 손 The Red Hand』이다. 그 책을 보면 이런 글귀가 나온다. "해결책이 있는 '북아일랜드 문제'는 없다. 승자와 패자가 갈리는 갈등만이 있을 뿐."

『치명적 이유』는 샨킬 가 폭탄 테러가 발생하기 전, 1993년 여름을 배경으로 하고 있음을 밝혀둔다.

옮긴이의 말

영국에서 매년 팔려나가는 범죄소설 전체에서 무려 10퍼센트를 차지하는 엄청난 시리즈가 있다. 제임스 엘로이가 '타탄 누아르의 제왕'이라고 칭한 이언 랜킨의 '존 리버스 컬렉션'이 바로 그것이다. 지금까지 발표된 그의 모든 작품이 출간 3개월 만에 50만 부 이상씩 팔려나갔다는 통계도 있다. 이처럼 영국 범죄문학계에서 이언 랜킨이 차지하는 비중은 실로 대단하다.

『치명적 이유』는 지금까지 국내에 소개된 존 리버스 소설들 중 가장 침울한 작품이다. 유머와 장난기도 확실히 줄었다. 연이어 발생하는 끔찍한 살인 사건들의 묘사는 매우 생생하고, 팽팽한 긴장감은 시종일관 독자들의 손에 땀을 쥐게 한다. 전작들에 비해 스케일이 확실히 커졌고, 리버스가 북아일랜드에서 복무했던 시절을 비롯해 흥미로운 역사가 속속 들추어져 읽는 재미를 더해준다. 플롯은 복잡하나 이해하는 데 별 무리가 없는 수준이다.

리버스의 캐릭터는 이 작품에서 한층 더 발전하는 모습을 보인다. 그는 여전히 독불장군이지만 나름 매력적인 구석이 많은 남자다. 인간적인 약점들이 속속 드러날 때마다 존 리버스 캐릭터는 점점 더 친근하고 입체적으로 다가온다.

페이션트 에이트킨 박사와의 달달한 관계를 착실히 지켜가던 그는 순간적인 호르몬 과잉으로 인해 매력적인 여검사 캐롤라인 래트레이와 부적절한 상황을 연출하는 치명적인 실수를 저지르고 만다. 이렇듯 그는 완벽함과는 거리가 먼 남자다. '사면된 죄인'이라는 표현을 애용하지만 그래도 양심에 부끄럽지 않으려 애를 쓰는 선한 사람이다.

리버스는 소설 속에서 몇 번의 격투에 휘말리지만 불운하게도 거의 매번 피떡이 되도록 얻어터진다. 거의 초능력자로 그려지는 여타 스릴러 주인공들과 확실히 차별이 되는 부분이다. 독자들은 지극히 인간적인 그를 응원할 수밖에 없고, 또 연민을 느낄 수밖에 없다. 존 리버스 시리즈가 이토록 장수할 수 있었던 것도 다 그런 현실적인 캐릭터의 힘이 아니었을까 싶다.

『치명적 이유』에서는 스코틀랜드의 파벌주의, 참혹한 살인, 과격한 청년 문화, 그리고 경찰의 부패 등 신랄하고 직설적인 여러 주제가 한꺼번에 다루어지고 있다. 다 읽고 나면 그것들을 하나의 플롯으로 매끄럽게 통합해버린 작가의 뛰어난 기량에 감탄을 금치 못할 것이다. 또한 그는 리버스에게 병적으로 집착하는 여검사와 관련된 서브플롯을 자연스럽게 풀어내 스토리의 심각함과 암울함을 적당히 누그러뜨리는 노련함도 보여주고 있다.

이 소설에서 가장 흥미로운 부분은 리버스와 에든버러 최악의 갱스터 빅 제르 캐퍼티의 지속적인 관계라 할 수 있다. 그들은 반복적으로 충돌하고 대립하지만 서로를 존중하고, 상대에게서 자신들의 모습을 발견하기도 한다. 시리즈가 이어지면서 그들의 관계가 어떻게 발전해나가는지 지켜보는 것 또한 무척 흥미로울 것 같다.

이 시리즈의 주축이라 할 수 있는 농부 왓슨 총경, 브라이언 홈스 경사, 쇼반 클락 경장, 리버스의 모리어티 빅 제르 캐퍼티는 물론이고 조금씩 존재감을 늘려가는 메리 헨더슨 기자와 커트 박사의 출연 역시 팬이라면 무척 반가울 것이다.

주제가 녹록지 않은 탓에 전작들과 달리 고도의 집중력을 필요로 했지만 읽고 난 후의 만족도는 기대 이상이었다. 존 리버스 시리즈에 익숙한 독자라면 『치명적 이유』 또한 무리 없이 즐길 수 있을 것이고, 설령 그렇지 않다 해도 스릴러 팬들이 열광할 만한 요소가 가득 담긴 이 스코틀랜드산 소설을 패스하기가 쉽지 않을 것이다.

다음은 롤링 스톤스의 명곡과 이름을 같이 하는 『피 흘리게 하라 Let It Bleed』다.

최필원

치명적 이유

초판 1쇄 인쇄 2017년 8월 21일
초판 1쇄 발행 2017년 8월 28일

지은이 | 이언 랜킨
옮긴이 | 최필원
펴낸이 | 정상우
주간 | 정상준
편집 | 이경준 김민채 황유정
디자인 | 박수연 김인경
관리 | 김정숙

펴낸곳 | 오픈하우스
출판등록 | 2007년 11월 29일 (제13-237호)
주소 | 서울시 마포구 동교로13길 34(04003)
전화 | 02-333-3705   팩스 | 02-333-3745
openhousebooks.com
facebook.com/vertigo.kr

ISBN 979-11-88285-10-5 04800
      979-11-86009-19-2 (세트)

VERTIGO 는 (주)오픈하우스의 장르문학 시리즈입니다.

이 도서의 국립중앙도서관 출판예정도서목록(CIP)은 서지정보유통지원시스템 홈페이지(http://seoji.nl.go.kr)와
국가자료공동목록시스템(http://www.nl.go.kr/kolisnet)에서 이용하실 수 있습니다.
(CIP제어번호: CIP2017019905)